Le livre où un homme sauve son fils

(Sous-titré : Pas à Pas)

Publié par Raphael Danjou. Disponible sur Amazon.com, CreateSpace.com, et dans les autres espaces de vente.

Conception graphique : Immaculae

Copyright 2007-2014 Raphael Danjou

Découvrez les autres écrits de l'auteur à http://raphaeldanjou.com

ISBN :
978-2-9813321-0-3 (EPUB)
978-2-9813321-1-0 (PDF)
978-2-9813321-2-7 (HTML)
978-2-9813321-3-4 (Kindle)
978-2-9813321-4-1 (Print)

Raphael Danjou

Le livre où un homme sauve son fils

(Sous-titré : Pas à Pas)

PROLOGUE

1969

Au commencement fut l'émotion, puis vint le verbe, enfin suivi de l'écriture. Bien heureusement. Car ce que je m'interdis de ressentir, tous ces mots que je ravala par crainte du pire, trouvèrent quand même un refuge pour se consoler, une place où s'exprimer : dans les livres.

J'appris à aimer les livres, pour ce qu'ils m'apportaient. À les détester aussi, pour ce qu'ils étaient : des promesses de papier.

Finalement tout aura été de leur faute.

***

Savoir lire était une malédiction ; je l'ai su dès cinq ans, avec mon premier manuel : « Pablito, le petit Mexicain ». Pablito est Mexicain. Pablito a un poncho. Pablito a un âne : il s'appelle Pedro.

Après cela, plus rien n'a eu le même sens.

Le tableau d'art moderne que j'affectionnais tant, affiché en grand sur le mur à côté de la Boulangerie, avec ses couleurs pétantes, ses patchworks d'étoiles et de bulles, ses collages de machines du futur, ses frises de lignes et de courbes noires, s'est transformé au cours d'un seul après-midi, devant mes yeux effarés et mes mains remplies de bonbons, en une vulgaire publicité pour une chaîne de magasins. Plus de mystère, que de la réalité dégradée.

L'anniversaire de mes cinq ans a marqué la fin d'un monde.

En classe, la maîtresse nous a lu un roman terrible : une histoire de cow-boys à chapeaux de feutre qui arrivent à cheval au Mexique pour chercher de l'or. L'un d'eux se fait capturer et finalement tout tourne en une vaste enquête avec des tas d'indices semés au fur et à mesure pour que les cow-boys se retrouvent et découvrent que l'or a toujours été caché sous leurs yeux, là où personne n'a jamais songé à regarder. J'étais enthousiaste ! Surtout à l'idée de devenir un cow-boy, même si je ne voyais pas ce qu'ils faisaient avec des feutres dans leur chapeau.

La fête de l'école cette année-là a évidemment eu pour thème le Mexique. En préparation de la danse finale, j'ai eu un beau Sombrero sur lequel j'ai collé moi-même des gommettes vertes et jaunes. J'y ai consacré des séances entières en heures d'activités, j'ai aussi tressé le cordon en fils de laine orange et noire pour me l'attacher. J'ai répété la chorégraphie toutes les fois avec mon Sombrero sur la tête. Et puis le jour du gala, à la distribution, on l'a donné à un autre élève, en me disant que ça n'avait aucune importance. J'en ai reçu un en échange. Qui n'était pas le mien. Et on m'a demandé de sourire en montant sur scène.

***

Alors l'enfant que j'étais se fit une promesse : celle de fermer sa gueule, de ne surtout pas pleurer, mais bien de sourire et de saluer poliment ; puis plus tard de se venger. Comme dans les livres.

CHAPITRE -13

2006

— Monsieur Ingham ? C'est au sujet de votre père...

— Je sais.

—... nous craignons qu'il n'en ait plus pour longtemps.

— Je vous remercie, docteur.

J'ai tracé ma route à travers les couloirs, laissant la blouse blanche voleter à mon passage, comme si celui qui l'habitait n'existait déjà plus. Il m'a pourtant rattrapé en criant :

— Je crois que vous ne m'avez pas bien compris !

Patiemment, je me suis retourné vers lui.

— Docteur, je vous suis très reconnaissant de ce que vous avez fait. Je sais que cela n'a pas dû être facile pour vous non plus.

Les médecins avaient toujours eu à cœur d'être estimés dans leur vocation quasi divine plutôt que d'effectivement sauver des vies humaines. Après tout, le jour du serment d'Hippocrate, ils ne s'étaient donné qu'une obligation de moyens.

— Mais...

J'ai posé ma main sur son épaule comme pour lui retirer sa croix. J'ai soupiré et lui ai servi des yeux chargés de douleur filiale. Puis j'ai poursuivi mon chemin.

J'étais venu neuf fois dans cet hôpital voir mourir mon père. Neuf fois que ce médecin me sortait le même discours. J'avais eu tout le loisir de le bien comprendre. J'étais sincère lorsque je le remerciais, tout à l'heure.

J'ai suivi les murs blancs, repeints de gris à hauteur des mains pour ne pas salir, et j'ai machinalement compté mes pas jusqu'à sa porte. J'aurais pu le retrouver les yeux fermés, je savais quelle tête il aurait et quels mots il utiliserait à mon entrée dans sa chambre.

— Ah ! Mon Grand Viktor ! Bonjour, fiston.

Deux ans que je n'étais pas venu et rien n'avait changé.

Je me suis assis au bord du lit grinçant et j'ai un peu hésité avant de prendre sa main entre les miennes. Il l'a retirée aussitôt, le temps de m'embrasser, puis il a tapoté ses oreillers en arrière afin de s'y rajuster. Sa main ne m'est plus revenue.

Pudeur ou dégoût, mon père ne m'a jamais vraiment touché. Sauf là, sans qu'il le sache, tout au fond de moi. Charbon ardent au cœur d'une cage scellée.

— Salut P'pa. Comment vas-tu ?

— Bien, bien, bien.

Il a répondu très vite, comme s'il n'avait pas écouté la question, puis il a lâché un bref soupir. Son corps me disait ce que sa tête ne voulait pas entendre.

— J'ai parlé au médecin en arrivant.

— Oui ?

Règle numéro 1 du "Que sais-je ?"© à propos des Stratégies de Guerre : « d'abord connaître l'étendue du savoir de votre adversaire ». Mon père l'appliquait dans son quotidien. Il fallait s'y faire. Mais ce que j'étais plus en peine d'accepter, à quelques jours de sa mort, était qu'il me considère toujours comme son ennemi ; mon père se trompait de combat. Sa vie touchait à sa fin et il s'assurait encore de la solidité des barrières érigées face à ses émotions.

Pourtant, au fond de sa prison affective, dans sa carapace d'indifférence raisonnée, il a bien dû sentir le vent tourner car il a ajouté comme pour me rassurer :

— Tu sais, ils disent ce qui les arrange.

— Non, Papa. Je ne crois pas.

— Quand même ! Ici, c'est un hôpital : une immense entreprise à gérer, avec des clients et des fournisseurs, donc une image à préserver ; ils vont bien me trouver un petit traitement de dernière minute pour aller clamer partout dans tous leurs symposiums qu'ils ont les meilleurs résultats du monde !

— Non, Papa. Pas cette fois.

Son menton s'est renfoncé dans les plis mous de son cou. Il n'avait pas l'habitude qu'on lui tienne tête, mais puisqu'il s'était fixé comme règle de maîtriser également sa colère, il s'est tu. Les yeux grands ouverts pour signifier qu'il restait évidemment favorable à toute forme de communication, en homme de consensus, mais les lèvres résolument closes. Dans le silence, ménager la forme.

C'est alors seulement que je me suis aperçu combien j'avais changé, combien ces deux années qui nous séparaient désormais m'avaient laissé évoluer par rapport à lui. Jamais auparavant je ne lui aurais dit "non" par deux fois. Jamais. J'avais toujours cédé – ou fui – laissant mon père vaincre.

C'était terminé.

Car deux ans auparavant, j'étais déjà venu lui faire mes adieux ici. J'étais resté dix minutes. Il n'avait absolument pas compris le sens de ma démarche ni les larmes qui couvraient mon visage. Lui souriait, incapable de ressentir l'importance de notre filiation au-delà d'une convention sociale entendue entre un père et son fils. « Mais bien sûr que je t'aime, Viktor », m'avait-il dit, « Bien sûr que tu comptes pour moi aussi ». Je lui parlais de mes sentiments, là, à fleur de peau, et lui me répondait par des évidences. « D'ailleurs ne t'inquiète pas pour moi, avait-il ajouté, je vais guérir ! »

Bien sûr...

J'avais vu mourir mon père toutes les autres fois. Persuadé que je pouvais y faire quelque chose. Que c'était de ma faute. Que si j'étais un gentil petit garçon tout redeviendrait comme avant et mon père serait sauvé. J'avais le pouvoir de revenir en arrière dans le temps et je pensais avoir le don d'en changer le cours également.

La première fois où il est mort, j'ai un peu été pris de court. J'avais foi en mon père et confiance en son jugement : s'il me disait qu'il allait s'en sortir, il allait s'en sortir. Point. Mon père avait toujours raison. Je me suis retrouvé comme un con devant son tombeau à me demander quand il allait frapper trois coups pour en sortir vraiment. Et ce n'est que le lendemain que j'ai laissé mes larmes jaillir. Mon père m'avait trahi. J'étais secoué de convulsions dans les bras de ma femme. De mon ex-femme.

Par la suite, j'avais relancé les médecins à chaque instant pour qu'ils s'occupent prioritairement de mon père, mais il était mort. Je l'avais moi-même veillé jour et nuit, sans dormir, lui racontant des anecdotes sur son petit-fils et l'abreuvant de promesses, mais il était mort. Je l'avais transféré dans un autre hôpital, entouré des meilleurs praticiens du moment, mais il était mort. J'avais tenté d'adapter les connaissances de l'avenir aux méthodes de son présent, à l'aide de mes maigres capacités cognitives, mais il était mort. Je lui avais préparé la nourriture la plus saine, persuadé qu'il avait encore la chance de redevenir ce qu'il mangeait, mais il était mort. La dernière fois, désespéré, je l'avais juste regardé mourir.

Mort, mort, mort. Mon père était mort. Comme une feuille en automne. Et ça ne dépendait pas de moi.

J'avais eu du mal à l'accepter, puis j'étais venu lui dire au revoir et je ne l'avais pas revu avant aujourd'hui. Pour lui, c'était hier. Un hier qui n'avait jamais eu lieu.

— Et Ella, comment va-t-elle ?

Ses lèvres s'étaient rouvertes devant l'importance de maintenir une conversation, une façade conventionnelle. J'ai enchaîné comme l'enfant convenablement dressé que j'étais.

— Bien, je suppose... Je l'ignore.

— Tu dois prendre soin d'elle, fiston. C'est important.

— Papa, nous sommes séparés, Ella et moi. Depuis un moment.

— Ah.

Respect extrême ou désintérêt total ? Je ne le saurais jamais.

— Elle n'était plus la même depuis le départ de notre enfant, et de me voir encore à ses côtés, moi, le portrait vivant, lui était devenu insupportable. Je n'ai pas eu le choix, je... je l'ai laissée partir.

— Ah. C'est dommage.

— Oui.

— Il lui faut un peu de temps ; tout s'est passé si vite. Tu verras, elle reviendra.

— Oui, Papa.

Non, Papa, non ! Ella ne reviendra jamais ! Mais je suis rentré dans ton jeu, encore une fois, parce que j'avais tellement envie d'y croire, même si ta perspective avait soixante années de retard sur la mienne !

— Et la librairie, comment ça marche ?

— Je l'ai vendue, ta librairie.

— Pardon !?!

D'un seul coup d'un seul, comme jamais auparavant, il est devenu tout rouge ! Et pour la première fois, malgré ses principes, il s'est laissé emporter :

— Ta femme... Ton travail... Les as-tu seulement mérités ? Tu les abandonnes tous, tu NOUS abandonnes tous ! Ta famille ne méritait pas cette trahison... Et tous ces livres ? Et cet investissement ?

Nous y étions. Je pouvais toucher à sa vie, même à celle de sa famille finalement, mais certainement pas à sa librairie : il l'avait tenue en bon gestionnaire pendant presque cinquante ans, rangeant les livres et les encaissements avec le même intérêt compulsif, devisant avec les clients pour mieux les fidéliser, laissant traîner les fournisseurs pour s'en faire respecter.

Il lui avait tout sacrifié. Même moi.

Sourcils baissés, il m'a regardé comme une cause perdue. Alors que j'avais si longtemps fait des efforts pour le satisfaire.

— Viktor, que vas-tu devenir ?

— Détective.

— Détec... ?

Il a laissé filer deux secondes de surprise avant de reprendre l'attitude paternaliste à laquelle il s'astreignait.

— Mais tu as de l'expérience, au moins ?

Si tu m'avais regardé grandir, tu le saurais, mon vieux.

— J'ai beaucoup lu.

— Je ne t'en blâme pas ; lire, c'est bien. Mais un métier ne s'apprend pas ainsi : as-tu pensé à faire des stages ? À t'inscrire dans un club pour te former ?

— Non, je travaille en solo.

— J'ai connu un inspecteur qui collaborait avec les renseignements généraux ; je peux te mettre en contact avec lui, il pourrait t'aider à te lancer...

— Non, je veux réussir par moi-même.

— Allons, il faut être un peu réaliste, Viktor Ingham !

— Non, pour une fois, une fois seulement, je voudrais aller au bout de mon rêve, prouver que j'en suis capable, que je vaux la peine d'essayer.

Trois "non" à la suite, à présent. J'allais bientôt dépasser toutes les limites.

Évidemment, le menton a repris sa place entre les bourrelets paternels. Je m'en foutais. Je n'étais pas celui dont la vie allait s'arrêter. Le futur m'appartenait. Seul le passé me retenait.

— Détective... Je ne sais pas ce que ta mère en aurait pensé...

— Probablement la même chose que toi : vous formiez un couple si uni.

Tout était dit. De son côté en tous les cas, car si mon père me parlait de ma mère, c'était que chacun des sujets avaient été épuisés – ceux qu'il était capable d'endurer – signe qu'il était temps de se quitter, manière pour lui de garder la main et ainsi m'indiquer la sortie de l'autre.

Et si je trichais ? Si, pour cette dernière fois tous les deux, j'enfreignais les règles paternelles implicites ?

J'avais le choix : je pouvais plier ; qu'est-ce que ça me coûtait ? Le laisser lâchement à ses ultimes illusions de triomphe : contre moi, contre la vie, contre la différence, la nouveauté, le changement. Le laisser se couler dans la tombe qu'il s'était depuis longtemps creusée. Le laisser en paix. Une solution raisonnable, somme toute.

Ou bien le chaos.

— Papa, pourquoi n'as-tu jamais cherché à savoir qui j'étais ?

— Qui tu es ? Mais enfin, Viktor, tu es mon fils ! Je ne comprends pas bien le sens de ta question...

Après avoir réfréné un léger agacement, il a relevé son sourcil d'un seul côté. Ses vieux sourcils épais, à présent teintés de blanc, si mobiles et depuis toujours plus expressifs que le reste du corps, comme si, à travers ses poils, il cherchait à contrôler mes pensées.

— Pourquoi tu ne t'es jamais intéressé à moi ?

— Tu plaisantes ? C'est moi qui t'ai emmené dans ma librairie, qui t'ai fait découvrir les livres et ce beau métier ; je t'ai emmené chaque dimanche en campagne pour de longues promenades matinales, tu te souviens ? Et à la mer, en bateau ; sur la luge en hiver ; partout, je t'ai emmené !

— Oui, Papa. Et je t'ai suivi. Je t'ai écouté. Je me suis intéressé à tout ce que tu me montrais et j'ai appris à te connaître. Mais et toi ? Qu'as-tu fait pour moi ?

— Alors ça ! Je t'ai hébergé, j'ai payé ta nourriture, tes études et même tes voyages au bout du monde ! Voilà toute ta reconnaissance ?

Une rage intérieure bouillonnait en lui. La face était rouge à nouveau. Les sourcils, incontrôlables, partaient dans toutes les directions. Je touchais au but. Encore un pouce…

— Oh, je t'en remercie. Je t'ai même toujours particulièrement remercié, à chacune des occasions que tu m'as offertes. Mais pourquoi n'as-tu pas essayé de m'aider à développer ce qui m'importait, moi ? À l'école, tu ne t'intéressais qu'à mes notes, contrôlant qu'elles soient bien au-dessus de la moyenne. Comment as-tu pu oublier de m'apprendre que la vie ne se valorisait pas en nombre d'examens ? Que je ne réussirais pas uniquement en apprenant mes leçons ? Pourquoi ne pas m'avoir plutôt fait réciter ma poésie pour la fête de l'école où tu n'es pas venu ? Pourquoi ne pas m'avoir suivi, plus tard, sur les planches des théâtres où déjà je jouais à être quelqu'un d'autre ? Pourquoi ne pas m'avoir parlé des femmes et de l'amour lorsque j'en avais tant besoin, au lieu de me renvoyer dans tes livres ? Pourquoi ne pas m'avoir fait part de tes expériences, de tes échecs, de toi, de la vie, au lieu de me traiter comme un souriceau dans une cage de la taille du monde ? Pourquoi Papa ?

J'ai repris mon souffle. J'avais tout déballé. Ce n'était pas dans l'ordre, ce n'étaient pas les exemples que j'avais prévu d'utiliser, mais c'était sorti ainsi. Peut-être les mots étaient-ils de trop ; tout se passait au niveau des yeux, finalement.

Il m'a regardé. Un lecteur face à un autre. Je m'étais ouvert et pour la première fois il avait su lire en moi, comprendre ce besoin de régler mes comptes avec le passé. Son bouillon s'est réduit d'un seul coup et il m'a répondu :

— Parce que, Viktor… j'ai fait du mieux que j'aie pu.

Les sourcils blancs formaient une barre horizontale, désormais inerte.

Au cœur de cette toute petite chambre d'hôpital, les silences étaient infinis. Face à moi, contre la porte de la salle de bains, avait été installé un long miroir afin de donner plus de profondeur à l'espace. Ingham, père et fils, s'y reflétaient : le même nez courbé, cassé chacun une fois, planté au milieu de la figure comme un toboggan sur une aire de jeu, des oreilles pendantes telles des balançoires, beaucoup trop grandes pour nos visages ronds, le menton fendu, replet chez mon père, et ces sourcils épais caractéristiques de la famille. Les miens étaient encore dorés et indisciplinés, comme mes cheveux. J'avais toujours considéré que les détails de mon visage, pris un par un, étaient laids. Ella m'avait toujours certifié que, dans l'ensemble – épaules carrées et cuisses musclées comprises, j'imagine – j'étais un beau mec. Très beau.

Comme mon père.

Nous différions seulement d'un quart de siècle et complètement de personnalité.

Je me suis levé.

— Fiston...

Mon père m'a rappelé. C'était inconcevable et pourtant mon père avait encore envie de me parler. Nous entrions dans l'inconnu.

—... il y a longtemps, tu m'as dit que tu ne m'aurais pas choisi comme père ; est-ce vrai encore aujourd'hui ?

J'en suis resté étonné.

— Moi ? Jamais je n'aurais osé te dire ça !

— Si, mon Grand, si. Le penses-tu toujours ?

— J'en sais rien.

Bien sûr que si, je le savais. Mais jamais, avant aujourd'hui, je n'aurais pris le risque de briser le mince fil qui nous reliait et qu'on aurait pu prendre pour de l'affection. Je n'avais pas pu lui dire cela. Et je ne le lui dirai jamais. Je l'ai embrassé sur la joue, cette joue qui commençait à piquer, je l'ai enjoint de se raser et l'ai laissé sur son lit.

— À bientôt, P'pa.

Cette fois encore mon père ne serait pas mort dans ma mémoire.

J'ai chaussé mes visionets à peine les enceintes de l'hôpital quittées ; la lumière m'aveuglait. Le ciel était bleu et j'avais l'esprit clair, débarrassé de cette culpabilité que je traînais depuis tant d'années : je n'avais rien fait de mal. Seul mon père n'avait pas su être l'homme parfait qu'il aurait voulu imposer. Le défaut que j'avais cherché en moi, me rendant paranoïaque à l'idée d'être différent des autres et, ne le trouvant pas, que j'avais tenté de cacher à tâtons en me créant une nouvelle personnalité propre et lisse ; ce défaut n'existait tout simplement pas ! Terminés, les efforts ! Terminées, les saloperies de bonnes raisons ! Je pouvais cesser de vouloir être quelqu'un d'autre que moi-même.

Je me suis attribué un bon point et j'ai commencé à marcher, content.

D'un doigt, j'ai remonté mes visionets le long de l'arête du nez et j'ai collecté les informations renvoyées par mes verres :

- Véhicules 101, défectueux 35 %
- Individus 3238, proches 4, moyenne 49.2 psyons, écart 0-
- Autres 0
- Radiations 2 WhB
- Pollution 2 ATMO

Autant dire rien ; pas le moindre mouvement hostile ni la plus petite élévation de température cérébrale chez mes proches conçénères. La rue était sûre. Autour de moi, les passants passaient et vivaient leur vie indépendamment de la mienne.

Tu n'as rien à craindre ici, Viktor. La psychanalyse réfrène l'inconscient ; elle ne l'a pas encore libéré.

La vie à cette époque – et particulièrement la vie humaine – était encore statistiquement respectable. Les résultats défilaient et restaient quasi inchangés. Aucun danger immédiat ; la rue était mon amie. J'ai souri.

Je l'aimais bien, cette dernière paire de lunettes. Ses constructeurs certifiaient qu'elle était capable de déceler la moindre apparition extra-terrestre invisible pour l'œil nu. Personnellement, j'étais sceptique. La vie correspondant par définition aux critères élaborés sur Terre, il était illusoire d'envisager qu'un verre correcteur puisse retenir une forme que l'esprit de son créateur ne saurait imaginer. Mais évidemment, j'étais impatient de voir !

En attendant cet avènement, donc, j'appréciais le confort de mes nouvelles visionets et la sensation de liberté associée à ma sûre déambulation.

Je connaissais la route par cœur. Je l'avais suivie des centaines de fois, elle était gravée dans ma mémoire au même emplacement que le souvenir de ma première envie d'Ella. Je l'avais raccompagnée souvent par ce chemin durant notre adolescence et plusieurs fois je l'avais plaquée contre la cabane du père McCormick pour se rouler des pelles.

Au moment de quitter la route goudronnée pour aborder le chemin de terre, mes visionets ont bipé :

« SUJET SUIVI ».

La surface interne s'est immédiatement teintée de miroirs réfléchissants et la focale s'est agrandie pour localiser le poursuivant sans avoir à me retourner. Derrière moi, je pouvais donc apercevoir la longue rue que je venais de descendre, bordée de maisons cossues et de marronniers agréablement espacés. Au milieu d'eux, rien. Pas le moindre mouvement.

La rue prenant fin à mes pieds pour se transformer ensuite en une piste de terre battue zigzaguant entre des buttes herbues, j'ai fait semblant de regarder au loin tout en me tortillant d'hésitation. En réalité, je me démontais le cou pour scruter en arrière les marronniers sur les verres de mes visionets. Une case rouge était censée m'aider à diriger mon attention, mais elle ne cessait de flotter comme si elle s'accrochait plutôt à un oiseau ou à un chat.

Insidieusement, comme un vieil ami venu me revisiter, mon ventre s'est alors serré. Je savais que j'étais suivi, je sentais que je l'étais, mais je ne pouvais rien y faire.

Qui ? Mon père ? Il était bien incapable de se lever pour gambader à ma suite. Même si notre conversation avait imperceptiblement changé le cours de notre histoire, je n'espérais pas pour autant avoir changé le cours du temps. Alors qui ? Ella ? Elle savait que je devais venir, mais elle connaissait le chemin aussi bien que moi. De plus, j'aurais été trop heureux qu'elle daignât m'accompagner, ce qu'elle n'ignorait pas non plus. Il n'y avait donc aucune chance pour qu'elle s'y soit pliée. Qui d'autre ? Je ne connaissais plus personne d'autre. Ils étaient soit morts, soit perdus dans les aléas de la vie, ce qui revenait au même. De toute manière, quel serait l'intérêt de suivre un détective ? Je n'étais sur aucune affaire, en ce moment.

A quarante-quatre ans révolus, je n'avais plus ni femme, ni enfant, ni le moindre pelzor ou la plus petite carte d'assurance, pas vraiment de boulot et je dormais dans mon uniburactif. Pas même un endroit à moi. Alors qui voulait m'aimer pouvait me suivre, je n'y voyais pas d'inconvénient. Seul mon ventre tendu me rappelait à sa contrariété.

J'ai allongé le pas, espérant vaguement semer l'intrus entre les buttes, et j'ai sorti ma grande clef. Devant moi se dressait la baraque du père McCormick : une vieille ferme suédoise peinte de rouge ; la revoir me communiquait toujours la même impression de chaleur. Contrairement à moi, cette maison ne vieillissait pas. Elle trônait là, fièrement, sur ses quatre murs droits et solides, au milieu d'un terrain d'herbe grasse et verdoyante. Les petits oiseaux venaient se poser sur son toit gaiement, c'était tout juste si je ne les dérangeais pas en introduisant ma clef dans la serrure puis en refermant derrière moi.

Mes visionets sont repassées en mode normal pour s'accoutumer à la pénombre ambiante.

À l'intérieur, un capharnaüm régnait, comme nous l'avions laissé lors de notre dernier passage avec Ella : de larges tissus recouvraient les plus gros meubles et les machines inventées par le père McCormick, mais les outils, les pièces détachées, le matériel électronique et surtout sa collection de théières à becs emplissaient le moindre espace autrefois disponible, seuls des poufs et des sièges disposés en cercle laissaient la place au milieu d'eux à une table basse sur laquelle reposait son service à thé. Les convives semblaient tout simplement avoir disparu une seconde auparavant, l'eau de la théière était encore presque chaude.

Un tel gâchis...

Je suis allé jusqu'à la porte du fond, j'ai repoussé les bidules encombrants puis je l'ai ouverte en grand, laissant le nuage de vapeur luminescente emplir la maison. J'ai pris une inspiration et j'ai franchi le mur de fumée pour rejoindre mon temps.

CHAPITRE -12

Les années 1970

Les livres... Ces putains de livres... J'ai pris le plus gros par la tranche, j'ai tiré dessus et je l'ai laissé tomber à terre. Je me suis affalé à côté, entre les allées, à même le sol, sur cette vieille moquette râpée par les pieds des lecteurs – des clients, disait Papa – je me suis appuyé contre l'étagère et j'ai attrapé ce sale bouquin à bout de bras. J'aurais pu cracher dessus. Comment ce tas de feuilles pouvait-il être plus important que moi ?

Il y avait une couverture dessus, vert pâle, représentant des cavaliers armés de sabres courbes qui chargeaient sur une plaine inconnue. Le dessin a disparu derrière mes larmes de rage. Pourquoi c'était pas moi, sur cette couverture ? Pourquoi c'était pas de moi dont mon père viendrait s'occuper perpétuellement ? Peut-être pas toute la journée, j'en demandais pas tant, mais au moins un peu le soir, quand je rentrais de l'école, pour m'aider à faire mes devoirs ? À sept ans, je savais bien que mon père m'aimait puisqu'il gagnait l'argent qui nous permettait de vivre, ma mère me l'avait dit, mais pourquoi n'avait-il jamais de temps à me consacrer, me renvoyant toujours à ce que j'avais de mieux à faire ?

Pourtant, il n'était pas loin : la librairie paternelle communiquait avec la maison familiale par la porte de la cuisine, constamment fermée.

J'avais rêvé souvent qu'un lecteur se trompe et franchisse le passage au moment où je faisais mes devoirs sur la table de la cuisine, plusieurs fois j'avais guetté des pas, mais c'était impossible, la porte était également condamnée de l'autre côté par un panneau "PRIVÉ", comme dans « privé de dessert ».

Personne n'entrait. Les deux mondes étaient entièrement séparés et mon père appartenait à l'autre, celui des livres : ils représentaient donc tout ce que je détestais.

Aujourd'hui, dimanche, j'avais demandé à mon père si on allait pouvoir faire des Mako Moulages© ; ces figurines de plâtre à couler puis à peindre. Il m'avait répondu que d'abord il devait faire sa promenade à la campagne. Et après ? Après, avait repris ma mère, je devais bien savoir qu'on passerait à table pour le déjeuner. Oui, mais après ? Après, Papa devait aller ranger les livres que tous ces clients remettaient n'importe comment dans les rayons.

Les livres...

Il était seulement 9 h et déjà mon dimanche complet venait d'être foutu, ce dimanche que j'avais attendu toute la semaine, suite au dimanche dernier qui avait également été gâché.

J'avais serré les dents, dit que ça allait, mais que j'avais un peu mal au ventre et que j'allais m'allonger plutôt que de marcher ce matin.

Ils étaient partis tous les deux et j'étais descendu à la cuisine. J'avais pris les allumettes sur la gazinière et franchi la porte interdite. Il faisait noir, j'avais gratté une allumette et quand elle m'avait brûlé les doigts je l'avais laissée tomber. Elle avait rougeoyé un peu sur la moquette avant de s'éteindre. J'en avais gratté une autre, jusqu'à trouver les interrupteurs.

Les livres...

Oui, évidemment que j'allais les faire brûler ! Bien sûr que j'allais tout cramer ! Comme ça, mon père pourrait s'occuper de moi à la place !

J'en avais saisi un premier volume, déjà très lourd, et c'était celui que j'étais en train de toiser, verbe du premier groupe : « regarder avec mépris ».

Je l'ai ouvert. J'ai retrouvé le titre en troisième page et c'est seulement à la quatrième que l'histoire a commencé. L'époque était tendue. Tout autour de moi, les portes du palais se sont refermées et un homme a été convoqué. Il parlait le russe couramment, connaissait les plaines jusqu'à Irkoutsk parfaitement ; il avait ordre d'y aller porter un courrier incessamment.

À nouveau, mon monde a basculé : j'ai eu l'impression de découvrir la vie pour la première fois. Ou de la redécouvrir, peut-être. Je me suis lancé à la suite du courrier.

— Qu'est-ce que tu fais là ?

— Moi ? Mais... rien.

— Ça fait une demi-heure qu'on t'appelle, tu n'as pas entendu ?

— Non.

— C'est quoi, ces allumettes ?

— Ça ? C'est rien.

— Rien quoi ?

— Mais rien... je voulais pas le faire...

— Qu'est-ce que tu ne voulais pas faire, Viktor ?

— Rien, je te dis. Je ne l'aurais pas fait, de toute manière, ça s'est éteint tout de suite, regarde : j'ai rien fait !

— Tu n'aurais pas voulu jouer avec des allumettes dans un endroit plein de livres, n'est-ce pas ? Tu sais que ça brûle, Viktor ?

— Mais oui, je te l'ai dit, j'ai tout de suite changé d'avis...

Ma mère s'est tournée vers mon père.

— Tu imagines ? On serait partis une heure de plus on n'aurait rien retrouvé en arrivant !

Mon père n'a pas répondu. Je n'ai pas reçu de torgnole non plus, seulement des sourcils glacés de mépris. Le même regard que j'avais lancé à ses chers livres. La faute me revenait et la main qui ne m'avait pas baffé a remis le livre à sa place sur l'étagère.

— Ce n'est pas un jouet !

—... J'étais en train de le lire...

— À ton âge ? Ce n'est pas un roman pour toi, peut-être lorsque tu seras plus grand.

J'ai pleuré de culpabilité, j'ai répété que je n'avais rien fait ; au fond de moi, j'avais envie de hurler que je ne savais pas ! Que je ne pouvais pas savoir ce qui convenait à mon âge ! Mais la petite voix me disait : « *tu aurais dû le savoir, tu es censé le savoir !* »

Mes parents ne m'aimaient pas, mes parents ne m'écoutaient pas, ils ne considéraient pas que je puisse devenir raisonnable par moi-même. Un jour, je serai assez fort pour leur prouver.

J'ai encore pleuré en montant dans ma chambre. Je me sentais tellement impuissant pour l'instant à réparer ma faute, je ne savais pas vraiment quelle faute j'avais commise au juste, mais j'avais honte. Dans le fond,

j'aurais préféré être baffé ; au moins, ç'aurait été clair.
Ressortiraient-ils la punition plus tard, au moment où je
m'y attendrais le moins ? Pour frapper plus fort ? Je ne
suis pas descendu déjeuner. Pas de repas dominical
s'étirant à l'infini, c'était toujours ça de pris.

J'ai passé les jours suivants à me préparer. J'y ai bien
réfléchi. Je n'y suis pas allé dès le mercredi – trop proche
– ni le samedi – trop occupé –, mais le mercredi d'après,
j'ai demandé la permission pour aller dans la librairie me
choisir un bon livre : il me fallait redorer un peu mon
blason à hauteur de mes capacités présentes.

Ton père sera très content de t'y emmener cet après-
midi, m'a dit ma mère. Et à l'issue du repas, juste avant
la réouverture, mon père et moi y sommes allés : de
l'autre côté de la porte. J'ai procédé très doucement…
Pendant que mon père rangeait des factures, je me suis
approché des rayons, mais sans rien toucher, les mains
croisées dans le dos. D'un œil, je surveillais mon père,
qui en faisait autant à mon égard, j'en étais persuadé.
Quand j'avais l'impression qu'il réprouvait l'endroit où je
me trouvais, lorsqu'il toussait légèrement ou qu'il
inspirait plus bruyamment par exemple, je m'écartais
immédiatement et je passais au rayon suivant.

À un moment, j'ai repéré une série de livres avec des
couvertures colorées et des acrobates dessus. J'ai lancé
au hasard :

— Il a l'air bien, ce livre !

— Lequel ?

Mon père s'est approché et j'ai tendu le doigt de loin.

— Celui-là.

— Oh non, c'est pour les bébés : il n'y a que des
images.

— Ah, mais oui ! Je n'avais pas bien vu d'ici.

— Le meilleur moyen de choisir un livre, mon grand,
c'est de l'ouvrir et de regarder un peu à l'intérieur
comment il est fait : si l'écriture te plaît, si le sujet a l'air
intéressant, prends-le !

— Oui, oui, je sais. Au fait, toi, tu lisais quoi, à mon
âge ?

— Ce qu'il y avait à la maison. Des contes
principalement.

— Ah, j'adore les contes ! Tu m'en fais lire ?

— Je croyais que tu voulais te choisir un livre toi-même ?

— Oui, mais il y en a tellement, je ne sais pas encore bien lire, et puis la maîtresse dit que j'aurais peut-être besoin de lunettes.

— Tiens, essaye celui-là, si tu veux ; tout le monde me le demande, en ce moment.

J'ai relevé le visage vers celui de mon père ; je voulais savoir s'il entendait par là que c'était un bon livre. Il est resté concentré sur ses rayons. J'ai un peu paniqué. J'ai scruté la couverture à la recherche d'un signe, d'un indice m'indiquant si oui ou non il serait bien que je le prenne : il y était représenté cinq jeunes circulant à l'orée d'un bois en vélomoteurs ; je n'étais pas sûr que ce soit de mon âge.

— C'est un conte ?

— Non, c'est une enquête, comme avec des policiers. Mais c'est bien aussi.

— OK !

Si c'était bien, alors, je l'ai serré contre ma poitrine et j'ai dit que je le prenais.

— Vas-y, je vais devoir ouvrir pour les clients à présent.

— Merci Papa. Tu sais, c'est vrai que je vais avoir besoin de lunettes.

— Parles-en à ta mère, c'est elle qui s'occupe de ça.

Je m'en suis retourné vers la porte de la cuisine. En passant, j'ai repéré la couverture vert pâle du livre interdit ; mon premier vrai livre. Je me suis arrêté devant, me suis baissé comme pour refaire mes lacets et j'ai risqué un œil en douce vers mon paternel.

— Allez, vas-y maintenant !

— Oui, mais je resserrais juste mon double nœud pour pas tomber.

Tant pis, maintenant que j'avais officialisé mes incursions dans le monde privé, la connaissance du livre interdit pouvait attendre une autre fois. J'ai poussé la porte qui me retransformait de client à familier et, fièrement, je suis entré, mon trophée autorisé à la main.

— Tadam ! C'est le livre que tout le monde demande en ce moment, et je vais le lire !

Ma mère n'a pas daigné se détourner du travail de reprisage qu'elle effectuait.

— Ce n'est pas parce que tout le monde le désire que c'est un gage de qualité.

Second mouvement de panique : ma mère ne validait pas mon choix ! Je ne pouvais quand même pas en déduire qu'elle ne m'aimait pas, et pourtant elle ne m'offrait pas la considération tant attendue. Que faire ?

— Tu sais, la maîtresse dit que j'aurais peut-être besoin de lunettes.

Elle a relevé les yeux immédiatement.

— C'est vrai ? Tu ne vois pas bien, Viktor ?

Et j'ai eu toute l'attention de ma mère à moi tout seul.

Y'a pas : j'avais envie de baiser. Et j'avais beau retourner le problème dans tous les sens, je ne voyais vraiment pas avec qui. Un mois et demi que j'étais puissant et ça me démangeait comme une brique de cinq tonnes qu'on a hâte de balancer à la flotte : il fallait que je baise !

Déjà l'année d'avant, lors d'un échange culturel et linguistique, j'avais proposé à deux Allemandes très rigolotes et bien mamelues de coucher avec moi. J'avais expliqué qu'il n'y avait aucun risque, puisque je n'éjaculais pas encore. Par contre, je bandais super fort : que du bonheur en perspective ! Elles avaient ri à gorges déployées, m'avaient dit qu'elles ne comprenaient pas, mais que j'étais très mignon. J'avais rougi instantanément. J'avais rougi encore plus après coup en repensant à ce que j'avais osé leur sortir, et j'avais conclu que j'en aurais été bien incapable.

Le problème, cependant, persistait.

Je suis allé pêcher des renseignements dans la librairie. Je n'avais plus besoin de demander la permission depuis longtemps ; à quatorze ans, j'avais presque atteint la taille de la plupart des clients et je pouvais me fondre au milieu d'eux sans gêner mon père ni perturber son commerce. Les habitués me connaissaient, d'ailleurs, à force de me voir traîner entre les rayons un livre à la main, l'épaule appuyée contre une étagère, les yeux concentrés derrière mes verres correcteurs.

Les livres étaient devenus ma ressource. J'y piochais des répliques convenables pour diverses situations, des exercices corrigés pour me simplifier la vie en mathématiques, des cartes de géographie, des histoires à baratiner aux copains à propos des filles et tout pour les faire rire, des thèmes de rédaction, des recettes de gâteaux... N'importe quoi. Tout ce qui me posait question trouvait réponse dans les livres.

Mais au sujet de l'amour, les avis étaient assez divergents, les auteurs contradictoires et mes parents complètement incapables de me donner leur opinion :

Mon père : « Ah bon ? Tu aimerais avoir une petite amie ? Pour quoi faire, à ton âge ? »

Ma mère : « Je connais une psychologue, si tu veux lui parler... »

J'avais osé exprimer un manque et, comme si la bête s'était réveillée en moi, je m'étais transformé sous leurs yeux en l'obsédé le plus sale et le plus pervers qui ait existé. Fort heureusement, j'étais resté platonique dans mes dires.

Je me suis donc cantonné aux livres. C'est là que j'ai découvert tous mes classiques – des classiques contemporains – et que j'ai appris la vie. Ils me parlaient de moi, de mon univers, de mes peurs, de mes frustrations, de mes espérances ; grâce à eux, j'étais compris quelque part.

Et puis les soirs de grands désespoirs, il y avait les livres avec des femmes nues. Et leurs gros seins !

— Demain, 19 h, soirée collège-lycée : toi et moi, on y sera !

— Jamais j'aurais la permission...

— Viky, tu te démerdes. Il y aura les terminales, et tu le sais : elles couchent.

Mon pote Jeff était remonté. Dès qu'un plan, même foireux, apparaissait, il se l'imaginait déjà comme étant l'unique chance de sa vie. Et il ferait tout pour la saisir. Jeff : le roi de la combine.

— C'est impossible, Jeff : prévenir mon père pour le lendemain, c'est déjà trop tard ; il va me dire qu'il ne sait pas, qu'il réfléchira et j'aurai la réponse dans dix jours.

— Oui, mais d'un autre côté, quand tu lui poses la question à l'avance il oublie complètement et t'es obligé de le relancer à cinq minutes de la fête ; ça changera pas grand-chose. Rappelle-toi la boum chez les sœurs

Carlier...

— Au moins, j'avais fait comme il fallait : ma mère s'en souvenait. Et puis les sœurs Carlier, ils les connaissaient. Là...

— Ben, il y aura moi, Jeff, ton meilleur pote ; ça devrait leur suffire

— Pour ma mère, ça ne fera pas la moindre différence.

J'ai donc fait comme j'avais toujours fait : je me suis préparé. J'ai laissé couler le vendredi soir, je me suis débrouillé pour que mon père voie que je travaillais en glissant deux petites remarques subtiles au déjeuner puis j'ai passé le samedi après-midi entier dans ma chambre pour que ma mère puisse témoigner de mon assiduité. Et à 18 h 30 je me suis pointé dans la librairie en phase de fermeture.

— Papa, le collège organise une soirée, j'aimerais bien y aller.

— Attends une minute, Viktor, tu vois bien que j'ai ces factures à comptabiliser, là ! Quoi ? Qu'est-ce qu'il y a ?

— Ce soir, il y a une fête au collège et j'aimerais bien en être.

— Oui, on verra.

— Mais c'est ce soir...

— Ah.

Les sourcils se sont soulevés. Au-dessous, je pouvais voir les engrenages de l'éducation parfaite se remettre à tourner.

— Penses-tu le mériter ? Tu as terminé tout ce que tu avais à faire ?

— J'ai fini mes devoirs... Il me reste seulement une rédaction, mais c'est pour mercredi prochain...

— Alors si tu penses que cela correspond à "avoir tout terminé", vas-y.

— Ben non, mais je pourrai la faire demain, cette rédac', je ne suis pas obligé...

— Non, bien sûr, mais tu pourrais prendre de l'avance et te sentir libéré. Tu sortiras une autre fois, l'occasion se représentera.

— Mais c'est ce soir, la soirée du collège...

— Tu voulais mon avis, tu l'as. Maintenant fais comme tu veux. Et vois ça avec ta mère.

D'un geste, la main m'a congédié pour atterrir de nouveau sur sa caisse enregistreuse. Les doigts se sont mis à tapoter. Mon ventre s'est noué. Je suis resté cloué sur place à écouter le cliquetis du clavier ; je ne savais plus quoi penser, je me sentais coupable d'avoir envie de sortir, de profiter, de m'amuser. Et soudain, une pensée plus forte que les autres s'est imposée, comme une vérité absolue : mon père devait savoir que j'avais des intentions sexuelles et il voulait m'empêcher. Oui, j'en étais certain à présent, il le sentait et sous son regard accusateur il me condamnait avant même d'être dépucelé.

Je n'avais pas conscience à ce moment-là que les manipulations de mon père n'étaient tournées que dans un but éducatif et non inspirées par un quelconque troisième œil ; il avait pourtant fini par me rendre totalement paranoïaque. À force d'anticiper, de prévoir, de me corriger, j'avais atteint un modèle de perfection qui était tout sauf moi. À force de m'adapter, je m'étais oublié.

Je ne pouvais plus penser par moi-même.

Je me suis concentré sur les idées de Jeff, de cette soirée, du fait qu'on était samedi et que tout le monde sortait un samedi soir, que ça se faisait, que j'étais normal ; j'ai mis de côté le phantasme des coucheuses et comme un petit robot bien blasé, j'ai retraversé les allées vers la cuisine, afin de consulter ma mère. Peu m'importait la décision finale, de toute manière la fête était déjà gâchée pour moi. J'ai redressé les lunettes sur mon nez.

— Maman, je peux sortir ce soir ? C'est la boum du collège.

— Oui, si tu veux... Tu penses rentrer à quelle heure ?

— Je sais pas... minuit ?

— Minuit !? Certainement pas ! À vingt ans, tu feras ce que tu voudras, mais en attendant, à 10 h tu dois être à la maison.

— À vingt ans ?! Je ne pourrais pas sortir jusqu'à minuit avant d'avoir vingt ans ? Et seulement à minuit alors ??

— Oui, enfin Viktor, qu'est-ce que tu crois ? Tu as déjà bien de la chance d'avoir des parents qui te laissent sortir comme ça à quatorze ans ; va voir dans les autres familles si tu crois que c'est mieux !

— Mais... tout le monde sort le samedi, et Jeff a déjà la

permission de minuit sans problème !

— Ah : tout le monde ! Jeff ! Ce n'est pas parce que ses parents ne font pas attention à leurs enfants qu'i faut faire pareil ! Je ne te parle pas des autres, mais de ce qui se passe ici, déjà ton père trouve que tu consacres beaucoup trop de temps à tes loisirs, alors pour nous, c'est 10 h. Fin de la discussion.

— Mais…

— Écoute : c'est ça ou tu ne sors pas, tu as compris, Viktor ? Tu choisis.

Comme tu veux… Tu choisis… Mes parents me laissaient le choix de l'obéissance, d'un monde sans saveur, où les contradictions même les plus manifestes finissaient par constituer des règles. Et avec tout ça, moi, je devais grandir.

J'ai attendu Jeff devant la porte comme un soldat, mon vélo à la main. Je ne savais plus très bien ce que je faisais là ni pourquoi j'allais à cette soirée. Les justifications se bousculaient dans ma tête, s'affrontaient, me divisaient un peu plus, et pendant ce temps mon ventre se serrait encore. J'ai cru que j'allais vomir. Mais j'ai attendu stoïquement.

Jeff est arrivé dix minutes plus tard.

— J'ai que la permission de 10 h.

— Ouais, moi aussi, c'est la galère.

On a pédalé jusqu'au collège, rangé nos bicyclettes sous le préau et on s'est dirigé vers le son et les lumières qui émanaient de la cantine. C'était le même lieu que le midi – où on mangeait à l'œil grâce aux tickets trafiqués de Jeff – avec ses mêmes carrelages fades et ses plaques de polystyrène au plafond éclairés de néons blafards, mais y étaient ajoutés des guirlandes colorées ainsi que des spots verts et rouges. C'était pas vraiment différent, mais ça permettait d'y croire. Un peu. Il y avait déjà des danseurs au milieu, j'ai d'ailleurs repéré une fille de ma classe qui s'était fait inviter par un garçon de terminale. Jeff s'en est frotté les mains. Les miennes enserraient mes intestins.

— J'ai pas envie de danser, j'ai mal au ventre.

— Va boire un coca, ça détend l'estomac.

— J'ai lu que ça détruisait plutôt l'estomac, on s'en sert même pour nettoyer des vieilles pièces de monnaie.

— N'importe quoi. Tu as déjà essayé ? J'AI essayé, sur

les pièces de cinq et dix centimes ; ça marche pas du tout.

— Ah bon ?

Jeff a confirmé en secouant la tête, tout en effectuant des petits pas de danse et des moulinets des bras ; il était à fond dedans, il n'y avait plus qu'à lâcher le frein pour le regarder partir en vrille.

Le frein c'était moi.

J'ai donc suivi son conseil et suis allé au bar.

Contrairement à Jeff, je n'osais pas trop lever la tête et reluquer les alentours, j'avais peur que, comme mon père auparavant, tout le monde voie écrit sur mon front en lettres de feu : JE VEUX BAISER ! J'en avais d'autant plus peur que je n'en avais plus du tout envie.

Je n'étais pas un obsédé. Je savais que le sexe n'était pas de l'amour. Que les filles se respectaient. Qu'un gentleman ne les aborderait que pour le plaisir de leur conversation. Que deux êtres humains ne se parlaient que dans le but de faire connaissance.

Encore deux minutes et je pouvais me faire curé. Je me suis servi mon coca.

— Tu ne préfères pas du punch ?

— C'est quoi ?

— Du punch. Mais sans alcool.

— Non, évidemment.

Je n'ai pas regardé la fille, mais je l'ai observée en coin. Une gamine. Elle devait être en sixième. Douze ans au plus. Même pas de seins. Aucun intérêt.

Aucun danger non plus ; j'ai senti mes intestins se desserrer et j'ai lâché :

— T'es pas un peu jeune pour être ici, toi ?

Elle s'est reculée pour me dévisager comme si j'avais pété à force de trop me détendre.

Puis elle a tourné la tête, remonté le nez, s'est concentrée sur les danseurs.

Une putain de solitude m'a envahi ; un de ces moments où, après n'avoir su ni que penser ni que faire, je ne savais finalement plus qui j'étais : un fils ? Un élève ? Un ami ? Un moine ? Un gros con ? Mais moi, Viktor Ingham, qui étais-je vraiment ?

— Je m'appelle Viktor.

Elle n'a pas répondu.

— Les copains m'appellent Viky.

Aucun signe.

— Toi non plus, tu ne danses pas ?

— Non.

— Tu veux danser avec moi ?

— Non.

Jeff s'est pris une claque, en plein milieu de la piste, à l'exact même moment. La coïncidence était trop belle. J'ai éclaté de rire.

— Pourquoi tu ris ?

— Cette soirée est désespérante : si j'avais écouté mes parents, je serais en train de déprimer chez moi. Au lieu de ça, j'ai tout fait pour venir ici et je déprime pareil ; la vie n'a aucun sens !

— On n'y trouve que ce qu'on y apporte.

Des ballerines blanches, des jambes très fines, une jupe orange à frous-frous, une langue de tissu nouée à la taille, un T-shirt noir avec d'étroites épaulettes, un visage racé, le menton plat, les cheveux coupés au carré ; une fille. Et elle me sortait ça. Avant d'ajouter :

— Je m'appelle Ella.

J'ai raccompagné Ella tous les jours de la semaine suivante. Je tenais mon vélo à la main et on marchait côte à côte. Notre itinéraire était immuable : nous quittions le collège par la rue de l'hôpital qui se prolongeait plus bas dans l'allée des marronniers, nous zigzaguions entre les arbres, passant d'un côté et de l'autre de la route en gravillons qui se terminait par une impasse, nous franchissions les petits poteaux de béton blanc indiquant le chemin piétonnier et abordions une sorte de sentier fait de terre bien compactée serpentant entre des dunes de gazon. L'endroit recouvrait un ancien terrain vague qui n'avait jamais été construit et que la municipalité avait rebouché afin de permettre aux deux extrémités de la ville de communiquer. Une sorte de no man's land au cœur d'une cité ; une zone de transition entre deux mondes habités. L'endroit n'était pas complètement déserté, d'ailleurs : au centre du parcours pédestre, au détour d'une petite butte, avait été construit une cabane en bois rouge, de belle taille tout de même, similaire à une fermette, mais invisible tant qu'on n'avait pas mis le nez dessus.

Nous mettions plus que le nez dessus ; c'était l'endroit

qu'Ella et moi affectionnions pour nous rouler des pelles.

La cabane appartenait à un vieux fou, un illuminé que tout le monde évitait et qui vivait ici, reculé. L'emplacement était idéal, complètement abandonné – même son propriétaire en était absent – au pourtour impeccablement entretenu avec ses petites fleurs et ses arbres fruitiers. Les oiseaux venaient s'y cacher pour chanter. Nous roucoulions de concert.

Puis nous reprenions notre route, achevions les derniers cent mètres jusqu'à nos maisons sans plus se toucher et nous séparions d'un signe : « Salut, à demain ! »

La peloter contre les murs de la cabane McCormick – c'était le nom du taré – était rapidement devenu une sorte de rite bien orchestré. J'expérimentais avec Ella ce que tous les garçons de mon âge étaient censés faire avec les filles de son âge. Elle n'en demandait pas plus, moi non plus.

Ça a été insidieux.

Régulièrement, je la raccompagnais : route identique, petite discussion, placage mural, grosse galoche, derniers pas ensemble, salutations. La routine, donc.

On ne s'évitait pas durant la journée, on se parlait au milieu des autres, banalement, on échangeait sur nos lectures respectives, on philosophait un peu ; bref, on jouait. Notre relation n'avait rien de sérieux. Même si je n'embrassais qu'elle.

Puis, un jour, je me suis fait la bizarre réflexion que je ne regardais qu'elle. Je ne la cherchais pas particulièrement des yeux, mais le fait est que nos regards se croisaient souvent. J'ai cherché des raisons à notre comportement en fouillant dans la librairie de mon père, mais sans rien trouver de très convaincant.

À mon insu, j'étais ferré.

Car à partir de ce moment-là, j'ai commencé à m'observer de l'extérieur lorsque j'explorais la bouche d'Ella : à quoi rimait cet échange de salives, de caresses ? Qu'est-ce que mes mains foutaient là où mon cerveau n'était pas ? J'avais beau réfléchir, je ne comprenais pas. Je m'en suis alors ouvert à Ella, sur le chemin. Et là, c'est arrivé. Elle, qui m'avait toujours laissé conduire notre jeu, m'a posé un doigt sur les lèvres.

— Chut ! Ferme les yeux et écoute ton cœur.

J'ai obtempéré. J'ai senti mon cœur battre. Elle m'a plaqué la main contre les yeux et m'a poussé violemment contre les lourds panneaux de bois de la cabane McCormick. J'étais un peu sonné, complètement déboussolé. Et elle s'est jetée sur mes lèvres, les a embrassées goulûment, chaudement, elle appuyait puis relâchait doucement, c'était comme des coussins qui s'entrechoquaient, c'était mouillé, sucré aussi, j'ai senti sa langue s'immiscer et là…

J'étais cuit.

Car j'ai bandé pour elle.

Et j'ai cru que le monde s'écroulait lorsque la porte de la cabane s'est brusquement rabattue contre nous.

— Qu'est-ce que c'est que ces galochards qui se roulent des pelles tous les jours devant ma baraque ?

C'était le père McCormick, aux cheveux plus hirsutes que le racontait la légende, bien vivant et à l'accent virulent des vieux cons.

— Oh, ta gueule pépé : on fait rien de mal !

Mon désir tout neuf avait fait remonter un jet de testostérone à travers mes lèvres !

On s'est enfuis. J'ai entraîné Ella, la tenant par la main, jusque devant la maison de ses parents. Là, pour la première fois, je l'ai embrassée face au monde entier.

Le changement avait scellé notre histoire.

Ella était devenue ma petite copine.

Et Eugène McCormick mon père spirituel.

Le soleil brillait sur nos têtes.

CHAPITRE -11

2068

— Merci, Monsieur !

— De quoi ?

— Pour m'avoir tenu la porte ; une marque de politesse devenue si rare, de nos jours.

— Oh, mais il n'y a vraiment pas de quoi !

J'ai laissé le vieil homme prendre ma place aux toilettes et profiter ainsi de l'excellent parfum que je venais d'y répandre. Je ne savais pas pourquoi, mais depuis ma retraversée du nuage, un mal de ventre atroce ne me lâchait pas. Le battant s'est refermé en grinçant sur mon infortuné successeur et le petit insigne masculin clouté dessus a dodeliné doucement, comme pour se moquer. Pauvre vieux. J'étais vraiment pourri de l'intérieur.

J'ai resserré mon pardessus autour de la taille et j'ai coupé à travers l'Aquarius afin d'aller me caler au bar.

J'aimais bien l'Aquarius. Situé près de la Grand-Place, mais dans une ruelle sombre, au premier sous-sol d'une tour comptant plus de cent étages, il n'attirait que peu de clients, principalement des habitués – des alcooliques, donc – récalcitrants à l'idée de se servir eux-mêmes du poison. J'y avais ma carte de fidélité. Endroit relativement sale, humide, l'Aquarius n'avait qu'une seule source de lumière : la glace derrière le bar. Remplaçant le sempiternel miroir des anciens saloons, une vitre extrêmement épaisse, haute et large, faisait jonction avec le bâtiment jouxtant l'Aquarius : la piscine municipale. Les buveurs pouvaient donc contempler, le nez trempé dans leur verre antique, les gambettes des nageuses s'ébattre au milieu des poissons de lagon multicolores qui avaient fini par s'habituer – et même par se reproduire – dans l'eau chlorée des bassins. Les baigneurs, en revanche, n'auraient jamais pu deviner que derrière cette vitre, plongés dans une obscurité relative, des voyeurs observaient. Seule une élégante tortue venait de temps en temps tapoter du museau pour s'enquérir de ce qu'on buvait.

— José, un gingo !

— Et un gin-goyave, un !

Cocktail unique, barman unique – son propriétaire – endroit unique : l'Aquarius était vraiment le bar idéal pour amener une fille.

Ce que j'avais fait, évidemment.

— J'ai raté quelque chose, cette semaine ?

La poulette à côté de moi n'a même pas tourné la tête pour me répondre. Elle avait le profil fier et racé des Indiennes : les yeux marron, le nez droit, les lèvres découpées avec amour, le menton plat. Ses cheveux bruns tombaient au carré sur son cou, lisses et soyeux.

— Non.

J'ai eu l'impression de voir la même fille en socquettes que trente ans auparavant. Du haut de ses quarante-deux printemps, Ella était encore la plus belle femme que je connaisse. Et la plus hautaine. La plus pénible aussi. Bref, je l'aimais toujours.

— Allez, quoi… Même pas un petit viol, des meurtres en série, une guerre des gangs ou des luttes inter-banlieues ?

Ella s'est tournée et m'a regardé comme le dernier des abrutis. Ce que j'étais probablement devenu à ses yeux.

— Évidemment, si. Tu croyais que le monde attendait ton départ pour s'amender, Viky ?

— Non.

— Et là-bas, tu n'as rien trouvé de neuf, j'imagine ?

— Non plus.

— Qu'est-ce que tu espérais ?

Mon gingo est arrivé et je l'ai touillé.

— Tout.

Et c'était vrai. Où que j'aille, j'avais toujours espéré que le monde change à ma place. Au lieu de cela, c'était moi qui avais fait de plus en plus d'efforts au fil des années – celles que j'avais vécues et les autres – tandis que le monde s'était dégradé, jusqu'à ressembler à un immense champ de bataille permanent. Une belle réussite que l'humain, vraiment !

J'ai continué à touiller.

33

— Viky, je suis désolé pour toi, mais les choses sont ce qu'elles sont. À un moment, il te faudra choisir entre les deux époques et accepter de vivre la réalité.

La réalité ? Celle de mes parents, faite de frustrations, de routine sécurisante et de dimanches languissants ? La mienne, celle d'un enfant blessé et d'une vie gâchée à vainement chercher la recette du bonheur ? Jamais !

Subitement, j'ai trouvé l'air beaucoup trop sec dans ce bar. J'ai reporté mon attention au loin, droit devant, vers l'eau et les poissons, le temps de laisser ces pensées stériles s'écouler puis je me suis madéfié les lèvres afin de pouvoir continuer à parler.

— J'ai rêvé de toi, Ella, la nuit dernière...

Je me suis concentré sur une magnifique zygène qu'on venait d'introduire dans le grand bain.

—... j'étais dans une salle de massage, assis derrière une table. C'était un vrai défilé de mannequins autour de moi, tout le monde était plus ou moins en peignoir. Et puis une brunette est venue s'installer en face de moi, détachée, comme si elle s'asseyait à la dernière place libre dans un immense réfectoire, et elle a resserré les bras autour de ses seins. J'ai vu les globes ronds sortir par l'échancrure du vêtement de soie, et les tétons bruns pointer dans ma direction. Elle avait de beaux seins. Je savais que lorsqu'elle aurait relâché ses bras ils resteraient tout aussi beaux. Ça s'est vérifié une seconde après et la fille a ri. Elle était jolie. Jeune. La peau fine et douce, légèrement ambrée. Elle m'a regardé de ses yeux marron et tout à coup elle n'a plus été une inconnue comme les autres. J'ai senti qu'elle allait m'inviter. Elle s'est levée, a contourné ma chaise comme pour s'éloigner, puis a tendu la main derrière elle, jusqu'à toucher mon épaule. Et je me suis réveillé.

— C'est bien, Viky : ça prouve que tu es prêt à rencontrer quelqu'un.

Le pélagique a choppé le mollet d'une nageuse entre ses deux rangées de dents pointues et lui a arraché toute la jambe. L'eau de la piscine est devenue cramoisie, instantanément. Et par le jeu de lumière, tout le monde dans l'Aquarius également ; moi le premier.

— Mais c'était toi, Ella ! Je rêve de la plus belle fille du monde et je m'aperçois à mon réveil qu'il s'agissait de toi !

— C'est normal, puisque tu n'as connu que moi.

— Houlà, non ! Détrompe-toi ! Je ne suis pas resté moine depuis.

— Disons que tu n'as aimé que moi, alors.

J'ai saisi ma coupe et l'ai bue jusqu'à la lie.

José a sorti des vieilles bougies et les a installées devant chacun de nous. On se serait cru à un rendez-vous galant, c'était atroce. J'avais le gingo coincé en travers du lampas et les cristaux de glace me mordaient la chair à l'intérieur de la bouche ; je savais que si je l'ouvrais je cracherais du sang à mon tour. Mais même un taureau piqué à vif vient encore chercher les dernières banderilles.

— Tu vois quelqu'un, en ce moment… ?

— Arrête, Viktor ! En aucune manière je ne te répondrai sur ma vie sentimentale. Je ne veux pas te faire de mal. J'ai été claire avec toi, mais je ne t'ai jamais caché mes intentions d'en avoir une à nouveau.

— Donc tu n'as personne encore ?

Ella n'a rien répondu. Avant, la froideur dont elle pouvait parfois faire preuve me paralysait. Maintenant j'explosais :

— Bon sang, Ella ! Mais tu ne vois pas que je crève de désir pour toi ? Après trente ans, un mariage, un môme, toute une vie, je suis encore raide dingue de toi !

— Moi pas, Viky.

Froide, froide, froide. Mon ventre, que je ne croyais plus possible de serrer plus, s'est encore contracté. J'allais me retourner les entrailles comme un gant.

— Mais j'ai tout fait pour toi, pour te faire plaisir, Ella, afin que tu m'aimes. J'ai répondu à tes attentes, j'a devancé tes envies : j'ai été parfait !

— Ce n'est pas d'un mari parfait dont j'avais besoin, mais d'un homme.

— Justement, Madame Ella Ingham, je vous le demande solennellement : on pourrait tout recommencer à zéro, tu ne crois pas ?

— Recommencer ? Mais par quoi ? Que tu me demandes encore d'être câline, douce et tolérante comme la mère que tu aurais voulu avoir ?

— Mais tu ES douce et tolérante !

Merde, j'étais déjà sur la défensive.

— Que je te fasse sentir combien je suis intéressée par

toi, enjouée, étonnée, immensément présente à développer tes projets, là où ton père a lamentablement échoué ?

— Mais Ella, tu as été tout cela…

— Parce que c'est tout ce que tu as bien voulu voir de moi. Tu me rêves encore jeune et douce, mais regarde, tâte cette peau : elle est rêche, presque ridée. Tu es aveugle, Viky. Moi j'aime la vie ici, je l'ai choisie même si elle est tellement chaotique ; toi tu la détestes, tu en as peur, tu ne la supportes que parce que je suis là !

— Non, c'est faux, j'ai changé. C'était moi que je ne supportais pas, mais depuis que j'ai discuté avec mon père ça va mieux, j'ai fait la paix avec moi-même. J'ai beaucoup appris de ces derniers jours. Tout est réglé, maintenant.

— Bien entendu ! Et ce travail de détective ? Je te l'ai déjà dit : je pense que tu continues à t'éviter en fouillant dans la vie des autres, au lieu de… Ce n'est pas sain.

— Au lieu de quoi ?

— Tu sais très bien ce que tu aurais dû faire, plutôt que détective !

J'allais nier de nouveau. Elle m'a coupé directement d'un signe de la main.

— En tout cas, ce n'est pas ce que je veux. J'ai besoin d'un homme qui se développe par lui-même et qui me permet de découvrir tous ces aspects de la vie dans lesquels je n'ai trempé que le bout d'un orteil jusqu'à présent. J'ai envie de reconstruire un équilibre, un véritable échange.

Et elle a terminé par le coup de massue :

— Toi, il n'y a que toi qui puisses t'apporter ce qu'il te manque, Viktor Ingham. Et officiellement, nous ne sommes même pas mariés.

— José, un gingo !

— Et un gin-goyave, un !

— C'est ça, vas-y : noie ta raison dans l'alcool !

— Tu me fais chier, Ella.

— On est d'accord. J'ai besoin de nouveaux papiers, Viky.

José est passé discrètement entre nous remplir mon verre antique.

— Pour quoi faire ?

— Les nôtres sont périmés désormais, tu le sais bien,

et je voudrais travailler.

— Ah bon ? Comme Naturopathe ? J'ai peur que tu sois un peu dépassée...

— J'aimerais ouvrir une boutique de fleurs.

— De fleu... ? Ici ? Et c'est toi qui me demandais d'être réaliste ?

— Viky...

— Mais tu n'as pas la moindre expérience !

— Si, à force de travailler avec les plantes, de les combiner en remèdes, j'ai fini par toutes les connaître de leur nom ; je sais les entretenir, les bouturer, les différencier entre espèces.

— Mais les vendre ? Ça ne s'apprend pas comme ça, tu sais. Et puis plus personne ne s'intéresse aux fleurs, de nos jours.

— Si, moi.

— Je ne t'en blâme pas, mais tes clients, ton réseau de distribution... Franchement, Ella, c'est n'importe quoi.

— Et pour les papiers ? Tu ne pourrais pas nous en fournir de falsifiés ?

J'ai laissé filer un soupir, profitant de la situation. Ce n'était plus tous les jours qu'Ella avait besoin de moi.

— C'est problématique : mon dernier contact vient de mourir. Mort naturelle. Jeff, tu te souviens ? Il était avec moi jusqu'en terminale, mon meilleur pote ; j'ai toujours su qu'il finirait mal.

— Le gars des tickets de cantine ? Et il n'a pas de famille, un fils, ou même un petit-fils depuis le temps, qui aurait repris l'affaire ?

— Je te le disais : c'est un problème. Comme il n'y a pas d'artistes à chaque génération, il n'y a pas de pseudographe de père en fils.

— Tu es détective, quand même ; tu pourrais bien trouver !

— Justement, depuis un moment, j'ai une idée qui devrait pouvoir fonctionner et nous faire reconnaître citoyens définitivement, de manière légale : il nous faut payer des impôts !

— Des impôts sur quoi ? Ni toi ni moi n'avons encore véritablement travaillé à cette époque... À moins que 2068 ne se présente sous de meilleurs auspices que 2067, qui devait déjà être l'année de toutes tes réussites professionnelles après notre débarquement ici en 2066 ?

— Oh, ça va, hein ! Avec soixante années d'intérêts bancaires derrière nous, rien ne pressait, non plus !

— Je te taquinais juste, Viky. Tu es tendu comme un string...

Et de fait, simplement par ses paroles douces et complices, je me suis relaxé. Froide puis chaude. Elle savait avoir cet effet-là sur moi. J'ai rigolé :

— Ne me parle pas de string, tu vas m'exciter !

— Ah ? Tu as rêvé de string après mes seins ?

— Ella, stop.

— OK. Désolée. Alors, les impôts ?

Au-dehors, il y a eu un terrible bruit de tôles froissées et de vitres brisées, suivi par des invectives et des coups donnés dans la chair, mais à l'intérieur tout restait calme. Les rares clients de l'Aquarius restaient prostrés derrière leur bougie, occupés par leur verre antique, leur paille ou leur conversation.

— Il faut que tu déménages, que tu bouges de département. Et surtout, que tu préviennes bien les services de tri postal au sujet de ce changement d'adresse, qu'ils puissent faire suivre le courrier.

— Tu veux que je vende notre quadrippartement ?

— C'est le seul moyen. La Poste va prévenir l'Administration fiscale du mouvement ; l'Administration voudra s'assurer auprès du Service des impôts et taxes qu'une déclaration a bien été remplie à la sortie puis à l'entrée du nouveau département ; et les Impôts viendront sonner aux portes du Trésor public afin qu'aucune recette ne puisse leur échapper. Résultat : nous recevons une demande de déclaration, nous déclarons que nous n'avons rien à déclarer, et alors nous existons officiellement auprès des services fiscaux, de tous les autres organismes, même du monde entier. C'est évident : personne ne pourra nier qu'Ella et Viktor Ingham sont bien vivants en 2068, dans la pleine force de leur quarantaine, s'ils payent des impôts !

— Il n'y a pas plus simple ?

— Euh... C'est-à-dire ?

— Par exemple demander directement à remplir une déclaration de revenus ?

— Ça risque de paraître louche.

— Aux Impôts ? De vouloir payer ? Ils n'attendent que ça, avec toutes leurs pubs cyberactives sur le citoyen responsable et la présomption de bonne foi. Ou alors tu souhaites véritablement que je quitte notre quadri ?

— Non, non, pas du tout. Tu en gardes la paraphernalité, nous étions d'accord.

— Alors quoi, Viky ?

Parfois, j'ai une image parfaitement claire de ce que je souhaite démontrer, j'ai tous les arguments pour persuader, mais je n'arrive absolument plus à me souvenir de la raison pour laquelle je m'étais astreint à faire tout cela.

La vérité était tellement plus simple.

— Je ne sais pas. Je ne sais plus. Je ne maîtrise plus rien. Je pensais régler les choses avec mon père, mais ça n'a fait qu'ouvrir d'autres interrogations ; je croyais être léger, heureux, enfin libre, mais dès ma sortie de l'hôpital je me suis senti encore surveillé, espionné. Et mon ventre, qui ne s'était pas manifesté depuis des années, recommence à me torturer. J'ai mal, je souffre, je ne sais pas pourquoi. C'est comme si pour chaque pas en avant j'en faisais un en arrière. Je me sens perdu, ici, Ella ; je n'ai plus rien à quoi me raccrocher.

— Ton retour s'est mal passé ?

En sortant du nuage de lumière, j'avais ressenti ainsi que les autres fois cette sensation d'être "empoussiéré", comme si une fine couche venait recouvrir mon visage, mes mains, mes habits. Je m'étais frotté, posant un geste sur un mirage tactile. Mais je n'avais pas encore eu le temps de m'en débarrasser complètement qu'une bande de types à l'activité psyonique élevée m'était tombée dessus. Résultat : éclaboussures, taches de sang, jus de cervelle. Mon pardessus en était maculé. Réellement, cette fois. J'avais sauté dans le premier Fusili en direction du centre-ville et, durant le trajet, j'avais pelé la couche protectrice de mon imperméable afin de la jeter. J'aimais ça, les beaux manteaux. Une fois arrivé, j'en avais lissé proprement la couche suivante et j'avais pénétré dans l'Aquarius où Ella m'attendait. Jamais je ne lui aurais raconté cette petite altercation. Trop commun. Pas assez viril.

— Non, non. Aucun problème.

— Je comprends que tu te sentes un peu bouleversé, Viky. C'est normal, vu le passif que tu as avec ton père. Et puis tu n'avais pas repris le trou de ver depuis deux ans ; je suis certaine que ce n'est qu'un contrecoup. Si Eugène McCormick était encore là, il te le confirmerait sans aucun doute. Tu reviens constamment au même point de départ, là-bas, en 2006, pendant que le temps continue à s'écouler pour toi ici ; cela te fait perdre tous tes repères. Ça reviendra, ne t'inquiète pas.

Ella s'est penchée vers moi pour m'embrasser. Elle m'a pris dans ses bras et je me suis senti bien à nouveau, comme neuf ans en arrière devant le berceau de notre nouveau-né, avec la même confiance et la même extase dans les yeux face à la vie qui emplissait les êtres les plus chers pour moi. J'étais un homme.

— Ella... J'ai envie de toi.

— Viky, tu comptes encore beaucoup pour moi. Mais je ne peux pas. Je ne veux pas. Je t'ai aimé.

— On pourrait s'aimer encore, juste pour cette nuit ?

Elle a souri à ma proposition, puis elle m'a encore embrassé, comme un adieu.

— J'y vais. Tiens-moi au courant pour les papiers.

— Et pour ce soir ?

Elle est descendue du tabouret, s'est éloignée sur ses hauts talons, les laissant résonner sur le sol de l'Aquarius et en se dandinant un peu plus que de raison, puis elle a tiré sur l'élastique de son string, juste assez pour le faire dépasser de son jean et elle a franchi comme ça les portes du bar.

Putain de salope ! Elle allait voir ! Elle ne serait pas la seule à draguer à tous vents ; j'allais me trouver une copine vite fait pour lui rouler des pelles devant son nez ! Même mieux : je reconstruirais une cabane rouge vif juste en bas de son quadri-chéri et j'embrasserais une autre nana sur ses murs, voilà ! Elle comprendrait que la réalité avait deux faces ; elle aussi regretterait le passé !

Je suis resté bien trente pleines secondes sur mon cul à ressasser des plans revanchards idiots et platoniques, puis j'ai balancé un ticket sur le zinc, j'ai sauté au bas de mon tabouret virilement afin de m'asseoir un bon coup sur mon orgueil et j'ai couru après elle. Oui, j'aimais toujours cette fille.

CHAPITRE -10

2068

— Vous faites quoi ?
— Ben, la queue, comme tout le monde !
— Ah bon.

J'ai sorti un cigare, craqué une bonne vieille allumette et me suis installé, comme tout le monde donc, dans la queue.

Ce n'était pas souvent qu'il y avait du peuple dans cette pépinière d'entreprises. J'y louais moi-même un petit buractif où personne ne m'attendait jamais. La vacuité de l'endroit reflétait parfaitement le caractère ennuyeux de chacune des sociétés qui l'occupait. Alors pour une fois qu'un rassemblement – pacifique – prenait place, j'ai décidé ce profiter de l'ambiance et me suis mis à fumer docilement.

Je n'avais pas réussi à rattraper Ella, hier soir. À sa sortie de l'Aquarius, elle avait probablement dû sauter dans le premier Fusili venu, ce qui était sage. Du coup, j'avais été aux microputes. J'avais loué un ordinateur, le numéro vingt-huit, ma préférée. Et j'étais allé m'inscrire pour la nuit au love hôtel juste à côté, où une ventouse m'avait sucé la bite. Une assez bonne soirée.

J'ai attendu derrière les autres, mais rien de vraiment excitant ne s'est produit : mon prédécesseur, celui qui m'avait répondu avec une pointe d'énervement et d'accent chinois, trépignait manifestement sur place. Personne ne se parlait, l'un d'eux toussait parfois et un autre lui répondait alors d'un raclement. Certains réajustaient leur manteau ou leur sac sur leurs épaules. Des trucs de gens dans une queue, quoi.

J'ai écrasé mon cigare sur la tapisserie et j'ai donné un coup de botte sur le mur pour m'en extirper.

— Héla, vous : il est interdit de fumer, ici !

Une espèce de bleusaille était sortie du rang pour

41

m'interpeller. On n'était plus chez soi nulle part.

— Je sais, mais ne t'inquiète pas : j'ai terminé.

— La combustion de votre tabac libère des molécules d'ammoniaque particulièrement nocives, voire mortelles à fortes doses pour nous tous, ici !

— Je sais, mais j'ai terminé !!

— Moi, ce que j'en dis, vous savez, ici...

— Oh, ça va !!!

La colère était montée d'un coup, j'ai bousculé le Chinois, remonté la file des niveliers, jeté des sourcils de mépris au visage du jeune abruti et suis allé me réfugier dans mon uniburactif, seul.

Un instant.

Le temps de me rendre compte que le premier de ces visiteurs était planté juste là, devant ma porte.

J'ai regardé l'état de mon lieu d'héberge et de travail, pour lequel je n'avais fait la moindre dépense voluptuaire depuis mes deux ans ici : ma chaise, mon bureau, mon unique tabouret à client. Et c'était pourtant moi, Viktor Ingham, le dernier des perdants en tant que détective, que ces braves gens venaient consulter.

J'ai senti la colère se muter en une sorte de joie, tout aussi excitante, mais beaucoup plus lumineuse : des clients ! Un gros tas de clients ! Tous d'un seul coup ! Quelle chance ! Mais jamais ils ne tiendraient tous à la fois sur ce petit tabouret !

La banane jusqu'aux oreilles, j'ai jeté mon pardessus sur ma chaise et entrepris de ranger sommairement les papiers qui recouvraient la table en trois grosses piles que j'ai posées à terre. Puis j'ai mis de côté le siège "visiteur" en me demandant qui avait bien pu m'organiser ce magnifique rendez-vous groupé... Quand même pas Ella, qui s'en fichait éperdument ?

J'ai rouvert la porte et laissé passer mes clients adorés. Seul le premier s'est avancé – la tête juchée à deux mètres sur un long cou décharné, avec un air à moitié content de me voir seulement – et il m'a tendu la main.

— Bonjour, Monsieur Ingham.

— Je... vous ne rentrez pas avec les autres ?

— Quels autres ?

— Vous n'êtes pas venus ensemble ?

— Non.

Le grand type m'a dépassé et est allé récupérer le tabouret pour s'y asseoir, tout droit devant mon bureau, sans que je l'en aie prié.

J'ai dévisagé la file des individus restants, qui m'en rendaient autant, et je les ai comptés. Huit. Neuf avec mon fil barbelé. Neuf clients que je ne connaissais pas avaient indépendamment décidé au même moment de venir me consulter ; c'était une drôle de coïncidence. Et ça ne me plaisait pas du tout. Quel que soit le plaisantin qui tentait de m'haussebecquer, j'avais de moins en moins envie de rire. La journée allait être en dents de scie ; la joie est retombée aussi sec et j'ai eu soudainement très soif.

— Bon alors, c'est pourquoi ?

Je ne me suis pas assis et j'ai fixé les yeux décharnés qui m'arrivaient presque aux épaules.

— Voilà, je viens vous voir au sujet de ma tante Olga qui a disparu la semaine dernière...

— Olga, hein ?

Je n'ai pas pris de notes. Je fixais et j'attendais la chute comique. Le type avait un filet de voix qui semblait sortir du fond d'une boite.

— Oui, Olga. Elle a disparu en emportant son chat.

— Son chat, hein ?

— Oui, voilà, avec son chat.

J'ai laissé planer un long silence afin de bien cerner ce que ses yeux essayaient de me dire. Pourquoi neuf types s'étaient-ils levés ce matin avec l'idée d'aller emmerder Viktor Ingham sur son lieu de vie et de travail ?

— Qu'attendez-vous de moi, exactement ?

— J'espérais que vous pourriez les retrouver, Monsieur Ingham, ou du moins m'éclairer sur les raisons de leur départ s'ils ne souhaitaient pas être contactés.

— Mais de qui parlez-vous ?

— De ma tante Olga et de son chat Bernard.

Je n'avais absolument rien écouté.

— Vous êtes véritablement venu à leur sujet ?

— Bien sûr ! Que croyez-vous ?

J'ai secoué la tête et je me suis assis derrière mon bureau. Par la fenêtre, j'ai juste eu le temps d'apercevoir un Taxispace lancé à toute vitesse percuter de plein fouet un Aérobus en train d'effectuer son virage. Pauvres bougres. Ça allait bloquer la circulation pendant toute la demi-journée, ça.

— On reprend : comment vous appelez-vous ?

— Jydiowiscz, Alain.

— Profession ?

— Mais…

— Profession !

— Plombier-chauffagiste.

— Et vous avez perdu votre tante Olga.

— Et son chat !

Il m'avait apporté tout un tas de lettres, d'anciennes photos, des notes sur des points de détails qui pouvaient paraître insignifiants mais qui, pour un professionnel, etc.

J'ai ouvert un dossier à son nom et j'ai tout mis dedans. Je n'ai pas oublié de réclamer mon acompte puis je lui ai serré la main, encore tout étonné : c'était un vrai client. Pas une blague.

Et j'ai laissé rentrer le deuxième.

Ça m'a pris effectivement la demi-journée.

Il y avait un peu de tout : un adultère à constater, évidemment ; des preuves à établir dans une histoire de faux papiers (tiens donc…) pour un administrateur des impôts tatillon ; aider une femme à choisir entre son mari et son amant (!) ; servir de garde du corps d'appoint à une sorte de bulldozer des affaires ; prendre quelques visios d'immeubles pour relancer la concurrence entre architectes ; compléter une fiche de renseignements sur un charlatan du spectacle ; et bien sûr retrouver notre Olga et son chat Bernard.

J'avais cependant dû refuser deux affaires.

D'abord celle de la dame qui était tellement grosse que je n'avais pu voir – ni compter – son mari dans la file des prétendants ce matin. Le monsieur s'est assis sur les genoux de sa femme, elle-même étalée à pleins bords sur mon petit tabouret. C'est elle qui a parlé tout du long. On aurait dit un couple de ventriloques. Et une fois lancée, j'ai dû attendre poliment la fin du numéro avant d'exprimer ma nolonté.

— Désolé, je ne traite pas de cas impliquant des enfants.

— Mais pourquoi ?

Ils avaient l'air outré, la grosse femme au moins trois

fois plus que son homme, que quelqu'un refuse d'aider leur enfant en difficulté.

— Je suis désolé, c'est une règle que je me suis fixée.

— Mais il risque de tomber dans la délinquance, la drogue, ou pire : l'alcool ! Et vous serez responsable !

— À une époque où le chaos semble être la règle, Madame, je considérerais votre enfant comme plutôt "normal".

Ils se sont levés comme un seul corps en marmonnant qu'il n'y avait plus de respect. Le monsieur aurait fait un très bon mime, aussi.

Je n'avais absolument aucune envie de leur expliquer mes raisons personnelles.

Et ensuite celle de mon copain Chinois – le nerveux – qui venait de perdre son tout jeune fils dans des conditions violentes. J'ai carrément stoppé la conversation et je l'ai mis à la porte sans autre forme de procès.

Je ne voulais pas y penser.

Sept clients, donc, le même jour. C'était plus que les deux dernières années cumulées. Je ne pouvais me résoudre à croire en un coup de chance, mais vraiment je ne voyais pas le moindre lien entre chacune de ces affaires. Ces personnes venaient toutes d'horizons différents et leurs histoires, bien que relativement habituelles, ne se recoupaient pas.

Certaines exigeaient que je me mette au travail immédiatement. Il y avait urgence. Il n'était plus temps de glander. J'ai donc pris mon courage à deux mains, et j'ai d'abord filé m'en jeter un à l'Aquarius.

Ça a été ma première erreur. J'ai quitté la pépinière d'entreprises avec l'air satisfait de celui qui allait accomplir du bon travail. Il faisait beau. J'ai nonchalamment fouillé mes poches à la recherche de mes visionets pendant qu'une bonne femme hélait un Taxispace à mes côtés.

— Ah, les voici !

J'avais les mains occupées lorsque ma voisine a subitement rabaissé son bras pour me pousser violemment sur la chaussée. Je suis tombé sur les genoux, le Taxispace m'a foncé droit dessus. Je me suis jeté sur le côté et le véhicule a fait une embardée de l'autre, en plein dans le couloir de l'Aérobus qui déboulait en face. Le Taxispace s'est immédiatement mis sur la tranche, j'ai vu son toit passer à deux millimètres de mes yeux en un souffle et ses propulseurs venir racler tout le flanc de l'Aérobus dans une giclée d'étincelles bleues. J'ai senti le métal cramer. L'Aérobus, qui ne pouvait en aucun cas changer de files, a freiné désespérément, écrasant la jupe de son aéroglisseur vers l'avant et projetant tous ses occupants en un seul bloc sur la vitre du conducteur. Tout s'est passé très vite. Le Taxispace a rétabli son axe et continué sa course folle, l'Aérobus a suivi sa voie, et je suis resté pétrifié. J'avais bien failli mourir cette fois, plus tôt que prévu. Un petit vieux est venu me ramasser.

— Il ne faut pas rester là, jeune homme. C'est dangereux.

Je n'avais rien à répondre à cela. J'ai admiré mes genoux en sang et massé mon coude meurtri. La bonne femme incriminée, elle, s'était évaporée.

Prestement, j'ai chaussé mes visionets qui bipaient de rouge et, encore tremblant, j'ai rejoint le plus proche Fusili souterrain.

J'étais secoué. Trop de sensations contradictoires me bousculaient depuis deux jours et ce dernier épisode n'allait pas soulager mon mal de ventre.

Tout en bas du dernier corridor, j'ai croisé un groupe de jeunes – de vrais jeunes – qui remontait l'allée en courant. Leur activité cérébrale était normale, autour de cinquante psyons. Pas de crainte à avoir. Ils m'ont dépassé comme une fleur. Puis le Fusili a pénétré dans la station. Le rail hélicoïdal était encore couvert du sang du dernier suicidé – ou probablement poussé si je me référais à ma récente expérience – et le Fusili est venu l'étaler un peu plus en arrivant à quai. J'ai sauté dans un compartiment déjà bondé et une seconde après la rame est repartie en vrille.

Huit arrêts me séparaient de l'Aquarius, une bagatelle qui pourtant me coûtait beaucoup : j'étais assommé par les slogans des publicités et des cyberactifs qui recouvraient l'espace du Fusili et qui martelaient mon esprit, ne pouvant m'empêcher de les déchiffrer. Savoir lire était une torture finalement, déjà à cinq ans je le savais…

J'ai littéralement été vomi à ma station avec les autres usagers et j'ai tout de suite emprunté les escaliers mécaniques jusqu'à Grand-Place.

Mes visionets ont bipé dès la sortie : j'avais sept proches pour une moyenne de 110 psyons. C'était énorme. Avec un écart de 0.8, cela voulait dire que six individus sur les sept allaient me tomber sur le paletot ! Mais quant à savoir lesquels ? J'ai anticipé. J'ai balancé mon coude en arrière – le même coude déjà abîmé – et le mal n'a fait qu'empirer en heurtant le corps de mon supposé agresseur. Trois ont sorti les battes de base-ball ; c'était comme si j'avais tout déclenché. Je me suis campé solidement sur mes jambes.

Il faisait presque nuit lorsque je me suis traîné à l'Aquarius. Une putain de journée. Toute la racaille semblait être de sortie. Et le seul à être déjà couché était le soleil. Je me suis hissé avec délicatesse sur un tabouret.

— José, un gingo...
— Et un gin-goyave, un !
—... avec beaucoup de glace.

Je m'en tirais avec une côte brisée, ce n'était pas si mal, et mes genoux s'étaient arrêtés de saigner. J'ai pelé la couche vireuse et maculée de mon imperméable, que j'ai jetée à la poubelle. Je m'améliorais. Ça n'avait pas été facile, au début, de me battre pour n'importe quoi, avec n'importe qui, et puis on s'habitue à tout.

— Monsieur est servi !
— Merci, José.
— Pas de demoiselle, aujourd'hui ?
— De Dame ; E la est ma femme !
— Tiens, tu as du sang, là.
— Ah, merci.

Mon oreille coulait. Ce n'était pas bon signe. Mais ça expliquait le drôle de bourdonnement que j'avais attribué aux cyberactifs qui pépiaient et bondissaient dans tous les coins de l'Aquarius. J'ai tenté d'éponger, mais l'hémorragie semblait venir de l'intérieur. J'ai remonté ma chemise pour la presser contre mon oreille, laissant mon regard vaguer derrière le bar, dans l'eau de la piscine entre les petits poissons, puis revenir autour de mon verre antique, zigzaguer vers mes plus proches voisins et se laisser machinalement capter par l'insidieux cyberactif.

Soudain, trois têtes sont apparues à l'écran.

— Bordel de dieu !

Je suis tombé de mon siège en renversant l'intégralité de mon gingo.

La grosse dame, son mari, et le nerveux Chinois étaient tous trois balancés en premières nouvelles sur les infos de -2.

— Agrandis ! Mais agrandis la fenêtre, José !

— Laquelle ?

— Celle-là, avec les visages aux yeux fermés !

Je me suis rassis péniblement et, tout en extirpant la fraîche pellicule trempée de mon imperméable, j'ai pris connaissance de ce nouveau hasard : les trois personnes s'étaient retrouvées dans un Aérotransbus qui s'était renversé par accident dans un ravin de la banlieue de Stockholm et n'avait tué qu'eux. Le chauffeur et les autres passagers étaient indemnes. La police reconstituait les événements...

J'ai encaissé le choc : mes trois clients, les seuls que j'avais repoussés, morts.

La femme et le mari, passent encore. Mais le Chinois, que faisait-il auprès d'eux ? Pire, se pourrait-il que mon refus ait quelque chose à voir avec leur mort ? Avais-je déclenché un processus sans le savoir ? Et si j'avais éconduit les sept autres, se seraient-ils retrouvés dans le même cercueil ? Je venais peut-être de sauver sept vies, finalement...

Mon cerveau s'est mis à réfléchir à toute vitesse.

— José, un gingo !

— Et un gin-goyave, un !

— Un double !

— Quoi ?

Je me suis pris une cuite monumentale. Je suis rentré je ne sais comment, sain et sauf. Je me suis étalé sur mon bureau et j'ai fait le cauchemar le plus étrange : les trois têtes étaient au-dessus de mon berceau, qu'Ella tentait désespérément de démantibuler afin de me sauver. Mais les barreaux se reconstruisaient, toujours plus nombreux, comme une prison autour de moi, et Ella paniquait. Mon père est alors apparu par une porte lumineuse, avec une béquille le long du bras, et il a tout éclaté : les barreaux, les têtes, tout, en mille copeaux de bois qui se sont répandus dans l'espace. Puis Eugène McCormick est arrivé tel un magicien par-dessus tout cela, il a agité un peu les mains pour créer un tourbillon, comme une magnifique nébuleuse, avec ces morceaux désagrégés, et il les a reconstitués en formes humaines distinctes, en êtres vivants. Ils se sont présentés à moi l'un après l'autre et je les ai reconnus : ils étaient mes sept clients restants.

Je me suis réveillé le lendemain matin, la tête lourde, mais avec une certitude : je connaissais forcément la raison pour laquelle ils étaient venus m'engager personnellement.

J'ai repris les sept dossiers synoptiques et je les ai étalés par terre, devant moi. Puis je me suis assis sur mon bureau pour les regarder d'un peu plus loin.

CHAPITRE -9

Le début des années 1980

— Les trous de ver, mes enfants...

J'étais en train de m'empiffrer de gâteaux secs pendant qu'Eugène faisait des grands gestes comme pour embrasser l'univers. Ella remplissait les tasses à l'aide de la haute théière à bec ; elle en foutait partout. Bongo le chat sautait sur les petites souris qui pullulaient dans l'atelier-résidence McCormick.

— Les trous de ver ont stagné à l'intérieur d'une théorie sur la relativité pendant près de quatre-vingts ans. Autant vous dire, les enfants, que si je m'étais trompé de siècle, je serais né pour rien !

— Mais non, Eugène, on t'aurait aimé quand même !

— Et puis tu fais shuper bien les bishcuits à la cannelle ! Crunch, crunch ! Moi, j'adore !

— Miaow !

L'école était finie. On ne venait plus se rouler des pelles, mais écouter les ingénieries d'Eugène à l'heure du goûter.

— Bah ! Je n'ai pas grand mérite. Ce sont Hinds et Sukenik qu'il faut féliciter : ils ont tout déclenché lorsqu'ils mirent en évidence très récemment l'existence d'énergie négative...

— Arrête de te rabaisser, Eugène. C'est comme si Kandinsky disait n'avoir pas inventé sa peinture ; il n'aurait fait que l'étaler !

— C'est un fait, Ella, que je ne suis pas à l'origine de l'idée des trous de ver. Depuis toujours, l'Homme a voulu se démarquer dans le temps, soit pour s'y inscrire définitivement, tels les grands conquérants, soit pour en modifier le cours et l'altérer. Je me souviens en particulier d'une anecdote très croustillante...

— Eh, oh ! Eugène... Crunch, crunch... Tu nous racontes che qui t'a tellement bouleversé hier, ou pas ?

50

Crunch, crunch...

— Ah oui, hier. C'est vrai.

Les yeux de McCormick se sont mis à tourner dans tous les sens comme pour fouiller le désordre sous son crâne pendant que Bongo tortillait ses petits coussinets dans les airs en jonglant avec la chair fraîche. Puis, les idées bien recadrées, le savant nous a pénétrés de son regard pédagogue.

— Les enfants, savez-vous ce qu'est un trou noir ?

Ella a bondi, le doigt levé.

— Oui ! Un trou noir est une sorte d'étoile d'une telle densité qu'elle absorbe tous les objets à sa portée – même la lumière – jusqu'à s'effondrer sous l'effet de sa propre gravité.

— Exact ! Un trou noir est boulimique. Et qu'arrive-t-il à sa sortie ?

Là, c'est moi qui ai su.

— Il vomit tout !

Ella et Eugène ont explosé de rire. Je venais de finir la boîte à biscuits.

— Très bien. Alors imaginons tous ensemble un tunnel, creusé dans l'univers. À l'entrée, un trou noir. À la sortie, l'inverse : une fontaine blanche, ou fontaine de lumière. Tout autour, l'espace et le temps, intimement liés. Que se passerait-il si je traversais ce tunnel ?

— Tu serais Eugène-Le-Cosmonaute : tu voyagerais dans l'espace. Et dans le temps. Hey, ce serait génial !

— Oui, mais à votre avis, est-ce réalisable ?

— Non.

— Pourquoi, Ella ?

— Parce que, comme je l'ai dit : le trou noir s'effondre sur lui-même, au final.

— Hey, y'a qu'à mettre des échafaudages, ou des grandes armoires, comme dans la librairie de mon père : le plafond ne s'écroulera jamais !

— Tout à fait, Viktor. Mais dans notre tunnel, il n'y a plus ni sol ni plafond, et pourtant tout doit tenir ensemble. D'où l'idée de Hinds et Sukenik, pour contrecarrer l'effet de densité du trou noir, de tapisser l'intérieur du tunnel d'un champ antigravitationnel constitué d'énergie négative.

— CQFD !

— CQFD !

51

— Et t'as fait ça ?

Une souris a lâché un petit cri en échappant subrepticement aux griffes de Bongo qui s'est relancé à sa poursuite illico.

— Dis donc, Eugène, tu ne crois pas qu'il faudrait empêcher Bongo de manger toutes ces souris ? Il grossit drôlement, en ce moment.

— Tu peux parler, Viky !

— Quoi ? Tu me trouves gros ?

— À dix-sept ans, des poignées d'amour, chez un mec, c'est plutôt rare !

J'ai croisé les bras sur mon ventre en signe de protestation. Eugène, lui, avait les yeux qui brillaient d'un éclat subtil. Il a attrapé son chat par le col et l'a posé sur ses genoux afin de le caresser puis, posément, comme s'il nous annonçait la météo pour demain, il a dit :

— Bongo n'a pas grossi ; il a vieilli.

J'ai regardé le chat qui ronronnait gentiment. Je ne voyais pas la nuance. Ella a fait un bruit de succion avec sa tasse, je me suis demandé si c'était un fait exprès, une sorte d'appel. C'est que nous n'en étions pas vraiment restés aux léchouilles platoniques depuis quelque temps...

— Pardon, je me suis étranglée...

Ah, dommage.

—... tu veux nous faire croire que Bongo est le premier voyageur dans le temps ?

Eugène McCormick a explosé de rire. Moi je ne riais pas, je pensais encore à mon biscuit.

— Pas le premier, Ella ! Tous les astronautes avant lui ont expérimenté l'accélération ou la décélération du temps ! Mais dans une moindre mesure. Bongo, lui, a pris hier en moins d'une seconde entre trois et cinq ans d'âge.

Ella et moi sommes restés scotchés à nos fauteuils.

Ils étaient confortables, les fauteuils du père McCormick : profonds, spacieux. Le cuir chuintait sous les fesses en s'asseyant, on avait l'impression d'être un invité de marque.

Comme un conspirateur, Eugène s'est levé puis est allé ouvrir une porte dissimulée au fond de son atelier.

Une immense lumière vaporeuse est entrée dans la pièce alors qu'aucune ouverture ne donnait sur l'extérieur, de ce côté. Une formation nuageuse se mouvait pourtant au seuil, rétroéclairée.

— Voici une fontaine de lumière, les enfants. Ma sortie privée dans le temps.

J'ai remonté mes lunettes sur le nez.

J'avais déjà été très heureux de rencontrer le père McCormick, de faire sa connaissance après que nous nous étions excusés avec Ella pour nos étalages salivaires sur ses murs et qu'il nous avait invités à boire le thé. Il nous avait tout de suite adoptés, s'était intéressé à nous, à ce qu'on faisait, nos petites histoires d'ados et tout ça. Et puis il nous avait entretenus de ses recherches, de ses découvertes. Je pouvais échanger, avec lui. Il était le père qui m'avait toujours manqué. Je n'aurais renoncé à ce privilège pour rien au monde. Er cet instant précis, je n'aurais cédé mon fauteuil pour rien dans l'univers.

Eugène McCormick était lancé, son public lui était déjà acquis, même Bongo a dressé les oreilles avec nous pour l'écouter.

— J'en ai terminé la mise au point la semaine dernière. Mon trou de ver fonctionnait, j'en étais persuadé, puisque j'avais devant moi la porte de sortie. Comprenez-moi bien : sachant qu'il me suffisait de quelques années supplémentaires pour créer l'entrée – le trou noir – je pouvais d'ores et déjà compter sur mor moi du futur pour compléter mon œuvre. Une fois le tunnel achevé, j'y aurais placé certainement quelque chose, un extrait de journal par exemple ou une cassette vidéo, prouvant à mon moi présent que j'avais visé juste.

» Logiquement, ce quelque chose, c'était donc en cet instant précis que je devais le recevoir. J'ai attendu Toute la journée. Puis le jour suivant, si je devais prendre en compte un quelconque décalage horaire. Mais en vain.

» Les jours se sont écoulés et rien ne s'est présenté à la porte. Une terrible angoisse m'a étreint alors : étais-je mort avant d'être parvenu à concrétiser mon rêve ? Ou avais-je été stoppé par une quelconque force durant mes futurs travaux ? Devais-je croire en l'existence de dieu, un dieu vengeur ? Je ne savais que penser. Toutes les idées m'ont traversé, tous mes calculs je les ai refaits. Si ce n'était un trou de ver, qu'avais-je donc bien pu créer ? Le passé s'évanouissait lentement et avec lui mon rêve de le changer.

J'ai regardé Eugène en train de nous raconter son histoire être encore touché par le doute qui l'habitait, et je me suis dit que définitivement, non, cet être sensible et intelligent n'avait rien à voir avec le savant fou qu'on m'avait décrit durant mon enfance. J'avais de la chance, tout simplement, d'avoir rencontré cet homme pour de vrai.

Mais en cet instant précis, j'étais peut-être le seul à savourer cette opinion, car Ella faisait des yeux ronds, limite exorbités.

— Attends, Eugène : ne nous dis pas que tu as envoyé Bongo là-dedans sans même savoir ce qu'il allait lui arriver ?

— Oui et non. Disons que je lui ai fait une promesse... Il fallait bien que j'agisse ! Alors je l'ai empoigné par le cou et l'ai jeté dans le trou de ver.

J'ai cru qu'Ella allait vomir tout ce bon thé. In extremis, j'ai tenté de sauver la situation.

— Tout va bien, Ella ! Regarde Bongo : il est en pleine forme, il court partout ; tu n'as plus de souci à te faire. Pas vrai, Eugène ?

Ella a relevé un de ses si fins sourcils et m'a regardé de travers. Il y a eu comme un froid. Je ne comprendrais jamais les filles.

Notre manège a fait sourire le père McCormick.

— En fait, il ne risquait pas grand-chose. Au pire, mon trou de ver n'existait pas vraiment, Bongo se prenait le mur et retombait sur ses pattes. Et c'est bien là que l'histoire devient intéressante, puisque c'est exactement ce qui s'est passé : Bongo a comme rebondi sur le nuage luminescent pour atterrir à mes pieds, tranquille, mais avec une taille supplémentaire ! Deux hypothèses, alors, se sont ouvertes à moi : soit je venais de concevoir la machine à calories et j'étais fichu comme inventeur, car personne ne voudrait jamais d'un produit pour grossir instantanément ; soit j'avais non pas réalisé une voie pour remonter dans le temps, mais bien plutôt pour avancer vers le futur. Bongo venait d'y faire un saut, y avait probablement été nourri quelque temps par mon moi du futur – ou l'un de vous deux, qui sait ? – puis il était revenu dans mes bras, en brave matou, preuve vivante de ce que je venais d'accomplir. Par le fait, cette deuxième hypothèse, même si je ne peux vous en expliquer la raison pour l'instant, s'est vérifiée : hier, en une fraction de seconde, Bongo a bien vieilli d'au moins trois longues années.

Le chat ronronnait toujours consciencieusement sur les cuisses de son génie et maître. Maintenant je voyais.

Je me suis levé, j'ai pris Bongo dans mes bras et je l'ai caressé comme un extra-terrestre. Ella, peu rancunière, a ouvert les bras er grand.

— Eugène, c'est fantastique ! Tu imagines toutes les possibilités ?

Nous n'avions que quinze et dix-sept ans à ce moment-là. Les possibilités d'une porte s'ouvrant sur l'avenir, Ella et moi ne pouvions les envisager que comme ces nouveaux hypermarchés qui commençaient à fleurir : plein d'idées, d'immenses opportunités, des tonnes de produits sophistiqués, d'aventures rocambolesques dans chaque rayon et de nouveautés impayables à portée de la main !

Bizarrement, Eugène McCormick n'était pas si enthousiaste. Sans doute commençait-il à se demander si ce rôle d'inventeur qu'il s'était donné n'était pas destiné à vouloir s'échapper du monde, à se protéger ainsi de l'instant présent en imaginant qu'ailleurs la vie serait plus rose.

Peut-être l'a-t-il compris pour la première fois ce jour-là. Mais moi, dans mon cerveau d'adolescent, je n'ai pu interpréter ces larmes qui venaient faire briller ses yeux que comme une marque d'émotion l'étreignant en ce moment historique. Eugène McCormick venait de concrétiser le voyage dans le futur.

Bongo, Ella et Viktor Ingham en étaient les premiers témoins. J'ai regardé ma montre pour noter l'heure. Et j'ai bondi !

— Déjà ? Bon sang, tout le monde doit être en train de m'attendre, au théâtre ! La représentation est dans moins d'une heure !

Branle-bas de combat ! Aussi synchrones que deux automates, mes spectateurs favoris se sont levés pour m'accompagner. Ella a ramassé vite fait le service à thé afin d'aller le laver, j'ai rouvert mon sac pour ultimement en vérifier le contenu puis j'ai replacé en vrac mon nécessaire de maquillage, mes santiags faussement usées, mon bandana rouge et mes lunettes très 60's, piquées dans le tiroir de mes parents. Ils ne viendraient pas ce soir, mon père ayant un inventaire de fin d'année fiscale, je n'avais pas bien compris quoi, et ma mère attendant mon père pour sortir.

Mes yeux se sont perdus dans le vague, vers le fond de la cabane, dans ce nuage vaporeux qui se gonflait et se mouvait sur place, s'amplifiant dans la lumière spectrale qui l'accompagnait, mais prenant soin de ne pas dépasser la limite de son seuil. Comme une masse de coton, légère et scintillante, le trou de ver m'appelait.

Eugène en a claqué la porte. J'ai senti le temps se réaccélérer, et me rappeler à mon retard.

— Dis donc, Eugène, t'aurais pas un truc pour remonter un peu dans le temps, plutôt ?

J'ai dit ça pour plaisanter, mais ça n'a pas fait rire McCormick du tout.

— J'aurais bien aimé, Viktor. J'aurais bien aimé...

J'allais tout faire péter ! Mes dix-huit ans se fêteraient dans l'opulence de bouffe, de potes et de musique, ou ne se fêteraient pas !

Et curieusement, c'est cette deuxième sensation qui m'a étreint dès que j'ai voulu entamer les préparatifs. Comme si, quoi que je veuille entreprendre, mes projets tomberaient à l'eau. J'avais pu le vérifier étant petit, toutes mes envies ayant été brimées, mes élans contrecarrés, mes volontés rabaissées, alors que les choix de mes parents pour moi avaient toujours abouti. J'aurais dû me rendre à l'évidence : mes parents, les adultes en général, avaient toujours raison ; tout ce qui venait de moi était destiné à échouer. Sauf le théâtre, peut-être, mais encore une fois ce n'était pas moi : j'y jouais un rôle.

Mes parents ont tenté de me dissuader...

Papa : « Tes dix-huit ans ? Je ne vois pas bien l'intérêt de faire un tel ramdam pour un anniversaire... »

Maman : « Tu es sûr de ne pas vouloir patienter jusqu'à tes vingt ans pour mieux profiter de la fête ? »

Peu importait. J'allais être majeur, il était temps de

marquer la différence. J'ai insisté.

D'abord, j'ai choisi une date où je pouvais être certain qu'il n'y aurait pas d'inventaire à la librairie.

Ensuite, j'ai trouvé trois potes capables d'ajouter leur barbecue au mien, j'ai réservé trois kilos de saucisses, cinq de bœuf et autant de tomates, oignons, poivrons, champignons pour les brochettes, j'ai commandé vingt-huit baguettes chez le Boulanger du coin, j'ai récupéré la sono de Jeff et les quatre enceintes qu'il me disait savoir traîner chez un de ses cousins.

Enfin, j'ai lancé les invitations : quarante-deux.

Tout devait rouler car ce soir-là, je voulais présenter Ella et faire que nos parents se rencontrent.

Le premier écueil est arrivé du côté où je l'attendais le moins.

— Non, vraiment Viktor : il y aura trop de monde, je ne serai pas à l'aise.

— Mais si, il y aura mes parents et ceux d'Ella ; ils ont exactement ton âge ! Tu feras connaissance.

McCormick s'est raidi, droit comme un piquet perdu au milieu d'un tas de bois ; on aurait dit qu'il suffoquait déjà.

— Non, non, j'ai du travail, je veux terminer ces portillons qui me demandent beaucoup de temps et de concentration. N'insiste pas.

C'était bien la première fois que le père McCormick me mettait à la porte de la cabane rouge. En même temps, je comprenais : Eugène était toujours décidé à remonter dans le temps. Pour y parvenir, cependant, il avait décrété qu'il lui fallait percer d'abord les secrets du voyage instantané. Il avait donc construit deux portillons et s'évertuait à faire passer un objet de l'un à l'autre.

Faire apparaître l'objet – il avait sélectionné sa théière à bec – ne posait aucun problème : Eugène McCormick savait remodeler les éléments à partir d'une soupe originelle de sa composition. Non, son souci résidait dans la disparition de l'objet initial : c'était irréalisable. Sa collection se composait à présent de vingt-sept théières, toutes parfaitement identiques à l'original !

Il n'en démordait pas : si après le voyage dans le futur il parvenait à maîtriser celui dans l'instant, les portes du passé lui seraient grandes ouvertes !

Je l'ai donc laissé à son éden.

Le samedi est arrivé sans autre mauvais augure, à part un pote-barbecue qui s'était désisté, mais ce n'était pas grave, j'avais prévu large. Je planais.

J'avais décidé de m'en sortir seul, mais Ella a pris la sono en main avec quelques copines et elles ont passé l'après-midi à jouer des slows débiles qui, soi-disant, auraient même fait fondre le cœur des icebergs polaires si elles avaient pu pousser le volume jusque-là. Avec trois enceintes (le cousin de Jeff en ayant finalement paumé une) réparties dans le salon, j'étais déjà satisfait du résultat – et du massacre – pendant que je courais à droite à gauche collecter mes ingrédients.

À 18 h, débarrassé des caqueteuses, j'ai secoué les sacs de charbon de bois au-dessus des cuvettes de fonte, arrosé d'essence, et foutu le feu. Trois énormes brasiers se sont élevés de concert dans le ciel.

La soirée promettait d'être grandiose.

À 19 h, j'ai vu mes parents commencer à fureter autour des chaises, en prendre une chacun puis aller les caler bord à bord contre la porte au fond de la cuisine, condamnant l'accès à la librairie. Là, ils se sont installés, gardiens d'un lieu sacré ; ils n'allaient plus en bouger.

Peu importait...

À 19 h 30, ma princesse est revenue, toute changée : elle avait revêtu une belle robe blanche très courte, avec des bretelles et des fils argentés tout autour de la taille. Le blanc et le brillant ressortaient pleinement sur sa peau mate. Elle avait mis un léger trait de rouge sur ses lèvres et enduit ses pommettes de fond de teint à paillettes. Ses cheveux bruns étaient finement tressés avec une perle à chaque bout. Elle souriait, ses yeux miroitaient.

À seize ans, Ella avait gardé sa souplesse de danseuse, mais s'était laissé aller à quelques douceurs : son cul s'était arrondi et ses seins avaient explosé ! Ma gonzesse était canon !

Et ce soir, elle était particulièrement lumineuse.

Derrière elle se pressaient quarante gusses affamés ; je les ai laissés s'engouffrer, la musique a soudainement résonné et la soirée était lancée ! Pour donner le rythme, j'ai commencé par distribuer les verres et servir le punch maison, que mes parents m'avaient laissé alcooliser pour l'occasion. Très peu. Juste assez avait dit ma mère. C'est déjà trop avait renchéri mon père.

J'ai présenté les gars du théâtre à ceux du lycée histoire de mixer les genres, puis Jeff est arrivé, un drôle de récipient à la main.

— Tiens, c'est du caviar : joyeux z'anniversaire !

— Du caviar ? T'es fou, fallait pas !

— Je me suis dit que t'allais faire péter le champagne pour tes dix-huit balais, alors rien de mieux qu'un peu de caviar pour l'accompagner.

— Bon sang, Jeff, ça a dû te coûter une fortune...

— Tu parles ! Avec leurs conneries de rembourser deux fois la différence en cas d'erreur de leur part, j'ai juste eu à remplacer l'étiquette dans le rayon avant de passer en caisse et ils ont presque dû me payer pour que je prenne leur marchandise !

Jeff a attrapé le verre de punch que je lui tendais, puis un deuxième qu'il est allé directement offrir à une fille de onze ans notre aînée et qui jouait ma mère dans la dernière pièce.

Il était exactement 20 h, les braises étaient magnifiques sous les grilles, j'y ai allongé les saucisses et les brochettes. Les barbecues étaient bien chauds, la graisse a commencé à juter en cadence. Je jubilais, tout simplement.

Pleine d'enthousiasme, Ella est allée d'un saut de puce chez elle pour récupérer ses vieux et, à leur arrivée, je les ai poussés tous les trois jusque dans la cuisine, tout au bout, où mes cerbères poireautaient : l'instant des présentations officielles était arrivé.

On n'aurait pu attendre un accueil plus froid. Rien qu'en entrant, j'ai senti le mur de glace s'ériger et vu mes parents en même temps se dresser comme des stalagmites. Ils ne m'ont pas regardé, leur regard portait déjà au-delà de moi. Leurs yeux se sont plantés directement dans ceux du couple invité, puis se sont abaissés vers la traînée qui les accompagnait. Je ne comprenais pas. J'ai tenté le rapprochement, comme prévu :

— Maman, Papa, je vous présente Ella et ses parents...

Mes lunettes ont glissé puis sont tombées de mon nez. Le temps, les êtres en présence se sont figés. J'ai senti mon ventre palpiter, puis enfler, mon cerveau s'enflammer, les pensées virevolter, et j'ai perdu toute notion du moment ; j'ai perdu connaissance.

Lorsque je suis revenu à moi, j'étais assis au fond d'une chaise de jardin avec Ella qui riait, manifestement pompette. La musique s'était calmée et les barbecues rougeoyaient doucement dans l'air de cette fin de soirée. Tous les groupes s'étaient reformés comme ils étaient venus : il ne fallait jamais tenter d'inviter des gens différents à une fête si le seul lien qui les unissait était que je les aimais bien.

Ç'avait été un échec.

Je ne me souvenais plus de la moitié de la soirée, mais j'avais la sensation exacte tout au fond de moi qu'elle avait été ratée. Comme preuve, j'avais Jeff, tout seul, à l'autre bout de la pelouse.

Mes parents me l'avaient bien dit.

J'ai serré Ella un peu plus fort et j'ai laissé la boisson qu'elle me tendait franchir la barrière de mes lèvres, pénétrer ma bouche, s'immiscer dans mon gosier.

J'ai attendu le troisième verre pour prendre Ella dans mes bras, la soulever et l'emporter jusque dans ma chambre.

Là, j'ai défait ses bretelles en déposant un baiser sur la peau mise à nue. Les mains d'Ella couraient sur mon visage, dans mes cheveux. J'ai fait passer sa robe par-dessus sa tête et j'ai embrassé ses seins, j'ai sucé ses tétons, j'ai léché sa peau jusqu'à son nombril et j'ai enfoui mon nez dans sa petite culotte. Ella me pressait à présent contre son sexe, j'en sentais les parfums et l'auréole grandir sur le coton. J'ai laissé glisser l'étoffe le long de ses jambes et comme le cri de la soie ne s'entend pas, je crois que je n'ai pas voulu entendre Ella me dire qu'elle m'aimait. Je ne pouvais plus communiquer, j'étouffais mes larmes qui grondaient.

Nous avons fait l'amour pour la première fois, dans une sorte d'extase désespérée.

Deux mois plus tard, ma mère déclarait un cancer du sein.

CHAPITRE -8

1984 – 2006

— Melbourne, Stockholm ou Montréal ?

Ella avait débarrassé la table basse de sa théière et écartait les doigts sur un planisphère tout en couleurs : un pouce sur le violet de l'Océanie, le majeur dans le jaune de l'Amérique du Nord, et l'autre main au milieu du vert de la Scandinavie. Le visage relevé, elle nous regardait de ses beaux yeux interrogateurs.

Deux ans que j'attendais ce moment, que j'avais tout fait pour me préparer à cet instant : celui du départ.

C'est long, deux ans.

J'avais dû trouver une orientation à l'issue du baccalauréat. Lorsqu'on lisait autant que moi et qu'on avait un père considérant comme une évidence, mais sans la formuler qu'on prenne sa relève, le choix était vite fait : lettres.

Je me suis inscrit sans réelle motivation et j'ai commencé à travailler à mi-temps dans la librairie familiale. Ce n'était pas difficile : les clients me connaissaient tous et les bouquins portaient déjà mes empreintes sur chacune de leurs pages. Je me suis coulé dans le métier comme le béton dans son moule, pour n'en plus bouger.

Du coup, mon père a manifesté un regain d'intérêt à mon égard, faisant beaucoup d'efforts pour – mais se limitant à – m'expliquer les ficelles du métier, selon lui. Son point de vue étant universel, évidemment, mon père ayant toujours raison. Mais en toute humilité, mon père étant très croyant. J'écoutais poliment. J'acquiesçais même. J'avais le sentiment de lui devoir bien ça.

Quant à ma mère, la nouvelle de son cancer ne l'avait pas fait changer d'un iota. Elle avait certes entrepris une thérapie, suivi le traitement à la lettre, mais « ce n'était pas grave », « ce n'était pas important ». On pouvait en

61

parler, mais il n'y avait rien à en dire. Sujet clos, donc, enfermé au même endroit que les explications concernant ma soirée d'anniversaire. Je sentais qu'il m'aurait suffi d'une seule clef pour révéler les deux secrets, mais je n'avais qu'un maigre souvenir à me repasser, ce tout petit bout de film où quatre personnes dressées se regardaient sans se voir, puis plus rien ; la flamme de l'inconscient ayant tout brûlé.

J'avais bien demandé à Ella de m'en raconter les faits, pour savoir ce qu'il s'était passé.

— Rien. Tes parents sont restés figés, ma mère a dit : « Viens, on s'en va » et plus tard mon père a dit : « Nous ne voulons rien avoir à faire avec ces gens-là. »

— Mais pourquoi ?

— C'est du passé ; ça ne me concerne pas ; je ferais bien mieux de vivre ma vie, paraît-il.

— C'est dingue, ça !

Le mystère sur mes dix-huit ans restait entier, mais Ella voyait la relation avec ses parents se dégrader au fur et à mesure où la nôtre se fortifiait.

Elle était encore lycéenne, je n'étais qu'un demi-étudiant, nos maisons ne nous appartenaient pas. Celle d'Ella était occupée par son père qui y avait établi son cabinet médical et y donnait des consultations toute la semaine. Nos deux familles avaient décidément beaucoup de points communs.

Curieusement, le bol d'air a émergé de mon côté : mes vieux, auparavant si sédentaires, ont commencé à lâcher un peu de lest. Mon père m'a laissé gérer la librairie le samedi, lui permettant ainsi qu'à ma mère de démarrer une série de courts voyages, le temps du week-end, m'instituant gardien également de leur maison. Joie !

Ella et moi en faisions notre âtre : deux jours de pure télé en cassettes VHS, de soirées délires improvisées avec les copains, de boîtes à pizzas laissées traîner dans le salon, de baise dans toutes les pièces. L'endroit préféré d'Ella était le placard jouxtant ma chambre. J'y avais entreposé mes jouets d'enfant et Ella aimait poser ses fesses nues dans la douceur de mes peluches, calant ses pieds à hauteur des murs exigus. Porte fermée, il y faisait très noir et le peu de place en faisait plus une partie de fous rires que de jambes en l'air, même si la position était là.

Il nous restait les mercredis chez McCormick, également. Nos habitudes n'avaient pas changé : l'univers de la cabane rouge, d'Eugène et Bongo, était aussi bien le nôtre ; havre de paix dans lequel il était autorisé de refaire le monde et de l'imaginer différent, accrédité par un avis scientifique et ses biscuits à la cannelle, miam !

C'est court aussi, deux ans.

Car Eugène McCormick était resté empêtré dans ses histoires de voyage instantané : il n'en sortait rien. Il avait donc relancé en parallèle son travail sur le trou de ver, afin d'en compléter le tunnel et offrir comme prévu à son moi futur un trou noir parfait, un trou de ver avec sortie et entrée !

Moi-même, si je devais faire le compte de ce que j'avais accompli durant ces deux années, il n'en resterait pas grand-chose : un petit diplôme de lettres, sans mention, fallait pas exagérer, et quelques premières économies.

Ah si ! Deux grandes nouvelles, non, trois :

Je m'étais mis très sérieusement à la musculation pour transformer toute cette graisse qui commençait à m'envelopper. Deux fois par semaine, le mardi et le jeudi – jours où curieusement il n'y avait jamais personne nulle part, avais-je noté – je soulevais de la fonte, tirais sur des poulies, écartais les abducteurs, poussais sur les mollets, le tout devant la glace, comme il se devait. J'avais rapidement pris des épaules et des cuisses, perdant du ventre, selon les curieuses lois de la physique. J'avais la sensation d'accomplir par là une sorte de rite, un passage à l'âge adulte. Me muscler me permettait d'être plus fort, mieux armé envers les critiques, une première étape pour me laver des souffrances et des frustrations de mon enfance. J'aimais bien la musculation : je laissais mon cerveau tourner en boucle pendant que mon corps faisait tous les efforts.

Je remplaçais ainsi le théâtre, que j'avais dû laisser tomber : il n'y avait que des profs, dans ces troupes, toujours prêts à nous expliquer combien leurs élèves étaient mieux l'année d'avant, regrettant toute leur vie de ne plus être dans le passé. Si ça ne tenait qu'à eux, le monde aurait stagné. J'avais déjà mes parents pour me le rappeler.

Plus de théâtre, plus de rôle à endosser.

J'avais également laissé tomber mes lunettes. Ma vue s'étant stabilisée – basse, malheureusement –, mais mes finances ayant bien remonté, j'étais prêt à me payer l'opération des yeux. Comme j'étais jeune, en forme et étudiant, le chirurgien m'a proposé de participer à un essai clinique sur une nouvelle technique : le lasik. J'ai saisi l'opportunité : les occasions de rigoler se faisaient rares. C'était gratuit, en plus.

J'ai reçu des gouttes dans l'œil avant qu'une machine ne vienne me le sucer. Ma tête avait été immobilisée, et c'était maintenant au tour de mon œil droit, choisi comme cobaye pour sa moindre importance chez les gauchers, ce que j'étais. Ma vue s'est obscurcie un centième de seconde et le chirurgien m'a expliqué qu'une lame de rasoir venait d'inciser ma cornée. Puis des lumières rouges, oranges et vertes se sont produites, en même temps qu'une forte odeur de chair cramée : le laser était en train de me remodeler. Ça a duré trente secondes, pendant lesquelles mon cerveau voyait des Picasso en kaléidoscopes. Puis tout s'est arrêté, mon œil est redevenu libre de bouger, ma tête a été désengagée et je me suis relevé : je voyais ! Sans lunettes, sans rien, je découvrais le monde à nouveau de mon œil nu !

Le chirurgien a été très satisfait de lui-même, il m'a fixé rendez-vous le mois suivant pour l'œil gauche, j'ai passé la nuit à hurler comme si quelqu'un cherchait à me piquer le cerveau en m'enfonçant une dague très doucement à travers l'iris, puis tout a marché comme sur des roulettes. Je voyais.

J'ai jeté mes lunettes, ancien objet d'attachement parental.

Trois changements et en même temps la sensation unique d'avoir ainsi entamé le sectionnement du cordon ombilical.

Voilà ce que c'est deux ans, quand on en a vingt : un monde entier de possibilités pour seulement une poignée d'opportunités.

Puis Ella a enfin passé le bac.

— Alors : Melbourne, Stockholm ou Montréal ?

J'ai resserré mes mains autour de mes lèvres pour parler comme dans un micro.

— Kssh ! Touché mon porte-avions en D6 et mon remorqueur en D9, touché-coulé ! Ksssh !

— Viky, je suis sérieuse : tu n'as pas une préférence ?

— Si, si, ma poulette, je vais prendre comme Bongo : une petite souris sur toast !

— Miaow !

— Mais enfin... Eugène, aide-moi : on ne peut rien tirer de ce taré !

— Tss, tss, de si jolis mots dans une si vilaine bouche !

J'étais en pleine forme !

Eugène a avancé du doigt. Un long doigt, avec des ongles qu'il n'avait pas dû couper depuis des mois, chacun faisant au moins cinq centimètres.

— Peut-être pourrais-tu nous indiquer ce qui a orienté ton choix, Ella ?

Elle a retiré ses mains du planisphère pour les ouvrir en un geste d'évidence.

— Simple : ce sont les trois seules universités à offrir une formation de naturopathe à l'heure actuelle. Toutes ont développé un programme autour de la diététique et des médecines alternatives, mais chacune propose indépendamment des options spécifiques à sa culture : l'Australie s'est tournée vers l'aromathérapie, le Canada plutôt vers des techniques locales comme l'auriculothérapie ou la réflexologie, la Suède vers l'hydrothérapie et les soins en massages. Toutes sont s passionnantes ! Je choisis comment ?

— Viktor ?

— Je sais pas, moi ! Melbourne, tiens : au moins, ils parlent anglais.

— A Stockholm aussi, bêta ! Tous les Suédois le parlent couramment.

— Et à Montréal ?

— C'est la deuxième langue officielle après le français.

— Ben on n'est pas tellement plus avancé...

— Merci d'avoir participé, Viky.

— Attendez, les enfants...

Eugène McCormick a posé ses mains à plat sur la carte du monde. Et ses ongles.

—... il s'agit de votre avenir à tous les deux : peut-être serait-il temps d'exposer ce qui vous motive personnellement. Il n'y a rien de mal à être un peu égoïste lorsqu'il s'agit d'être heureux.

J'ai regardé ses mains fripées, je suis remonté à son visage ridé et j'ai su que – quelle qu'ait pu être la vie d'Eugène, dont j'ignorais des pans entiers finalement – il parlait d'expérience. J'ai senti qu'une pointe d'émotion l'étreignait et le silence s'est installé.

Dans un tout petit crissement de cuir, Ella s'est redressée dans son fauteuil et a replié les jambes sous ses fesses. Doucement, précautionneusement, elle a laissé passer un filet de voix, comme pour ne pas briser la bulle d'intimité qui venait de se créer, comme pour nous susurrer un secret.

— Alors moi, je veux étudier les plantes, les méthodes traditionnelles de guérison et de bien-être, les techniques ancestrales, bref, tout ce que mon dévoué père considère être de la charlatanerie. Ensuite, je veux partir loin, m'imprégner de nouvelles cultures, loin de moi-même, pour me jeter à pieds joints dans le monde et la vie ! J'ai envie d'aventures, de passion, de...

Elle a dégluti péniblement.

— J'ai envie de... Enfin, de...

Je ne sais pas pourquoi, j'ai senti l'émotion monter à nouveau. C'était idiot. Tout ça à cause de cette atmosphère de départ. Même si on en parlait, on n'était pas en train de se séparer.

Ella m'a regardé, ses yeux marrons tous brillants. Et elle a fondu en larmes.

— Et je voudrais que ce crétin vienne avec moi !

Je n'ai pas bougé. C'était la première fois que je la voyais pleurer. Les très rares pleurs d'Ella... Elle m'avait tellement habitué à utiliser la froideur plutôt que l'émotion vive lorsqu'elle était bouleversée que j'y répondais instinctivement par de la paralysie. Maintenant, je ne savais plus comment agir...

Le menton tremblant, la morve au nez, elle m'a demandé :

— Et toi ?

J'ai respiré et me suis lancé bravement.

— Ben moi, j'ai attendu deux ans pour changer de boulot, changer de vie, même changer de peau, alors il me faut tout : du soleil, des nouveaux loisirs et un nombre de miles maximum entre ici et là-bas.

Ella a risqué un reniflement.

— Et moi ?

— Toi aussi ; j'ai besoin de toi, ma chérie !

Voilà. Ces gamines, il fallait tout juste les rassurer. Simplement. Un rayon de soleil est alors venu transpercer les vitres – rarement lavées – de la cabane pour tomber pile sur la petite table basse. Eugène a tiré le planisphère afin d'y mettre la tâche violette en plein centre et il a désigné de l'ongle :

— L'Australie, donc ?

L'Australie, donc, avec ses essences de fleurs du bush.

L'université d'Ella était située à Pointbrige, au nord de Melbourne. On s'est donc installé près de Victoria Market, au dernier étage d'un hôtel de passe grand luxe qui offrait une chambre à moitié prix en échange de menues corvées comme faire les chiottes le dimanche ou tenir la réception toute la nuit une fois par mois : Ella était derrière le bar, du haut de ses dix-huit ans, froide comme elle savait l'être, droite comme la danseuse qu'elle était, la peau appétissante et les rondeurs où il fallait ; elle facturait du champagne aux clients – même ceux qui ne venaient que pour voir – par caisses complètes. Moi, usant de ma corpulence, je la protégeais d'un côté et faisais videur de l'autre.

On aurait demandé leurs avis, nos parents nous auraient dit au minimum de nous méfier. Mais nous ça nous faisait rigoler : c'était tellement drôle d'enfiler les gants d'une madame pipi ou d'un souteneur à call-girl ! On expérimentait.

Même si c'était un peu dur pour moi, après ces week-ends, d'enchaîner avec le service au restaurant français où je m'étais fait embaucher. Je bossais en horaires décalés et je mangeais quand j'avais le temps, pour profiter pleinement de mes milieux de matinée ou d'après-midi entièrement libres : plage, surf, beach-volley, plongée sous-marine, kayak de mer, parapente, cheval, explorations côtières, expéditions dans l'outback désertique ; toutes, Melbourne m'offrait toutes les occasions dont je rêvais, y compris des barbecues de plein air, des festivals aux happenings impromptus, des parcs foisonnants, des musées pour un brin de culture, un stade gigantesque et bien sûr, des salles de gym à la pointe en appareils de musculation. Tout, j'ai tout fait.

Sans compter que la formation d'Ella étant finalement assez légère en nombre d'heures, cela nous laissait plein de temps pour jouer ensemble.

Ses parents lui adressaient une petite pension d'étudiante et les miens, malgré leur désapprobation de principe, aussi. Et lorsque mon salaire ne suffisait plus à couvrir les extras, on se rationnait en venant manger à l'œil dans mon restaurant.

Deux ans. Ça a été deux années de pure folie. Deux années également durant lesquelles on a le plus baisé, Ella et moi ; tout le temps, dans toutes les positions, en hurlant le plus possible. Sans doute la formation d'Ella nous rapprochait-elle de la nature ? Ou était-ce la proximité des inconnus de passage, ouvertement excités, forniquant sans relâche à tous les autres étages ?

Deux ans, en tout cas, où je n'ai pas touché un bouquin.

— C'est con à dire, mais : voudrais-tu m'épouser ?

— Je ne vais pas te paraître très originale, mais : oui, Viky !

On s'est embrassés. Chaque nouvelle fois où je posais mes lèvres sur celles d'Ella, j'avais la sensation exacte d'avoir oublié ce que m'avait fait son précédent baiser.

Un bonheur sans cesse renouvelé.

Ce qui n'avait pas été le cas de son visa...

— Number 26!

Services de l'immigration, 9e étage, 218 Flinders St, Melbourne, Victoria State, avec vue sur la circulation et une galerie d'art Aborigène en face. 9 h 12. Désormais l'endroit le plus romantique du monde pour une demande en mariage. On attendait depuis 7 h 30 ce matin, afin d'être dans les premiers.

— Number 26!

— Ah oui, c'est nous !

On souriait comme des débiles.

— Vous avez un diplôme ou une attestation justifiant d'une compétence particulière ?

— Oui, je suis Naturopathe.

Ella a exhibé son nouveau diplôme, fraîchement délivré de la veille.

— Vous avez une expérience d'au moins cinq ans ou une attestation justifiant d'une expérience similaire dans la fonction ?

— Non, je n'ai pas encore travaillé.

— Vous êtes mariée ?

— Non, pas encore.

Elle m'a serré la main et on a encore souri bêtement. J'avais même une petite érection. L'employée m'a regardé dessous ses lunettes rondes comme si elle le savait.

— Votre époux de facto peut-il justifier d'un permis de résidence ou d'une position stable ouvrant droit à un permis de résidence dans l'État de Victoria ?

J'avais envie de lui dire que, dans mon état, c'était d'une autre position à laquelle je pensais.

Ça aussi, elle a dû le percevoir. Elle a claqué notre dossier et elle a tamponné dessus "REJECTED" en rouge. J'ai failli m'énerver après le temps qu'on venait de passer, mais je crois avoir bien fait de ne pas insister en justifiant d'une situation clandestine de serveur au noir logé dans un bar à putes.

Nous sommes donc tranquillement rentrés à la case départ, flying away from Australia, un bel avenir de libraire s'ouvrant devant moi, à la grande satisfaction de mon père, un cabinet de naturopathe s'ouvrant pour Ella, à la grande déconvenue du sien.

On s'en fichait. D'épouse de facto, Ella allait bientôt devenir ma femme. On espérait, cependant : que nos deux familles se fassent une raison, qu'ils voient dans notre passion plus de solidité que dans une amourette de jeunesse et que, leur fallant compter dessus définitivement, ils tentent de se réconcilier.

Ça n'en prenait pas le chemin.

Seule la voie du seigneur nous a été imposée, nos géniteurs respectifs ne s'étant entendus que sur le mariage à l'église.

Je suis donc allé chercher un témoin neutre, McCormick, le père dont j'aurais rêvé.

— Ne me lâche pas, Eugène : nos parents peuvent pas se blairer, on va devoir se taper le sermon du curé et on n'a pas assez de fric pour couvrir ces petits désagréments d'une montagne de petits fours ; il faut que tu sois là !

— Mais... je ne peux pas. Que va penser ta mère ? Et ton père ?

— On s'en fout, Eugène, de ce qu'ils pensent ; ils m'ont assez mis la pression comme ça. Je veux que tu sois mon témoin, que tu fasses partie de ma famille.

— J'en fais déjà partie, Viktor.

— Alors viens !

— Qu'est-ce que je vais mettre comme costume ? Même Einstein en avait plus que moi.

— Ça, pour l'habillement, fais-moi confiance : je m'en occupe.

Il était magnifique : vêtu d'un costume de valet en velours vert, des socquettes blanches jusqu'aux genoux, assorties au jabot lui serrant le cou ! Il avait peigné soigneusement ses cheveux fous qui remontaient sous un effet électrostatique et il s'était planté un sourire crispé au milieu du visage. J'étais tellement heureux qu'il soit là : mon épouvantail endimanché.

Je suis descendu le premier du carrosse, emmitouflé dans une grande cape royale à col de moumoute, pour accueillir ma belle au bas des marches. J'avais eu tout le loisir de la détailler assise à mes côtés, elle était encore plus majestueuse debout, vêtue d'une robe en tissu léger, cintrée à la taille, tombant à ses pieds et s'allongeant à l'infini derrière elle. Je lui avais trouvé une fine couronne incrustée de diamants en verre miroitants, mais chez Ella, c'était son sourire qui lui donnait son éclat, sa splendeur en ce jour : elle rayonnait. En même temps, son regard se posait sur les convives amassés à l'entrée de la mairie, leur adressant à chacun un peu de son attention.

— Ça va, Eugène ?

— J'ai du mal à respirer...

— Attends, laisse-moi faire.

Elle a desserré le jabot de notre valet, qui s'est ensuite posté derrière nous pour fermer notre marche.

Oui, j'avais prévu un mariage princier, rien d'autre ! J'ai tendu mon bras fermement à Ella et nous sommes entrés.

Nous avons croisé et même dépassé mes parents qui traînaient les pieds à la traversée des salons. Était-ce l'état de santé de ma mère qui s'était encore aggravé ?

Je n'ai pas écouté un seul mot de l'adjoint au maire, j'étais déjà en train de me préparer mentalement à l'heure du christ de cet après-midi. Je me suis demandé un moment si je n'avais pas prié pour qu'un évènement exceptionnel vienne m'en libérer, genre un raz-de-marée avais-je pensé. Je suis revenu ici-bas juste au moment de dire oui. Les parents d'Ella ont fait des yeux de morts-vivants. Je crois que je les aurais baffés.

Puis Eugène est sorti de l'ombre et de la discrétion dans laquelle il s'était cantonné depuis le début, pour venir nous apporter les alliances.

Ma mère l'a vu et elle est tombée.

Un lourd silence a suivi le choc de sa tête contre le parquet. Mon père s'est précipité. Tout le monde s'est resserré autour d'elle puis a reculé, comme une pâquerette s'ouvrant au soleil, pour la laisser respirer. Moi-même j'ai coupé mon souffle afin de libérer plus d'oxygène. J'avais encore la main d'Ella dans la mienne, l'anneau à moitié glissé. Mon père s'est tourné vers moi, la barre de ses sourcils agitée de tremblements.

— Viktor... Viktor... c'est ta mère...

Je crois que j'ai réussi à ce moment-là à empêcher la Terre de tourner, si je me concentrais assez je pouvais encore tout sauver.

—... ta mère est morte.

Comme un petit garçon bien élevé, j'aurais pu sourire et monter sur l'autel si on me l'avait demandé. Je me suis contenté de pousser la bague jusqu'au bout, j'ai embrassé la mariée et je me suis effondré.

Eugène n'a pas pu me rattraper, il avait déjà disparu.

Seule, désemparée, Ella a lâché les mots qui lui accaparaient l'esprit depuis le matin : « je t'aime, Viky. Je t'ai toujours aimé et je t'aimerai toujours. »

Nous n'avons jamais été mariés.

On l'a cherché partout dans la mairie, on est allé demander au curé, on a fouillé la salle qui aurait dû servir à la réception, mais on n'a trouvé Eugène nulle part.

Le soir même, en ce jour fatal, Ella et moi sommes allés jusqu'à la cabane rouge. Nous en avions la clef. Rien n'avait été emporté. Seul le silence prenait la place qu'avaient occupée l'effervescence créative et les poursuites des petites souris. Car oui, Bongo était parti, lui aussi.

Eugène McCormick s'était évanoui sans attirer l'attention de personne. Moi-même j'avais du mal à me rappeler la dernière image que je gardais de lui. Je pouvais me la reconstruire, certes, dans son costume vert et tout, mais point m'en souvenir.

Pas de traces, pas de mots, rien : un vrai mystère.

Nous avons mis dix ans, Ella et moi, à nous en remettre, à envisager l'éventualité d'être parents à notre tour. Dix années où Ella s'était abîmée dans le travail, étant l'une des pionnières en naturopathie, avant de décider d'aller voir à Stockholm ce que nous avions manqué par le choix de son lieu d'études.

Notre vie aurait-elle été différente si nous n'avions pas voulu nous éloigner autant de nos parents ? Nous n'aurions probablement pas voulu nous éloigner autant de nos parents si notre vie avait été différente...

Stockholm était magnifique avec ses architectures et ses chaudes couleurs scandinaves ! Nous sommes tombés amoureux de la ville en même temps et avons décidé d'y prendre un nouvel élan !

Le fruit de cet amour est né neuf mois plus tard, le 31 décembre ou le 1er janvier 1999, nous ne sommes pas bien sûrs, à minuit donc : Télémaque Ingham.

J'avais proposé Michel, eu égard au titre d'un livre de mon enfance, mais Ella a jugé ce prénom trop ringard. Elle, de son côté, avait été beaucoup marquée par l'Odyssée, que je n'avais jamais réussi à achever pour ma part. J'ai donc acquiescé sans savoir, la joie d'avoir un fils supplantant tout le reste.

Je me rappelle avoir calculé qu'Ella serait déjà cinquantenaire lorsque notre fils fêterait sa majorité. Cette pensée d'imaginer Ella marquée par le temps, ridée peut-être avec des cheveux gris, m'avait fait sourire.

Je souriais presque à ce souvenir, en la regardant maintenant, à seulement quarante ans, le jour où le temps s'est définitivement figé. Je souriais presque, sous la pluie, face à cette petite tombe marquée d'une couronne : « À ton destin inachevé ». Je souriais presque en embrassant mon père, les parents d'Ella, tous ces vieux qui n'avaient pas su crever avant mon fils. Je souriais presque au bruit mou de ma poignée de terre jetée sur le bois du petit cercueil.

Presque.

Intérieurement, j'avais envie de vomir. Je sentais mes intestins se broyer. Les circonstances de sa mort étaient trop insupportables.

Un enfant assassiné de la sorte devait être vengé.

Ou oublié.

Je n'ai su que choisir.

Télé...

Ella a pleuré seule notre enfant et me l'a reproché.

Lorsque mon père est rentré à l'hosto, j'ai senti que plus rien ne me retenait. J'ai fait finalement le choix d'avancer et d'abandonner Télémaque au passé. Je l'ai suggéré à Ella qui déjà s'éloignait. Je n'ai pas osé parler de nouveau départ, elle m'aurait tué. Mais elle s'est accrochée à l'idée de voir ce qu'il y avait "après" et elle a accepté de me suivre jusqu'à la cabane rouge, jusqu'à la porte du fond, jusqu'au nuage de lumière.

Nous avons traversé la fontaine blanche pour la première fois, ensemble.

Partir pouvait être une chance pour nous, et puis ç'avait été une malchance pour moi.

CHAPITRE -7

2068

Le voyeur

— Merdemerdemerde...

Je me suis figuré l'inconscient comme une sorte de pull dont un fil pendrait. Je pouvais tirer sur le fil, à la fin j'aurais une belle pelote de laine dans la main, mais aucune certitude de pouvoir me représenter le genre de pull que ça avait bien pu être.

J'en étais là de mes réflexions, assis sur mon bureau à tirer sur le bout de mon cigare, sans qu'aucune des sept pièces du puzzle ne se soit encore ajustée.

J'ai décidé de prendre contact avec Ella, histoire d'en avoir le cœur net.

Je suis sorti dans le couloir et l'ai appelée à partir du Numéri commun aux buractifs de l'étage. L'écran au plasma m'a renvoyé tout de suite son image, sa beauté, son faciès divins... Ah, Ella...

— Ouais, c'est moi. Dis, tu m'aurais pas envoyé sept clients, hier, par hasard ?

— Non... Tu as sept clients, c'est vrai ? D'un seul coup ? Mais c'est génial, Viky ! Félicitations !

— Ouais, en fait j'en avais neuf, mais y'en a déjà trois qui sont morts parce que j'ai dû en refuser deux.

— ...

Son visage m'a offert l'expression du vide. J'ai ajouté une petite couche :

— Je voulais savoir, Ella : tu ne serais pas en train de me tricoter un pull, par hasard ?

— ...

L'écran reflétait toujours cette même mine froide et fermée. Je n'allais pas lâcher le morceau pour autant.

— Non, parce que si toi et tes petits copains vous

74

croyez pouvoir m'emberlificoter, sache que je ne suis pas dupe !

Les lèvres ont fini par se mouvoir.

— Viky, tu es en train de devenir complètement fou...

— Oui, eh bien même Houdini a réussi à se sortir des camisoles les mieux bouclées !

Et toc ! J'ai coupé net ! L'image s'est fondue immédiatement.

Voilà, si elle y était pour quoi que ce soit, elle tenterait de me rappeler ou du moins de mettre fin à cette mascarade et je n'aurais plus à ratiociner pour rien.

Ah, j'étais content de moi ! Ça, c'était de la répartie ! Quelle bonne idée j'avais eue de placer Houdini pour l'enfoncer ! Quoique Houdini, me suis-je alors rappelé, était mort de ne pas avoir réussi à sortir de sa camisole, dans son dernier numéro... Oui, mais moi, je n'étais pas illusionniste, j'étais un véritable détective... avec des réparties minables, soit... Merdemerdemerde, j'avais encore une fois été un gros con ! C'était toujours ainsi, avec toutes les initiatives que je prenais : elles ne menaient jamais à rien. J'étais un mouton, moi, pas un berger.

Et je n'étais pas plus avancé avec mes sept brebis.

Je me suis donc retrouvé face à un choix : d'un côté, je pouvais continuer à humer l'air, comme je le faisais depuis tout petit, afin d'en déceler la tendance et prendre une direction. Je ne voulais pas me tromper et puisque la décision ne m'appartenait pas, je m'en remettais toujours à une autorité extérieure : mes parents, ma femme, le fils de la bouchère, dieu... N'importe qui plutôt que de me faire confiance, à moi.

Ou alors, d'un autre côté, je pouvais prendre un risque.

J'en avais pris un premier la semaine dernière, face à mon père, qui s'était révélé payant : j'en étais sorti grandi, libre, heureux. Je pouvais bien saisir ma chance à nouveau.

J'ai résumé ce que j'avais : neuf clients venus me consulter en même temps dont deux (OK, trois...) étaient déjà morts. Le fait qu'ils se soient tous manifestés au même moment après deux années de quasi-inactivité excluait toute possibilité de coïncidence. Quelqu'un avait dû œuvrer pour arriver à ce résultat. Un être humain s'était connecté à moi d'une bien étrange manière. Il m'avait choisi pour une raison précise, qui m'appartenait, et que donc je ne pouvais ignorer. Il me suffisait de fouiller mon inconscient pour l'en extirper. Et les seuls outils à ma disposition pour en tirer le bon bout étaient ces sept dossiers, étalés devant moi.

J'en ai donc saisi un au hasard et je l'ai ouvert.

C'était le plus classique : l'adultère. Je me souvenais exactement de notre conversation :

— Votre nom ?

— Julian Serres. C'est un palindrome.

— De quoi ?

— "Serres", c'est un palindrome : vous pouvez l'écrire indifféremment dans un sens comme dans l'autre.

Le gars s'est penché comme pour me prendre mon stylet et l'écrire à ma place.

— Ça va ! Vous ne voulez pas m'apprendre mon métier, non plus ?

— C'était pour aider...

Il s'est rétracté sur mon tabouret visiteur et a joint les mains entre ses cuisses. C'était la petite bleusaille qui avait osé m'interpeller à propos de mon cigare, dans le couloir. Je n'étais pas encore tout à fait remis de la colère qu'il avait déclenchée en moi.

— Ça m'aiderait beaucoup plus si vous répondiez simplement à mes questions, dans l'ordre.

— D'accord.

— Vous êtes étudiant ?

— Non, je travaille.

— Ah. Profession ?

— Mais qu'est-ce que ça...

Bon sang ! Ils allaient tous me faire le coup, ce matin ?

— Profession !!

— OK, VRP interplanétaire.

— En quoi ?

— En quoi ? Mais en minéraux, évidemment !

Il y avait décidément certaines choses que je n'avais encore pas intégrées, depuis deux ans.

— Et vous venez me voir pour quelle raison ?

— Ma femme me trompe...

— Déjà ?

C'était sorti tout seul. Franchement, ce type ne devait

76

pas avoir plus de cix-neuf ans, avec sa tronche à la John Lennon ; c'était tout de même pas de bol.

— Comment ça, déjà ? Nous sommes mariés depuis six ans !

— Mais... vous avez quel âge ?

— Vingt-neuf ans.

— ...

Je n'allais tout de même pas dire à un homme qu'il ne les faisait pas ?

— Elle me trompe, j'en suis certain, mais je voudrais que vous m'en apportiez la preuve.

— C'est faisable.

— Le maximum de preuves, en fait : des visios, des movies, des draps sales ; tout ce que vous pourrez trouver, je veux l'avoir. Je ne veux pas que le moindre doute puisse subsister.

Je lui ai servi la sauce :

— Monsieur, je suis un professionnel. Votre cas n'est pas isolé, malheureusement, et j'ai déjà eu à le traiter de nombreuses fois, même dans les situations les plus périlleuses, perché au bout d'une corde au vingt-cinquième étage d'une tour sans fin !

— Oh, là ce sera facile : il habite un pavillon de banlieue.

— Vous connaissez l'adresse de son amant ??

— Oui, je peux même vous indiquer un endroit parfait pour observer, panqué au milieu des plantations de maurelle.

— Mais... pourquoi ne le faites-vous pas vous-même ?

— J'ai besoin de preuves... objectives, vous comprenez ?

— Oui.

J'ai fait mine de baisser les yeux en terme de discrète connivence. Je comprenais surtout le montant des honoraires que j'allais lui facturer pour la partie de rigolade que ça allait être.

— Très bien. J'ai besoin d'une visio de votre femme, de cette fameuse adresse, donc, et puis de vos propres coordonnées.

— Ah non, c'est moi qui viendrai vous voir ici, c'est plus anonyme.

— Mais, si j'ai un besoin urgent de vous contacter ?

— C'est moi qui le ferai régulièrement.

— Ça va être difficile : je n'ai pas de Numéri.

— Et celui du corridor ?

Grmbl...

— Et à partir d'où je saurais suivre votre épouse ?

— Je vais être absent pendant deux semaines ; elle sera tous les jours chez lui.

— Ce n'est pas dans mes habitudes de travailler pour quelqu'un dont j'ignore tout.

— Je suis VRP interplanétaire !

— En minéraux, je sais...

— Et je vous paierai correctement.

— Tout est dit, alors, Monsieur Serres.

Je lui ai tendu la main.

Mon dossier ne contenait rien d'autre qu'une pauvre adresse et une visio : blonde, de trois quarts, posant pour l'objectif, mignonne. Un air un peu à avoir été élevée par des bonnes sœurs, avec le col bien repassé et le dernier bouton fermé. Madame Serres. Tout de même, ces gonzesses...

J'ai péché mon LCO au fond du tiroir, vérifié sa batterie et sa carte mémoire, verrouillé le chargeur et empli la poche de mon pardessus avec. J'ai emporté une jointée de cigares aussi et je n'ai pas fait la connerie cette fois : j'ai sorti mes visionets bien avant de quitter l'immeuble de la pépinière d'entreprises.

Ainsi paré, j'ai attendu l'Aérobus pour m'emmener vers ces amants défendus.

Ça n'a pas été sans encombre. Il y a eu un braquage (qu'est-ce que ces jeunes pensaient voler ? Des cartes de fidélité ?) et j'ai dû sortir mon LCO plus tôt que prévu. Le temps de le désengager, d'allumer l'écran, de viser, d'accrocher la cible, de tirer, les abrutis étaient déjà sur moi. C'était vraiment merdique, ces lasers à cible oculaire. L'idée était bonne, pourtant : à l'instar de ces écrans permettant de dire où l'attention de l'œil se porte, la fenêtre de visée du flingue était carrée, comme un gros écran d'appareil photo numérique de mon époque, et il suffisait de fixer sa cible à n'importe quel endroit du cadre pour l'accrocher, tirer et l'atteindre. Une des applications du marketing à la guerre. Toujours fiable sur le papier.

Je m'en suis donc passé et j'ai fait comme d'habitude : pieds et poings coordonnés. Ensuite, l'incartade dissipée, je me suis laissé déposer à l'orée de la banlieue. L'Aérobus a redécollé sur un souffle et je me suis mis en chemin, mes visionets bien vissées sur le nez.

Plus personne ne marchait, de nos jours, en banlieue ; je m'en rendais compte. Ils me regardaient tous derrière leurs fenêtres. Ce qui était une bonne nouvelle : il n'y aurait ainsi personne pour m'encombrer.

Arrivé devant le champ de maurelle, j'ai fait semblant de pisser et je m'y suis engouffré. C'était facile de se glisser entre les longues tiges, toutes tournées vers le soleil, sans même les faire frémir afin de ne pas être remarqué.

La maison adultérine était droit devant moi. Je me suis posé derrière l'avant-dernière rangée de fleurs, j'ai commencé à en égrainer quelques-unes pour l'apéritif et je me suis laissé doucement insoler, mon LCO allumé à courte portée.

Fut un temps où les fabricants de gadgets commencèrent à adapter des appareils photo sur n'importe quoi : des ordinateurs, des téléphones cellulaires, puis des armes.

Mon LCO n'était pas vraiment là pour me protéger, mais bien pour prendre ces visios et movies demandés, conjointement. À vingt-quatre gigapixels, ça n'était pas le dernier cri, mais ça devrait aller.

J'ai attendu. Je ne savais pas exactement quoi : qu'ils rentrent ou qu'ils sortent ; un mouvement, quoi.

Il était 14 h. Les rideaux étaient tirés. Ils étaient probablement dehors. Il fallait bien commencer une enquête quelque part. Un cigare, des graines de maurelle ; j'ai regretté de ne pas avoir amené à boire, aussi. Le gingo commençait à sèchement tournoyer dans mes pensées.

Ça présentait un caractère curieux de surveiller une maison vide : juste quatre murs pour se préserver du regard des autres et un type comme moi payé pour les observer, du coup. Je me suis rendu compte du caractère futile de l'humain, à vouloir toujours mettre une couche protectrice entre lui et le monde : des murs, des vêtements... puis des parures, du maquillage ; une nouvelle couche pour faire passer le tout. Puis finalement de se payer des visios, des cyberactifs, des satellites pour en connaître le plus possible sur les autres, sur le reste du monde ; faire tomber les barrières qu'ils avaient eux-mêmes érigées autour d'eux. J'étais bien, finalement, sans autre possession que ce cigare et mon cul pour me poser dessus.

À 18 h, la fille est arrivée. Elle avait les clefs, dis donc ! Julian Serres avait raison : sa femme s'était domiciliée chez son amant le temps des vacances. Elle n'apportait ni valise ni provisions : tout était fourni, romance comprise.

Je me suis souvenu des premiers week-ends passés seuls avec Ella dans la maison de mes parents : ça avait quelque chose d'excitant, de neuf, de jouer à « comme si » ; comme si on était mariés, comme si on habitait la même maison, comme si on partageait déjà notre routine.

La jeune femme a ouvert les rideaux en grand, j'ai pu distinguer sa silhouette plus précisément et découvrir son intérieur ; l'intérieur de la demeure, j'entends. Elles étaient pas mal toutes les deux.

Puis elle a retiré ses chaussures, s'est massé la nuque et a commencé à dégrafer son chemisier en montant à l'étage.

J'ai pu distinguer des mouvements derrière les vitres déformantes de ce qui devait être la salle de bains et au même moment les jets d'eau se sont mis à pisser automatiquement dans le champ où j'étais. J'ai dû déguerpir vite fait et me trouver un autre poste d'observation, directement dans le jardin cette fois. J'étais dorénavant face à une large fenêtre, que j'espérais être leur chambre. Un grand arbre s'érigeait à la verticale de là où je me trouvais ; ça m'aurait fait gagner du temps d'avoir raison, pour enregistrer mes belles preuves et pouvoir me carapater.

J'avais déjà fait le voyeur une fois dans ma vie, à quinze ans. Je sortais avec Ella depuis quelques mois et je me demandais comment elle était, dans la vraie vie. Je ne l'avais pas connue avant et je n'avais aucun moyen de savoir comment elle se comportait, sans moi. L'idée m'a travaillé suffisamment pour que j'entreprenne de m'immiscer chez elle. J'ai choisi un dimanche après-midi, où la routine de ses parents était prévisible, donc profitable : ils étaient perdus devant le poste de télévision, la porte-fenêtre ouverte par cette belle journée ensoleillée, eux-mêmes prostrés à l'intérieur. Je les ai observés quelques minutes clignoter benoîtement des paupières puis je me suis glissé derrière le vieux cerisier et j'en ai grimpé les branches aisément jusqu'à hauteur de la chambre d'Ella. En haussant doucement la tête jusqu'à ce que mes yeux puissent toucher le bord de la fenêtre, je me suis demandé ce que j'étais venu voir, vraiment... Ella allongée presque nue sur son lit, des socquettes blanches aux pieds, en train de se caresser le minou, ses hanches remuant frénétiquement sur une couverture à fleurs ? Ella engoncée dans une cape noire, des signes cabalistiques crayés tout autour d'elle, enflammant des bougies et psalmodiant des incantations au maître des ombres pour l'aider dans sa rédac' de lundi matin ? Ella extirpant de l'herbe du dos rembourré de ses poupées afin de se rouler des gros pétards en secret ? À quoi je m'attendais, vraiment ?

Mes yeux ont franchi la zone de démarcation et j'ai vu : Ella assise à son bureau, habillée comme dans la rue en jupe et pull à col en V, un crayon dans la bouche en train d'admirer des photos punaisées sur le mur devant elle, puis entièrement concentrée, griffonnant pendant plusieurs minutes avant de relever la tête à nouveau. Ella chez elle comme dans la vie, égale à elle-même ; elle-même, tout simplement. Ella n'avait rien à cacher.

Ça a bougé du côté du champ de fleurs. Les arroseurs s'étaient tus depuis un moment et j'ai clairement vu une tige bouger dans un sens opposé aux autres. Je me suis fait tout petit. L'amant rentrait-il chez lui par les chemins de traverse ? Avait-il lui-même une femme quelque part qui paierait un mien collègue pour l'observer ? On aurait pu se partager les heures de guet ! Eh bien non, c'était Julian Serres, le cocu en personne, venu contempler l'ampleur de son malheur avant de prendre sa navette De là où j'étais, j'avais une vue transversale sur les rangées de maurelle et je pouvais l'observer comme au bout d'un couloir. Il n'avait ni combinaison ni valise. Curieux, pour un VRP interplanétaire, ai-je pensé immédiatement. Alors j'ai lâché ma fenêtre et je l'ai regardé lui.

Il semblait particulièrement nerveux, se retournant constamment pour surveiller ses arrières : il devait craindre que je n'apparaisse subitement à l'endroit qu'il m'avait indiqué pour faire mon boulot, dérangeant le sien. Au lieu de fumer tranquillement un cigare – ce que je lui aurais volontiers recommandé –, le pauvre bougre se rongeait impitoyablement les ongles. Franchement, tous les indices m'indiquaient avoir affaire à un adolescent, au mieux un jeune homme, mais rien de comparable à un adulte bientôt trentenaire. Ce type, à un moment, avait oublié de grandir.

Tout à coup, j'ai vu Julian Serres s'immobiliser, la main à mi-chemin vers sa bouche et les yeux presque exorbités en direction du pavillon. J'ai entendu un peu de musique s'élever et j'en ai conclu que madame était redescendue au salon, en peignoir peut-être, ou sans peignoir ?

Il y avait quelque chose de pas anodin à surveiller une personne qui en surveillait une autre. C'était extrêmement dérangeant, même. À tel point que j'ai commencé moi aussi à me retourner pour voir si quelqu'un ne me suivait pas. Car tout à coup, la sensation physique de ne plus être seul s'était imposée : mon ventre, insidieusement, s'était serré. L'exacte même sensation qu'avant de reprendre le trou de ver pour la dernière fois. Qui me filait, depuis lors ? Qui jouait le jeu d'observer celui qui observe l'observateur ? Un jeu de miroir faisait-il que la bonne femme dans la maison bouclait cette boucle sur un écran interne ? Ou l'amant, peut-être, à distance ? Qui d'autre ? Dieu ?

Dieu...

J'ai tapoté mes visionets sans succès : dieu n'y était pas programmé. Je ne savais pourquoi cette idée de dieu m'avait accroché et, derrière elle, celle de mes parents. Car pour moi, dieu n'existait qu'à travers eux. Donc, par conséquent, à travers mon père, que je n'avais pas vu mourir cette fois.

Mon père avait-il trouvé le moyen de continuer à me surveiller ? Allait-il sortir des bois pour me réprimander de jouer les voyeurs, à mon âge ?

Aussi invraisemblable que cela ait pu me paraître, le seul lien entre la scène suivant ma sortie de l'hôpital et celle se déroulant ici, révélées identiquement par mon bide vrillé, était que mon père soit toujours sur mon dos.

Sensation unique, magie imperceptible de la filiation : mon père était peut-être bien vivant !

C'est ce moment-là que l'amant a finalement choisi pour arriver ; il a remonté l'allée d'un pas sûr, le menton fièrement relevé, sachant quel cadeau l'attendait derrière la porte de sa maison. Cet homme n'hésitait pas ; il était évident que Madame n'était déjà plus Serres dans son esprit. Et cela, Julian a bien dû le percevoir aussi : il s'est levé, se dressant comme les blés, et mon père, derrière moi, s'est immédiatement évaporé.

J'en suis resté tout décontenancé.

Que dois-je faire, Papa ? Aide-moi !

Et comme une réponse :

Ton père est mort, Viktor. Aide-toi toi-même.

J'ai repensé à moi, gamin ; à ceux qui s'étaient foutus de moi en m'envoyant sourire sur scène ; il n'était plus temps de faire ce qu'on me disait, mais bien de me retourner contre ceux qui cherchaient à m'abuser.

J'ai suivi Julian Serres, cet autre môme, ce voyeur.

Je l'ai suivi à travers la banlieue et jusqu'à l'arrêt des Taxispaces.

Puis dans le dédale de la ville entre les immeubles hauts et droits, aux couleurs froides frappées par le crépuscule.

Jusque dans les zones de tests, les territoires arides des grands labos pharmaceutiques.

Aux pieds des bungalows, où le Taxispace de Julian Serres l'a laissé.

Un palindrome... Une imposture, oui ! Le cocu n'avait aucune velléité de départ. Je l'ai regardé rentrer péniblement chez lui, le dos presque courbé, fermer sa porte, tout allumer, brancher son cyberactif sans même y jeter un œil, ouvrir son frigidaire© et tout balancer au micro : des attitudes automatiques, des réflexes de vieux garçon ; Julian Serres n'était qu'un pervers capable avec son tas de fric de se payer des détectives assez cons pour lui fournir les movies pornos de belles inconnues sur lesquelles il fantasmait sans jamais oser les aborder en réalité. Un minable !

À vingt-neuf ans, Julian Serres avait gardé la tête de ce qu'il était depuis tout petit. Pauvre type.

Je suis resté encore une bonne heurette à l'observer. C'était curieux, d'être voyeur : on regardait sans savoir ce qu'on attendait. Je l'ai vu avaler son repas tout prêt, le front appuyé contre la fenêtre de son bungalow, le regard dans le vide du désert. Puis se tourner vers son cyberactif, finir sa bière, en descendre une deuxième et une troisième en rang, pour finalement jongler avec dextérité, faisant passer les cannettes vides en cercle puis en croisé. Il en a ensuite mis une sur sa tête et a tenté de l'atteindre par rebond avec une bonne vieille balle magique, qui est venue briser l'écran d'une visio. J'ai zoomé dessus : c'était le portrait de la jeune femme blonde, le même que celui qui m'avait été remis, simplement inclus dans un plus large plan, la présentant au milieu de ses camarades de classe, un garçon derrière elle la regardant ostensiblement : l'amoureux éternel, éconduit et désespéré. Serres.

Peut-être que j'allais finir comme lui, à me repasser les visios de ma vie avec Ella pendant qu'un autre sera en train de la sauter ?

J'ai encore regardé Julian Serres prendre un vaporisateur et tenter de ressouder les morceaux avec application, puis contempler son travail, l'air satisfait. Après, il est allé décrocher son Numéri et a discuté avec un interlocuteur que je ne pouvais voir, en faisant des gestes et en riant.

C'était cela, être voyeur, je le comprenais à présent : il ne s'agissait pas vraiment de sexe, même si c'était une nourriture facile, visuellement excitante. Non, il s'agissait simplement de vie, de scènes de vie ; se rendre compte que d'autres peuvent exister sans être en interaction avec moi, que finalement je ne suis pas le centre du monde comme je le croyais, qu'il se passe effectivement des choses autour de la planète pendant que je n'y suis pas, pendant mon sommeil ; des choses qui ne me concernent pas, d'ailleurs, même si elles peuvent parfois me toucher ou m'émouvoir. C'était normal, après tout : nous étions tous humains.

J'ai laissé là Julian Serres à sa conversation privée et avec cette idée qu'il était comme moi, ce gars : ni plus inventif avec sa vie – il n'en profite pas plus – ni moins empli de défauts – il en passe par les mêmes conneries, routines, erreurs, désorganisations – que moi ici et maintenant. Que moi enfant. Que moi vieillard. Un homme quand même, finalement.

J'ai décidé de retourner à la maison en banlieue pour lui donner ce qu'il voulait. Tel le stryge de la nuit, j'ai retracé ma route jusqu'au champ de maurelle en Taxispace ; j'ai demandé à ce qu'il m'attende, prêt à décoller. Je suis allé grimper à mon arbre et, de là, j'ai pu prendre facilement visios, movies, infrarouges, flashes, tout, la totale, du petit couple ; je me suis ensuite carapaté, j'ai sauté dans le véhicule et suis parti me reposer quelques heures à mon uniburactif. Le lendemain matin, je suis encore repassé pour m'introduire sur les lieux et voler les visios, la vaisselle sale, les draps, les serviettes de douche, même les petits savons.

Enfin, je suis revenu auprès du garçon de labo rêvant à ses étoiles pour lui offrir la lune.

À ma grande surprise, la blonde était chez lui ! Je ne m'y attendais pas du tout, à celle-là ! J'ai eu envie de fracasser la porte et de balancer mes jolis petits cadeaux comme une sorte de xénie après leur bonne partie de baise, mais sans doute déjà transformé en voyeur moi-même désormais, j'ai préféré patienter et fumer.

La blonde a fini par sortir ; j'ai attendu qu'elle se soit éloignée puis je suis allé quand même fracasser la porte par pur plaisir et j'ai hurlé.

— Je fais un métachronisme ou je dérange, tout simplement ?

Julian Serres a bondi telle une sauterelle de sous ses draps, les yeux encore collés du sommeil divin, il m'a regardé comme à travers les fines lamelles d'un rideau-store.

— Qui... que ? Quoi !

— Oh ça va, hein ! Je t'ai suivi, tu m'as suivi, il, elle, on s'est suivi ; tout le monde a suivi tout le monde ! Maintenant vous m'expliquez ou nous allons devenir très très méchant !

J'ai rapproché son cyberactif et je me suis assis dessus, en suspension. J'ai posé mon paquet cadeau à côté de moi et mon LCO sur ma cuisse. Julian Serres a sué quelques gouttes en se demandant sur quelle position il était réglé. Mais les gouttes sont tombées et il n'a pas changé de masque pour autant.

— C'est fini...

J'ai cru ne pas bien entendre.

— Je crois que je n'ai pas bien entendu ?

— C'est fini. Elle est venue me dire que c'était

terminé. Elle s'est doutée que j'étais à l'origine de toute cette pagaille de la nuit dernière, les flashes et tout ça... Félicitations : un véritable feu d'artifice, parait-il ; très discret, le détective ! Elle ne veut plus entendre parler ni de ma jalousie, ni de mes désirs, ni de moi. J'aurai eu ce que je voulais, finalement...

Cette fois, j'ai cru ne pas bien comprendre.

— OK, Julian : t'es pas parti, c'est pas ta femme, et t'avais pas besoin de preuves, c'est ça ?

— Si, si...

— Sissi quoi ? C'est ta femme ?

— Ma maîtresse... Cette fille me tue, elle me détruit sentimentalement, elle reprend petit à petit tout ce qui a fait de notre histoire une merveille, pour la transformer en ce... en cette... merde. Mais je n'avais pas d'autre choix, c'était elle que j'aimais, elle qui me disait n'avoir jamais été adorée ainsi, jamais pénétrée ainsi ; elle qui me disait recevoir le plus beau cadeau du monde par ma présence pour finalement tout me prendre : mon cœur, mon âme, tout piétiner, tout saloper, tout jeter. Merde !

— Mais... que vouliez-vous que je fasse là-dedans ?

— Des preuves, pardi ! Me fournir les preuves concrètes que ce type-là était bien son mari, qu'il la baisait exactement comme moi, que je n'étais pas meilleur, que je ne valais pas mieux que lui ou n'importe qui d'autre pour lui donner du plaisir et que je cesse cet adultère débile ! Je n'ai plus de cœur, moi, tu comprends ? Je voulais juste qu'on me prouve que je n'étais pas pire qu'eux !

— "Eux" qui ?

— Eux ! Tous ces héros romantiques, ces livres qui parlent d'amour et d'eau fraîche, d'élans du cœur et de synchronisme des corps ! Je voulais les confondre, démontrer que ces beaux sentiments susurrés, ces promesses arrachées dans l'orgasme n'étaient que mensonges et théories de papier ; je devais les aplanir, les détruire à leur tour afin d'y survivre ! J'avais besoin de cette hypotypose, tu comprends ?

J'ai pris le sac plein d'objets et je l'ai posé à ses côtés. J'ai vidé ma carte mémoire et je l'ai alignée avec le reste. Puis j'ai laissé là à son désespoir cet éternel amant.

— Voilà, j'ai dit.

J'avais fait le travail. De son côté comme du mien. Un début.

CHAPITRE -6

2068

L'archimoderniste

M'étais-je trompé ? J'avais pourtant physiquement ressenti la présence de mon père derrière moi, la veille, dans ce jardin. Et je la connaissais bien, cette sensation : dix-huit ans de pratique méthémérine, à avoir deux yeux accusateurs plantés dans le dos, me jugeant sur chacun de mes mouvements ; je ne pouvais plus bouger sans me demander ce qu'il en penserait. Ça vous forgeait un homme.

Ou alors Ella avait raison : je devenais complètement fou. C'était possible... Après trente ans de vie commune, elle devait être capable de déceler le moment où je m'apprêtais à basculer.

Maintenant, le regard d'Ella était-il plus juste que celui de mon père ? Pouvais-je faire confiance à une fille me disant aimer vivre à cette époque ?

Il fallait tout de même être sacrément ravagé pour l'apprécier, cette époque ! Parce qu'en guise de paranoïa, de folie et autres formes de psychoses, elle en était gratinée ! Et, ironie du genre humain, les drames, les tueries, les cataclysmes qui en découlaient avaient tous été rendus possibles grâce à la psychanalyse et au jeu de l'inconscient.

La psychanalyse était une révolution silencieuse depuis deux siècles.

J'avais moi-même eu l'occasion d'en faire une première approche en 2006, sous hypnose Eriksonienne, après la mort de Télé : je voulais m'ouvrir à mon inconscient, afin qu'il me dicte la direction la plus juste à prendre. J'étais résolu à avancer.

L'expérience avait été traumatisante.

[Le thérapeute] — Prenez l'image d'Ella : que ressentez-vous pour elle ?

« *Baise-la !* »

[Moi] — C'est ma femme ; je l'aime toujours énormément.

[Le thérapeute] — Et envers l'assassin de votre fils, que ressentez-vous ?

« *Tue-le !* »

[Moi] — De la pitié, surtout.

[Le thérapeute] — Gardez-vous une certaine forme de rancœur, aujourd'hui ?

« *L'enculé ! Le fils de pute ! Éclate-lui la cervelle, pisse sur ses entrailles, jette ses restes aux chiens !* »

[Moi] — Non. Il a été jugé fermement et reconnu coupable, c'est ce qui nous importait, à Ella et à moi.

Nous en étions restés là. Le thérapeute avait clos la séance avec la même bienveillance que si nous venions de broder un napperon ensemble et je n'étais jamais revenu le voir. J'avais eu trop peur. Les images de haine et de cauchemars de mon enfance revenaient comme s'il s'était agi de la réalité. À peine sorti de son cabinet, j'avais vu des ombres gigantesques s'élever bien au-delà des passants et leur regard noir me fustiger, mon esprit continuant à bouillir, à m'interpeller au moindre frôlement inconnu :

« *Fais-lui la peau !* »

Il pouvait être fier, docteur Freud : sa théorie avait véritablement révolutionné le monde – celui des humains, j'entends – car avec le temps, la psychanalyse avait fini par créer des générations d'individus "libres", en phase avec leur inconscient. Regardant leurs pulsions comme faisant partie d'eux-mêmes et, par conséquent, les acceptant comme étant "aimables", ils assumaient aussi bien leur générosité, leur curiosité, leur émerveillement que leurs faiblesses ou leurs phantasmes.

Plus proche de son instinct et de ses émotions, l'homme s'était transformé en prédateur pour lui-même. Il n'était plus question de chaîne alimentaire chez l'animal intelligent, seulement d'expression libre du *ça*.

Le résultat, je l'avais sous les yeux : chaos, combats de rue incessants, massacres à la chaîne, et lutte pour la vie.

Plus de quarante mille ans en arrière, les êtres humains avaient dû se socialiser pour survivre, créant l'interdépendance en même temps que les prémices de la névrose, qui les avait amenés à se détruire aujourd'hui ; quelle ironie !

Cela étant posé, c'était bien la preuve que l'humain participait au grand cercle de la nature, établissant du même coup un record : celui de l'espèce qui aura compté le moins sur l'échelle du temps, c'était tout.

J'ai décidé d'aller fêter ça, avec les tickets résultants de ma première affaire. Je suis allé chez "Légumes & Co", un petit estaminet découvert à notre arrivée avec Ella et qui était constamment bondé. Une bonne raison à cela : ils y cultivaient eux-mêmes leurs produits frais, faisant de ce commerce le seul restaurant où il était encore possible de trouver des légumes variés et en quantité. Ils en avaient fait leur enseigne. J'y avais toujours ma place : je connaissais le patron et ses serveurs ; c'était le seul endroit où je sortais manger.

Des tentures de velours rouges et vertes recouvraient les murs, espacées par de hauts vases dans lesquels des gerbes de zéa séché avaient été disposées.

Je suis allé m'asseoir à la table du fond pour ne pas déranger.

— Bonjour, Monsieur Ingham.

— Bonjour, Polo. Comment est le saupiquet, aujourd'hui ?

— Toujours savoureusement piquant.

— Parfait !

— Comme d'habitude, donc. Et pour l'accompagnement ?

— Le duo Flein & Fillette ; bien frais.

— Je vous apporte le tout immédiatement.

Je me suis frotté les mains ; rien ne valait avoir de bonnes habitudes.

J'ai regardé un instant les nouveaux entrants se taper dessus pour faire valoir leur réservation et puis je n'y ai plus pensé. Un cyberactif s'égaillait devant moi pour me tenir compagnie, je l'ai supporté le temps qu'arrive ma fillette, je m'en suis versé un plein verre antique, à la santé de Julian Serres : mon premier client satisfait ! Et je me suis étendu d'une petite pichenette proclive pour couper l'atroce machine débilitante.

Horreur !

J'ai dû suspendre mon geste et tactiler l'écran à la place : mon cher client était aux infos de -2, les yeux clos.

Bon sang, c'était une malédiction ?

J'ai parcouru le prompteur afin de vérifier que je n'étais pas impliqué : règlement de comptes, mari jaloux, tir par balle. Bon. Une fin classique pour une enquête classique. Même si j'avais un tantinet envenimé les choses... Au moins n'était-il pas mort dans un Aérotransbus ! J'étais à moitié soulagé. Quand le saupiquet est arrivé, fumant, je n'avais plus très faim, curieusement.

— Dis, Polo : tu peux me le mettre en tube ?

Le tube a fini à la tête d'un gars qui voulait m'empêcher de rentrer dans le Fusili. J'avais du ragoût bien épicé plein le pardessus et les doigts. Je les ai léchés l'un et les autres durant la traversée – fameux fumé ! – avant de remonter à mon buractif.

Cette histoire de lien entre mes clients refaisait surface de la manière la plus inattendue. Il ne s'agissait pas que de moi et des ficelles de mon inconscient. Je me devais de progresser dans le puzzle. J'ai donc pioché mon deuxième dossier.

L'architecte.

Pantalon de golf, veste en tweed et casquette cuivrée, Edward Slim avait refusé mon tabouret et préféré s'appuyer sur son parapluie fermé tel un zazou.

— Des plaisantins, vous voyez ?

Je voyais.

— Des moins que rien, vous comprenez ?

Je comprenais.

— Et néanmoins des coquins me devançant sur chaque appel d'offres ; c'est d'un scandaleux !

J'étais scandalisé, mais pas dépourvu de langue pour autant :

— Que puis-je faire pour vous, Monsieur Slim ?

— Slïm ! Avec l'accent sur le I, pas sur le M. C'est important, vous saisissez ?

Et ainsi de suite. Slïm était architecte. Un vieux de la vieille. Mais pas dénué de talent. À soixante-seize ans, il ne comprenait simplement pas qu'on fasse de moins en moins appel à lui. Prêt à se remettre en cause, il attendait de moi des visios prises sur les chantiers de ses concurrents afin d'en tirer leçons pour s'améliorer. Une simple étude de marché, quoi. Il lui a tout de même fallu une heure pour me l'expliquer, comme si la MANIÈRE de me l'expliquer était plus importante que la quantité de travail que j'avais à fournir.

En un sens, ce n'était pas faux. Prendre des visios de concurrents était d'une simplicité enfantine, légale en plus. Je me suis demandé pourquoi il ne le faisait pas lui-même. Il y a eu comme un tilt dans mon cerveau et cette fois je me suis méfié.

— Dites-moi, Monsieur Slïm, pourquoi ne pas les rencontrer, vos concurrents, et discuter ensemble des nouvelles tendances ?

Il a posé une main sur le cœur.

— Moi ? Me déplacer ? Allons, vous ne vous rendez pas compte, Monsieur Ingals, mais je suis bien trop connu ! Qu'est-ce que la profession dirait de me voir ramper ? Cette œuvre d'amendement, bien qu'utile au renouvellement des compétences du maître que je suis, nécessaire même au professionnel cherchant à atteindre la perfection en tout, ne peut se faire que dans l'ombre, je le crains. Devenir meilleur est une tâche solitaire, Monsieur Ingals.

— Se frotter aux autres est une manière de progresser, également…

— Exactement ! Nous sommes de la même espèce, vous et moi : des solitaires ! Nous allons faire de l'excellent travail ensemble.

Il n'écoutait absolument rien. Je n'ai pas insisté, je n'avais de leçons à donner à personne avec ma petite vie coupée du reste du monde. J'avais tout fait pour me désocialiser, je m'en suis rendu compte à ce moment-là. Mon travail à la librairie, au moins, me permettait de rencontrer beaucoup de gens, mes horaires classiques de sortir en même temps que tout le monde, mon couple de créer des liens avec les amis, de se trouver des points communs.

Qu'est-ce qu'un pauvre détective en 2068 y connaissait, au progrès ?

— Très bien, Monsieur Slïm. Vous pouvez m'en fournir la liste, de vos concurrents ?

— Une liste ? Ah, vous ne les connaissez pas, évidemment. Non, ne vous excusez pas, c'est parfaitement normal ; c'est humain, après tout, de ne pas tout savoir. Moi-même, je me demande parfois pourquoi s'embrouiller avec ces noms... Que voulez-vous, c'est ainsi : à soixante-seize ans, j'ai une mémoire parfaite. Mais ne vous inquiétez pas, grâce à vous la postérité n'aura à s'en souvenir que d'un : celui d'Edward Slïm ! Je vous fais parvenir la liste dès cet après-midi.

— Vous ne pouvez pas me l'écrire tout de suite ?

— La perfection, mon jeune ami ! La perfection demande toujours un peu de temps.

Cela faisait déjà deux jours et je soupçonnais Edward Slïm d'avoir quand même oublié...

Je suis sorti dans le couloir pour lui passer un coup de Numéri. J'ai senti une présence de suite. Mes visionets étaient restées sur mon bureau.

— Qui est là ?

Il était tard, la pépinière d'entreprises était censée être vide, à cette heure. Les autres avaient une vie.

Ce corridor, plongé ainsi dans la pénombre, me laissait une impression de déjà-vu.

— Je sais qu'il y a quelqu'un.

Étrange silence, presque trop parfait. Même l'extérieur de l'immeuble ne grinçait ou ne hurlait plus. Il y avait de la main de l'homme derrière tout cela. J'ai fait un pas. La lumière automatique a détecté ma présence.

— Papa, c'est toi ?

Je m'attendais presque à le voir sortir d'une porte, claudiquant sur sa béquille, comme dans mon dernier rêve.

Mais non. J'étais bien seul. J'ai secoué mes esprits et agrippé le Numéri. L'écran au plasma m'a renvoyé l'image d'une toile écossaise avant que Slïm ne s'écarte du poste, le révélant en peignoir et non maquillé.

Il m'avait l'air vieux, si vieux. Ce n'était plus le même homme qui s'était présenté dans mon bureau avec le visage d'un enfant en train de jouer. Il m'a fait penser à David Bowie – un chanteur de mon époque – qui avait gardé la même tête toute sa vie, ajoutant simplement quelques rides au fil du temps pour faire style. Il n'y avait qu'à sa mort qu'on s'était rendu compte combien il avait vraiment vieilli.

Edward Slïm, tout décharné dans son vieux peignoir, m'a adressé son sourire innocent.

— Bien le bonjour ! Je suis heureux que vous ayez pris la peine de m'appeler !

— C'est normal, n'ayant pas eu de vos nouvelles... Je vous dérange ?

— Non, pensez-vous : c'est toujours un plaisir de vous avoir ! Que puis-je pour votre service ?

— C'est à propos de la liste : j'en ai besoin dès à présent car je compte démarrer votre enquête.

Son visage s'est soudainement durci.

— Une enquête ? Sur moi ? À quel propos ? Vous êtes journaliste ?

Il n'avait aucune idée de la personne à qui il avait adressé ses messages généraux de bienvenue.

— Monsieur Slïm, c'est moi : Viktor Ingham ! Vous m'avez demandé de mener une investigation sur votre concurrence.

Éclairage.

— Évidemment ! La liste ! Je vous fais ça tout de suite.

J'ai vu le vieux Slïm s'éloigner à l'écran pendant que ma carte Numéri se vidait lentement, me rajoutant un point de fidélité pour chaque dizaine dépensée. La colonne publicitaire m'indiquait que dans 3 h 24 de communication je pourrai obtenir mon propre Numéri unipersonnel directement dans mon buractif, avec d'autant plus d'occasions de dépenser. Joie !

Mon client a reparu dans le cadre avec plusieurs paquets de feuilles empilées ; on aurait dit un vieil annuaire. Il en a arraché quelques pages, scribouillé des notes à part au stylet sur un coin de l'écran, pour finalement me les adresser en retranscription à travers le Numéri.

— La voici !

Je m'attendais à n'importe quoi... J'ai demandé un tirage et une belle liste en caractères d'imprimerie a remplacé les graffitis séniles. J'avais été mauvaise langue : tout y était détaillé à la perfection.

— Très bien, je reprends contact avec vous rapidement, Monsieur Slïm.

L'appareil s'est éteint, ramenant le silence oppressant autour et plus près de moi. Je me suis mis au travail.

Ça m'a bien occupé pendant deux semaines. Plus de temps que je le croyais pour prendre des visios. Il n'avait pourtant que quatre concurrents sur son département, mais tellement prolixes ! Ça n'avait pas été aisé, au départ, de débarquer avec mon gros LCO, puis lorsque je leur avais appris que je travaillais pour le vieux Slïm, ils avaient ri. Et ils m'avaient tout montré. En passant d'un chantier à un autre, je voyais les gars se saluer. Et à chaque fois que je visais dans mon LCO, j'avais droit à la même blague lourdingue : « Eh ! Vous trompez pas de bouton, hein ! » Deux semaines durant lesquelles je n'ai pas vu un seul combat. Des pacifistes, ces architectes.

J'ai eu l'impression de rentrer de vacances lorsque j'ai sonné chez Edward. J'avais même un peu bronzé, ce qui n'était pas facile entre ces amas de nuages sépia recouvrant le plus souvent la planète. J'étais tout gai.

C'est le peignoir écossais qui m'a ouvert ; j'ai failli le prendre dans mes bras.

— Ah, Slim ! Vous faites un métier du tonnerre ! Je comprends que vous ne vouliez pas le lâcher !

Je suis entré, je me suis tout de suite allumé un cigare et j'en ai tiré de pleines bouffées en étalant mes tirages.

Le vieux avait toujours son allure rabougrie et même avachie, maintenant que je le voyais en direct, mais i avait récupéré ses yeux avides de découvertes.

— C'est vrai ? Vous les avez ? Vous avez pu prendre des visios à tous ces opportuns ?

— Franchement, Slim, vous devriez aller les rencontrer : des gars comme ça !

J'ai levé le pouce.

Son regard brillant m'a comme ausculté.

— Ce sont des petits malins, Monsieur Ringar : ils vous ont embobiné ! Mais je ne vous en veux pas, vous êtes encore tellement jeune… Je comprends votre enthousiasme, j'avais le même lorsque je croyais que le monde m'appartenait. Quant à ces usurpateurs, je les laisserai peut-être venir à moi lorsqu'ils m'auront rendu la place qui m'est due.

Ça m'a calmé de suite. À soixante-seize ans, Edward Slïm était un de mes derniers contemporains. Malgré la différence d'âge, je le considérais presque comme quelqu'un de ma génération. Et ayant découvert le milieu dans lequel il baignait, je ne pouvais espérer moins que de m'en faire un frère. Inutile de préciser combien j'étais déçu, à présent. J'ai jeté mon bout de cigare.

— C'est comme vous voulez, Monsieur Slïm. Vous avez mes visios, faites-en bon usage.

— Attendez, nous allons les ouvrir ensemble. J'ai peut-être encore des choses à vous apprendre…

Son petit rire a soulevé ses épaules squelettiques. Je savais que si je voulais conserver un reste d'illusion, je devais partir maintenant.

Mais je suis resté.

Si j'étais venu à cette époque, c'était pour tout vivre.

— Ah, ah ! Non, mais regardez-moi cet opisthodome ! C'est de qui ? Anthérinos, évidemment… Un nom pareil et infoutu d'aligner deux flots grecs correctement ! Et ce formeret, il tombe sur le mur latéral comme une visière sur un bonnet ; ça coupe la vue, ça écrase tout ! Aucun sens de l'esthétique ET du fonctionnel, vous voyez, Monsieur Ringar ?

Monsieur Ringar était plus atterré par le spectacle de ce petit vieux que par les visios elles-mêmes. Il ne me les avait pas du tout commandées afin de s'améliorer, mais seulement dans le but de les juger, de les critiquer, de trouver un objet pour vider toute sa morve. Et j'étais son témoin. Bravo, frangin.

— Oh là là ! Complètement forjeté… Ce pointal est censé être perpendiculaire, normalement, pour assurer une bonne charpente, vous comprenez ?

Je comprenais que la norme, c'était celle qui flottait dans son esprit. Quant à comprendre ses mots, je dois dire que malgré l'effort que je fournissais depuis deux ans, j'avais beaucoup de mal à suivre. Ce n'était pas compliqué, pourtant : du simple vocabulaire ancien revenu à la mode.

— Tenez, j'aurais été vous, Monsieur Ringard, cette visio je l'aurais prise sous grand angle, mettant ce godron au centre… Petit détail technique, comme ça, en passant. Cadeau.

Je me suis demandé si je n'allais pas le tuer moi-même, celui-là.

— Bon, Monsieur Slïm, d'autres enquêtes m'appellent ; je dois y aller.

— Déjà ? Attendez, je ne vous ai même pas fait visiter mon habitation : elle est unique, vous savez ?

Pour ce que j'en voyais, tout avait l'air parfaitement rangé, parfaitement dépoussiéré, parfaitement disposé. Un vrai musée de l'ennui.

— Non, vraiment, désolé.

— Et mon punch maison ? Vous n'allez pas partir sans goûter à mon...

— Monsieur Slïm, vous ne voyez personne ? Vous ne sortez jamais ?

— Très peu... Avec ce qu'il se passe, à l'extérieur...

— Mais vous n'en savez rien, vous n'allez jamais voir par vous-même ?

Main sur le cœur ; je commençais à appréhender le personnage.

— Moi ? Mais pour quoi faire ? J'ai tout ce qu'il me faut ici, avec les cyberactifs pour me tenir au courant ; c'est déjà bien suffisant. Toutes ces horreurs...

— Mais vous êtes seul.

D'un coup, je comprenais : le choix de ses habits lorsqu'il était venu me voir, ses paroles finement élaborées, ses attitudes forcées ; tout était pensé puis vérifié avant d'être exécuté, chez lui. Il n'aurait rien laissé au hasard, à une infime possibilité d'être jugé à son tour. Il avait fait un choix : celui de l'idéal, de la perfection, enfouissant au plus profond sa peur d'être pris à défaut, de n'être point préparé.

Slïm restait là, la mâchoire entr'ouverte, comme s'il hésitait entre sourire et serrer les dents. Il ne savait pas. Son mode de fonctionnement unique, opérationnel depuis tant d'années, ne lui offrait plus de réponses. Oui, il était seul. Il l'était devenu à force de juger les autres pour ne pas devenir comme eux, pour n'être comme personne. Et il était devenu personne.

J'ai compris alors ce que j'étais venu faire ici, dans cette maison d'architecte, pourquoi je n'étais pas parti : je me suis vu, jeune adolescent de treize ans, dans les couloirs du collège. Il y avait des garçons de ma classe qui jouaient ensemble, ils cherchaient à s'attraper en sautant par-dessus les cartables ; ils s'amusaient bien, ils riaient. On voyait qu'ils prenaient du bon temps, même les filles les regardaient. En plus, ils avaient de bonnes notes en classe. Tout leur réussissait. Et moi j'étais là, dans mon coin, avec ma personnalité apparemment peu engageante. Mon seul pote était un vrai resquilleur, mes notes chutaient. L'équation était vite faite : je voulais en être ! Je voulais quitter ma peau, ne plus être moi-même, pour leur ressembler, pour être avec eux, pour être eux ! Moi aussi je voulais rire, et réussir, et être aimé des filles, des professeurs, de mes parents ! Je voulais tout !

Slïm, c'était le garçon de treize ans qui, du jour au lendemain, était devenu vieux. Celui qui jugeait les autres, mais qui rêvait d'être intégré. Et il était toujours resté à part. Moi pas.

J'ai senti mes entrailles se dénouer. Je n'avais pourtant plus vraiment la sensation de mon ventre serré, mais au moment de sa libération je m'en suis rendu compte, et j'étais bien.

— Attendez...

Un filet de voix est parvenu à mes oreilles. Slïm n'avait pas encore bougé, mais, d'un mouvement de la langue à celui des mâchoires, il a ensuite cligné des yeux, réveillé son visage. Puis il a remué le cou, les bras, le bassin, les jambes, et tout le corps s'est remis à vivre.

— Attendez, je voudrais vous donner quelque chose...

Il a quitté la pièce. J'ai cru qu'il allait revenir avec une liasse de tickets, mais non : une plante en pot ! Qu'est-ce qu'il voulait que je foute d'une plante en pot ?

— Mais... je... C'est quoi ?

— Vous verrez : l'arbuste développe des petites baies fragiformes avec un goût foxé très particulier. Prenez-le ! Je suis certain que vous connaissez quelqu'un à qui l'offrir, vous...

— Oui, Ella ? C'est moi. Dis, tu fais quoi, ce soir ? J'ai un cadeau pour toi !

J'avais proposé l'Aquarius, mais elle avait refusé. J'avais donc opté pour "Légumes & Co". Ça l'avait fait rire. C'était déjà ça.

J'ai ressorti mon costume, protégé de mon inséparable imperméable, et je suis arrivé bien à l'avance. Elle était déjà là, m'ayant devancé dans mes projets. Ça tombait bien, je n'en avais aucun. Fini, les prévisions. Je voulais laisser faire la nature ; je lui ai tendu la plante.

— Tiens, c'est pour toi.

— Oh, un fraisier ! Merci Viky, c'est gentil.

Elle s'est levée pour me donner une bise et j'ai pu l'admirer en pieds, dans une jolie robe rouge qui faisait ressortir pleinement sa peau chocolatée. Elle était fort belle.

— J'ai pensé qu'avec ton idée de fleuriste et tout ça, c'était plutôt indiqué.

— J'apprécie ton soutien. J'avais cru que tu m'invitais pour notre histoire de papiers.

— Oh non, ce n'est pas encore réglé.

— Tu t'es décidé à contacter les impôts ?

— Je t'arrête tout de suite, ma cocotte : actuellement, je suis débordé ! Mon activité, bien que futile aux yeux de certaines, marche du feu de dieu ! Et non, je ne suis pas fou.

Elle a ri.

— Je suis contente pour toi, Viky. Effectivement, tu as l'air en pleine forme. Tu n'as pas changé.

— Mais toi non plus...

Je lui ai servi les yeux doux, j'allais presque allonger la main.

— Je parlais de ce restaurant, de tes habitudes : c'est tellement toi !

Elle a encore ri, limite à se moquer de moi. La soirée était prometteuse... J'ai détourné le regard pour accrocher un cyberactif.

— D'accord... Sympa, le mec : grande conversation !

— Mais non, Ella : il est -2, je veux juste vérifier aux nouvelles que mon client n'est pas mort.

— Tu l'as saigné ; tu ne l'as pas tué.

— il y a comme une sorte de mauvais œil qui veille sur moi... je peux pas t'expliquer... Non, apparemment ça va, pas de nouvelles de lui !

J'étais soulagé. Mon premier client ayant survécu. Tout le reste n'était donc qu'une suite de coïncidences malheureuses dont je n'aurais jamais l'explication. J'ai pu souffler. J'ai hélé le serveur :

— Polo, amène les fillettes ! On fête ma libération !

Trois bouteilles plus loin, et entre deux bouchées de saupiquet, j'avais raconté toute l'histoire de Slïm à Ella, qui semblait très intéressée. J'en ai rajouté.

— Et le type était là, à me corriger, à me donner des leçons, à me dire comment lui aurait fait. Mais tu vois, il n'y avait rien de spontané chez ce bonhomme. Tout était pensé, choisi, vérifié.

— Oui, comme toi.

Oulà...

— Oui... Non, pas tout à fait : lui, il a tellement peur de déranger ses acquis, ses certitudes, qu'il ne sort plus ; il ne fait plus rien !

— Comme toi, Viky.

Elle avait adopté un air si sérieux. J'ai voulu protester, mais elle m'a coupé d'un signe de la main, à la Ella.

— Regarde-toi, Viky : un restau à plat unique, un bar à cocktail unique, un uniburactif ; le minimum vital pour être sûr de ne pas te perdre dans la foule et qu'on puisse toujours te reconnaître. Viky, l'homme qui ne change pas. Tu as tellement peur qu'on ne fasse plus attention à toi...

— Mais ça n'a rien à voir ! Slïm passe son temps à juger, à critiquer, à se plaindre qu'on ne lui donne pas sa place ! Je n'ai pas du tout ce comportement revendicatif, moi !

— Ah non, ce serait même plutôt l'inverse. Slïm, lui, s'il n'accepte pas sa solitude, assume son côté hargneux apparemment. Il n'est pas satisfait, mais il le dit. Toi, tu ne bouges pas, tu restes immobile sous le regard des autres. Tu sais pourquoi tu es monté sur scène quand même, étant petit, pour cette danse du Sombrero, et que tu as fermé ta gueule ?

J'ai regardé Ella et je l'ai vue dégainer son épée pour me la ficher directement dans le crâne.

— Parce que tu avais peur qu'on te laisse de côté, Viky. « T'es pas content, eh ben tu participes pas à la fête ». Et déjà à cet âge-là tu avais trop envie que tes parents te regardent.

CHAPITRE -5

2068

L'homme invisible

Je l'ai détesté immédiatement. Je savais que c'était complètement injuste, que ce n'était même pas lié à lui vraiment, mais je n'ai pas pu m'en empêcher.

Déjà en le voyant arriver dans le restaurant chinois où nous avions rendez-vous – je changeais mes habitudes – j'avais su que c'était lui : des cheveux roux et bouclés poussaient follement sur les ailes de son crâne, le centre ressemblant plutôt à une pelouse sèche passée récemment au désherbant puis sous la débroussailleuse. Côté esthémantique, un pantalon bouffant sur des fesses plates, un corps maigre et un pull à manches longues ne faisaient rien pour le rattraper. Ses premiers mots avaient été : « Je suis désolé, je n'ai que 55 minutes pour déjeuner » ; j'étais persuadé que s'il n'en avait eu que 47,5 il me l'aurait tout aussi bien précisé. Et lorsqu'il m'a offert sa main pour la serrer, c'était celle d'un poisson mort. Beuârk. Un comptable.

Les véritables raisons pour lesquelles je le détestais, en fait, étaient au nombre de trois :

D'abord, Ella : non, mais, franchement, quelle conne. D'accord, elle n'était pas bien en ce moment, se sentant prise dans un entre-deux côté boulot et côté cœur, OK. Mais était-ce une raison pour me casser les couilles avec cette histoire d'enfance et venir me gâcher la soirée alors que j'étais plein de bonnes intentions, serein même, et que je lui apportais un cadeau ? S'il y en avait une qui, l'air de pas y toucher, voulait qu'on la remarque, c'était bien elle : petit string en haut du jean d'abord, puis robe rouge échancrée... Non, mais, vraiment ! Elle aurait mieux fait de me remercier gentiment puis de me raconter un peu de sa merveilleuse vie, pour voir, puisque la mienne était si pleine d'ennui, de comportements prévisibles et routiniers ! Non mais ! Je l'avais plantée là, lui laissant l'addition. Qu'elle paierait avec notre compte commun, de toute manière.

Ensuite, il y avait eu les nouvelles de -2 avant 9 h ce matin : on avait retrouvé Edward Slïm dans son lit, mort évidemment, les yeux grands ouverts. Son quinola lui avait souhaité bonne nuit la veille, notant cependant que Monsieur Slïm (il insistait bien sur le I, lui ; la classe !) s'était couché plus tôt qu'à son habitude, car, avait-il précisé, « demain allait être un grand jour ! » Quelle clairvoyance ! C'était moi qui allais en profiter, de son grand jour, pour réendosser – la mort dans l'âme – ma responsabilité et mon sac d'affaires en cours.

Enfin, donc, il y avait cet administrateur des impôts tatillon aux doigts boudinés qui était devenu de par le fait mon troisième client. Il avait cette sale manie, je m'en souvenais, de tapoter sur le bord de ma table à chaque fois qu'il soulignait un point important.

— Surtout, surtout : soyez discret ! Notre enquête n'a rien d'officiel. Mon flair et surtout mon expérience de trente-cinq années au service des impôts me font dire qu'il y a péculat. C'est d'ailleurs ce que je me disais il y a une semaine devant la glace : « Georges, ou bien tu vieillis, ou bien ce petit comptable est en train de se capitaliser une retraite aux dépens des deniers publics ! » J'en ai parlé à mes supérieurs, qui soutiennent mon avis évidemment, mais qui ne peuvent rien prouver, pas plus que moi. Nous attendons vos éléments pour lancer une procédure officielle.

— Et si je ne trouve rien ?

— Allons, allons, Monsieur Ingham... Nous autres, dans l'administration fiscale, savons de quels moyens vous disposez, vous, dans le privé : d'une légalité somme toute... relative.

— Nous avons nos méthodes, c'est vrai.

J'adorais ces phrases toutes faites ! S'il y avait une raison pour laquelle je rêvais de devenir détective, c'était bien celle-là : les formules bidon. Mon anus se contractait d'excitation à chaque fois que j'en sortais une !

Ça avait dû avoir le même effet sur Georges, car il

s'était redressé dans son costume administratif bien entretenu, tout droit sur mon tabouret visiteur.

Malheureusement, le doigt n'avait pas tardé à revenir rythmer mon bureau.

— Parlant de légalité, Monsieur Ingham, je dois vous dire : une des raisons pour lesquelles je suis venu vous trouver est que nous n'avons pas trace de votre activité dans nos registres... Vous exercez depuis peu ?

— C'est plutôt un passe-temps qu'un véritable travail.

— Exactement ce que je me disais. J'en ai touché un mot, cependant, aux collègues de la trésorerie et ils ne semblaient pas avoir vu passer de recettes vous concernant : c'est un passe-temps à titre gratuit ?

Georges sifflait les mots plus qu'il ne les prononçait. À cet instant, j'avais repensé à Ella et à notre conversation de la veille. Je m'étais dit que ce gars pouvait nous être utile pour légaliser notre situation, à condition que je lui apporte ses preuves et que je la joue fine d'ici là.

J'avais donc opté pour une abstraite connivence :

— Eh bien c'est ce que vous découvrirez en recevant la note, mon cher Georges !

Ça l'avait fait rire et il s'était levé.

— Très bien, Monsieur Ingham, très bien. Peut-être discuterons-nous également de votre état civil, à ce moment-là...

Mais jusqu'où était-il remonté ?

—... je vous salue.

Je l'avais regardé quitter mon buractif et j'allais accueillir la personne suivante lorsqu'il s'était réintroduit de force.

— Au fait, j'allais manquer de vous prévenir : ce comptable, c'est un vrai comptable ; avec ses manières proprettes, son organisation minutieuse et son caractère un peu rigide. Enfin, vous savez comment ils sont ! Je vous souhaite bon courage.

— OK, merci.

— Et surtout...

Il était revenu jusqu'à mon bureau pour le tapoter.

—... du doigté !

Du doigté et de la discrétion : c'était tout moi, ça. J'étais allé directement trouver le petit comptable pour le prévenir que désormais il m'aurait au cul, histoire que même lorsque je ne serais pas derrière lui vraiment il puisse imaginer ma présence.

Ça avait marché sur moi, la preuve : à quarante-quatre ans, j'avais encore l'impression de sentir mon père sur mon dos ! Ça s'appelait des parents intégrés : on devenait tellement habitués au fait de les voir juger nos actes, reprendre nos paroles, modéliser nos pensées, que même en leur absence on s'entendait dire : « Si ma mère le savait… » Ils ne sont plus là, mais c'est comme s'ils l'étaient toujours.

Il me suffisait d'adapter la méthode à mon petit comptable, de me montrer une fois de temps en temps, ostensiblement, pour la piqûre de rappel.

Je venais de créer le concept de détective intégré.

Ça marcherait pour lui également.

Il n'en dormirait plus, se surveillerait constamment et finirait par craquer. Cette méthode évitait de longs mois d'observation stérile avant que le contrevenant ne se sente suffisamment en sécurité pour commettre une erreur. La clef, c'était de réussir à le faire parler de lui pour que rapidement il me sente proche de son entourage, confondu avec sa réalité, inclus même dans son monde intérieur.

J'ai pris un nem avec les doigts et je l'ai trempé dans la sauce.

— Ça ne te dérange pas que je te tutoie ?

— Non, non, allez-y.

— Parce que, tu vois, cet administrateur des impôts est un vrai tatillon : il me paye pour que j'épluche tes comptes, que je te suive partout où tu iras, que je discute avec toutes les personnes que tu connais ou que tu rencontreras, que je fouille dans ta vie et dans celle de tes proches, que j'en sache plus sur toi que sur ma propre mère. Alors plus tu m'en diras, plus vite on ira.

J'ai planté mes dents un bon coup dans le nem, ça en a fait exploser la carapace frite et je me suis retrouvé avec de l'huile pimentée plein le menton.

Le comptable, lui, a saisi le mets entre ses deux baguettes, l'a minutieusement enduit de sauce sur une seule de ses extrémités et en a proprement croqué le bout avant de mâchouiller sans un bruit. Le roi de l'euphuisme ! Je l'aurais baffé.

Le serveur a lâché un tas d'assiettes dans l'allée, juste

derrière nous. Ça s'est passé si lentement qu'on aurait cru un fait exprès. Le patron du Chinois est venu l'engueuler direct, l'a traité comme du sakana pourri ; l'employé ne savait plus où se mettre. Un client assis tout à côté s'est levé et a balancé sur le malheureux une immense torgnole bien en travers de la gueule. Ce à quoi il ne s'attendait pas, cependant, était que l'employé houspillé lui choppe la main au passage entre ses mâchoires, et morde. Un bout de viande s'est détaché, le client a hurlé.

J'ai bouché mes oreilles de mes doigts gras et j'ai regardé mon comptable pour lui crier :

— Tu ne réponds rien ?

Il a pris une serviette pour s'essuyer, bien inutilement.

— Si, mais je ne sais pas quoi. Je n'ai rien fait de mal, j'ai toujours suivi ce qu'on me disait. Je veux bien répondre à toutes vos questions, simplement je n'ai pas l'habitude qu'on s'intéresse à moi.

Saint Innocent, priez pour nous…

— Allons, tu as bien des amis, une petite copine ou un petit copain ; tiens, commence par ça !

— Oui, j'ai une copine que je vois de temps à autre. Nous sommes sortis ensemble il y a dix-neuf ans lorsque j'étais encore étudiant à l'Institut. C'était la petite amie d'un de mes collègues à l'époque ; je la lui ai soufflée, je ne sais toujours pas comment. Ça n'a duré qu'un été, mais, depuis, nous nous revoyons régulièrement quand elle est libre ou lorsque je l'appelle. Je ne sais pas pourquoi. Je crois que je l'excite.

J'ai émis une petite sibilation.

— T'es un tombeur, dis donc !

Il a répondu par un sourire en coin, gêné.

— Pas vraiment. Il n'y a pas grand monde à part elle.

— C'est-à-dire, qui d'autre ?

— Une fille. Elle fait partie de mon groupe d'amis, mais, officiellement, elle n'est pas vraiment libre. Personne ne le sait et il n'y a personne d'autre.

— Tu as donc aussi tes petits secrets… Pas d'extras, sinon, de microputes ou de trucs dans le genre ?

— Euh… non.

— Que des filles et pas une qui soit à toi ? Ça doit être frustrant, à la fin ?

— Parce que vous avez mieux réussi que moi ?

J'en suis resté scotché. Jamais je n'aurais imaginé une telle répartie alors que je croyais le tenir. Je l'avais mal jugé.

37 minutes s'étaient écoulées. J'avais encore le temps.

— OK, reprenons : si tu me racontais un peu ta vie et d'où tu viens ?

— Il n'y a pas grand-chose à dire : je suis né à Stockholm en 2029...

Stockholm ! La ville où j'avais moi-même donné la vie...

—... j'étais le second, le petit dernier, malheureusement frappé d'érythrisme.

— C'est quoi, comme maladie, ça ?

— Non, ça veut juste dire que j'étais le seul roux dans toute une famille de bruns.

— Le facteur ?

Il m'a regardé de travers. Je me suis repris.

— Non, je pensais : y'a-t-il un facteur génétique à cet état ?

— Évidemment ! Vous croyez que j'ai été conçu par l'opération du Saint-Esprit ?

Bien joué, Ingham, bien joué. Rattrape-toi à présent...

— Bref, t'étais le petit chouchou, on t'a plaint dès ta naissance et aujourd'hui, frustré de n'être plus qu'un petit comptable, tu piques dans la caisse ?

— Quelle caisse ? Je ne tiens aucune caisse, moi, mais des livres de comptes. On vous a appris quoi, dans votre école d'investigation ? Je ne peux pas me plaindre de ma réussite : en tant qu'indépendant, j'ai aujourd'hui vingt-trois clients, tous très satisfaits par mes prestations – vous pouvez le leur demander –, je gagne correctement ma vie et j'arrive à mettre presque vingt mille tickets de côté chaque mois.

Mon riz Cantonnais a pris une texture fade et sèche dans ma bouche : pourquoi l'administrateur des impôts me collait-il sur un type aussi normal, aussi banal ?

— Pas d'autres réserves, des donations, des placements ?

— Évidemment, si. La plupart de mes fonds sont capitalisés en valeurs boursières, je dispose d'un compte personnel peu rémunéré, mais plus liquide, ainsi que de mon compte professionnel bloqué sous forme de provision. Dites-moi, vous êtes familier du langage gestionnaire ou pas vraiment ?

Ces logographes ne m'intéressaient pas plus du temps de la librairie qu'aujourd'hui.

— Bien sûr, j'ai l'habitude.

— Tant mieux, car il va vous en falloir une bonne dose si vous comptez éplucher mes relevés et ceux de mes clients.

Pour être honnête, je n'avais pas vraiment envisagé de devoir TRAVAILLER sur cette affaire ; j'espérais plutôt que des aveux me tombent tous crus dans le bec avec un peu de perspicacité… et de doigté. Manifestement, je me l'étais mis dans l'œil. D'une bonne longueur.

— Nous divisons l'addition ou vous préférez payer votre part ?

— Comme tu veux…

— Oh, pour moi, peu importe.

— Alors je t'invite ; ce sont les Impôts qui régalent, de toute manière.

— Vous commencez toujours ainsi vos enquêtes ?

Je l'ai suivi jusqu'à son duoburactif, où il avait rendez-vous. Nous sommes arrivés 3 minutes en avance et j'ai pu admirer le rangement impeccable qui y régnait : ses archives dans une pièce étaient classifiées par noms et par années ; ses dossiers en cours, dans la pièce adjacente servant également à accueillir les clients, se composaient de diverses couleurs selon la matière traitée. J'étais étonné du peu d'usage informatique : je croyais que tout se faisait automatiquement. J'ai pensé avoir affaire à un ringard, qui ne croyait qu'en la matérialité du papier. Encore une fois, je me trompais.

— En comptabilité, 95 % du travail consiste en un rôle de conseil auprès des entrepreneurs, le reste est effectivement sous-traité directement en machines. Je vous laisse commencer à fouiller, mon rendez-vous est arrivé.

Le buractif n'était divisé que par une mince cloison en polarux : je pouvais les voir et même les entendre. Une transparence complète. Je me suis assis dans un bon fauteuil en cuir au milieu des archives et j'en ai pris une pour voir ce qu'elles renfermaient vraiment : des relevés, des tas de relevés, des récépissés de cartes de fidélité, des factures en tickets, des bons de commande, toutes ces conneries que mon père m'obligeait à conserver précieusement et qu'on jetait régulièrement, les dix ans légaux révolus. Un demi-siècle plus tard, cette règle ancestrale perdurait et c'était le brave comptable qui s'en tapait l'entreposage. Pauvre type.

Je me suis enfoncé dans mon fauteuil et un cigare dans la bouche. Je n'avais aucune intention de m'y mettre. Qu'est-ce que

Georges voulait que je trouve ici ? C'était un comptable, ce mec : évidemment qu'il connaissait toutes les ficelles du métier, les failles à exploiter et les apparences à modifier ; c'était son putain de job !

J'ai préféré m'intéresser à mes propres archives : le fait que ce comptable vienne de Stockholm le rapprochait inévitablement de mes trois premiers clients morts en partance pour cette ville. Une sorte d'échange inégal s'opérait devant mes yeux. Sauf que, et c'était là une exception de taille, le petit comptable n'était pas mon client. C'était Georges, l'administrateur des impôts, qui l'était.

Alors si tous ceux venus me consulter devaient mourir, seul Georges était menacé aujourd'hui dans cette affaire. Or aucune affinité ne me reliait particulièrement à lui.

La conclusion s'est imposée d'elle-même : si je voulais continuer à raisonner logiquement dans cette histoire, il fallait que je cesse de croire qu'ils étaient venus me trouver, moi, pour une raison que je m'efforçais depuis le début de découvrir.

Je n'étais personne, moi. Je m'étais inscrit sur des listes gratuites d'investigateurs privés, publiées sur des réseaux anonymes. Je n'avais pas de relations qui pouvaient me recommander. Mes sept clients étaient venus chez moi de la même façon que je leur attribuais un ordre de traitement aujourd'hui : par hasard.

C'était typiquement Viktorien, ça, de croire au déterminisme dans tout ce qui m'arrivait, comme si une instance plus grande pourvoyait à l'organisation logique de ma vie et à son amélioration constante. Mes parents avaient tenu ce rôle un – long – moment, ils avaient même tenté de me faire croire en un dieu quelconque, mais c'était terminé. Ils étaient bien morts et j'étais seul aujourd'hui. Je n'étais plus le centre de leur monde, je n'étais donc ni l'homme le plus important sur Terre, ni celui au destin d'exception.

Je n'étais pas l'élu.

Viktor Ingham n'était rien.

Je ne suis rien.

Étrangement, cette pensée m'a fait sourire. Qu'est-ce que ça pouvait foutre, ce que je faisais ou non, désormais ? Vouloir réussir en tant que détective, mais pour prouver quoi ? Regagner le cœur d'Ella, dans quel but ? Vivre ici ou à un autre instant, quelle différence ? Pourquoi se battre d'ailleurs ?

Les deux gugusses dans le box d'à côté se sont levés et j'ai fait pareil. Ils se sont serré la main et j'avais l'impression d'assister à une pièce de théâtre. J'ai suivi le client machinalement dans le couloir et lui ai demandé avec mon sourire désabusé de m'attendre.

— Bonjour, je suis détective chargé d'effectuer une enquête à propos de votre comptable...

— Je sais ; il vient de m'en avertir.

— Très bien. Je voulais savoir ce que vous pensiez de lui, professionnellement ?

— Rigoureux. Propre. Organisé. Réfléchi. Rationnel. Discret. Avisé. Je l'ai recommandé à trois de mes amis.

— Il ne vous a jamais déçu ?

— Si : en ne pouvant être à mon entière et exclusive disposition ! Ah, ah, ah !

— L'homme parfait, alors ?

— Parfait ? Vous avez vu sa tête d'enterré ? Jamais je n'irais boire une paille avec un gars pareil ! Et vous ?

J'ai laissé ce client partir et je me suis posé la question : et si c'était là la solution ?

Je suis allé retrouver mon comptable.

— Si on allait s'en jeter un ?

— Maintenant ? Vous plaisantez ? L'après-midi débute à peine !

— J'ai soif. Tu connais l'Aquarius ?

Je suis descendu de son duoburactif avec l'impression solidement ancrée que, dorénavant, plus rien n'avait d'importance. D'un seul coup, je lâchais les rênes de ma vie que j'avais maintenues courtes et serrées depuis deux ans. J'acceptais d'être là et qu'il n'y ait pas de raison à cela.

J'ai mis le pied dehors. La révolution était dans la rue ;

mes visionets bipaient dans tous les sens. Quatre mastodontes m'ont foncé droit dessus. C'était curieux, de leur part. Généralement, les gonflés du biscoteau avaient accumulé moins de frustrations ou d'envies refoulées ; ils étaient donc moins agressifs, moins hargneux que les petits chétifs. J'avais traversé suffisamment de salles de musculation pour le savoir. Là, ils dépassaient à eux quatre les quatre-vingt-dix psyons de moyenne ; ce devait être des intellectuels vachement énervés ! Je me suis fait littéralement écraser, aplatir contre le mur de l'immeuble. J'ai voulu prévenir le comptable, mais je n'avais plus la moindre parcelle de souffle dans les poumons. De toute manière, un coup de poing m'a immédiatement démoli la mâchoire et ma tête est allée sonner contre le béton dans une giclée de sang et de liquide céphalo-rachidien.

J'avais Ella au-dessus de moi. Elle me faisait du vent avec un mouchoir et je la faisais bien rigoler.

— Tu as pris un de ces coups de soleil sur le front, mon chéri ! Tu veux ton chapeau ?

J'étais allongé dans l'herbe, appuyé contre un arbre. Il y avait une nappe à carreaux écossaise étalée et couverte de victuailles. Je pouvais sentir l'odeur des œufs durs fraîchement écaillés et du pain d'épeautre encore tiède.

— Qu'est-ce que je fais là ? On est où, ici ?

— Au parc du Héron ; on est dimanche, Viky. Ça va ?

— Je ne sais pas... et toi ?

— Oui, ça va pas mal, je te remercie. Tu veux boire quelque chose avant de manger ? J'ai une de ces faims !

— Euh... un gingo ?

Ella était gaie, légère. Elle n'a pas fait attention à ce que je lui disais et a sorti les bouteilles dans l'ordre : jus de mangue, jus d'ananas, eau plate.

— Tu veux quoi ?

J'étais vraiment à un pique-nique, là ? Les arbres au-dessus de moi arboraient toute la palette des couleurs, du vert au marron en passant pas le jaune éclatant et le rouge vif ; l'été indien.

Tout était si paisible, j'entendais les sifflements des oiseaux et le bruit de l'eau plus loin. Ella m'a tendu un chapeau que je n'avais jamais vu ; un feutre gris clair de cow-boy.

— C'est à moi, ça ?

— Ton inséparable Bronco ? Non, tu as raison ; laisse-moi t'en débarrasser !

Ella m'a foncé dessus et j'ai roulé sur le côté pour l'éviter. L'idée de son contact me faisait très peur.

— Ben, t'es pas joueur...

J'ai mis le chapeau sur ma tête ; il m'allait parfaitement. Je l'ai retiré et j'ai regardé à l'intérieur d'où il provenait. Ça m'a fait comme un choc temporal.

— On est encore à Melbourne, en Australie ?

Ella m'a dévisagé bizarrement.

— Non, Viky. A Montréal, au Canada. Tu es perdu dans un de tes romans ou quoi ? Bon, j'appelle Télé pour manger...

— TÉLÉMAQUE ??? Télémaque est ici ?

Je me suis levé d'un bond, encore plus décontenancé que dans les cinq minutes qui avaient précédé.

— Oui, P'pa ?

Une petite tête, la même que la mienne, seulement âgée d'une dizaine d'années, est apparue, avec son corps d'enfant et une ligne de pêche à la main. Je me suis précipité vers lui et j'ai attrapé la paille d'eau que le comptable me tendait.

— Vous allez comment ?

— Très mal. Je me suis évanoui.

— Non, pas du tout, vous êtes resté parfaitement conscient jusqu'à présent. Mais vous êtes tout blanc.

— J'ai vu un fantôme...

J'étais assis sur un grand canapé en demi-cercle dans un bar de style lounge anglais. Je pissais le sang jusque par terre. Le comptable m'a agité un mouchoir sous le nez ; j'ai fait un bond de côté.

— Pour vous éponger...

— Merci.

Mon cerveau était bien là, mais mon corps flottait encore dans ces dernières minutes passées avec Ella et Télé. Les deux réalités coexistaient en moi. J'ai bu l'eau.

— Alors, si t'es pas le petit chouchou qui pique dans la caisse pour aller s'acheter des bonbons, c'est quoi ton histoire ?

— Vous êtes sûr que ça ira ? Vous m'avez l'air un peu pyrétique.

— Mais oui, raconte ta vie, qu'on en finisse.

— Je ne sais pas par quoi...

— ET ARRÊTE DE ME FAIRE CHIER AVEC TES « je ne sais pas... je ne suis pas intéressant... » RACONTE !

Je voulais qu'il me parle pour combler le vide autour de nous et me permettre de rester encore accroché à la sensation d'Ella et de Télémaque près de moi.

— Bon, d'accord. Donc je suis le second, j'ai effectivement été choyé à ma naissance et durant les premières années. Enfin, c'est ce qu'on m'a dit. Lorsque j'ai eu cinq ans, mon grand frère a eu une maladie très grave, il a fallu l'opérer d'urgence et procéder à une exsanguination. J'étais le donneur le plus compatible, mais j'ai refusé. Je ne sais plus pourquoi, tout le monde me forçait, mais j'ai tenu tête. Mon frère a reçu le sang de quelqu'un d'autre, mais en est resté très diminué physiquement et surtout mentalement. Mes parents m'en ont beaucoup voulu. Ils ne s'en sont probablement pas rendu compte, mais de bouc émissaire, je suis ensuite graduellement passé à valet personnel et ça a été parfaitement normal. D'un coup, mes aspirations personnelles, mes joies ont été remises à après : après que je me sois occupé de mon frère, après que j'aie fini sa toilette, après que j'aie aidé maman ou papa à telle ou telle chose. « Et tes devoirs, tu les as terminés ? » Rapidement, je n'ai plus eu le droit d'exister, ou moins que les autres. Je ne pouvais vivre qu'après et dans le plus grand silence.

— Tu n'as peut-être jamais été vraiment désiré ?

— Oh si, si ! Mes parents étaient très contents de m'avoir. Si vous leur posez la question aujourd'hui ils vous diront que j'étais un bon garçon et qu'ils m'ont couvert de leur amour. Simplement, je ne comptais pas. Pas pour moi, en tout cas, car ce qui m'importait n'était pas considéré comme valable. J'aurais pu être n'importe qui, voyez-vous, pris au hasard et modelé de la même façon ; ça n'aurait rien changé.

J'ai repensé à ce moment-là à la manière dont je choisissais mes dossiers, comment je m'en étais remis au hasard en espérant qu'il m'apporte magiquement le fil se tissant entre chacun de mes clients. Et d'un coup, j'ai mieux compris ma réflexion de tout à l'heure et l'immense désespoir qui en avait découlé : au fond je savais, sans en avoir pris conscience, que ce lien n'était pas dans des chemises en carton ; il était là, en moi, dans le cœur verrouillé de ma poitrine, dans mon ventre noué.

J'étais une machine cassée qui recherchait le mode d'emploi pour se reconstruire. J'étais la marionnette brisée dont on avait coupé les fils.

J'essayais juste de me recoller et, tel un mendiant agressant indifféremment les passants à la recherche du moindre ticket, je saisissais tous les prétextes comme des morceaux évidents de mon histoire, de mon puzzle personnel.

Je n'étais pas rien, seulement un être en souffrance. Et si les affaires que je traitais pouvaient me rapprocher un peu de moi-même, eh bien tant mieux, c'était un cadeau que j'acceptais.

J'ai eu envie d'appeler Ella pour le lui dire, pour lui parler. J'ai eu immédiatement la gorge très sèche.

— Ils ne font pas les gins-goyaves, ici ?

— Euh... je ne sais pas.

J'ai bu encore un peu de mon eau. De l'eau c'était très bien.

— Et après, tu as fait quoi ?

— "Après", justement ! Après, ce devait être plus tard, un jour, lorsque je serai grand... Après, tout devait changer, devenir plus beau et la vie me sourire. Mais la suite, vous la connaissez aussi bien que moi : je n'avais de qualités que celles qu'on avait bien voulu me prêter durant toutes ces années ; je prenais soin de l'état de mon frère en bon gestionnaire ; je suis devenu comptable. "Après" était encore reporté à "plus tard" Alors voilà, je n'ai peut-être pas connu la vie dont je rêvais, mais en attendant, je prends tout ce qu'elle peut m'apporter.

Même malmené, j'ai entendu mon cerveau faire "Ding !"

— D'où les faux papiers passés sous le nez de l'administrateur des impôts, qui s'y est malheureusement penché.

— Non, ils ne sont pas faux.

— Disons... trafiqués ?

J'ai eu une pensée émue pour mon vieux pote Jeff en prononçant ce mot.

— Améliorés. Il n'y a pas eu de fraude, personne n'a

113

été lésé. Même pas le contribuable.

— Attends : ces tickets viennent bien de quelque part !

— Qui a parlé de tickets ?

Je ne comprenais plus. Mais effectivement, même Georges n'avait point mentionné de tickets, personne ne savait véritablement en quoi cette arnaque consistait.

— Je donne ma langue au chat.

— Ma mère avait coutume de dire : « La liberté des uns s'arrête là où commence celle des autres ». Elle l'employait en ma constante défaveur, évidemment, mais c'est un concept que j'ai intégré. À quatorze ans, lorsque j'ai eu envie d'embrasser une fille pour la première fois, j'ai à peine formulé mon désir que déjà je le retirais, sachant qu'il serait repoussé. Et effectivement, la fille m'a rembarré. J'ai tout de suite refoulé mon sentiment à peine éclos. Ce qui a poussé, cependant, dans le mois qui a suivi, était bien présent : un kyste derrière le genou, dans le creux poplité. Donc bien caché, en même temps. Ce kyste, je le porte toujours ; il me rappelle qui je suis : une présence invisible, attendant pour exister.

Je suis allé trouver Georges à son buractif pour lui apporter la note, bien salée.

— Je n'ai rien trouvé.

Il a pris ma facture entre ses doigts boudinés, l'a regardée attentivement, puis l'a remisée au fond d'un tiroir.

— C'est dommage. Je comptais sur vous, Monsieur Ingham. J'y comptais même beaucoup...

J'ai vu le doigt se lever et j'ai lancé ma main en avant comme pour l'arrêter.

— J'aimerais m'inscrire officiellement en tant que détective privé ; quelles sont les démarches à suivre ?

— Déjà, il vous faudra trouver un numéro de sûreté sociale et une attestation d'état civil... Vu ce que je connais de vous, ce n'est pas gagné...

— Ne peut-on pas considérer cette première facture comme établissant de fait mon activité ?

— Si, mais vous vous exposez à une amende pour non-déclaration légale à la date du démarrage.

— C'est lourd ?

— Assez.

— Mais ensuite, plus personne ne pourra me reprocher d'exercer ?

— Non, vous existerez officiellement pour l'administration fiscale et les services des impôts. Donc pour la communauté en général.

J'ai souri. La banane jusqu'aux oreilles. Il a ressorti la facture pour la poser sur son bureau, en haut de la pile. Et il a soupiré devant le travail supplémentaire que j'allais lui causer.

Je lui ai serré les saucisses pour m'en aller.

— J'allais oublier ! Georges, soyez gentil : faites attention à vous dans les prochaines vingt-quatre heures, vous risquez peut-être de mourir ; j'en serais fort peiné.

CHAPITRE -4

2068

La femme fatale

Ella allait sauter de joie ! Enfin... bondir. Le problème administratif de notre présence à cette époque serait bientôt résolu, et grâce à quoi ? À mon métier de détective tant rabaissé, voilà ! Je me suis demandé si j'allais accepter des excuses en échange des papiers qui allaient lui permettre d'ouvrir sa chère boutique de fleurs ? Peut-être, si elle se montrait très, très gentille avec moi...

J'ai couru jusqu'à mon buractif pour lui passer un coup de Numéri. Ce couloir attenant m'était devenu aussi familier que s'il faisait partie de mon logis. J'allais peut-être finir par louer tout l'étage et m'installer ?

J'ai su dès l'introduction de ma carte de fidélité que mon enthousiasme ne serait pas payé en retour. Une intuition.

Effectivement, je suis tombé sur l'image de son répondeur : « Bonjour, je suis absente pour le moment, mais laissez-moi un message je vous rappellerai dès mon retour. Merci et à bientôt. » Bon sang, ces enregistrements ne changeront-ils jamais ?

— Euh... oui, c'est moi... Bon, j'avais une bonne nouvelle. Tant pis, je te contacte plus tard.

J'ai désengagé l'écran et je me suis aplati le front dessus. Est-ce qu'on pouvait faire plus crétin comme message ? C'était moi qui étais censé lui en vouloir pour notre dîner de l'autre soir et qui m'abaissais à déposer des petites pâquerettes de gentillesse sur ses orteils absents. Quel con ! Jamais je ne serais l'homme viril capable de la reconquérir...

Les épaules basses, la queue entre les jambes, je me

suis traîné jusqu'à mon uniburactif, j'ai fermé la porte derrière moi et je me suis laissé couler par terre.

J'avais encore quatre dossiers devant moi.

Fini le hasard, finis les hommes qui me rappelaient trop ma propre inexistence : j'ai choisi celui de la femme.

Si j'avais été assis au même endroit à son entrée, ce fameux jour, j'aurais eu une vue imprenable sur ses dessous. Pour autant qu'elle en ait porté.

Elle n'avait même pas considéré mon tabouret visiteur et était allée s'asseoir directement sur mon bureau. Elle avait croisé les jambes et utilisé mon pauvre tabouret comme repose-pied.

— J'imagine qu'on peut fumer, ici, vu la scénette à laquelle vous vous êtes prêté dans le couloir ?

Elle n'a pas attendu ma réponse pour sortir un damas. Poliment, je lui ai présenté une de mes allumettes enflammées, elle m'a dévisagé comme le dernier des ringards, mais s'en est finalement contentée.

— Merci.

Elle a laissé la fumée bleue s'échapper lentement comme un voile caressant sa lèvre supérieure. J'étais fasciné. Brune, les cheveux coupés au carré, la peau blanche caucasienne, elle avait cette beauté froide, ce regard désabusé, cette aura sexuelle inamissible qui m'avait toujours fait tressaillir. Moi et tous les autres. Elle portait également une petite robe flavescente serrée à la taille par une mince ceinture de youfte très lâche.

Même en incluant les silences qui ont constitué la matière principale de notre entretien, ce dernier a été le plus rapide de tous.

— Votre nom ?

— Ava Lucinda.

— Date de naissance ?

— 11 juin 2037

Trente et un ans, la garce ! Elle était loin d'en paraître.

— Profession ?

— Décoratrice. Vous avez encore beaucoup de questions comme celles-là ?

— Il est important de savoir pour qui je travaille.

— Eh bien, faites comme moi en venant vous trouver confiance.

OK…

— Comment puis-je vous servir ?

— Je suis enceinte. Je voudrais que vous me tiriez le portrait de mon mari et de mon amant afin de savoir lequel choisir pour garder mon enfant.

Ça m'a soufflé. J'ai porté mon regard sur son ventre et j'ai eu du mal à croire qu'une fille pareille, en fumant comme elle le faisait, s'apprête à devenir maman.

— De qui est-il ?

— L'amant.

— Et vous n'avez pas une petite préférence ?

— Non. Ce qui m'importe est l'avenir de mon bébé.

— Vous n'avez pas pensé à en parler aux pères concernés ? Peut-être que leur réaction simplifierait votre choix, ou qu'une dyarchie s'installerait naturellement, qui sait ?

— Je sais que chacun assumera son rôle. C'est à moi de décider lequel. Avec votre concours.

— Mais… vous êtes sûre que je suis le mieux placé ?

— Je m'en suis ouverte à ma meilleure amie qui m'a proprement rejetée ; elle m'a traité de salope et m'a fermé sa porte comme à une inconnue. Alors compte tenu de votre extranéité, oui, je le pense.

— Tout de même, vous ne sentez pas au fond de vous ce qui serait le plus juste…

— Écoutez, Monsieur Ingham : je n'ai pas la métagnomie des théophages qui, pour trouver leur voie, se contentent d'une hostie et d'une courte éjaculation !

— UNE QUOI ?

Tous ces mots qui se mêlaient avaient induit une légère évagation pendant laquelle mon attention s'était déportée doucement vers la petite robe et les longues jambes. Parce qu'en plus elle possédait une de ces paires de longues jambes ! Le dernier terme m'avait pourtant fait sursauter.

— Une petite prière… Je vous laisse mon Numéri, mon adresse ainsi que celle de mon amant et j'attends votre retour. Ne tardez pas trop : dans six mois, le choix se fera de toute manière, avec ou sans vous.

Je l'ai regardée se lever puis onduler doucement jusqu'à ma porte. Avec ou sans moi… Me proposait-elle, ultimement, d'en devenir le père ? Non, cette fille connaissait son pouvoir de séduction et en jouait presque instinctivement. J'étais un plouc pour elle.

Ah, Ava…

C'était tout de même un beau brin de fille, et en y repensant à présent, affalé au sol de mon uniburactif, j'ai essayé d'évaluer mes chances de me la faire. Elle avait des yeux qui sentaient le cul, indéniablement, et moi j'étais le sympathique détective privé, non dénué d'un charme musclé, et surtout plein de ressources pour lui venir en aide.

En fait, pour être honnête, je restais principalement motivé par son histoire d'éjaculation qui m'avait un poil excité...

Parce qu'à y bien réfléchir, je n'avais pas plus de chances avec Ava Lucinda qu'avec Ella, quel que soit mon coefficient de pénétration avec l'une ou l'autre.

Je me suis levé et j'ai décidé de m'y mettre.

L'avantage de bosser sur ce dossier était qu'aucun événement dans ma vie personnelle ne me reliait à l'histoire d'Ava Lucinda ; ça allait me faire des vacances.

J'ai pris mon fidèle LCO, enfilé mon imperméable multicouche, calé mes visionets et allumé un gros cigare. C'était la belle vie, détective, tout de même.

7 h 30 : lever de Monsieur et Madame Lucinda au trente-septième étage de la tour Rivoire & Carré – la tour aux carreaux bleus et noirs – et tendre embrassade au seuil de leur salle d'eau. Au moins, ils s'aimaient.

8 h 45 : départ de René – il s'appelait René ! – en Taxispace. Un homme fort, pas vraiment gros, mais à la cage thoracique développée. Un nageur ? Un rugbyman ? L'âge : trente, trente-cinq ans ; où déjà au début du siècle les cadres les plus en vue s'arrachaient les meilleures responsabilités. Avec sa belle gueule, René Lucinda en avait tout à fait le profil.

10 h : arrivée au "Pont des Deux Rives", une compagnie chinoise spécialisée dans les coentreprises Pas une très grosse société – seulement trois immeubles de cinquante étages dans le monde, soit à la louche trente mille employés en direct –, mais René bossait au siège. Vingt-deuxième étage. Cadre moyen, donc.

11 h : j'ai ficelé un paquet et fait semblant d'aller le livrer pour voir ce qui se tramait à l'intérieur des bureaux. La réceptionniste de l'accueil était charmante.

— Bonjour Monsieur... Ingham. Puis-je vous être utile ?

Bon sang ! Ça faisait toujours une sacrée surprise ! Je ne savais pas comment ces machins marchaient, mais, d'une manière ou d'une autre, on pouvait dans certains endroits connaître mon nom, mon prénom, et parfois même ma date de naissance ! Ça faisait peur ! Surtout à ceux qui calculaient mon âge...

— Ouais, un paquet pour R. Lucinda.

— Vous êtes de quelle société, Monsieur Ingham ?

— Rolex : « Le temps c'est de l'argent. »

— Bien entendu. Merci de me confier votre colis, nous le remettrons à Monsieur Lucinda lors de sa pause.

— C'est marqué "en mains propres".

— Je le lui remettrai en mains propres, alors.

— Non, ça veut dire que c'est moi qui dois le faire.

Elle a enclenché son Numéri rien qu'à la voix. J'ai cru qu'elle appelait la sécurité.

— Monsieur Lucinda ? Un colis-porteur de chez Rolex à l'accueil, pour vous.

— J'arrive.

Je ne pensais pas rencontrer vraiment René en lançant ma petite opération, seulement me balader jusqu'à son service, et encore moins qu'il se déplace exprès pour moi.

Les choses avaient évolué, en soixante ans : les Hommes se tapaient sur la gueule et en même temps étaient plus ouverts à leur prochain. Le monde d'aujourd'hui ressemblait un peu au Japon d'hier : des individus socialement sur le point de péter un boulon, mais professionnellement disponibles. J'avais pu m'en rendre compte lors d'un voyage éclair à Tokyo, en 1996 : j'étais allé trouver le numéro deux japonais de la publication pour lui prendre une plaquette en vue d'une éventuelle commande. C'était le moment où j'avais encore quelques velléités de développement pour la librairie. L'exotique réceptionniste m'avait gratifié d'une petite courbette et je lui avais demandé mes informations. Elle m'avait offert très poliment de patienter dans les sièges du hall et avait opéré sur son Interphone. Cinq secondes plus tard, elle était venue à moi pour s'excuser, car l'absence de disponibilité du PDG le rendait malheureux de ne pouvoir venir à ma rencontre. Par contre, si je le désirais, le DG serait là dans un instant. C'était ça, le Japon : des sociétés pour qui l'échange de savoir était le plus sûr moyen de se développer. En te donnant un peu je sais que tu m'en rendras beaucoup. Ça me faisait doucement rigoler en Europe où, à la même époque, on se disait construire une union solide, une coopération durable, mais où la moindre secrétaire du plus petit éditeur ne trouvait pas le temps de me renseigner sur ma commande payée déjà depuis des mois.

— Robert Lucinda ?

Il fallait bien que je trouve une échappatoire : il n'y avait rien, dans mon paquet.

— Oui... René Lucinda ; vous avez quelque chose pour moi ?

— On m'a dit "Robert", pas René...

— Montrez-moi ? De toute manière, je suis le seul Lucinda de tout l'immeuble.

— C'est que... j'voudrais pas m'gourer, on m'a dit Robert... J'vais pas pouvoir vous l'donner, M'sieur.

— Je comprends. D'ailleurs, je n'ai rien commandé chez Rolex.

Le bonhomme m'a servi son plus beau sourire, frais, éveillé. Pas du tout l'idée que je me faisais d'un cadre stressé à qui j'avais fait perdre cinq minutes.

— Eh ben désolé, M'sieur.

Voilà, un coup dans l'eau, mais une première impression quand même : le René n'était pas entièrement détestable.

13 h : sortie de René avec deux collègues pour aller manger juste à côté, au "Restaurant Maison" ; une chaîne de repas rapides servis en tubes et consommés assis. Un vigile les accompagne. René parle beaucoup, rit également ; il est habitué à prendre la parole, je vois sur la tronche de ses collègues qu'il est écouté, aussi. Quelles sont ses fonctions ? Dans le marketing, la communication ? Tout le monde en faisait plus ou moins. J'aurais dû demander à Ava. Non, pas d'a priori, juste de l'observation. Était-ce un critère de savoir communiquer pour être un bon père ? De mon expérience, oui.

13 h 30 : interruption par le vigile, probablement pour leur rappeler qu'il est dangereux de rester plus de trente minutes au même endroit. Statistiques à la con. Vu le caractère impulsif des attaques, est-ce que moi-même j'avais plus à craindre d'être resté tout ce temps à l'affût

devant le "Restaurant Maison" ? Évidemment, oui : un zombie d'un mètre cinquante m'est tombé dessus, gourdin au poing, pile à ce moment-là ! J'ai eu tôt fait de le maîtriser à terre, mais tout de même... Statistiques à la con...

Entre temps, René Lucinda était remonté sur le "Pont des Deux Rives".

21 h 30 : sortie de René pour s'engouffrer directement dans un Taxispace.

22 h 35 : arrivée au pied de la tour Rivoire & Carré. Pas de pourboire au chauffeur. Une petite lumière chaleureuse l'attend au trente-septième étage.

Une belle vie de merde.

7 h 30 : rien.
8 h 30 : rien.
9 h 30 : rien.

10 h 45 : rotation des volets. René Longbom, à poils, se gratte le torse à la fenêtre du cinquante-et-unième étage de la tour Ovale.

10 h 47 : une paille frémissante tout juste sortie du micro à la main, cul nu, René s'installe devant ses machines.

Je n'en revenais pas que cette Ava se soit trouvé un mari ET un amant aux mêmes prénoms ; ça devait être tellement plus simple à hurler : « Non, René, non ; pas par là ! »

12 h 15 : sortie précipitée de René Longbom en caleçons longs et T-shirt qui contourne l'immeuble pour s'évader dans les ruelles avoisinantes. Petit slalom entre les constructions hautes et sans couleurs puis débouchée sur une allée de commerçants ambulants : un marché Bio !

J'ignorais totalement qu'il existât un tel vestige du passé. "Légumes & Co" n'était donc plus l'endroit unique pour se fournir en fruits du potager ! René a d'abord acheté quelques graines ainsi que des amandes qu'il a grignotées immédiatement, tout en draguouillant gentiment la vendeuse obèse. À l'étal en face, des dizaines de fleurs différentes étaient échelonnées sur un présentoir. J'ai pensé à Ella, je me suis dit qu'elle avait raison : les fleurs, c'était la petite lueur d'espoir dans le cœur du monde.

Ensuite, René s'est fait remplir un plein panier de pamplemousses encore verts, de mangues jaunes, de radis noirs, de salade frisée, d'une belle botte de minicarottes, d'un poivron orange, d'un chou-fleur violet. Il a fini avec les ananas, un pot de miel, des petits crottins de chèvre et un demi-pain – bon sang, quel pain ! – valant au moins deux kilos, à la croûte bien cuite et à la mie gorgée d'éclats de céréales et de noix. J'ai failli perdre mon René au moins à vingt occasions, notamment lorsque j'ai acheté mon propre raisin de vigne, mais à chaque fois c'était comme s'il m'attendait, profitant du nouvel étal pour lier conversation avec son voisin immédiat.

Franchement, ce Longbom marquait des points à chaque occasion, selon mes critères.

13 h 30 : pénétration à la banque. Mon sujet utilisait encore les guichets ; un vrai ringard. 10 points supplémentaires.

14 h 10 : arrivée à pied au Stalinpark – un jardin public bien mal nommé, érigé à la gloire du modernisme : des œuvres d'art en béton armé – décorticage puis mangeage des pamplemousses, assis dans l'hypne fraîche de cette fin d'automne. En T-shirt, toujours. René n'était décidément pas frileux. Il a ensuite sorti son carnet et attendu de noter ce que l'inspiration semblait lui dicter. Un poète. Je me suis demandé comment Ava en était venue à s'enganter d'un garçon pareil ? Moi, au temps du théâtre, jamais aucune fille n'avait débarqué dans les coulisses pour que je lui fasse chanter mes louanges.

15 h 50 : rentrée au bercail et installation devant ses machines.

18 h : en homme bien habillé, rasé de près, René Longbom se rend au café Nanard rejoindre ce qui semble être un club de débats. Je m'assois à côté. Mauvaise surprise : ce René-là possède l'organe vocal d'une fillette et la véhémence d'un bouledogue. J'assiste à cette ennéade avec ennui, les neuf tributaires discutant d'un sujet dont je n'entrevois même pas la substance ; un implexe roman politico-économico-philosophico-métallurgiste. Forte envie de fumer. Le café est non-fumeur. Forte envie de me casser.

21 h 30 : je tire la langue. René Lucinda, au moins, à

cette heure-là, quitte son buractif. René Longbom, lui, se dresse tout droit avec sa voix de fausset : « Et pourquoi ne pas obsécrer... gna-gna-gna, gna-gna-gna. »

22 h 08 : je suis vanné. Mon raisin est mort depuis plusieurs heures. Je n'accepterai plus jamais les affaires de femmes engeignant leurs maris. Je me traîne désespérément derrière mon sujet qui, le doigt levé, suit ses camarades dans le bar d'à côté.

22 h 20 : ça a été plus court que prévu, René sort du troquet pour héler un Taxispace et rentrer chez lui.

4 h : je ne suis toujours pas couché. René non plus, il est installé devant ses machines. J'en ai marre, je me tire.

Notes de recherches à propos de René Lucinda : inconnu.

Notes de recherches à propos de René Longbom : auteur de plusieurs articles sur les nombres complexes polarisés ; adepte de rock'n'roll du siècle dernier, arrivé premier au concours d'imitation d'Elvis Presley du Cercle International des Artistes 2063 ; petit casier judiciaire sans gravité.

De loin l'enquête la plus emmerdante que j'aie eu à mener. Moi qui imaginais ce métier plein de péripéties et de rebondissements inattendus... Sans compter qu'au final, une décision m'appartenait.

Samedi matin, un huissier s'est présenté à mon buractif. J'ai roulé vite fait ma dorlotine sous la table avant d'ouvrir ; je ne savais pas si c'était bien légal de dormir dans son entreprise.

— Ingham ?
— Lui-même... enfin, c'est moi.
— Signez !
— C'est quoi ?
— Impôts. Amende.
— Combien ?
— 75 000.
— C'est.
— Pardon ?
— C'est cher... je voulais faire court...
— Plus 1 200. Mes honoraires.

— C'est.

— C'est cher aussi ?

— Non, ça va.

— Bon, signez.

J'ai signé. Il a refermé son trieur et m'a tendu un double avant de conclure :

— Merci.

— Vraiment pas de quoi.

En fait, bien qu'allégé, je me sentais léger. Georges avait fait son boulot, je lui ai passé un coup de Numéri pour la suite.

— Alors, Georges, toujours pas mort ?

— Vous n'êtes pas la première personne à en vouloir au ministère ; j'y survivrai, Monsieur Ingham.

— J'ai bien reçu la petite amende, merci beaucoup.

— Par contre, vous êtes la première à me féliciter...

— Oui, je voulais savoir comment procéder pour mon petit problème d'état civil ?

— De la manière la plus simple du monde :...

Il m'a expliqué. J'ai tout noté. Ce serait du ressort d'Ella, qui avait toujours été mieux calée pour se diriger à travers les dédales de l'Administration.

— Super, Georges. Et puis si le petit comptable a vraiment piqué dans les caisses, j'aurais au moins contribué à les renflouer !

— C'était bien mon intention en venant vous trouver. Tout est question d'équilibre, dans l'univers. Même si ce n'était pas un problème d'équilibre financier, avec ce comptable, vous savez. Enfin, la question ne se posera plus, désormais.

Mon ventre s'est serré au moment où j'ai vu son doigt tapoter son bureau derrière l'écran. J'ai avancé :

— Non, effectivement : mon enquête l'a suffisamment démontré...

— Vous avez fait un travail de merde, Monsieur Ingham ; je n'ai besoin ni de mon flair ni de mes trente-cinq années d'expérience pour m'en persuader. Le comptable est mort, tout simplement.

Oh non...

— Mort ?

— Un accident, en Aérotransbus, il se rendait chez ses parents à...

— À Stockholm.

— Ah, vous saviez au moins cela.

Je l'avais su dès le début.

Dimanche, jour de repos de René Lucinda.

8 h 30 : livraison de victuailles au trente-septième étage de la tour Rivoire & Carré.

9 h 15 : départ des époux Lucinda en tenue de sport et bulle à oxygène pour courir dans le lotissement. Ils avaient tous deux l'air en parfaite condition physique, mais une femme enceinte courait-elle ? Pas plus qu'elle ne fumait, j'imagine...

10 h 05 : retour des époux, direction la salle d'eau.

10 h 41 : sortie de la salle d'eau... Une bien longue douche... Je me suis demandé comment elle prenait indifféremment le même plaisir avec chacun ?

Ah, Ava...

C'était ça le problème, avec les filles axées sur la séduction : les hommes ne comptaient pas. C'était une évidence à énoncer, mais la personnalité de chacun ne faisait pas la différence, seul importait ce sentiment de légèreté. C'était également ce qui attirait les hommes comme un aimant traversé par un courant électrique : le défi. Ce n'était qu'un jeu, mais qui pouvait aboutir sur une possession, avec le risque inverse d'être tourné en ridicule.

Défi permanent et sensations fortes.

À côté de ça, sur l'autre plateau de la balance, la vie humaine n'avait que peu de poids. Qu'est-ce qu'un fœtus dans un ventre avait comme pouvoir de décision ? Qu'est-ce qu'une histoire de comptable invisible pouvait laisser comme trace dans la mémoire des autres ? Qu'est-ce qu'une maîtresse d'école obsédée par le succès de sa danse finale en avait à faire du problème de Sombrero d'un gosse de cinq ans ?

La vérité, c'était que j'étais seul avec mes pensées, seul avec mes souvenirs, et plus personne avec qui les partager.

J'ai vu René Lucinda sortir sur son balcon pour arroser ses plants de tomates ou de cannabis, je ne faisais pas la différence de si loin. Il était consciencieux, attentionné ; j'étais sûr qu'il leur parlait en leur caressant les feuilles. Est-ce que lui aussi avait été attiré par le pouvoir séducteur de sa femme ? Et maintenant qu'il l'avait possédée, se demandait-il comment il allait bien pouvoir la garder ?

12 h 30 : un panier dans chaque main, René et Ava prennent l'Aérobus direct pour Stalinpark. Stalinpark... il est donc là, le lien entre mari et amant ? Je ne suis pas pressé, j'y vais à pied. Pour voir.

12 h 51 : une armée de vigiles ceint les abords du parc. Ils sont tellement serrés qu'ils pourraient se tenir la main. J'entre. Je ne suis pas dangereux. C'est un immense barbecue dominical de quartier. Il n'y a que des couples avec des jeunes enfants. Entre les statues bétonnées errent d'autres vigiles en faction. Deux hommes et une femme se frappent dans un coin, sans gravité. Tout le monde laisse faire. Les steaks roussissent sur les grils électriques, le fumet s'en échappe doucement ; je glisse un clin d'œil à Ava et une main sous un burger pour m'en régaler : fameux ! Du pur style old fashion, il y a même du ketchup ! Je laisse trois tickets dans la boîte commune et m'en vais déguster à l'ombre, loin de René qui pourrait me reconnaître. Je les observe au milieu des autres : Ava et René forment un couple, sociable, enjoué. Pourquoi irais-je les séparer ?

14 h 12 : arrivée des pique-assiettes, des aspirateurs à miettes. René Longbom est dans le lot. Regard appuyé sur Ava Lucinda qui le lui rend, sans inimitié. Une émotion passe entre les deux. L'amant s'arrange pour entrer en conversation avec les voisins les plus proches des Lucinda, sortir un dessin et le commenter d'une voix forte, plus virile qu'il n'en est naturellement capable. Il craint pour son blason.

17 h : décollage des époux Lucinda. Je les suis. Madame se retourne au dernier instant et revient, seule, au milieu des convives. Lourde embrassade avec son amant. Sourire jusqu'aux oreilles de la part de ce dernier. Je décide de le suivre lui, à la place, pour voir où l'amour le mène.

17 h 29 : l'heureux amant s'installe devant ses machines au cinquante-et-unième étage de la tour Ovale.

Qu'est-ce qu'un baiser peut changer, finalement, dans une vie ?

21 h 19 : mari et femme comatent devant deux

cyberactifs au trente-septième étage de la tour Rivoire & Carré.

Trois personnes, un dimanche soir, sur la Terre.

C'était aussi à ça qu'elle ressemblait, ma vie, vue de l'extérieur ?

— Le mari.

— Je ne vous ai pas demandé de choisir à ma place, Monsieur Ingham, mais de me tirer leurs deux portraits.

OK, OK...

— Tous deux sont stables, je ne pense pas qu'élever votre bébé avec l'un ou l'autre posera de problème. L'un est professionnel, méticuleux, ouvert, confiant, prometteur. L'autre est artiste, inventif, intéressé, persévérant, faible. Deux milieux différents, non pas contradictoires ni complémentaires ; différents, donc tout aussi intéressants pour l'enfant à venir. Leur opposition se situe plutôt sur le moyen de développement de votre enfant : la communication. L'un communique avec et pour ses interlocuteurs, il cherche à se faire entendre, comprendre, mais également à écouter. L'autre ne communique qu'avec et pour lui-même, d'une voix rentrée, ne satisfaisant que son ego.

— Avec lequel ai-je le moins de chances de m'ennuyer ?

— L'amant.

— Et qui fera le plus attention à moi ?

— Le mari.

Elle connaissait déjà la réponse. J'avais oublié que le besoin de séduction était juste un moyen de se rassurer, de se dire qu'on pouvait encore être aimé.

Et c'était ce qu'elle espérait, ultimement, avec cet enfant : combler son besoin d'amour.

Elle a soupiré. La décision était prise, désormais.

Je lui ai adressé la facture et ma requête :

— Madame Lucinda, je vais devoir rester avec vous.

Elle a souri.

— Ça ne va pas être possible, je le crains, Monsieur Ingham.

— Comprenez-moi : j'ai de fortes raisons de croire que vous êtes en danger de mort. Je ne souhaite pas m'immiscer plus avant dans votre vie, seulement vous protéger durant les vingt-quatre prochaines heures.

Ensuite, je vous laisserai libre.

— Vous l'avez dit vous-même : mon mari et mon amant sont tous deux des êtres stables. L'un ne saura jamais de qui l'enfant est réellement, l'autre ne va pas me tuer à cause d'une rupture...

— Je vous le confirme. Cependant, mes sources se sont toujours vérifiées...

D'un seul coup, ça m'a gonflé. Toutes ces minauderies, ces petites phrases convenues, ces manières retenues copiées sur mon père pour paraître pro ! Détective était mon métier ; moi, j'étais Viktor Ingham.

— Écoute, petite : tu es mignonne, c'est sûr, mais tu ne pourras pas continuer à contrôler ton petit monde de cette manière. Il y a des choses qui te dépassent. Le jour où tu es venue me voir, vous étiez neuf à m'attendre dans le couloir...

— Dix, j'ai compté.

— Trois sont morts ce même soir, puis un à la fin de chaque enquête ; si toi et ton bébé voulaient être les prochains, vas-y !

Je lui ai indiqué la porte. Manifestement, jamais personne ne lui avait parlé ainsi, droit sur sa blessure. Ça a eu l'effet d'un siphon qui se vide et qui se re-remplit sur une aspiration.

— Mais... je vous emmerde, Ingham !

Ou d'un ressort. Dénigrer sa séduction, c'était ébranler son mode de protection : je la mettais en danger. À côté de ça, la mort réelle lui paraissait insignifiante, comparée au cauchemar de la souffrance. Seuls comptaient les moyens de l'éviter : fuir. Elle a ramassé son pelzor, m'a balancé mes tickets à la gueule et a quitté mon buracti d'un bond.

— Moi aussi je t'emmerde, Ava. Je t'emmerde...

Je savais que je ne la reverrais plus jamais.

J'ai balayé les tickets dans un tiroir, pris ma carte Numéri et suis sorti dans le couloir.

— Ella, c'est moi. Il faut qu'on se retrouve ce soir pour les papiers...

— Bonjour, d'abord, Viky ! Non, ce soir je ne peux pas : j'ai rendez-vous avec un pépiniériste.

— Tu ne vas pas y passer la nuit, avec ton pépiniériste ? Rejoins-moi après.

Elle a eu l'air gêné.

— Bon, OK. Où ça ?
— À l'Aquarius, évidemment.
— Encore ? Mais Viky, enfin…
— À l'Aquarius !

Une bombe a explosé Grand-Place. J'étais alors à cinq cents mètres du point d'ignition ; j'ai été projeté à quinze mètres facilement, je me suis retrouvé sur les genoux. Autour de moi, il y a eu des cris, des bouleversements de foule, des uniformes qui se sont mis à apparaître et à courir dans tous les sens ; les Aérobus, les Taxispaces se sont arrêtés de fonctionner pour le public, seul le Fusili poursuivait sa vrille souterraine en automatique. La population avait beau être habituée à ces débordements permanents, je me suis bien rendu compte que, même pour eux, c'était un choc sans cesse renouvelé, une déchirure durant laquelle le temps s'arrêtait et le pulvérier cessait de couler.

La bombe avait dû causer des dizaines de morts ; peut-être Ava se trouvait-elle déjà dedans ? Quelle importance, une personne de plus ou de moins ? Pour la prochaine affaire, il me fallait sélectionner un gros con, comme client ; un type dont je n'aurais rien à foutre. Je voyais déjà exactement lequel.

Je suis rentré à l'Aquarius les genoux en sang, plusieurs couches de mon manteau gâchées. L'après-midi n'était pas terminé, j'allais m'imbiber jusqu'au soir.

— Et un gin-goyave, un !

Ella est rentrée, l'alcool m'avait conféré une sorte d'évidente lucidité : je ne faisais plus partie de sa vie. Ça m'a déprimé.

— Alors, ce rendez-vous ?
— Formidable ! Il m'a donné plein de tuyaux sur les espèces les mieux viables aujourd'hui, celles qui lui étaient les plus demandées, les types de terres utilisées ; c'est une mine, cet homme !

— Tant mieux, alors.

Elle s'est posée sur un de ces hauts tabourets.

— José, s'il te plaît : tu pourrais me faire un cocktail léger, avec juste des fruits ? Une paille ananas, par exemple.

— Bien sûr, Madame. Il suffit de demander.

Elle s'est retournée vers moi avec un grand sourire. Je savais ce qu'il disait : « Tes habitudes peuvent changer. »

— Alors, ces papiers ?

Je lui ai sorti la liste des indications données par Georges. Elle les a potassées cinq longues minutes avant d'annoncer :

— Rien que ça ? Ça n'a pas l'air si évident...

— Rien n'est évident, ici.

Ella a écouté avec moi le silence traîner. Cette quiétude de l'Aquarius aurait dû m'apaiser, je le savais, mais pour moi ça n'annonçait que plus fortement combien j'allais me faire écraser en miettes, réduire à l'état de poussière. J'étais déprimé.

— Qu'est-ce qu'il y a, Viky ?

— Je ne suis pas responsable ! Ce n'est pas moi qui les provoque, ces morts ! Si je pouvais les éviter, je le ferais, mais ils me demandent de les aider ; qu'est-ce que je suis censé faire ?

— De quoi parles-tu ?

— De toutes ces explosions, ces accidents, ces règlements de compte ; de ces MORTS !

— Nous sommes tous un peu responsables : en nous protégeant, nous ne faisons qu'attiser leur besoin de nous toucher. Mais ce n'est pas une fatalité, Viky, tu peux en sortir...

— Non, justement non : je ne peux pas !

— Parce qu'il y a encore des choses que tu ne veux pas voir.

— Ella, ne me laisse pas seul ce soir.

Elle a ouvert de grands yeux.

— Tu veux revenir à notre quadrippartement ??

— Juste pour une nuit, je ne t'embêterai pas, c'est promis.

— Je ne sais pas si c'est très...

— S'il te plaît.

Elle a terminé son jus d'ananas en suçotant sa paille.

— OK, allons-y alors : je suis vannée.

Dehors, la Grand-Place avait été nettoyée. On a pris le Fusili sans embrouilles jusqu'à notre quadri et nous y sommes montés.

Ça faisait si bizarre d'y remettre les pieds après tout ce temps. La déco avait changé, évidemment, mais les

131

murs n'avaient pas bougé, j'avais l'impression d'y sentir encore notre odeur, à tous les trois.

— On peut partager le lit, Viky, ça ne me fait rien.

Je savais où était la chambre, j'ai ôté mes vêtements et me suis glissé sous la couette, la tête sur l'oreiller.

Ella est arrivée après de la salle d'eau. Elle s'est déshabillée, posant ses dessus sur une chaise. En me regardant, elle a dégrafé son soutien-gorge et laissé tomber sa petite culotte le long de ses cuisses.

— Ça ne te dérange pas si je lis un peu, avant de dormir ? Un nouveau rituel.

J'avais sa belle chatte au même niveau que mes yeux, j'ai dit que non.

J'ai senti tout de suite la chaleur de son corps lorsqu'elle s'est allongée à côté de moi.

Ella, bon sang, qu'est-ce que tu fous ?

J'ai fermé les yeux pour faire semblant, elle a effectivement pris un livre et a tourné les pages un moment silencieusement avant d'éteindre.

Je n'ai pas dormi de la nuit : mon cerveau bouillonnait, je devais me concentrer pour empêcher mes mains d'avancer, j'étais déjà à une bonne quinzaine de centimètres plus loin que je ne le voulais.

Lorsque le jour s'est levé – enfin, qu'une lumière un peu plus remarquable est apparue –, j'ai cru devenir fou ; tout le sang de mon cerveau avait dû se vider pour aller se concentrer ailleurs. J'avais chaud, si chaud, et cette fille qui dormait, là. Je me suis raisonné, me suis dit que non, que je devais la respecter, respecter ce qu'elle était, ce qu'elle voulait ; elle ne m'appartenait pas. Je me suis tourné vers elle, j'ai soulevé les draps, découvrant son cul nu. Je lui ai écarté les cuisses afin de glisser mes jambes entre les siennes. Ella s'est réveillée, mais n'a pas bougé, a à peine murmuré. Je ne pouvais pas, bon sang, pas comme ça. C'était comme la violer, lui cracher dessus.

Elle est Ella. Je ne peux pas.

J'ai regardé mon vit dressé d'envie, cette fente si émouvante, et j'ai roulé sur le côté.

Je ne peux pas.

— Excuse-moi, Ella.

Elle a ouvert les yeux. Toute sa plus immense froideur s'y lisait. Elle s'est levée pour aller aux toilettes. Puis, toujours nue, elle s'est dirigée vers la cuisine et a mis de l'eau à chauffer au micro.

— Je suis désolé, Ella.

Elle n'a pas répondu. Je n'existais déjà plus. J'avais devant moi un pilier de marbre buvant son café.

— Je ferais mieux d'y aller...

Ella est allée dans notre salon vaquer à ses occupations. Je suis retourné à la chambre m'habiller. Penaud, coupable même, j'ai enfilé mon imper et mon pantalon troué.

— Je suis désolé. Désolé... Au revoir, à bientôt Ella ?

Elle a bu encore une gorgée sans me regarder, j'ai fermé la porte derrière moi.

CHAPITRE -3

2068

Le dictateur

Ah, voilà ! J'avais tout gagné : non seulement je ne l'avais pas baisée, mais en plus elle me faisait la gueule, à présent ! Grandiose, Ingham !

Je me suis applaudi, les gens m'ont regardé de travers dans le Fusili de retour. Je ricanais amèrement.

Tout ça pour un foutu respect ! Je me suis juré que si c'était à refaire, je la baiserais !

D'accord, je m'étais un peu mélangé les pinceaux entre des sentiments contradictoires, mais j'avais cependant des circonstances atténuantes : Ava Lucinda, Ava la séductrice ; c'était elle qui m'avait si bien déstabilisé, m'amenant dans une sorte de jeu entre Ava l'aimante et Ava la tranchante. Je reconnaissais avoir été attiré, excité même, par cette femme ; elle était de loin le seul intérêt de l'enquête. Je n'avais d'ailleurs rien retenu d'autre. Ah si : où se trouvait le marché Bio ! Ça n'en faisait pas l'affaire la plus palpitante des sept pour autant...

Ah, Ava...

Le Fusili tourbillonnait sur son rail hélicoïdal et je me suis laissé porter, collé à mon siège par la force centrifuge. La suite, évidemment, m'a été dictée par le cyberactif, juste devant mes yeux, m'étalant sa rubrique nécrologique aux nouvelles de -2 :

— Ava !!

Je me suis effondré.

Ça ne pouvait plus durer ! Il fallait que je mette un terme à ces enquêtes et à ces morts qui s'ensuivaient. Tant pis pour les mystères. Je devais tout arrêter.

Je me suis éjecté à ma station, j'ai bousculé tout ce

qui se trouvait sur mon passage, je n'avais même plus besoin de mes visionets pour me prévenir, je suis rentré dans l'immeuble de mon buractif et j'ai joint au Numéri celui auquel j'avais songé pour être mon cinquième client. Stop les frais.

— Monsieur François Milan ?

— Ah, Ingham ! Cela fait au moins un mois que nous nous sommes parlés ; il était temps ! J'allais appeler vos concurrents, ah, ah !

— Justement, Monsieur Milan : je préférerais que vous le fassiez.

— Allons, Ingham : c'est l'hiver qui approche ? Frileux, peut-être ? Vous êtes du genre à cagner ?

— Non, je n'ai peur de rien. Mais pour des raisons personnelles...

— Très bien, alors. Vous tombez à pic, j'ai urgemment besoin d'un garde du corps supplémentaire pour une intervention capitale à venir ; j'aimerais que vous commenciez dès aujourd'hui, histoire de vous faire la main.

— Non merci, Monsieur Milan, je suis très occupé...

— Vous faites quoi, là ? Rien ? Passez : j'ai une excellente bouteille de crémant au frais et personne avec qui la partager ; je vous attends !

— Vous buvez du champagne à 9 h le matin !?

— Pensez plus loin que vos boîtes à chaussures, Ingham : l'entéléchie ! La philosophie aristotélicienne ! L'être ne parvient à l'état de perfection que par le plein épanouissement de son principe essentiel ! Et puis ce n'est que du crémant ; la mousse est très légère. Venez !

Qu'est-ce que j'aurais dû répondre à de tels arguments ? Que j'étais personnellement partisan du néphalisme : abstinence absolue de tout alcool ? De quoi j'aurais eu l'air avec mes dix-neuf gingos de la veille dans le foie et mes poches sous les yeux ?

— J'arrive.

Il a souri d'un air satisfait avant de couper.

Voilà ! Du pur Viktor Ingham à 100 % : lorsque ce n'était pas le sexe qui me menait par le bout du nez, l'alcool se chargeait de défléchir mes meilleures résolutions.

J'ai allumé un cigare pour couronner le tout et j'y suis allé.

François Milan possédait un immeuble entier, qui n'était même pas à lui. Il avait réussi à le refinancer pour le compte d'un tiers et la banque avait fini par le lui laisser, se couvrant sur les plus values potentielles en cas de cession. Le tiers, simple investisseur immobilier, ne s'y était pas opposé et François Milan avait récupéré le tout, s'octroyant trois étages au passage, valorisant ainsi le bien qui lui était confié. Car en nom et au sens propre, François Milan ne possédait rien. Il se contentait de s'immiscer là où les gros budgets se défendaient et de vendre sa sauce, en bon politicien.

Le hall de l'immeuble était gainé de sarrancolin, de miroirs teintés roses et de séparations en rideaux jaune zea ; les tons s'harmonisaient magnifiquement. Le silence qui y régnait était d'or, toute parole aurait été déplacée. Seuls mes pas résonnaient dans cette entrée royale.

François Milan m'attendait au bout de l'allée, une coupe à la main, comme convenu.

À l'intérieur du multippartement qu'il s'était réservé, le sol de l'étage avait été abattu, donnant au rez-de-chaussée une hauteur sous plafond magistrale. Le salon représentait l'équivalent d'une salle de bal, la cuisine aménagée à l'américaine faisait penser à un immense loft et, de là, un escalier en colimaçon menait à ce qui était auparavant le deuxième étage et qui avait été transformé depuis en chambre et en salle d'eau, évoquant une garçonnière princière. Du style, de la grandeur : François Milan.

— À la vôtre !

— Pareil.

— Dépêchez-vous, je n'ai pas réussi à réserver de Limotruck et le rendez-vous est à 10 h 30.

Je me suis étranglé sous les petites bulles. Je croyais être là pour attester le moelleux des canapés.

— Un rendez-vous ? Lequel ?

— Allez, allez, finissez ou nous allons être en retard !

— Mais... vous pouvez m'expliquer ?

— Bien entendu, une fois en chemin.

J'ai posé ma flûte à peine torchée sur le piano juste avant qu'il n'éteigne les lumières, me forçant à quitter le multi par la seule ouverture encore éclairée dans le hall, comme un rat de laboratoire finement dirigé vers la sortie. J'aurais droit à un bout de fromage, après le champagne ?

Dehors, il a hélé un Taxispace qui est venu se ranger devant nous immédiatement.

— J'avais tort de m'en faire : les Taxispaces sont pratiquement aussi sûrs que les Limotrucks, juste un peu moins spacieux. Venez, Ingham !

Nous nous sommes installés sur les banquettes défoncées par des milliards de culs avant les nôtres et le véhicule s'est soulevé, fonçant tout droit sur son couloir. J'ai alors noté que François Milan s'était enveloppé dans une fourrure doublée de soie olivâtre. Lui aussi aimait les beaux manteaux !

— Dites-moi, Viktor... Je peux vous appeler Viktor, n'est-ce pas ? Avez-vous déjà entendu parler de Steve Austin, l'homme bionique ? Non, bien sûr, vous n'étiez pas né ; c'est une série des années 1970...

Si tu savais, mon pote, depuis quand je me torchais sans qu'on m'aide...

—... ils prononçaient « bio-ionique » : tellement drôle ! Anyway, j'ai eu l'idée il y a quelques années de créer la première usine au monde de robots entièrement autonomes, basés sur le modèle humain. Rendez-vous en compte, Viktor : un siècle que la science-fiction en parlait et toujours personne foutue d'en produire un Bref, nous avons mis cela au point avec quelques associés et l'affaire est devenue florissante.

— C'est là où nous nous rendons, alors ? Dans cette usine ?

— Pas exactement. Le problème, voyez-vous, était que ces robots avaient une telle capacité à intégrer les règles – les règles humaines, Viktor, donc contradictoires – qu'ils ont fini par ne plus rien faire !

— Une nouvelle armée de feignants à nourrir.

— Exactement ! Et surtout un retour client ingérable... Entre temps, je m'étais dégagé de l'affaire pour me concentrer sur d'autres projets, mais tout de même, je me sentais responsable et mon devoir d'agir m'a interpellé. C'est à ce moment-là que m'est revenue à l'esprit cette vieille série...

— Steve Austin, donc. Vous avez pu le reconstruire ?

J'étais un admirateur de la série ! J'aurais rêvé être Lee Majors à l'époque ! Déjà des velléités d'être tout sauf moi-même...

— Pratiquement, oui : nous avons réalisé des êtres hybrides ; mi-machines, mi-hommes.

— Bon sang ! C'est phénoménal ! Pourquoi n'en ai-je jamais entendu parler ?

— Parce que, encore une fois, la machine a pris le pas sur l'homme, lui indiquant toutes les failles du système : nos hybrides devinrent de véritables requins, dans les affaires comme dans la société, et il a bien fallu les désactiver...

— Ah.

— Oui. Trop dangereux. Notamment pour des businessmen tels que moi... Bref, voilà où nous en sommes : une gigantesque usine, cent quarante employés, trois cent mille hybrides, et le tout doit dégager. Vous êtes là pour me protéger.

— Moi ? Moi tout seul ? Et les autres ? Vous me disiez avoir besoin de moi parmi vos nombreux gardes du corps, et seulement pour des occasions spéciales, lorsque vous êtes venu me trouver à mon buractif ; où sont-ils donc tous passés ?

— Ce n'est pas une occasion vraiment spéciale ; c'est demain, le grand jour.

—... ?

— Ttt, ttt, ttt ! Concentrez-vous déjà sur l'instant, ici.

Nous étions arrivés. Le Taxispace s'est posé et un petit être en blouse bleue, la moustache grise, est venu nous accueillir.

J'étais terrorisé. Comme au jour de la rentrée. On jetait le petit rat dans la cage aux lions à présent. J'ai chaussé mes visionets.

— C'est quoi, ces machins ?

— Mon troisième œil.

— Totalement dépassé ; choisissez plutôt un implant ! En tout cas, un tel gadget vous sera inutile si mes hybrides n'ont pas été proprement débranchés. Couvrez-moi.

J'ai tâté la poche de mon fidèle pardessus. Vide.

— Monsieur Milan, on a un problème : je n'ai pas d'arme !

— Alors nous ferons comme si nous en avions...

L'homme en blouse bleue a franchi devant nous les portes d'un local résiduel attenant à l'usine et François

Milan les a poussées franchement à son tour, comme s'il pénétrait dans un antique saloon.

— HAUTS LES MAINS, VOUS ÊTES CERNÉS ! Ah, ah, ah !

Milan se tenait comme un vieux cow-boy, l'air plus jovial. Ça a fait sourire les gars qui l'attendaient, massés dans la pièce.

— Salut José ; Marc bonjour ! Et toi, Violette, comment ça va ?...

Il serrait des mains comme à un meeting, en foutu politicien. On n'aurait vraiment pas dit qu'il était là pour les virer.

— Bon alors, ces fours, ils sont prêts ?

C'est le petit homme en blouse bleue, le seul à porter un uniforme, ai-je remarqué, qui lui a répondu :

— L'usine a été entièrement scellée après y avoir installé les résistances, oui. Nous n'attendions que votre signal.

L'homme, qui devait atteindre la cinquantaine, faisait apparemment office de responsable sur le site. Les épaules voûtées, sa responsabilité devait être lourde à porter.

François Milan a pris les traits d'un homme s'apprêtant à trancher son gâteau d'anniversaire.

— Eh bien, allons-y !

On lui a présenté un bouton. Il l'a poussé. Je me suis demandé s'il savait exactement ce qu'il faisait. Puis un énorme bruit est monté, un brouhaha sourd, mais insistant, comme un essaim d'abeilles qu'on secouerait.

Je me suis penché à l'oreille de mon employeur.

— Il y a quoi, là-dedans ?

— Les hybrides.

— Ils sont vivants ?

— En partie, oui.

J'ai écouté le ronflement jusqu'à me rendre compte que c'était en fait des hurlements. La chaleur commençait à irradier sur les murs épais de l'usine. J'ai senti la sueur me couler sous les aisselles. Comme si ça avait pu me rassurer, je me suis dit que je n'étais pas le seul à conniver, ici. Je voyais tous les autres, les cent quarante employés qui avaient œuvré sur ces hybrides, se resserrer entre eux, comme pour témoigner de la présence du groupe afin de justifier leur silence.

Parce que de l'autre côté des parois, ça gueulait.

François Milan en a profité pour passer entre les individus pétrifiés et distribuer des enveloppes. Il adressait à chacun, en même temps, un plissement compréhensif ou un sourire de condoléances. Je lui collais aux talons. Il m'a murmuré :

— Vous savez, Viktor, ils étaient presque comme leurs bébés...

J'aurais pu lui vomir son fameux crémant à la gueule. Il ne m'en a pas laissé le temps, les cris commençaient à s'étouffer.

— Allez, Viktor, il est temps de nous en aller.

Il s'est penché vers le contremaître, à voix basse :

— Adolphe, tout est dit. J'ai laissé une lettre avec mes vœux de reconversion à chacun. Une équipe de nettoyeurs passera lundi pour tout raser. D'ici là, laissez les fours fonctionner, on ne sait jamais. Bonne chance à vous aussi !

— Mais, et...

Milan a levé la main bien haut en salut à ceux qui le dévisageaient et nous sommes sortis.

— On se barre comme ça, comme des malfrats ?

Lentement, les employés nous ont suivis hors du local, l'un après l'autre. Ils n'avaient pas encore réalisé ce qui s'était réellement passé. Milan a forcé le pas.

— Courrez chercher un Taxispace, Viktor ! Vite !

Dans la troupe, derrière, un gars nous a fait signe.

— Monsieur Milan ! Attendez...

Un Taxispace s'est garé devant nous à mon appel, François Milan s'est retourné une dernière fois pour saluer la foule et il s'est engouffré.

— Démarrez ! Au Bel Air ! Foncez !

Le véhicule a décollé, les visages se sont dissipés, Milan a pu souffler.

— Ouf ! Bien joué, Viktor !

J'ai laissé passer tout mon mépris entre mes dents.

— Vous êtes pire que le maufé, François Milan !

— Dieu est une invention de l'homme. Son contraire aussi, Viktor, sachez-le. En ce qui me concerne, je ne me réfère qu'au vivant. Êtes-vous au fait de la zoonomie ?

— Aucune idée de ce que c'est...

— Les lois présidant à la vie animale.

— Ah : « manger ou être mangé », c'est cela ?

— Pas tout à fait. L'humain, lui, en a tiré une tout autre leçon : « ton ami d'hier peut devenir ton pire ennemi demain ». Mes cent quarante employés si dévoués jusqu'à présent étaient tellement perturbés qu'ils auraient pu nous tuer sur place. Ça n'aurait rien changé à leur situation, mais à la nôtre, oui. En fuyant ainsi, la queue basse je dois l'avouer, je nous ai sauvés, Viktor. Vous verrez, vous apprendrez beaucoup à mon contact. D'ailleurs, vous me parliez de manger : il est midi ; ça vous dirait un petit lunch ? C'est moi qui invite !

— Je ne faisais pas référence à vos employés : eux vous haïront probablement pour avoir détruit leur projet et leurs carrières, mais ils pourront continuer à vivre, ce qui n'est pas le cas de tous ces hybrides immolés ! Non, ça ne me donne absolument pas faim !

Je hurlais presque. Les idées se mélangeaient sous mon crâne, trop d'informations s'y bousculaient en même temps.

Arrivés au Bel Air, Milan a dû me débarquer du Taxispace. Je titubais.

— Je vous commande un petit croque mondain ? Ensuite, je connais une excellente manière de nous retaper complètement...

Bel Air était une immense station de jeu sur plusieurs niveaux, avec des bowlings, des patinoires, des mécacells, des piscines, des terrains multiplexes, des restaurants et surtout : un casino, qui drainait une foule innombrable jour et nuit.

C'était la pagaille dans mon cerveau et aussi tout autour de moi. Curieusement, il n'y avait aucune animosité, ici, malgré l'affluence, comme si le jeu protégeait de la violence, ou la compensait, peut-être ?

François Milan est réapparu avec deux croques mondains dégoulinants de fromage entre les mains. J'ai cru que j'allais cracher mon estomac. Il a haussé les épaules et s'est goinfré des deux.

— J'aime me défouler au casino après une bonne journée de travail ! Pas vous ?

— Je ne viens pas.

— Vous n'avez pas le choix : vous êtes mon garde du corps, beaucoup de personnes en veulent à ma vie, encore plus à présent, et j'ai besoin de vous.

— Je démissionne.

— Vous m'avez déjà dit cela ce matin. Pourquoi, d'ailleurs ?

— Trop de morts.

— Vous voyez : vous auriez également la mienne sur la conscience. Protégez-moi, plutôt.

Ava avait refusé mon aide. Lui me la demandait. Devais-je la lui accorder, si je voulais rester logique ? En route pour le casino, donc.

— Vous devriez manger quelque chose, Viktor, si vous voulez être efficace.

— Je boufferai un tube tout à l'heure. Bon, vous jouez ?

J'ai vu François Milan, l'auteur d'un minimeurtre de trois cent mille têtes, sautiller comme un gamin jusqu'à la caisse pour échanger des tickets en jetons, puis se pincer les lèvres finement en se demandant où jouer en premier.

— Vous avez un numéro favori, Viktor ?

— Non, pas vraiment... le 18 ?

Il a tout cavé sur cette case et la bille a roulé à côté. Comme un pétard, Milan a laissé fuser sa colère.

— Mais enfin ! Le 18 ! Vous me portez malchance, Ingham ! Quel crétin vous faites ! Poussez-vous !

Il est revenu du change avec dix fois plus de jetons.

— Je vous préviens, Ingham : nous ne partons pas avant d'avoir débanqué !

Nous y avons donc passé la nuit. Une nuit à voir François Milan engueuler le croupier lorsqu'il perdait, me lancer des conseils très utiles par-dessus l'épaule du style : « faut pas vous laisser marcher sur les pieds, Viktor ! » et pousser des cris de guerre dans toute la salle lorsqu'il récupérait un jeton et tentait alors de faire paroli.

François Milan était colérique, limite violent ; il enfonçait des portes, avait des théories sur tout, jouait l'argent des autres et aimait se montrer en grand : il aurait fait un très bon dictateur.

Ici, j'étais totalement inutile. Garde du corps était le métier le plus pauvre qui soit.

À la fin, Milan avait tout perdu, mais il se trouvait satisfait.

— Ah, il n'y a rien de meilleur que de se sentir exister,

d'être soi-même ! Très subtil, comme sentiment ; l'avez-vous déjà expérimenté ?

— Quoi, le jeu ?

— Mais non, mon pauvre Ingham : je vous parle de cénesthésie !

— Franchement, j'irais bien plutôt expérimenter mon lit.

— Vous ne comprenez rien à la vie, à la manière d'y goûter. Tout est jeu !

— C'est possible.

— Vous aviez un jouet, enfant, auquel vous teniez particulièrement ?

J'ai repensé au Sombrero de mes cinq ans, sans savoir pourquoi, mais ce n'était pas vraiment un jouet, plutôt un accessoire.

— Non, je ne m'en souviens plus.

— Moi, je me rappelle l'œil de verre avec lequel je m'amusais ; je le tenais de mon grand-père. C'est assez morbide comme héritage, en y repensant maintenant, mais j'y étais très attaché : je le promenais en le tenant devant moi et en lui prêtant des répliques comme s'il existait vraiment. Il me tenait lieu à la fois de vaisseau spatial, d'outil pour creuser (peu efficace) et de marionnette effrayante ; je l'adorais !

J'ai bâillé.

— Puis un jour, un parent – je ne sais plus lequel – a marché dessus. J'ai pleuré et j'ai reçu pour toute réponse : « Désolé, François, mais ce n'est pas si grave ? » J'avais la sensation qu'on venait de piétiner mon cœur. Je vivais dans une famille où ce que j'aimais, ce que j'étais, ne pouvait être reconnu. Alors je me suis fait cette promesse : un jour, j'obtiendrai cette reconnaissance en grand, je ferai tout pour l'avoir ! Ce qui m'importera importera aux autres également ! Et regardez où j'en suis arrivé aujourd'hui, Viktor : ce n'est pas si mal ?

Milan était parfaitement satisfait de lui-même. Moi, je me suis demandé où était passée la mienne, de promesse d'enfant.

— Vous verrez demain, Viktor : je vais atteindre les sommets ! De fait, je crois avoir enfin compris mon attachement à l'œil de verre : c'était un message adressé à l'adulte en devenir, à l'homme qui allait devoir apporter sa "vision" au monde, afin qu'elle soit reconnue ; vous comprenez ce que je veux dire ?

Demain, c'était dans quelques heures. Il n'y avait plus de place dans mon cerveau pour de la philosophie de trottoir.

Sortis du casino, descendus du Bel Air, nous avons attendu les Taxispaces, plus sporadiques à ces heures indues.

Preuve que j'avais encore malgré tout quelques réflexes – et un professionnalisme méritoire – je me suis jeté sur mon client dès que mes visionets ont atteint soixante-deux psyons et que le bout d'une mitraillette a pointé son nez.

— Attention !

L'assassin, trop jeune pour être expérimenté, a balancé la purée. Avec le recul important de l'arme, il a tout vidé en l'air. Le con ! Je lui ai sauté dessus, lui ai enfoncé la crosse entre les côtes et j'ai poussé jusqu'à ce que ça fasse "crac !"

François Milan était atterré.

— Il a essayé de me tuer ? Moi ? Mais pourquoi ? Je ne le connais même pas, ce gosse !

— C'est tout le temps comme ça, Monsieur Milan, allez savoir.

— Vous croyez que c'est en proème à la conférence de demain ?

— Ah, parce qu'il s'agit seulement d'une conférence, cet évènement capital ?

— Il faut renforcer les mesures de sécurité, engager d'autres vigiles, prévoir des scénarios de repli et de défense. Je devrais peut-être m'armer ?

Il avait perdu toute son assurance, d'un coup. Il ne s'agissait plus de fuir et d'oublier ; cette petite attaque venait de lui donner un aperçu direct de sa vulnérabilité et de la peur qu'elle engendrait chez lui.

François Milan avait peur : il n'aurait jamais osé affronter personne à l'usine, c'était une chose qu'il n'avait probablement jamais faite dans sa vie. Il préférait se rassurer par d'autres moyens, se persuader qu'il était fort parce qu'il était devenu puissant et reconnu. Un môme tremblant dans une cuirasse d'adulte.

Un Taxispace a atterri devant nous. J'ai aidé Milan à y grimper – chacun son tour – et j'ai indiqué son immeuble. Le chauffeur connaissait, évidemment.

— À quelle heure, cette conférence, Monsieur Milan ?

— 17 h au palais Stockholm. Vous pourrez y être avant, pour inspecter les lieux ? S'il vous plaît ?

— Vous qui aimez la philosophie : sachez qu'en vous surprotégeant par peur, vous ne ferez que décupler la peur autour de vous ; c'est une logique universelle, Monsieur Milan ! Bonne nuit.

Nous étions quinze, pour une estrade de dix mètres de long. J'ai envoyé deux gardes du corps au fond de la salle pour couvrir nos arrières et j'ai personnellement inspecté le moindre recoin à la recherche d'un poste où s'embûcher. Il n'y en avait pas. Rectangulaire, le palais disposait de quatre sorties, dont deux sur les côtés de l'estrade. Celle-ci possédait deux petits escaliers – un à chaque extrémité – pour y monter et une paire de rideaux lourds actionnés mécaniquement. Rien d'autre. L'endroit le plus facile du monde à garder.

Des groupies avaient installé les écrans-banderoles portant le nom de Milan et de son hétairie, ainsi qu'un pupitre xyloïde d'allure archaïque. J'avais du mal à croire que j'allais véritablement assister à un meeting politique.

Vers 16 h 30, les premiers participants sont arrivés et – clic, clac ! – six panneaux du mur ont pivoté, laissant apparaître des enceintes acoustiques, puis deux lamelles au plafond se sont ouvertes pour laisser descendre une rampe de spots. Je n'avais pas pensé au faux plafond et à ce qui pouvait bien se tramer au-dessus de nos têtes ! En urgence, j'ai détaché un autre garde du corps dans la remise qui contrôlait tout ça, n'en laissant plus que douze avec moi devant l'estrade – largement suffisant – et je suis allé faire un tour dans les échafaudages supérieurs. Rien à voir avec le fantôme de l'Opéra, il n'y avait que des ensembles de poulies et d'éclairages passant entre les lamelles inclinées : aucun angle pour viser directement l'estrade et son occupant. Tout était sous contrôle.

17 h, la salle était bondée. Les vigiles et moi nous tenions la main, affichant une barrière humaine aux débordements.

Ça discutait, ça criait et ça tapait dans les mains de partout à la fois. Je ne savais pas à quoi ils s'attendaient, mais moi j'étais déjà saoulé.

17 h 35, en retard donc, François Milan est arrivé par le côté gauche, il a sauté sur l'estrade d'un pas léger tout en agitant la main. Après s'être fait attendre, il s'est fait grandement applaudir alors qu'il n'avait encore rien dit. Il a empoigné le pupitre et a souri avant d'attaquer :

— Mes amis, mes frères et sœurs, je suis venu vous parler d'eudémonisme. Car si vous êtes ici ce soir, si vous avez pris la peine de vous déplacer et, par ce fait, de poser un acte d'engagement, aussi minime soit-il, vous l'avez fait dans le même but que moi : tous, chacun, recherchons notre bonheur personnel. Un concept que nos dirigeants, les figurants de l'ochlocratie, ne savent toujours pas appliquer à d'autres qu'eux-mêmes...

C'était parti. Je me suis posé, les talons enfoncés dans mes bottes, me préparant à deux bonnes heures de sommeil debout.

C'est venu comme une vague. Il y a eu un écrasement déclenché depuis le fond de la salle qui s'est propagé en une houle humaine furieuse jusqu'au-devant de la scène. Et la devanture, c'était nous. Près de mille personnes sont venues en un bloc me comprimer la poitrine, me pétrir comme une boule de pâte. Le contact avec mes collègues s'est rompu immédiatement, mais la marée a continué son œuvre, refoulant de nouveaux corps contre les nôtres, tentant de déborder d'un côté puis de l'autre, nous promenant à sa surface comme treize petites bougies sur un gâteau. Le flot est parti un moment sur la gauche, dégageant totalement la partie droite de l'estrade, sur laquelle un homme isolé est monté. Tout s'était passé en moins de trois secondes. Totalement mobilisé, et impuissant, je me suis démonté le cou pour tenter d'apercevoir encore François Milan, qui s'était interrompu :

— Mais... que...

L'homme qui s'approchait avait une allure athlétique, des gestes parfaitement maîtrisés, presque mécaniques. Posément, il a attrapé la chable qui se déroulait comme par magie depuis le plafond, a saisi le bout unciné et en a planté le crochet en plein milieu du dos d'un François Milan pétrifié par la peur. Puis, d'un coup, le politicien interloqué s'est vu aspirer vers les sommets.

— Sautez ! Mais sautez, bordel !

J'ai tout fait pour également me dégager de mon côté, mais la foule, à présent paniquée, m'emmenait toujours plus loin, à l'opposé, vers la porte de sortie.

L'homme inconnu a brandi les poings en l'air, scandant une phrase que j'étais incapable d'ouïr.

Milan, lui, s'élevait toujours. Il se démenait dans tous les sens, tentant désespérément d'attraper le bout de ferraille par derrière lui, puis n'y parvenant pas, il s'est mis à écarter simultanément les bras et les jambes comme un crapaud bondissant de son nénuphar, sauf que François Milan n'avait aucun support sous lui.

Mon cinquième client montait inexorablement au ciel.

J'ai ramé de toutes mes forces contre le courant – il fallait bien que je tente quelque chose –, j'ai daubé autant de têtes que j'ai pu et j'ai commencé à escalader des corps. Les autres vigiles faisaient du mieux qu'ils pouvaient également et, petit à petit, nous avons reconstitué la chaîne. J'ai tiré sur des bras, poussé mes collègues et j'ai fini par mettre un pied à l'extrémité de l'estrade. Juste à ce moment-là, la poulie tenant la vie de François Milan au bout de son fil s'est bloquée au contact du crochet, tout en haut. Le moteur ne s'est pas coupé, cherchant toujours en enrouler, forçant le passage au crochet et à l'homme qui y était attaché.

J'ai couru.

La poulie a pété.

La chable s'est déroulée précipitamment.

J'ai bondi in extremis, m'étalant de tout mon long, main en avant.

François Milan est tombé comme un marteau sur une enclume, m'explosant deux phalanges.

À cinquante centimètres de mon propre visage, deux yeux transis de peur ont roulé dans le blanc et j'ai pu sentir son dernier souffle. François Milan était mort, écrasé sur les planches du Palais Stockholm. . Stockholm... J'avais été trop con.

CHAPITRE -2

2068

La tante Olga et son chat Bernard

C'était le chaos. Je ne savais pas ce que mon dernier client avait provoqué exactement, mais il y avait bien réussi. Ce soir-là, au sein du palais Stockholm, un tourbillon s'était initié pour s'étendre ensuite à toute la ville : il n'était plus question désormais de petites attaques de rues spontanées ou de vandalisme à la sauvette ; le monde venait de basculer, laissant la place à un univers de chaos. La peur et la violence s'encourageaient l'une l'autre dans une spirale de haine qui s'amplifiait d'elle-même. La fin de l'humanité.

Partout, le trafic s'était accéléré entre les Taxispaces et les Aérobus ; les citadins raisonnables se pressaient encore de l'un à l'autre avant de s'engouffrer rapidement dans les immeubles ou les couloirs du Fusili. Les regards s'évitaient. Sans que personne ne cherche à m'attaquer, la moyenne des activités cérébrales environnantes était passée à cinquante-neuf psyons.

Le ciel, habituellement couvert d'une chape de nuages oscillants entre l'orange amer et la sépia, tendait à présent durement vers un noir mélaïne épais. L'air était électrique.

J'ai tout traversé à pied.

Ne pouvant plus vraiment me baser sur les données statistiques fournies par mes visionets, j'ai – à tout hasard et par précaution – bistourné les quelques os des inconnus sur mon chemin, retournant au seul endroit qui puisse s'apparenter à un semblant de chez moi : l'uniburactif.

En vérité, je tremblais. Un immense stress parcourait mon corps dans tous les sens, cherchant furieusement un ultime recoin de paix en moi pour l'envahir et l'exciter. Je sentais mes yeux, devenus quasi incontrôlables, balayer l'horizon, fouiller mes plus proches voisins et interpréter le moindre geste comme une déclaration de guerre, m'obligeant à frapper. Seules mes jambes répondaient encore, bien que très mécaniquement, et je courais.

La pluie a commencé à tomber et bientôt, les flaques m'ont aspergé.

Arrivé devant la pépinière d'entreprises, j'ai littéralement explosé la porte d'entrée et suis allé me réfugier "chez moi". Je n'en pouvais plus. Mon myocarde battait à plus de deux cents. J'étais fortrait, exténué.

Dehors, l'orage a éclaté.

J'ai déroulé ma dorlotine et me suis affalé dessus. À demain...

Il n'y a pas eu de lendemain, vraiment. On ne peut pas dire que le soleil se soit levé, mais au moins j'allais mieux. Les tremblements avaient cessé avec l'avènement du sommeil. Et j'avais faim.

J'ai voulu risquer une sortie. Les couloirs, déjà habituellement vides, m'ont paru fantomatiques. Mais dehors, le monde hurlait. Tous les bruits auxquels je m'étais habitué m'ont agressé, comme s'ils s'étaient amplifiés. Au loin, des tours avaient été incendiées. Je me suis frayé un passage entre les citadins, donnant occasionnellement du coude ou des pieds, jusqu'au traiteur le plus proche, chez qui je n'étais encore jamais allé. C'était bondé. J'ai dû opérer quelques astrictions cervicales afin d'arriver plus rapidement à ce que ce soit mon tour d'être servi et j'ai souri au commerçant pour l'amadouer, sans succès.

— Un tube pomme cannelle, s'il vous plaît.
— N'a plus. C'est poulet Tandoori ou rien.
— Mais... je voulais petit-déjeuner...
— C'est vous qui voyez...

Il a balancé son regard par-dessus moi pour accrocher le client suivant ; j'ai allongé les tickets.

Je suis ressorti avec mon pauvre tube indésiré, que j'ai reniflé, dégoutté, mais que j'ai fini par avaler. Je suis remonté au buractif en me disant qu'il était temps de m'en aller.

Au sol, j'ai trouvé les deux dossiers, mes deux dernières affaires irrésolues. J'ai ouvert celui de "Jydiowiscz, Alain" en terminant mon poulet ; l'histoire de sa tante Olga et de son chat disparus. J'ai regardé les photographies avec émotion : la texture du papier et la brillance des couleurs m'ont rappelé tant de souvenirs, d'albums feuilletés. Les visios d'aujourd'hui ne remplaceraient jamais ces sensations oubliées. J'ai relu les lettres et les notes qu'il m'avait laissées : des références de voyages, d'endroits qu'Olga aurait voulu découvrir. Le monde était vaste, sans parler des autres planètes désormais accessibles : où Olga avait-elle bien pu aller ?

Le truc, c'était que même avec son passeport, des cartes de fidélité, des billets d'embarquement, des empreintes digitales, rectales, oculaires, il était possible à quelqu'un cherchant véritablement à conniller de brouiller les pistes, et quasiment impossible à quelqu'un comme moi, sans matériel spécifique ni contacts comme il fallait, de le retrouver.

Un humain, aussi tracé soit-il, pouvait se cacher n'importe où.

Mais pas un chat !

La manière dont mon intelligence fonctionnait m'a presque fait rire tout seul ! J'étais une machine à cogiter. Les années passées à bouquiner dans la librairie familiale m'avaient forgé un cerveau aiguisé, rompu aux meilleurs scénarios, produisant automatiquement de nouvelles sources d'imagination. Les idées venaient, et avec elles la certitude qu'un chat voulant voyager devait être renseigné.

J'ai sautillé jusqu'au Numéri, ma plus fidèle arme de détective.

Le long cou décharné a occupé tout l'écran, sa tête étant trop haute pour l'appareil.

— Bonjour Monsieur Jydiowiscz, c'est Viktor Ingham. Je ne vous dérange pas ?

— Ah, pensez donc : je ne travaille que la nuit ! Et la nuit dernière était particulièrement chargée... Je m'apprêtais à aller me coucher ; vous avez des nouvelles ?

Sa voix, à travers le Numéri, me donnait encore plus l'impression de parler à une boîte.

— Je progresse, je progresse. Il y a d'ailleurs une piste que je souhaite vérifier : vous auriez les coordonnées du vétérinaire pour Bernard ?

— Oh oui, très facilement : il habite le duo juste en dessous de chez moi, au troisième étage ; c'est le docteur Zoanthrope. Je vous avais donné mon adresse ?

— Vous pouvez me la retranscrire ?

Il n'a eu qu'à appuyer sur une touche et l'adresse s'est imprimée de mon côté. C'était la même qu'Ella, au même étage, la porte opposée. Alain Jydiowiscz. Je suis resté une seconde sans bouger.

— Ça va ? Vous l'avez ? Vous voyez où c'est ?

J'ai murmuré :

— Oui, oui.

— Bon, vous me tenez au courant, n'est-ce pas ?

— Oui, oui.

J'ai éteint l'écran, réduisant mon client tout maigre à un mince filet de lumière avant de s'effacer.

Depuis deux ans, Ella avait forcément dû faire connaissance avec son voisin, mais elle ne m'en avait pas soufflé mot lorsque je lui avais posé la question. Elle m'avait traité de fou. Le mystère s'épaississait, mais les possibilités se réduisaient. Peut-être mes sept clients n'avaient-ils pas de liens avec moi, mais avec elle ?

Impossible de l'appeler pour vérifier, elle m'aurait jeté.

J'ai donc décidé pour la troisième et dernière fois d'aller jusqu'au bout. Partir à la recherche d'Olga, c'était déjà partir un peu ! Renseignements pris, j'ai joint directement le Dr Zoanthrope.

— C'est bien vous qui soignez Bernard, le chat d'Olga Jydiowiscz ?

Avec des moustaches blanches tirées aux quatre coins et des oreilles presque pointues, le vétérinaire avait la tête de l'emploi.

— Mmh, oui, Bernard, oui, c'est-à-dire ?

Je lui ai expliqué ce que je voulais dire, à propos de leur disparition et de mon enquête consécutive, qu'il a semblé comprendre. À chaque fois, ce médecin me répondait par des phrasés étranges...

— Si c'est ainsi quel souci...

— Avez-vous transmis le carnet de santé de Bernard à l'un de vos confrères ?

— Mmh, non, pas nécessairement, non. Trop loin pour

un échange.

— Ils sont partis loin ? Vous savez où ?

— Unicox, Cervantes, Maidruve, Oglotharmie ; oui, ils y sont tous.

— Qui ? Où cela ?

— Des vaccins, pour l'international. Le Chili était le nouveau paradis des retraités.

— Vous avez vacciné son chat pour le Chili ?

— Mmh, non, Olga, non. Mais Bernard, oui.

J'en avais mal au crâne, mais Zoanthrope continuait ses minauderies derrière l'écran, se lissant les moustaches.

— Ils sont au Chili, alors ? Vous avez reçu des nouvelles d'eux, une carte peut-être portant l'ectype sud-américain ?

— Sagement sautillant sous le soleil de Santiago, si, si, si, si.

— Très bien, merci docteur.

J'ai coupé. Ce type était soulant. Le Chili, donc...

J'ai pris contact avec leur service des quarantaines animales, dont le premier relais, situé à l'aéroport de Santiago du Chili, avait forcément vu passer le chat.

Bizarrement, l'écran au plasma ne s'est pas activé. À la place, une antique sonnerie a retenti dans mon appareil : je joignais un téléphone ! Aussi improbable que cela ait pu paraître, le paradis des retraités ne s'était pas encore équipé de Numéri, en 2068 ! Je croyais rêver ! J'en ai souri de plaisir en attendant que mon correspondant veuille bien décrocher.

— Allô ?

Ouh, oui ! Ça faisait tellement de bien d'entendre, et même d'utiliser ce vieux mot !

— Allô ? Bonjour, ici Viktor Ingham. J'ai pour mission de rechercher...

Hop, hop, hop, j'ai tout expliqué. Le coup de fil aura été très bref : non, ils n'avaient pas vu passer de chat nommé Bernard ; non, ils n'avaient aucune trace d'une dame Jydiowiscz ; non, désolés.

Pas grave, mais déçu. Ma première piste tombait à l'eau. Au moins, si Bernard avait été vacciné pour le bout du monde, c'était bien pour voyager. Je pouvais déjà barrer l'idée qu'Olga soit restée dans le coin pour se cacher, ainsi que dans un pays limitrophe. Restait le reste...

Un vague éclair m'a illuminé, remettant du même coup un rocher d'une tonne sur mes épaules : et s'ils étaient partis à Stockholm, tout simplement ?

Avec un certain fatalisme au bout des doigts, j'ai appelé les quarantaines animales suédoises.

Non, pas de chat, pas d'Olga.

Ouf, en un sens, j'étais soulagé ! Mais où, alors ? Montréal ?

Non plus.

Melbourne ? Allez savoir !

— Une seconde, je vous transmets au SMAA de Darwin...

J'y croyais à peine : les services centralisés d'Australie avaient quelque chose, me renvoyant au port d'entrée des territoires du Nord !

— Oui, Olga Jyciowiscz, arrivée par le Pacific Princess le 3 décembre dernier. Avec son chat Bernard, opéré. Gardé deux semaines en quarantaine. Rien à signaler. La propriétaire est tenue de nous indiquer son adresse de séjour : elle cueille actuellement les fraises en South Australia. Vous voulez l'adresse ?

Tu parles que je la voulais !

Elle était arrivée par bateau, évidemment ! Le transport d'animaux par navettes étant proscrit : ils gelaient en soute !

Moi, par contre, en tant qu'humain, je me suis réservé sans attendre un siège en business – je travaillais, après tout – direction Adélaïde, South Australia. Mon retour au pays de mes vingt ans !

J'ai dormi toute la durée du vol. Au débarcadère, j'avais les yeux plissés par le sommeil, comme les petits koalas. J'ai de suite pris l'Aérobus indiquant "Old Norton Summit" et profité du paysage dans la montée, après McGill. Il semblait que les limites du chaos n'avaient pas atteint l'Océanie. Ici, j'avais droit à un beau ciel bleu sous le soleil couchant. Les collines d'Adélaïde étaient couvertes de verdure printanière, tendant vers le brun grillé sur certains versants très exposés. Des gums trees aux formes improbables, mais toujours majestueuses s'élevaient par milliers, couvrant les flancs des collines de nature sauvage.

Je suis arrivé au village d'Ashton, dans la ferme O'fahy sur Monomeith Road, à la tombée de la nuit, après que les couleurs de l'arc-en-ciel étalées sur l'horizon se soient évaporées.

Des chats m'ont accueilli dans l'allée montante, mais pas un ne ressemblait à Bernard. J'ai eu un mauvais pressentiment. Un type au gros nez est ensuite venu à ma rencontre, m'invitant à rentrer, et c'est là que j'ai appris la mauvaise nouvelle :

— Non, Olga n'est plus là, mon gars ! Elle a repris la route pour une quinzaine.

— Et vous savez où elle est allée ?

— Exmouth.

— C'est loin d'ici, "Exmouth" ?

— Non, pas trop.

— Vous pourriez m'y emmener, demain ?

Le fermier a doucement rigolé.

— Tu sais, mon gars, ici en Australie, les villes ne sont pas nombreuses, mais les distances grandes...

— Grandes comment ?

— 4 000 kilomètres.

— Ah, oui... Et pour s'y rendre ?

— Il n'y a guère plus de peuples pour s'aventurer aussi loin en Western Australia. Tu peux prendre la Navette jusqu'à Perth, mais ensuite c'est le Greyhound uniquement.

— Greyhound ? L'Aérobus ! Et c'est long ?

— Non, pas trop...

J'ai retenu ma respiration en attendant le verdict.

—... 17 heures.

J'ai eu une petite pensée durant le trajet pour Eugène McCormick et ses machines à déplacement instantané. Au moment de sa disparition, il n'avait toujours pas réussi à les mettre au point : même si le double arrivait parfaitement à destination, l'original restait intact au point de départ. Ça ne m'aurait pas dérangé de laisser mon original avec les O'fahy ; ils étaient très sympas avec toutes leurs histoires à me raconter. J'avais eu un haut-le-cœur en apprenant que leur grand-mère était originaire de Suède, mais pas de Stockholm, fort heureusement ! Je serais bien resté là, à Ashton, à flâner dans les champs sous le ciel bleu et à manger les produits de la ferme. J'aurais pu m'y sentir revivre, peut-être ?

Le 24 décembre à 9 h du matin, j'ai enfin mis le pied à Exmouth, Western Australia. Fourbu, évidemment. Même si les couchettes étaient agréables dans ces Aérotransbus, ils restaient des bus malgré tout...

La ville d'Exmouth... J'avais l'impression d'avoir repris le trou de ver en arrière : les routes ici étaient bitumées, des voitures particulières y circulaient, il n'y avait aucun immeuble, pas une seule tour, mais des bâtiments d'un ou deux étages maximum et toute la vie semblait concentrée sur deux pâtés de maisons : le centre commercial Super Saver et le complexe hôtelier du PotShot. Je suis al é frapper au comptoir de ce dernier.

— Vous hébergez Olga Jydiowiscz et son chat Bernard, dans cet hôtel ?

— Oui, Monsieur.

— Vous pourriez m'indiquer leur bungalow ?

— Si c'est pour le chat, il est à vos pieds...

Ça alors ! Ce sale matou qui réclamait des caresses en ronronnant entre mes pattes était Bernard ! Je l'avais au moins retrouvé, celui-là ! Je ne poursuivais donc pas que des fantômes.

—... quant à Madame Jydiowiscz, elle ne rentrera pas avant 18 h, j'en ai peur.

— Où est-elle partie ? Jouer avec les kangourous sur le terrain de golf désaffecté ?? Il n'y a rien à faire, dans ce trou !!!

— Si, plonger.

— Ah ? Vous disposez d'une petite barbotière, à Exmouth ?

— Oui, la mer.

La mer... J'avais longé la côte durant 17 heures sans même l'apercevoir une seule fois alors qu'elle était là, juste derrière les dunes : la mer ! Rien qu'à l'évoquer, son souvenir me ramenait iode et oxygène dans les poumons. J'avais passé tant de moments agréables sur et sous l'eau, du côté de Melbourne avec Ella, à la plage avec Télé ; ça me semblait remonter à une éternité.

C'est généralement lorsqu'on touche au but que l'attente devient la plus frustrante... J'ai donc rapidement défait mon quintelage pour en extirper un caleçon de bain défraîchi et je me suis rendu jusqu'à la Marina, afin d'y trouver un bateau capable de m'emmener rejoindre celui des plongeurs au milieu de leurs activités.

— Vous êtes Olga Jydiowiscz ?

Pour toute réponse, un bras est venu me saisir pour me tirer à bord, une main m'a plaqué un masque volumineux sur le visage, m'aspirant telle une ventouse, et je me suis fait rejeter à l'eau comme un sale poisson impropre à la consommation.

Il m'a fallu une minute pour me réorienter à travers les milliers de bulles provoquées par l'éclaboussure. Le masque, sans valve ni tuba, incluait un ingénieux système me permettant de respirer sans bruit ni déperdition de gaz. Sans ceinture lestée, je flottais entre deux eaux.

Il y avait cinq nageurs avec moi quand, soudain, celle que j'avais identifiée comme étant Olga a pointé du doigt vers le lointain. Il n'y avait rien, ici : c'était la pleine mer, tellement pêchée qu'elle avait été vidée de son contenu. J'ai d'abord cru à une zoopsie. L'illusion, pourtant, semblait bouger. J'ai cligné plusieurs fois des yeux derrière ma vitre pour distinguer ce qui se matérialisait à travers les mille reflets de l'eau. Une forme floue, mais mobile s'approchait. L'opération de mes vingt ans n'était pas en cause : j'y voyais avec 10/10 à chaque œil, sans que ça ait faibli depuis. Non, c'était cette "chose" qui utilisait les propriétés de l'eau pour se fondre dans son élément, jusqu'à ce que la proie soit trop proche pour fuir. Car l'animal était un putain de prédateur : un requin ! Un gigantesque requin d'au moins sept mètres de long, la robe bleue tachetée de points blancs régulièrement alignés, venait tranquillement à notre rencontre. Tranquillement pour lui, car il ne faisait qu'agiter faiblement la queue, mais en réalité, il progressait à une allure vertigineuse : en trois battements, il était sur nous ! Au quatrième, il nous avait dépassés, sans avoir manifesté finalement une quelconque animosité à notre égard. Alors, sans la moindre concertation, sans la plus petite cérébration de ma part, tous les plongeurs se sont mis à palmer comme des fous pour rester à sa hauteur, histoire de faire un bout de chemin ensemble. Nous n'allions nulle part, lui si. La course – inégale – a duré peut-être dix minutes. Lorsque le requin était manifestement trop loin, nous avons refait surface. J'étais exténué. J'ai relevé mon masque et tout le monde souriait.

— Un requin-baleine !?

Olga, emmitouflée dans une couverture en polaire, s'était rapprochée du feu pour se réchauffer. Les nuits étaient froides, à Exmouth.

Après une journée passée à plonger divers sites, tous plus riches les uns que les autres en vie et en diversité marine bien présente, accroissant ainsi mon étonnement et mon ravissement à mesure, l'équipage du Exmouth diving Center avait organisé un petit barbecue de Noël, composé des sempiternelles saucisses australiennes – marrons et fort poivrées : elles n'avaient pas changé en quatre-vingts ans – et de splendides poissons frais.

Nous étions sur la plage, à même le sable. La lune se reflétait dans la mer, accordant toute sa blancheur aux rouleaux qui venaient mourir à nos pieds dans une langue d'écume.

— Il n'est ni requin ni baleine, en fait. Mais il est tellement grand et sa nageoire caudale est si caractéristique ! Mais ce n'est qu'un gros poisson, le plus gros de tous. Et encore : celui-ci n'était que très jeune ; il devrait atteindre bientôt une douzaine de mètres. Il s'est blessé ou il a été abandonné par ses semblables, on ne sait pas très bien, mais depuis il a élu domicile autour de la baie d'Exmouth. C'est le seul de son espèce à s'être sédentarisé.

— Pendant que vous, Olga, continuez à courir ?

Elle a reporté son attention sur les braises. Olga avait bien soixante-dix ans, mais son allure sportive, l'absence de rides sur son visage et la flamme de vie et de curiosité qui animait ses yeux me faisaient lui en donner vingt de moins, facilement.

— Je suis fatiguée, Viktor. Ou plutôt : vidée. Comment vous expliquer ? Avez-vous déjà ressenti cette vacuité de l'existence ? Comme si le sens de la vie, qui vous apparaissait avec une telle évidence auparavant, s'était effacé. Vous pouvez me comprendre ?

Ça a été à mon tour de dévier le regard. Une image

m'était venue à l'esprit : celle de la défoliation d'automne, où chaque feuille, chaque petit bout de vie, tombe inexorablement avec le temps. J'ai ouvert la bouche :

— Oui, le temps abîme tout.

— Pas seulement le temps ; l'Homme également...

Le feu avait ce pouvoir magique, presque féé, de capter l'attention. Dans ces couleurs douceâtres, chaudes, jaunes, rouges et oranges, mouvantes, perpétuellement renouvelées et ravivées, j'avais l'impression de pouvoir lire. Des lettres, des mots se formaient et, même si le langage me restait obscur, j'avais le pouvoir de les déchiffrer, pour peu que je reste suffisamment concentré. Le livre de la vie s'ouvrait devant moi, au creux de ces flammèches dansantes. Le feu, si léger, mais avec une telle force de destruction...

—... je croyais qu'avec l'âge venaient sérénité et compassion envers les autres ; c'est un mensonge de grand-mère, désireuse d'obtenir une oreille attentive aux souvenirs qui la hantent et des soins nécessaires à sa vieillesse. Même si certaines le font innocemment, moi je n'en ai pas la mentalité. Pour tout vous dire, Viktor, je ne supporte plus d'être au milieu des femmes : elles et leur cailletage incessant, leurs histoires mesquines, leur changement d'avis perpétuel, leur mauvaise foi ingénue ; j'ai appris à détester les hommes, tout autant : persuadés d'avoir raison, fiers à bras, mais si pleutres à l'intérieur, des grands principes, mais pas la moindre fidélité, calculateurs, menteurs ; d'où mon demoiselage forcé depuis quelques années. L'humanité est tellement minable...

— Vous ne vous incluez donc pas dedans ?

— Oh, si : moi la première ! Je n'ai rien fait d'extraordinaire dans ma vie, je ne me suis pas engagée dans un mouvement, ni sur des idées pour changer le monde. Je me suis contentée d'observer, et ce que j'ai vu ne m'a pas plu.

Au fur et à mesure où Olga s'exprimait, sa voix s'abaissait régulièrement, jusqu'à chapechuter doucement, au même niveau que le bruit des vagues et du vent.

— Que venez-vous chercher si loin, à l'autre bout du monde ?

— Je ne sais pas… L'espoir, peut-être ? Une dernière raison de vivre afin de pouvoir mourir heureuse. Je me concentre sur ce que je veux bien voir : les animaux, la nature, les monuments historiques ; tout ce que la Terre peut encore porter de beau.

— Et l'amour ?

Olga m'a lancé des poignards.

— Ce n'est pas visible, ce n'est pas palpable, l'amour !

— Non, mais des gens tiennent à vous ; vous comptez pour quelqu'un. Votre neveu, Alain, attend de vos nouvelles, par exemple.

— Je suis prête à m'ouvrir à tout, mais plus à l'amour.

— Pourtant, lorsque vous admirez ce requin-baleine, que ressentez-vous ? Et lorsque vous dansez avec les raies Mantas, que vous allez titiller les petites crevettes de vos doigts, que vous attendez patiemment un changement de robe chez le poulpe, et même lorsque vous prenez Bernard dans vos bras et qu'il ronronne ; que ressentez-vous ? Tout est dans le ressenti, Olga : ce que vous trouverez beau ou pas ne dépendra que du sentiment que vous y mettrez.

— Je suis dégoûtée, écoeurée même ; voilà mes sentiments : j'ai vécu inutilement !

— Oui, vous êtes déçue parce que vous aviez des attentes qui n'ont pas pu être comblées. Mais à présent quelle importance ? Vous savez que vous allez mourir, vous avez un but : découvrir le monde, et vous possédez l'insénescence de l'émerveillement. Débarrassez-vous de cette lourde mémoire qui ne vous a rien appris, finalement, et profitez de vos vingt ans !

— J'en ai soixante et onze, Viktor !

— Vous en faites vingt de moins, croyez-moi.

Je lui ai rendu les photographies, les lettres, la renvoyant à elle-même. Elle les a regardées, les a relues, puis les a versées au feu avec une première larme. Une goutte de vie.

— Envoyez une petite carte à Alain ; ça vous fera plaisir à tous les deux. Il n'y a pas d'excuses à donner : Il a très bien compris que vous souhaitiez rester seule.

Pendant ce temps, et d'un coup de machette, Sharon de l'Exmouth Diving Center a tranché une magnifique bromélie posée toute droite sur la glacière. Les deux morceaux se sont séparés dans l'éclat du jus puis, une fois découpé et débarrassé de sa peau piquante, le fruit s'est partagé entre nous.

— Il est minuit : noyeux joël et veilleur meuh !

Nous avons tous hurlé « Meeeuh ! » en chœur à la lune.

CHAPITRE -1

2068

L'illusionniste

Le lendemain, Olga n'était toujours pas morte !

L'entière ville d'Exmouth, par contre, l'était : 25 décembre, jour traditionnellement férié, même si l'activité n'avait jamais été débordante le reste de l'année.

Pour le repas de Noël, tous les habitants étaient conviés au PotShot Hôtel moyennant quelques tickets, pour célébrer ensemble ce moment.

Je me suis rappelé mon dernier "Noël chaud" avec Ella, sur ce même continent, seulement quatre-vingt-quatre ans plus tôt : le même jambon de dinde farcie, la même purée de patates douces, les morceaux de citrouille grillée, le pudding à la sauce café ; tout, ici avait un goût d'antan. Les bras entrecroisés, j'ai partagé un pétard-cadeau de la main droite avec Sharon et un autre de la gauche avec Olga ; toute la salle – la centaine de permanents d'Exmouth – a tiré en même temps : il y a eu un gros « Schplaf ! » ; Olga a reçu une bague de princesse, Sharon un microvélo et moi une couronne de papier dont je me suis coiffé immédiatement en riant.

J'avais ri de la même manière avec Ella. Elle m'avait aimé. J'en étais si nostalgique à présent !

Nostalgique du début du siècle, également ; j'avais grandi avec mon temps, puis c'était le temps qui m'avait dépassé. Cette violence d'aujourd'hui n'était pas "normale" pour moi, même si j'avais su faire avec, je ne pouvais pas m'y sentir bien.

Le repas terminé, le ventre gonflé, la tête lourde de bons alcools, je suis sorti dans l'air chaud et humide d'Exmouth. Le soleil tapait fort. Le sol était couvert de poussière rouge qui se laissait balayer par le vent en tourbillonnant doucement. Les palmiers qui bordaient la grande rue – la seule rue d'Exmouth – se balançaient régulièrement, plus sujets de par leur hauteur au souffle de l'océan passant par-dessus les dunes.

C'était ça, une ville, pour moi. Je ne dis pas qu'aucun de ses habitants ne pouvait être un infâme salaud, qu'il n'y avait ni horreurs, ni vols, ni mesquineries ici et que j'oubliais ce qui se passait en parallèle ailleurs dans le monde, non. Simplement, je pouvais vivre ici, comme à Ashton ; le temps y avançait à mon rythme.

Mais combien de mois, de jours peut-être faudrait-il à ces havres avant que leur ciel ne s'assombrisse ?

Allez, encore une dernière enquête et ensuite je pliais bagage ; je retournais en 2006. Sans Ella, sans Télémaque, sans mon père ; sans plus personne, tant pis. Juste moi. Avec moi-même. Ce serait bien suffisant pour un commencement.

J'ai dû attendre le 28 pour avoir un Aérotransbus capable de m'emmener jusqu'à Perth. J'en ai profité pour plonger les moindres recoins de la baie en compagnie d'Olga – ma buddy – et de ses yeux toujours plus émerveillés par les si petites choses ! Elle pensait repartir bientôt pour la ferme O'fahy ou ailleurs… Elle verrait. J'étais si heureux de la laisser bien vivante sur son chemin ! Elle et son chat Bernard.

Le 28, donc, à 9 h 10, l'Aérotransbus quittait Exmouth, laissant la mer sur sa droite. J'ai vaguement feuilleté les divers écrans à ma portée avant de me laisser envahir par la somnolence du trajet.

À 13 h 20, le véhicule s'est arrêté à la station. Je suis descendu le regarder faire le plein de nitrogène liquide. Quelle belle invention que ce coussin d'air ! Je me suis demandé si je pouvais l'exploiter ou si quelqu'un l'avait déjà breveté en 2006 ?

À 14 h 05, je suis tombé sur un article du Dive Log relatant l'histoire de la plongée à Exmouth et de son requin-baleine ! Tout content, je me suis mis à en savourer chaque ligne comme si on me racontait l'histoire d'un pote : en fait, c'était un vacancier qui l'avait découvert en premier, le pointant du doigt au loin sur la mer, indiquant au capitaine l'endroit où il avait aperçu la tache sombre en mouvement. Ils avaient cru à un banc de sardines. Dix minutes après, le touriste était dans l'eau, visio au poing, suivi par vingt baigneurs curieux, en train de nager aux flancs du gigantesque poisson ; c'était ce gars qui l'avait baptisé "Stockie", du nom de sa capitale, car il était Suédois...

J'ai sauté sur mon accoudoir pour y passer ma carte de fidélité, un écran publicitaire s'est ouvert immédiatement : « Encore cinq minutes de communication et ce magnifique Numéri est à vous ! » Tremblant d'effroi, j'ai joint le PotShot d'urgence.

Non, je ne pouvais pas lui parler : Olga était sortie.

Non, le bateau ne recevait pas les communications en Numéri, enfin !

Ah, oui, le réceptionniste connaissait un moyen de les contacter, oui.

J'ai laissé mon message d'alerte.

Puis j'ai attendu qu'il soit 15 h pour rappeler : non, le bateau était en automatique ; ils avaient dû tous descendre plonger. Oui, mon message était bien passé, enregistré sur leur répondeur.

16 h : rien.

Je me suis mordu les ongles jusqu'au sang, me forçant à patienter.

18 h : oui, le bateau était rentré depuis plus d'une heure ; il y avait eu un accident...

J'ai laissé le réceptionniste m'expliquer ce qui était arrivé, mais, choqué, presque écrasé par cette fatalité, je n'ai pas écouté cependant. Au même moment, j'étais en train de gagner un Numéri. J'ai raccroché et me suis promis de ne jamais l'utiliser.

Nous nous sommes arrêtés brusquement à 2 h 13 à cause d'une mitraillade à l'extérieur qui, apparemment, déchiquetait la robe de l'Aérotransbus méticuleusement. Les écrans nous ont immédiatement rassurés : l'attaque ayant lieu à une dizaine de mètres de l'Aérogare de Perth où nous étions censés arriver, le retard ne serait que de quelques minutes, le temps que le chargeur du contrevenant se soit vidé.

Le chaos se répandait donc déjà jusqu'à l'Océanie et

en dehors des limites des grandes villes, me suis-je fait la remarque. L'Australie allait bientôt être submergée pareillement.

À 2 h 17, les passagers ont effectivement pu descendre, avec les excuses du personnel accompagnant. J'ai sauté dans un Fusili Express direction les Navettes, prêt à m'enregistrer sur la prochaine en partance pour l'Europe.

— Pas avant 6 h, Monsieur Ingham. Et encore, uniquement pour des vols intérieurs...

Je me suis mis à toupiller dans les couloirs quasi déserts. Non, je ne pouvais plus dormir. J'ai sorti un cigare et j'ai dû le mâchouiller faute de pouvoir l'allumer dans la zone aéroportuaire. J'ai rêvé à un incendie criminel pour qu'on me foute la paix.

J'ai prié pour que le putain de temps de ce monde de merde avance, pour qu'une heure fasse moins de soixante minutes, qu'on en finisse et que je puisse rentrer chez moi. Mais en vain.

À 8 h 50, le 29 décembre 2068, enfin sur le point d'embarquer, je me suis pourtant stoppé brusquement. Tilt !

— Quelqu'un a-t-il un écran ? Ou mieux, un cyberactif, sur lui ?

— Mais, Monsieur... Avancez, s'il vous plaît ! Vous trouverez ce dont vous aurez besoin à bord.

— Non, tout de suite !

— Monsieur Ingham, enfin...

— Il sera trop tard.

Je ne sais par quel chimisme on pourrait expliquer l'illumination : mélange d'intuition et de réflexion, d'organes des sens et de connexions synaptiques ; transfert conjoint d'hormones et de pulsations électriques ?

Il fallait que je sache où se trouvait cet enculé de Nils Andersson.

— À quelle heure, la prochaine Navette pour Stockholm ?

L'avant-dernier client à s'être présenté à moi dans la file des neuf ne s'appelait pas Nils Andersson, mais Iyle Sarendipiti. Je l'avais laissé rentrer tout en jetant un coup d'œil dans le couloir, soulagé qu'il ne reste que mon petit Chinois nerveux derrière et qu'ensuite j'en aie terminé.

Je n'avais pas eu à lui proposer de s'asseoir, car Iyle Sarendipiti l'était déjà : droit et raide dans son fauteuil roulant, il avait dû interrompre laborieusement le maniement de ses commandes pour me saluer.

— Désolé, je n'y suis pas encore habitué…

— Oui, il m'a l'air tout neuf !

— Cadeau de ma famille pour mes quarante-quatre ans : c'était il y a une semaine.

— Félicitations ! Nous avons le même âge alors, Monsieur Sarendipiti !

— Oui, mais vous, vous tenez encore debout…

— J'ai eu de la chance.

— Vous pouvez le dire : la génétique est véritablement une question de chance…

Ce client avait l'air déprimé. J'ai essayé de me remémorer la liste des maladies génétiques qui clouaient les gens à un fauteuil, mais seules des images d'enfants chétifs aux membres déformés me venaient, or Iyle Sarendipiti était plutôt pas mal, les muscles saillants ; il avait juste le cou un peu coincé et me suivait donc uniquement des yeux lorsque je me déplaçais, tel un radar balayant son environnement.

Par son regard vif et scrutateur, il me donnait l'impression de posséder un esprit bien affûté. J'ai opté pour le savant mélange compassion-compréhension :

— Ah, ce n'est pas un accident, alors ?

— Non, je suis atteint de spondylarthrite ankylosante ; un dérèglement du gène HLA B27 et voilà… Vous êtes familier avec la génétique ?

McCormick avait bien essayé de nous en inculquer les bases, fortement liées à son problème de trou de ver et de voyage dans le temps, mais sans grand succès pour ma part ; c'était Ella, la spécialiste. Surtout au sujet des plantes.

— Pas vraiment, j'avoue.

— Disons que toutes mes articulations ont tendance à se calcifier, à se solidifier, jusqu'à créer une "colonne de bambou" : une colonne vertébrale entièrement soudée de la tête à mon trou du cul !

Ça n'avait pas l'air de le faire tellement rigoler. Ses yeux se sont emplis de larmes de rage. À son âge,

165

j'aurais pensé qu'il avait eu le temps de s'y habituer.

— Vous n'êtes pas né comme ça ?

— Non, jusqu'à vingt ans je n'avais absolument rien. Quelques raideurs dans les hanches au moment du lever, au plus. Puis j'ai attrapé un torticolis, qui n'est jamais passé, et mon genou s'est mis à gonfler de manière inexpliquée. Ensuite, mes omoplates se sont mises à tirer, ma cage thoracique s'est scellée, limitant mes poumons à une respiration abdominale, et la douleur est descendue jusque dans les lombaires. Je suis allé voir quelques spécialistes qui ont pratiqué des analyses avant de venir me rassurer, dans l'optimisme fier de leurs certitudes médicales : « Ne vous inquiétez pas, mon cher Iyle : prenez ces antidouleurs et dans vingt ans, choisissez-vous un bon fauteuil roulant ! » Le voici, ce foutu fauteuil !

Il s'est regardé comme s'il s'était pissé dessus.

— Mmh... Cadeau empoisonné, alors... Et comment puis-je vous servir, Monsieur Sarendipiti ?

— En retrouvant l'enculé qui m'a vendu de l'espoir : Nils Andersson !

— Qui est-il ?

— Véritablement ? C'est ce que je souhaite que vous établissiez. Pour certains, il serait un prestidigitateur de talent, pour d'autres un pauvre psylle baladin ; pour moi, il représentait une solution de guérison. J'y ai cru, tellement il manipulait bien les choses. J'ai même ressenti physiquement un réel bienfait : il suffisait qu'il promène ses mains à quelques centimètres de mes articulations pour que je les sente se libérer, bouger à nouveau. Après chacune de ses séances, je pouvais me mettre debout sans pratiquement d'efforts.

— Où est le problème, dans ce cas ?

— C'était après, le problème ! Dès le lendemain, et dans l'intervalle hebdomadaire, c'était mille fois pire ; je pouvais sentir la douleur dans les moindres détails de mon corps au lieu de juste globalement comme auparavant ; chaque partie de moi criait au martyr ! C'était insupportable ! Je souffrais au point de vouloir en mourir.

— Et lui réussissait à calmer votre mal ? À chaque fois ?

— Oui, il me disait que c'était un processus normal,

qu'il fallait ressentir ce que la douleur me faisait pour m'en débarrasser. Si bien que, sortant de chez lui apaisé, je me disais toujours : « Non, c'est pas vrai, Iyle, tu peux vraiment guérir ? » et puis durant la semaine, le supplice devenu exponentiel me montrait combien j'étais en train de sombrer, au contraire.

Il a arqué le dos pour reprendre sa respiration.

— Alors vous avez tout arrêté ? Et maintenant vous regrettez, vous voulez le retrouver pour reprendre vos séances ?

— Vous plaisantez ? Regardez où j'en suis arrivé, planté dans ce fauteuil ! C'est le plus grand charlatan que j'aie jamais connu ! Vous savez ce qu'il m'a dit, le jour où je me suis ouvert à lui sur mon envie de mourir ?

— De garder espoir... ?

— Que nenni ! Il m'a dit : « Eh bien, mourez ». Tout simplement !

— Mais, ça n'a pas de sens...

— Non ! Mais lui restait très sérieux, il était là, ses mains au-dessus de moi, il sentait mon désespoir et i me disait de mourir ! Cet homme est un fou, ur assassin ! Il faut l'arrêter, l'empêcher de continuer !

— En même temps, des timbrés, j'en rencontre pas mal, tous les jours...

Iyle Sarendipiti s'est soulevé d'une fesse pour changer de point d'appui. Il a fait la grimace.

— Ce n'est pas pareil : Nils Andersson a une renommée, il est connu internationalement, il a donc un pouvoir. J'ai besoin de savoir à qui j'ai affaire véritablement si je veux réussir à le descendre. Vous voyez, Monsieur Ingham, je suis avocat : j'ai donc la possibilité de tirer quelques ficelles, mais je dois m'assurer que mon adversaire n'aura ni les appuis capables de le soutenir, ni le bras assez long pour lui retirer la tête de l'eau ; je suis prêt à aller jusqu'au bout ! Cet Houdini de pacotille doit être interdit de circulation, recyclé même, s'il le faut !

À L'évocation d'Houdini, j'ai su qu'on se comprenait, lui et moi : même référence, même philosophie.

— Vous souhaitez le voir mourir ? Œil pour œil, en quelque sorte ?

Et là, pour toute réponse, j'ai assisté à un miracle : dans cette pépinière d'entreprises, au milieu de mon buractif, devant mes yeux ébahis et ma mâchoire pendante, Iyle Sarendipiti, auparavant paralysé, s'est levé ! Il a agrippé les accoudoirs à deux mains, poussé sur ses bras, et il s'est érigé avec toute la douleur d'une montagne en train d'accoucher.

Alléluia ! J'étais un dieu qui s'ignorait, dans mes veines coulait l'ichor, des peuplades entières viendraient me visiter en pèlerinage !

— Vous... vous êtes guéri, ça y est ?

Il s'est tourné vers moi comme un robot. Un justicier robot. Et il a planté son regard dans le mien, fataliste.

— Je ne peux pas guérir : c'est génétique.

Il étirait ses muscles tétanisés en faisant le tour de mon bureau. Ça avait l'air aussi facile que pour un arbre de mouvoir ses branches et ses racines volontairement. J'ai enterré ma foi toute neuve. Bah...

— Vous désirez donc que je remplisse une fiche de renseignements concernant ce Nils Andersson, c'est bien ça ?

— Je veux surtout l'écrabouiller, l'annihiler ! L'empêcher de jouir à nouveau de sa vie, car il a détruit la mienne ! Je pouvais vivre, avec cette spondylarthrite, avant, vous comprenez ? Bien que cogente, elle n'offrait pas de solution de rechange. Et n'ayant pas de choix, j'aurais pu accepter mon destin comme d'autres les petits désagréments de la vieillesse : avec sagesse. Mais lui, ce Nils Andersson, m'a offert l'espoir. J'y ai placé tout mon cœur, toute mon énergie, je me suis imaginé libre, sans ce poids sur les épaules ; j'en ai rêvé ! Puis il a repris cet espoir, me laissant tomber, pire que mort : doublement souffrant.

Son corps avait mal et son esprit faisait tout pour reprendre le contrôle, pour trouver une solution qui pourrait le soulager : la vengeance. Aussi irrationnelle que cette solution puisse paraître, elle était la seule disponible et Iyle Sarendipiti s'était focalisé dessus.

Comme un certain autre enfant à cinq ans...

— Je comprends mieux que vous ne puissiez l'imaginer, Monsieur Sarendipiti, croyez-moi : j'en fais une affaire personnelle. Où puis-je le trouver, cet enculé de Nils Andersson, à présent ? Vous pouvez me donner l'adresse de son cabinet, où vous receviez ses soi-disant soins ?

— Ça changeat constamment. Je sais qu'en ce moment son spectacle tourne de par le monde et l'univers, vous n'aurez aucun mal à le localiser : cet homme aime à se faire connaître...

Avec une nouvelle grimace, Iyle Sarendipiti s'est rassis du bout des fesses comme s'il s'enfonçait une grosse aiguille très très lentement dans l'anus. Puis, précautionneusement, il a posé son dos au fond de la chaise, ses épaules se sont relâchées, ses mains sont revenues sur les accoudoirs et la brusque tension accumulée sur son visage s'est dissipée. Même le voile d'un sourire est réapparu sur ses lèvres.

—... sa vanité le perdra : lorsque je saurai tout de lui, ce sera à moi de le manipuler ; Nils Andersson sera pris à sa propre attrape !

Revenu pour deux soirées exceptionnelles dans sa ville natale – Stockholm – et du peu que j'en avais retenu sur le personnage, Nils Andersson pouvait parfaitement être le grand marionnettiste qui tirait les ficelles de mon jeu de pistes depuis le début. Dernier sur ma liste, le seul à ne pas être encore mort ; il devait savoir à l'avance qui de mes clients ou de mes cibles j'allais me sentir le plus proche afin de les escoffier et de m'en faire ultimement porter le chapeau. Le lien avec les victimes serait facile à établir puisque j'avais été premièrement engagé et deuxièmement l'une des dernières personnes à les avoir vues.

Maintenant, comment Andersson les avait-il persuadés de venir me trouver et quel avantage retirait-il de leur mort ? Mystère.

Un mystère que je comptais bien résoudre.

Avec retard, escales et décalage horaire plein les bottes, je suis descendu sur le tarmac de Stockholm le 30 décembre 2068 à 10 h 52. Le bide serré, comme il se doit. J'étais arrivé au cœur du problème.

J'ai dû me battre pour passer les contrôles, me battre pour traverser la foule instinctivement hostile puis sortir et me battre pour trouver un Taxispace : il n'y en avait pas ! Le centre de Stockholm leur était interdit, réservé aux Aérobus solaires ! C'était tout à fait le style de la Suède, ça : solutions alternatives et impositions radicales. Il fallait cependant lui reconnaître un pragmatisme efficace : des Aérobus étaient prévus toutes les heures du jour et de la nuit, et ce pour toutes les destinations, même les plus reculées du pays, et dieu sait qu'il y en avait !

Je me suis donc battu à nouveau pour qu'on me laisse prendre ma place à bord d'un Aérobus, direction Norrmalm afin d'y acheter mon billet pour le spectacle du grand Nils de ce soir. J'avais bien essayé de m'en acquitter durant le vol, mais les réservations électroniques étaient closes vingt-quatre heures à l'avance ; grande modernité ! Il ne me restait donc plus qu'à faire la queue devant le bureau centralisateur des Exhibitions & Spectacles, en priant pour qu'il leur reste des sièges à louer. J'ai fermé les yeux durant le trajet, il y avait trop de – bons – souvenirs dans cette ville pour me laisser impressionner.

L'efficacité des transports suédois m'a permis de descendre sans plus d'encombres à l'Aérogare du centre ville, à deux pas du bureau situé sur Klarabergsgatan. J'ai regardé l'Aérobus gonfler ses jupes et repartir ; une masse rectangulaire entièrement recouverte de panneaux solaires se faufilant comme un éclair bleu dans ses couloirs.

Au-dessus de moi, le ciel était d'un noir d'encre zébré de taches lumineuses jaunes picriques. Ça faisait froid dans le dos. Je me suis hâté vers ma destination – une, deux – en ne fixant que mes pieds ; un truc que j'avais appris à Paris, capitale de la France et des bonnes manières : ne regarder personne pour laisser les autres s'écarter, et avancer.

La suite m'apparaît assez peu cohérente : j'étais en train de me remémorer en cette fin d'année les soirées passées entre amis, l'excitation du Nouvel An et de l'approche de minuit, tout en faisant la queue devant le guichet des spectacles comme les autres, lorsque je m'en suis fait éjecter et qu'un type proche du bovin de trois cents kilos a pris ma place ! La divulsion m'a laissé sonné une minute avant que je ne me relève du bitume mouillé et ne fonce sur lui, tête la première. Une baffe m'a relancé dans les choux et, vaincu, la mâchoire quand même bien amochée, je me suis glissé dans la file un peu en arrière. C'est alors qu'une autre paire de mains m'a repoussé.

— Dites donc, vous : faites la queue !

— C'est une blague ? J'étais là bien avant vous !

— C'est pas mon problème.

— Eh bien, ça va le devenir rapidement, Pépé, fais-moi confiance !

— Vous ne nous passerez pas devant impunément !

Ce fameux "nous" inclusif ! Le même qu'avec mon pote Jeff après son mariage : dix ans que je le tutoyais ; il était passé d'un coup à l'entité globale "moi, ma femme et mes enfants" et j'avais vouvoyé le tout.

C'était pareil ici : la petite masse de gens me regardait et je pouvais être certain que, sans se connaître entre eux, ils s'étaient déjà unis contre moi. Alors j'ai écarté les bras et j'ai tapé dedans.

Je me suis réveillé au caisson en fin d'après-midi. Je pouvais sentir l'effet des soins intensifs qui m'y avaient été prodigués. Les médecins m'ont prévenu qu'il faudrait encore du temps à mes côtes pour se ressouder, mais que les placentas disposés dans mes jambes, la hanche gauche et les cervicales me permettaient de marcher déjà sans trop de douleur. Restaient quelques bleus bien mineurs... J'ai remercié, payé, suis sorti.

C'était la première fois que je ne gagnais pas mon combat. Il y avait eu des matchs difficiles, certes, se terminant également au caisson, mais l'autre finissait à la tombe. Pas cette fois. Je commençais à être le vaincu...

Je me suis pointé devant l'entrée de la salle de spectacle un peu avant 20 h, la nouvelle couche de mon imperméable bien lissée autour de moi. Il restait quelques places disponibles et j'ai pris celle au bout du septième rang, côté couloir. J'étais approximativement dans le premier tiers. Une ouvreuse habillée comme au siècle dernier m'a guidé à l'intérieur, me laissant choir sur un fauteuil dur en velours rouge élimé, en échange d'un ticket. J'ai laissé l'ambiance me pénétrer. Le Drottningholms Slottsteater était le plus vieux théâtre du monde conservé en l'état. Tout y était faux : des colonnes de marbre peint aux loges de papier mâché, en passant par les rideaux et la profondeur de la scène. L'apogée du trompe-l'œil pour le grand maître des illusions : Nils Andersson.

Rapidement, les diodes électroluminescentes se sont éteintes, laissant apparaître sur la scène un voile lacté ponctué de milliers d'étoiles. Nils Andersson est entré, seul, vêtu à la même époque que l'ouvreuse. Il s'est laissé applaudir sans avoir encore rien accompli, le temps de gagner le centre de l'estrade. Là, il a dénoué sa cape, décoiffé son haut-de-forme, ouvert les bras et dit posément :

— Soyez les bienvenus chez vous.

Un coup de tonnerre a retenti, faisant sursauter la salle, et deux cages de verre emprisonnant mon père et ma mère sont descendues aux côtés de Nils Andersson. J'ai empoigné mes accoudoirs et lui deux épées parfaitement aiguisées, qu'il a plantées d'un trait dans leurs corps. Empli d'effroi, je me suis instantanément levé et j'ai bondi ; j'ai vu alors mes parents sanguinolents s'écrouler et le décor changer brusquement. J'étais sur un manège, le cheval de bois entre mes jambes ne bougeait pas et pourtant tout semblait tourner autour de moi, même Ella et Télémaque qui m'adressaient un signe et un sourire. À chaque tour, Ella prenait une ride et Télémaque dix centimètres. Je me suis démonté le cou afin de regarder mon fils grandir, devenir un jeune homme, puis un homme vraiment ; j'ai vu son expression changer, son corps se modeler sur la carrure forte des Ingham, mais son visage tendre doucement vers les traits McCormick. J'ai eu le tournis, je me suis raccroché aux rênes de mon cheval qui s'est libéré dans un hennissement soudain, m'emportant dans une cavalcade aux côtés de mon fils. Ce dernier riait à pleins poumons, tentant – avec succès – d'enfin dépasser son père ! Franchissant la ligne d'arrivée, le vent dans la tête, un tonnerre d'applaudissements m'a acclamé alors que je retombais lourdement dans mon fauteuil du Drottningholms Slottsteater. Nils Andersson saluait sur scène. J'ai porté les mains sur mes fesses afin de les soulager de l'impact ; la douleur a fondu incontinent. Tout n'avait été qu'illusion. Une heure était passée à la vitesse de quelques secondes, comme dans un rêve et c'était déjà l'entracte. Encore tout retourné, frappé d'une subite asialie, j'ai senti que ma soif allait être inextinguible et je suis allé au bar commander des pailles : deux de gin, quatre de goyave.

— Il est très fort, hein ?

Un petit type rondelet à la bille de clown venait de m'aborder. Je me suis demandé si je continuais à rêver.

— Vous avez vu vos parents, aussi ?

— Au fond du lac ? Non, il n'y avait que des algues...

— Personne de votre famille ?

— Il y a longtemps que les poissons sont sortis de l'eau, Monsieur : j'ai très peu de brochets ou de calamars dans mon ascendance proche !

Il a renversé son petit corps en arrière, s'amusant beaucoup de sa finesse d'esprit et riant comme une balle. Par mégarde, j'ai laissé une paille labile glisser sur son plastron et suis allé poursuivre mon impotation solitaire plus loin. D'accord : chacun y avait vu ce qu'il voulait, et l'interprétation de mon inconscient ne me plaisait qu'à moitié...

Concrètement, je comprenais à présent avec quelle coaction l'esprit d'Iyle Sarendipiti avait pu se retrouver manipulé, le contraignant à modifier ses perceptions jusqu'à celles de son corps endolori.

Oui, Nils Andersson possédait un talent immense.

La gorge encore sèche, mes rafraîchissements à la main, je suis retourné vers la salle afin de regagner mon siège pour la seconde partie lorsque le couloir s'est couvert de sable, freinant ma progression. Les rangées de spectateurs se sont évanouies sous des dunes concolores, semblables à la terre sablonneuse s'étalant aux pieds d'Ayers Rock dans le centre rouge de l'Australie. Devant moi, sur la scène, le sourire de Nils Andersson est monté comme une flèche au plafond tel le rayon d'un soleil d'or brûlant et je me suis mis à suer à grosses gouttes. J'ai avalé mes dernières pailles de goyave d'un seul trait et j'ai forcé la marche, soulevant des paquets de sable : je devais atteindre mon siège ; peut-être après cette dune ? Mes vêtements, mon pardessus me tenaient beaucoup trop chaud, mais je devais tout garder, je devais réussir. Ce désert, même en paropsie, n'avait aucune fin. Je montais, m'enfonçant jusqu'aux tibias, remplissant mes bottes, glissant répétitivement, puis je descendais à grandes enjambées, des coulées de sable matérialisaient mon passage. L'air était sec, le vent inexistant.

Après six dunes ainsi péniblement vaincues, je me suis

subitement arrêté : combien de rangs comptait le théâtre ? Où étais-je parvenu au moment de l'illusion ? J'ai refait mes petits calculs puis j'ai encore péniblement traversé le nombre de dunes qui me semblaient rester jusqu'à ma septième rangée. Là, j'ai fait un pas sur la droite et je me suis assis sur ma théorie. Un miroir est apparu, me renvoyant mon image, celle des Ingham : le visage rond, le nez cassé, les oreilles et les sourcils développés. Puis, d'un coup, mes cheveux ont poussé, passant dans la glace de blonds à blancs, mais, toujours indisciplinés, ils sont retombés follement autour de mon visage. Mes traits ont vieilli, mon nez s'est épaté et j'avais devant moi Eugène McCormick qui me souriait. J'ai cligné des paupières. Le reflet a explosé, comminuant le miroir, mais me laissant face à deux yeux perçants qui n'étaient pas les miens. Je me suis concentré dessus, sur ces billes rondes et vivantes jusqu'à ne plus voir qu'elles. Je m'y accrochais. Alors le sable chaud s'est retiré de sous moi, le soleil s'est couché et les yeux inconnus se sont inclus dans un visage, le visage s'est posé sur un corps et, debout sur la scène, Nils Andersson me fixait avec un regard de haine terrible.

J'avais vaincu son emprise.

Froidement, comme un serpent entrouvrant les lèvres et s'apprêtant à sortir une langue fourchue, il s'est mis à siffloter :

— Tidadam, Tida Tida Tidadam !

Et tout le monde s'est réveillé autour de moi.

Les pieds dans la bouillasse d'hiver, j'ai attendu que Nils Andersson sorte des loges du Drottningholms Slottsteater pour le suivre. Il était seul. L'ouvreuse avait fermé le théâtre depuis longtemps. Tous ces jeux d'images, de lumières, d'odeurs, de mouvements n'étaient le fait que de cet homme étonnant ; il contrôlait tout lui-même. Je lui ai emboîté le pas.

Les rues de Stockholm étaient anormalement calmes et Nils ignorait systématiquement les Aéronoctambus circulant à sa hauteur. Là-haut, le ciel semblait s'être apaisé également et laissait entrevoir un croissant de Lune. L'année touchait à sa fin, mes enquêtes aussi ; peut-être l'humanité allait-elle prendre une bonne résolution pour 2069 et enfin s'harmoniser ?

J'ai pris soin de ne point fixer la nuque d'Andersson afin qu'il ne puisse sentir ma présence derrière lui. Ainsi, nous avons remonté pratiquement tout Drottninghclmsvägen et j'apercevais déjà l'île de Kungsholmen avec ses antiques demeures lorsque, brusquement, Nils Andersson s'est retourné, me faisant signe de le rejoindre prestement. Je suis resté deux secondes comme un con, impuissant, puis j'ai traversé. Là, il m'a empoigné d'autorité le bras et nous a dirigés vers une ruelle adjacente.

— Vite, par ici !

Le bruit des machines a retenti aussitôt après, telle une navette décollant à cinq centimètres de mes oreilles. J'ai tenté de résister, mais l'illusion n'était pas le fait d'Andersson, toujours bien présent à mes côtés. Non, ça venait de l'avenue principale. J'ai glissé un œil au coin du bâtiment nous abritant et j'ai pu voir une armée de chenilles titanesques broyer la chaussée, dévastant trottoirs et couloirs d'Aérobus pour ne laisser que des résidus de bitume et de béton en souvenir. Derrière, des hommes vêtus de combinaisons thermoformes incendiaient les tours, les habitations, leurs occupants ; tout. Stockholm allait être rayé de la carte.

Nils Andersson m'a tiré en arrière puis a vivement agité les mains au-dessus de nous comme s'il essayait de caresser une coupole invisible. La ruelle s'est transformée en pleine campagne, nous étions adossés à un arbre et une sympathique chouette hululait sur une branche basse.

— Andersson, vous rigolez ? Vous pensez qu'un peu d'herbe et d'eau fraîche va nous empêcher de cramer comme des sauterelles ?

— Notez ceci pour vos filatures prochaines, Monsieur Ingham : ce que nous ne voyons pas ne peut être vu des autres.

Il connaissait mon nom ! Il savait bien qui j'étais et jouait avec moi depuis le début de cette histoire ; je lui ai balancé mon poing dans la gueule ! Avec la même équanimité que s'il s'était trouvé encore sur scène, il l'a évité et a changé d'apparence, fondant son personnage en celui de mon père. Mon ventre s'est noué instantanément face à cette image. Mon manipulateur se dévoilait entièrement, sous tous ses aspects.

— Pourquoi moi, Andersson ? Pourquoi m'envoyer cette brochette d'humains pour les buter à la fin de chaque enquête ? Quel sens cela a-t-il ?

— Je suis un illusionniste : je ne montre que ce que les gens veulent voir. Et toi, Viktor, mon petit garçon, dis-moi ce qui t'obsède tant ? Ouvre-toi à moi.

Freud admettrait-il être psychanalysé par son propre père, combinant transfert et complexe d'Œdipe en la même personne ? Pas sûr...

— Vous êtes un assassin, un sadique. Et certainement pas mon père.

— Allons, Viktor : ta chance de comprendre, de changer ta destinée, est ici et maintenant. Accepte-le !

Il y a eu un flottement dans l'apparence de mon paternel, rapidement contenue.

— Aaah... Tu ne peux pas, Viktor ? Un évènement encore trop lourd à digérer te retient ? Lequel, mon enfant ?

— Je ne suis pas votre enfant ! Cessez de jouer les fatuaires à deux crédits et débarrassez-nous de ce paysage à la con ! Si vous ne voulez pas me dire quel rôle j'ai joué dans votre pièce de théâtre, au moins laissez-moi repartir librement.

— Je te protège, Viktor, comme je l'ai toujours fait.

— Non, vous m'avez surveillé, avec chacun de mes clients : Julian Serres, Edward Slïm, le comptable, Ava Lucinda, François Milan, Olga Jydiowiscz, Iyle Sarendipiti ; quel est leur point commun ?

Mon père s'est dématérialisé et Nils Andersson a réendossé son costume.

— Iyle Sarendipiti ? Vraiment, comme c'est charmant ! C'est donc pour lui que vous me suivez ainsi ? Voyez comme l'inconscient dévoile rarement la réalité ! Très bien, Monsieur Ingham : cartes sur table. Je vais tout vous dire à propos d'Iyle Sarendipiti et de moi-même, mais d'abord, une question : croyez-vous que l'on cherche à détruire ceux qui nous ressemblent trop ?

J'ai repensé à mes visions de la soirée et je n'ai pu qu'acquiescer.

— Oui : la peur de se voir soi-même tel que l'on est.

— Iyle Sarendipiti est mon double paralytique : à force de vouloir contrôler le monde autour de lui, mais sans succès, il a voulu contrôler sa vie. Une vie s'accepte, elle ne se dirige pas. Alors il a voulu contrôler ses attitudes, ses paroles, ses pensées, redéfinir ce qu'étaient le bien et le mal, diriger ses actions, gouverner ses émotions. Regardez ce qu'il est devenu ! Tout plutôt qu'affronter sa douleur : celle de ne pouvoir être parfait et aimé de tous. Il aurait voulu tout vivre, tout être, concilier l'inconciliable, plutôt que juste être lui-même. Notre point commun est là : croire que seule la perfection est aimable. J'en ai fait mon métier, lui sa raison de vivre. Pauvre Iyle !

— Vous êtes un malade, doublé d'un escroc.

— Non ! Iyle Sarendipiti, lui, se croit malade. Moi, je vends du rêve.

— Mais Sarendipiti est incurable et les rêves ne sont pas la réalité.

— Ils le sont ! Ce que vous avez vu ce soir est votre réalité, chacun des spectateurs joue le rôle d'interpréter ce qu'est sa propre réalité. Mes représentations ne sont pas passives, vous en êtes les acteurs principaux. Iyle Sarendipiti peut guérir ! Mais lorsque son corps le lui dit, il demande à son cerveau de ne surtout pas y croire ! Nos croyances nous empêchent de profiter de la perfection dont la vie nous dote. Je vais à présent vous rebalancer dans ce que vous croyez être une réalité universelle, Monsieur Ingham, prenez conscience de la part importante de subjectivité que vous y mettez et revenez demain au théâtre : même heure, même endroit ; votre siège vous sera réservé. Un bouleversement vital vous y attend !

Et il s'est mis à siffloter :

— Tidadam, Tida Tida Tidadam !

Le tremblement de terre a repris immédiatement, une masse humaine tentait de s'opposer aux tanks et à l'armée de combinaisons, créant un affrontement violent au milieu des immeubles en flammes qui commençaient à tomber comme des arbres. Nils Andersson s'est enfui au fond de la ruelle.

— Revenez ! Vous ne m'avez rien dit à propos des autres clients !

— Demain, Viktor, demain !

Je l'ai coursé. Derrière les hautes tours subsistaient les anciennes demeures suédoises : des bâtisses carrées aux couleurs chaudes de la Scandinavie, recouvertes de charpentes en bois et toits de tuiles. Elles me rappelaient la cabane McCormick. Et Andersson y était chez lui. À travers ce labyrinthe, dans la pénombre de la nuit, loin du tumulte des affrontements qui s'amenuisait au fur et à mesure de ma progression, j'ai fini par le perdre et me perdre avec. Je me suis donc arrêté là, au milieu de nulle part. Je ne comprenais pas… Que Nils Andersson tienne vraiment à se débarrasser d'Iyle Sarendipiti parce qu'il lui ressemblait trop, bon, c'était tordu, mais suffisamment cohérent de la part d'un névrosé du contrôle et de la perfection, cependant pourquoi avoir tué les autres avant ? M'amener jusqu'ici pour encore jouer aux énigmes n'avait pas de sens. Et à y bien regarder, je n'étais pas certain de savoir qui d'Iyle ou de Nils voulait le plus voir disparaître l'autre ? L'illusionniste était-il vraiment celui qui avait tout organisé ?

Deux solutions se sont alors présentées à moi : soit Andersson attendait véritablement le lendemain pour se dévoiler dans un coup de théâtre purement fabriqué et tout me serait enfin expliqué ; soit quelqu'un allait mourir demain et ce que je croyais être une série de sept dossiers à boucler ne serait que la première étape d'un plan machiavélique bien plus vaste…

Intuitivement, j'ai senti que la deuxième solution s'approchait le plus de la vérité, et c'était bien normal : c'était la plus emmerdante !

Le 31 décembre 2068 à 20 h, j'étais assis dans mon fauteuil au septième rang, prêt à tout. La journée avait été atroce, la pire de toutes. Très peu d'Aérobus circulaient encore sur des voies dérivées ; les tours, les immeubles, les maisons avaient été détruits dans ce que j'avais pu voir du centre de Stockholm, sur les premières îles de Kungsholmen, Gamla Stan, mais aussi Norrmalm ; ce qui subsistait du passé était désormais enfoui. L'air, le ciel étaient noirs d'une fumée compacte et les cyberactifs ne donnaient pas de nouvelles plus florissantes du reste du monde. Seuls subsistaient encore les stations, les gares, les aéroports de navettes : endroits de transit, où personne ne restait jamais vraiment longtemps ; les magasins : sources de subsistance, là où le marketing nous avait dit qu'il faisait bon vivre ; et les centres culturels : inutile, abstrait, non rentable, l'art avait traversé les générations, échappant à toute logique d'évolution moderne, ne tiraillant les intérêts de personne. L'art, aussi égocentrique soit-il, restait consensuel, même au vingt-et-unième siècle. Tout le reste avait été annihilé.

J'avais moi-même dû me réfugier dans des magasins pour dormir et manger à l'abri des combats. J'y avais affronté quelques dérangés ponctuels, plus hargneux que jamais, mais au moins avais-je su me sustenter et pu survivre un jour de plus. Un petit jour, le dernier de l'année.

Les lumières se sont éteintes dans la salle de théâtre, faisant place aux poussières d'étoiles et sur scène à un Nils Andersson plus tendu que la veille. Avec un petit air sur les lèvres que j'ai trouvé cavilleux, il a annoncé :

— Soyez les bienvenus chez vous.

Et le coup de tonnerre a retenti. Après les émeutes de la nuit, la détonation ne m'a pas semblé plus impressionnante que les flatulences de mon voisin. Andersson était déjà en train de se démener sur scène, tirant des ficelles, agitant des formes ectoplasmiques, réglant ses machines, serpentant entre des hahas invisibles ; j'ai bâillé et me suis levé pour aller pisser.

La bite à l'air, le jet puissant coulant dans l'urinoir, j'ai éprouvé une certaine jubilation à être là, aux toilettes, occupé à des choses anodines cependant que, derrière la cloison, tous vivaient un spectacle hors du commun. Le grand Nils devait être en train de se donner entièrement pour sa dernière représentation, j'en étais persuadé. Devant moi, sur la paroi autrement immaculée, deux lettres avaient été graffitées : JE. Un précédent collègue avait-il été interrompu dans ses petites affaires avant de finir sa phrase ? Ou bien « JE » voulait-il simplement dire « Moi » en suédois ? Juste à droite, j'ai ensuite remarqué une autre lettre orpheline : N. « JE N ? » J'ai imaginé la suite probable : « je nique ta sœur ». M'en foutais, j'avais pas de sœur. Puis le message m'est apparu plus clairement : JE NE. Un curieux jeu de reflets, sans doute. Je me suis penché sur le mur, mais j'ai été refoulé en arrière par la puissance de mon jet qui venait de reprendre comme à la première goutte. Tout de même, la suite était là : JE NE S. J'ai frotté le mur à côté de l'inscription pour dévoiler ce qui en restait, et j'ai eu : JE

NE SU. « Je ne suce pas ? » Mais moi non plus, mon gars, moi non plus. J'ai quand même léché mon doigt pour frotter plus fort : JE NE SUI. Ça commençait à m'étonner, ces mots qui apparaissaient petit à petit. Je me suis alors contenté d'observer. Et au clignement suivant, j'avais devant les yeux ceci : JE NE SUIS. Mon bide s'est serré. Instinctivement. Quelque chose se passait que je ne maîtrisais pas. J'ai contracté les muscles afin de stopper l'écoulement, mais la pression restait très forte, comme si ma vessie venait de se remplir à nouveau. L'acte d'uriner, habituellement libérateur, m'a encore immobilisé. Trois minutes pleines que je pissais, à présent, et j'ai eu : JE NE SUIS P. Je n'étais pas en train de rêver ! L'écriture se faisait bien en direct ! Sans lâcher ma cible, je me suis démonté le cou afin d'apercevoir le truc, de comprendre comment se jouait ce tour. J'ai tapoté le mur qui était bien en dur. Et Nils s'occupait de ses spectateurs de l'autre côté. Que se passait-il ? C'était un test ? Une charade ? Ou bien ce lien que je cherchais désespérément à faire entre mes sept clients allait-il m'être donné magiquement ici ? JE NE SUIS PAS. Mon esprit tournait en boucle, cherchant vainement la fin, un dernier mot auquel me raccrocher, une suite logique après toutes les étapes de la vie que j'avais traversées en quarante-quatre ans. Ma vessie s'est regonflée à bloc : JE NE SUIS PAS M.

Non ! Stop, Viktor ! Tu es assis au septième rang du théâtre et tu es en train de fabriquer tout cela.

JE NE SUIS PAS MO.

Je suis ton inconscient et je guide tes actes, je connais tes blessures et je sais comment t'éviter de souffrir à nouveau.

JE NE SUIS PAS MOR.

Ferme les yeux, Viktor ! Ferme les yeux, oublie ce que tu as vu, refoule-le, ce n'est pas bien, ce n'est pas bon pour toi, tu mérites mieux que les autres, un jour tu te vengeras, mais pour l'instant oublie et ferme les yeux ! MAINTENANT !

JE NE SUIS PAS MORT.

La goutte fatale est tombée dans l'urinoir en un ploc définitif. La vessie à présent vidée, le ventre complètement tordu de douleur, l'esprit chauffé à blanc par des pensées tournoyantes sans fin, je me suis penché sur le côté et j'ai vomi.

« JE NE SUIS PAS MORT ».

Empêtré dans mes vêtements, collant de sueur, agité de spasmes, blême, je vomissais tout ce que je n'avais pu digérer jusque-là, l'image de douleur que j'avais repoussée loin de moi, enfermée dans un passé dont j'avais jeté la clef au fond d'un trou de ver : Télémaque.

Télémaque, courant derrière les fauteuils du salon, un pistolet à la main et son chapeau de cow-boy sur la tête. Il s'enfouissait dans les coussins comme une autruche prétendant ne pas être vue. Je tirais quand même une balle de mon pistolet à amorces, le percuteur s'écrasant sous un "paf !" et une petite flammèche. Télémaque se redressait comme un automate puis titubait un, deux, trois pas avant de plonger à nouveau sous une table en hurlant : « Je suis pas mort ! Je suis pas mort ! » Ça nous faisait tellement rire, Ella et moi, ce plaisir qu'il avait à vivre. « JE NE SUIS PAS MORT ». Télémaque…

Je me suis rué dans le hall.

— Un téléphone ! Un Numéri ! Vite, n'importe quoi !

La petite ouvreuse de l'accueil s'est retrouvée tout affolée.

— Quoi ? Qu'est-ce que vous voulez ? Monsieur, votre braguette !

— Où se trouve votre Numéri ?

— Mais… dans mon sac. Sinon il y en a un en libre-service de l'autre côté, derrière le comptoir.

J'ai aperçu l'appareil qui ressortait du mur comme une fleur posée seule au flanc de la montagne ; je me suis jeté dessus. Les satellites fonctionnaient toujours, je me suis mis à hurler :

— Ella ! C'est Télémaque : IL EST VIVANT !

— Quoi ?… Viky, qu'est-ce que tu racontes ?

— Télé n'est pas mort ; il me l'a écrit sur le mur !

— Quel mur ? Où es-tu, Viky ?

— Aux chiottes ! J'étais en train de pisser, à Stockholm, l'endroit où nous l'avons conçu, comme le phénix !

— Viky, calme-toi, je ne comprends rien de ce que tu me dis… Tu as vu Télé, pour de vrai ?

— Ah, ne me dis pas que je suis fou ! Non, je ne l'ai pas vu, mais il m'a laissé un message très clair ; ça ne peut venir que de lui, j'en suis certain !

— Mais... comment est-ce que...

— Tu te souviens, la dernière invention du père McCormick, ses portillons destinés au voyage instantané ? Et ses carafes qu'il accumulait par dizaines ? Il pestait, car il n'arrivait qu'à recopier les éléments, pas à les transporter ; on l'avait expliqué à Télé, en lui faisant visiter la cabane, en lui montrant toutes les reproductions, ça l'avait vraiment intéressé !

— Et alors ? Viky, excuse-moi, mais tu débloques !

— Non ! Il a très bien pu vouloir l'essayer et nous laisser un double de lui-même !!

J'ai marqué une pause d'une seconde afin d'entendre ce que je venais de dire. C'était énorme, évidemment. Mais quelle autre explication avais-je ?

J'ai vu Ella souffler dans le Numéri.

— J'aimerais beaucoup, Viky, tu le sais mieux que personne. Mais c'est impossible.

— Réagis, enfin ! Tu es résignée, Ella ! Tu acceptes les choses avec une passivité écœurante ! Tu ne vois la réalité que sous la forme du destin et du fatalisme : « c'est comme ça, on n'y peut rien... »

— QUOI !? C'est MOI qui ai pleuré pendant des semaines, allant presque jusqu'à mourir pour notre enfant disparu pendant que TU me prodiguais tes conseils à la con : « ne t'inquiète pas, ma chérie, ça ira, tu t'en remettras, la vie nous teste » ! Je recevais tes moindres mots comme des insultes et j'ai fini par croire que c'était ton absence de sentiments qui avait tué Télémaque ! Je t'en ai tellement voulu, Viky. Et maintenant, c'est toi qui reviens m'accuser de passivité !?

Bon sang, elle était remontée !

— Calme-toi, Ella ! Tout est terminé à présent, puisque Télé est bien vivant ! C'est lui, et non mon inconscient, qui m'a tricoté ce jeu de piste de sept clients afin de m'amener ici, ce soir, jusqu'à lui. Je devais traverser ces étapes et mourir un peu à chaque fois pour accéder d'autant plus à moi-même, pour m'ouvrir à la vie et à qui je suis, pour une renaissance, un nouveau départ, un nouveau Télémaque !

— Viky...

Ella m'a fait signe des mains pour m'arrêter, mais elle a ensuite baissé le regard, ne sachant plus comment poursuivre.

—... ça ne peut pas être Télé qui t'a engagé sur ces affaires...

— Non, je sais, mais ils étaient des intermédiaires, de sortes d'archanges annonciateurs !

— Viky écoute-moi : je ne t'ai pas tout dit, mais j'ai peut-être une part de responsabilité...

— Quoi ?!?

— Attends ! Il s'agit peut-être d'une coïncidence, mais je voulais t'en parler en face, une fois que tout cela aurait été fini... je... Tu es où, là ? À Stockholm, vraiment ?

— Oui, au Drottning théâtre machin...

— Il est temps qu'on se parle. Si je prends l'Eurotunnel, je peux être là-bas en deux heures. Tu m'attendrais ?

Je t'avais attendu deux ans, après toute une vie, qu'est-ce que deux heures de plus ?

— Alors ce n'est pas Télémaque ? Et ses inscriptions ? C'est toi qui m'as collé sur ces dossiers ? Et ces meurtres ?

— Ne mélange pas tout, il faut que nous discutions d'abord. Tu seras è la gare ?

— Oui.

— Je t'embrasse.

C'est elle qui a coupé la communication, me laissant pantelant.

— Monsieur, votre braguette, s'il vous plaît !

Mon père, puis Nils, et maintenant Ella ! À chaque fois, je parvenais à trouver un nouveau responsable à ce qui m'arrivait, mais jamais je ne tombais sur le bon et encore maintenant, après ce qu'Ella venait de m'annoncer, je ne pouvais l'imaginer tuant en série pour se venger d'un être perdu. J'avais signé pour embarquer sur un train dans lequel chaque wagon m'amenait un peu plus près de la so ution. Ella était au rendez-vous de la prochaine station, j'ai senti que la locomotive allait m'être dévoilée très bientôt. Je devais juste survivre au voyage jusque-là.

La pièce de Nils Andersson, aussi anomale soit-elle, m'était complètement indifférente désormais. J'ai quitté le hall et j'ai marché dans la neige qui tombait malgré tout, recouvrant les restes de Stockholm d'un manteau uniforme.

J'ai aussitôt pris l'Aéronoctambus pour T-centralen, j'avais de l'avance, mais j'ai su que la situation anarchique allait ralentir mon trajet. Effectivement, l'Aérobus a dû observer un contour compliqué avant de parvenir aux limites de la station. L'abordant par-derrière, son conducteur m'a expliqué le chemin traversant toute la gare pour déboucher sur les voies d'arrivée de l'Eurotunnel. J'ai regardé l'engin disparaître dans les couloirs de neige en me disant qu'il n'en aurait plus pour longtemps d'autonomie sans soleil. J'ai remonté mon col et me suis engouffré dans le bâtiment gris.

La gare Eurotunnel de Stockholm était un endroit gigantesque, ultramoderne, tout en métal poli, tel un centre expo-forum monumental. Mon chemin, cependant, était tout tracé et c'est avec cinquante kilos de métal fondu à la place du cerveau, et autant dans les bottes, que j'ai commencé ma progression. Il y avait des allées, des couloirs, des halls, puis des escaliers mécaniques, d'autres allées, et ainsi de suite, ultra-petita.

Je devais en être à mon dix-septième escalier roulant lorsqu'une première présence humaine s'est manifestée. Elle – ou plutôt il – était adossé à une des toutes premières Citroën dans un hall d'exposition de vieilles voitures. À l'image de ces vestiges du passé, il revêtait un costume trois-pièces anthracite, une chaînette dépassait de la poche et ses cheveux étaient gominés vers l'arrière.

— Bien le bonsoir, Viktor.

Je ne l'avais jamais vu.

— Qui êtes-vous ?

— Tu n'as pas aimé le spectacle, cette fois ?

— Nils ?

— Trop content d'avoir percé mes illusions la première fois, tu ne t'es pas abaissé à participer de nouveau ?

— Mais je m'en fous, de ton spectacle ! Et je dirais à Iyle Sarendipiti de se regarder le nombril pour savoir à quoi tu ressembles ! Vous ne m'intéressez plus, tous les deux, j'ai des choses bien plus importantes à résoudre de mon côté.

— Oui, mais comment les résoudre si tu es mort ?

— Je ne suis pas mort, je...

Andersson, quel e que soit son apparence, souriait. Je ne savais pas si c'était en réaction à ma phrase.

— Laisse-moi te parler encore un peu de moi, Viktor. J'ai eu une enfance difficile : des parents parfaits, tellement soucieux de l'éducation de leur progéniture qu'ils en oubliaient que j'étais aussi un enfant.

— Ça me rappelle vaguement quelqu'un...

— Alors je rêvais, la nuit, que je chantais une chanson et qu'à mon réveil ils disparaissaient, me laissant libre d'exercer mon talent, ce pour quoi j'étais fait. Seule leur mort pouvait me libérer.

— Ah, nos chemins diffèrent quelque peu à partir de là...

— Donc je chantais, dans toutes les langues, sur tous les tons, je sifflais aussi, jusqu'à trouver l'harmonie parfaite.

— Et tu as trouvé, mon coco ?

— Oui, j'ai trouvé. Mes parents sont morts et j'ai développé mes illusions, utilisant l'inconscient collectif et notre lien d'humarité pour prendre ma revanche sur mes brimades infantiles et pour contrôler le monde.

— Un "petit" monde, je dirais...

— Pour l'instant, mais comment faire pour me développer avec des hommes comme toi capables de résister ?

— Ah oui, une seule solution : tu vas devoir chanter !

— Oui, Viktor, oui. Je vais chanter pour toi. Et à la fin de la chanson, tu seras mort.

Je me suis mis à courir entre les bagnoles. Je ne croyais pas à son truc, évidemment, mais je ne connaissais pas l'étendue de son pouvoir sur moi, et je ne voulais pas la connaître. J'ai donc galopé.

Sans effort, sans même s'essouffler, Nils Andersson restait à ma hauteur. Il alignait des phrases en français, les murmurant presque, comme pour se réciter une poésie à lui-même, sauf que les mots ne s'enchaînaient avec aucun sens logique. J'ai sauté sur le capot d'une vieille Ford rutilante, mais Nils bondissait en cadence, ne perdant ni distance ni mesure.

J'ai traversé ainsi rapidement le reste de la gare Eurotunnel, mon assassin à mes côtés, ne parvenant pas à le semer. Lorsque je suis arrivé en bout de course, il ne me restait plus qu'un escalier à dévaler pour accéder aux voies.

— Viky ?

C'était Ella ; elle était déjà arrivée et m'attendait au bas de cette volée de marches. Mon tueur fou souriait de plus belle, mais ne quittait pas son rythme.

Une pensée m'a traversé comme un éclair :

Pas cette fois encore !

Je ne voulais pas qu'Ella subisse à nouveau l'horreur de voir mourir devant ses yeux un être cher, je devais lui épargner cela, courir loin, encore plus vite, mourir s'il le fallait, mais pas dans ses bras !

J'ai sauté les marches quatre à quatre, Nils Andersson a un peu monté la voix et Ella a fait des yeux ronds. Je sentais le vent s'engouffrer dans la station par les tunnels et venir gonfler mon imperméable, me permettant presque de voler par-delà les escaliers.

Encore quelques mètres, pitié, épargnez-la !

Au-dessus de nos têtes, la grande horloge de la gare a sonné les douze coups de minuit, des gens au loin ont explosé de joie en s'embrassant, Nils Andersson a bouclé son dernier vers sur un sifflement désormais trop familier :

— Tidadam, Tida Tida Tidadam !

Je me suis ultimement retourné pour faire face à mon adversaire, prêt à lui envoyer une estocade en plein cœur, mais c'est le mien qui a subitement lâché. Comme une visio prise en plein mouvement, ma course s'est arrêtée net, mon regard s'est tourné jusqu'à accrocher celui d'Ella qui, terrorisée, n'a pu qu'ouvrir les bras pour m'accueillir.

Enfin, mon amour. Je ne le voulais pas, mais je le voulais tant. Trop tard. Mon amour…

CHAPITRE 0

L'espace n'existait plus, le temps n'existait plus.

Sans limites, sans passé, sans futur, je n'avais plus ni obligations ni ambitions.

J'étais seul, face à moi-même.

J'étais juste moi-même.

Mais moi non plus je n'existais plus.

Un corps avait bougé à côté de moi. C'était un corps chaud, aux formes rondes. J'avais perçu le doux bruit de sa respiration et le mouvement discret, mais régulier de ses épaules. Des cheveux noirs étaient étalés sur l'oreiller. J'avais soulevé le drap. Un corps souple à la peau brune dormait là, sur le ventre. Je m'étais glissé entre ses jambes après les avoir écartées, découvrant ainsi le sexe fendu. J'avais caressé un peu ses fesses pour en éprouver la texture puis glissé mes doigts sur les lèvres charnues et entre elles. Le sexe était rapidement devenu plus humide, plus ouvert, plus demandeur. Je brûlais déjà de désir.

Tendu comme un arc, j'avais posé mes bras raides de chaque côté du corps et j'étais entré dedans, lui arrachant un soupir.

Mon bassin s'était mis à onduler, à glisser tout seul, facilement.

Je pouvais toucher le fond de son sexe et plus je le sentais, plus j'avais envie de taper fort, dedans. J'avais accéléré mon mouvement. Les soupirs s'étaient multipliés. Je savais que ce va-et-vient ne menait nulle part et en même temps, j'éprouvais le sentiment d'avancer, de progresser, car le corps s'était mis à remuer d'autant plus, relayant la cadence que je lui avais imprimée, m'invitant à venir frapper plus vite ; et la sueur s'était mise à perler sur ma peau, la chaleur à envahir ma tête et mes reins, l'étourdissement à me gagner de plus en plus.

Voilà la mort. Elle n'était pas froide, elle n'était pas effrayante. La mort était un orgasme. J'avais senti un grand cri venir du plus profond de mon être et monter. J'avais éjaculé en hurlant. Puis j'avais repris mon souffle, avalé un peu de salive. Et j'avais retourné le corps dans lequel je venais de jouir.

Les poils pubiens étaient noirs et courts.

Une cicatrice ornait les côtes d'une petite bande rosâtre juste sous le cœur.

Un menton plat se dressait fièrement vers moi et deux yeux marron emplis de larmes et de lumière me transperçaient.

CHAPITRE 1

Stockholm... La ville aux quatorze îles et aux cinquante-trois ponts ne reposait plus désormais que sur un seul niveau, éparpillant ses débris sur les eaux du lac Mälaren et de la mer baltique.

Au-dessus des ruines couvertes de suie, le ciel s'était un peu éclairci, étalant un pâle rideau gris perle sur l'horizon.

Puis, tout doucement, progressivement, le vent était monté, décapant une première couche de poussière, laissant au temps le soin de commencer son travail.

Plus personne n'était visible dans les rues, les Aérobus solaires avaient fini par épuiser leurs réserves d'énergie. Des Taxispaces avaient pris le relais : provenant des banlieues éloignées, ils avaient eu tôt fait de s'engouffrer dans le centre, qu'ils traversaient désormais sans apparemment ne jamais s'arrêter.

Tous ces mouvements paraissaient mécaniques, plus aucune vie ne semblait habiter Stockholm.

Pourtant, entre les pavés exhumés et les blocs de béton broyés, un homme marchait sur la route...

Stockholm... Là où tout avait commencé.

***

J'ai observé la guimauve fondre à la surface de mon chocolat chaud en me disant que cette fois, nous y étions : après un choix hasardeux nous ayant poussé à Melbourne et douze années d'investissement professionnel consécutives, nous avions fini par débarquer en Suède, à Stockholm, et dans ce Kafe fleurant bon la cannelle.

J'ai promené mon regard dans la salle, m'arrêtant sur des visages de notre âge qui auraient pu devenir des amis si notre destinée avait été différente. Là, ces inconnus parlaient une langue que je ne comprenais pas et s'esclaffaient sur des sujets qui ne me concernaient pas. J'ai soupiré en touillant mon chocolat et j'ai reporté mon attention sur Ella qui jouait avec un morceau de sucre roux. Je ne sais pas pourquoi elle a pouffé de rire lorsque le carré est tombé dans sa tasse, mais j'ai ri aussi. Ça a été ma première vraie impression de la Suède : un endroit chaleureux sous une météo glacée. Nous étions fin mars et il neigeait encore. Ella avait insisté pour voir Stockholm sous son manteau blanc, j'avais bien rétorqué qu'on ne verrait rien, alors, dessous, mais elle avait balayé mes arguments d'un geste. Nous n'étions pas là pour nous amuser, de toute manière, mais pour faire le tour des thérapies naturelles. Même en vacances, Ella bossait.

— Programme de demain : bains aux sept senteurs, massages déroulants, sauna humide, massage raffermissant, sauna sec, jets à l'eau froide. Après-demain : ondées tropicales, jacuzzi à l'huile essentielle, enveloppement d'algues ou bain de boue...

— Bain debout ? Une douche, quoi...

— De BOUE, idiot ! Après-après-demain...

— Stop !

— Mais attends de...

— Stop ! Après-après-demain : vacances. C'est moi qui organise. Ella, on n'est pratiquement pas parti ensemble depuis notre mariage...

— Techniquement, nous ne sommes pas mariés.

—... notre non-mariage, alors. J'aimerais qu'on profite un peu de ce temps tous les deux.

— C'est ce que nous faisons : nous vivons des expériences, les partageons et pouvons échanger ensuite, nous fabriquant ainsi des souvenirs communs. C'est bien l'idée d'un couple, non ?

Un voile de froideur était apparu au fond de ses yeux.

— Ella, ça ne va pas ?

— Mais si, mais... je fais ça toute l'année, de tester des techniques nouvelles, seule dans mon coin. Je me faisais une telle joie de pouvoir les vivre avec toi, pour une fois !

— Mais je ne veux pas travailler, avec toi !

— Attends : lorsque tu me conseilles un livre que tu as

particulièrement aimé, c'est du travail ?

— Oui et non, je…

— Lorsque tu es malade et que je te confectionne le remède approprié, je ne travaille pas : je prends soin de toi, Viky. À force de vouloir laisser notre travail, notre stress, nos problèmes, nos routines en dehors de notre couple pour ne profiter que des bons moments, nous ne vivons plus rien ensemble.

— On est d'accord ! C'est pourquoi je te propose de prendre des vacances, pour changer !

— Et si, pour changer, on raccordait un peu nos projets ensemble ?

Un an après avoir ouvert son propre cabinet, Ella avait fondé l'ADN : l'« Association pour le Développement de la Naturopathie ». Son évidente référence aux fondements mêmes de la vie avait produit son petit effet et quelques collègues aux spécialités transverses étaient venus y adhérer. Des séries de conférences avaient suivi, développant l'idée de soins complémentaires à la médecine toute puissante. Cela avait permis à Ella de se constituer une première clientèle. Puis, en 1989, elle avait rejoint les quatre autres membres du Groupement pour le Développement et le Respect des Pratiques de Naturopathie, ajoutant une nouvelle nationalité à cet organisme naissant qui allait devenir ce que nous en connaissons aujourd'hui. Ella s'était donc mise à voyager, beaucoup. Ensemble, les cinq fondateurs parcouraient le monde, passant de colloques en symposiums, tirant parti de la moindre occasion pour semer les graines d'une écologie humaine. Lorsqu'elle n'était pas partie, Ella donnait ses consultations, jusqu'à sept jours dans la semaine.

Elle avait développé sa spécialité dans les fleurs du Bush – héritage de sa formation australienne – qu'elle m'administrait d'office lorsque les épidémies annuelles de gastro ou de grippes refaisaient surface, piochant dans ses petits flacons innombrables les trois ou quatre remèdes spécifiques qui, une fois mélangés, m'immunisaient efficacement.

Son succès ne l'étonnait pas ; c'était une évidence. Le monde d'Ella tournait autour d'une écoute du corps, d'un respect naturel pour tout ce qui touchait à la vie.

Le mien était centré sur l'argument qui allait me

permettre de vendre des bouquins.

Alors qu'Ella avait mis un point d'honneur à installer son cabinet près, mais en dehors de notre maison, rompant ainsi un vieux lien de tradition familiale, j'avais pour ma part l'immense privilège de continuer à saluer mon père presque tous les jours au sortir de sa cuisine. Nous placions en avant les meilleures ventes, suivant ainsi moutonnement les directives nationales des distributeurs, permettant au client de retrouver exactement les mêmes produits d'une librairie à l'autre, et nous présentions en vitrine un choix de livres censé accaparer l'attention du lecteur sur les évènements d'actualité. J'avais moi-même créé le design d'un petit autel disposé tout à côté du comptoir et recueillant en une sorte de sépulture le tas de livres consacrés au dernier auteur disparu, érigé ainsi en sa mémoire. Du meilleur goût morbide. Mais ça marchait. Quant aux bons vieux romans d'amours, de voyages, d'aventures, de sciences-fictions, ils étaient renvoyés en fond de gondoles. Les ouvrages de médecines naturelles se comptaient sur les doigts d'une main.

Voilà où nous en étions, professionnellement.

— On marche un peu ?

Nous sommes sortis dans le froid et, à 16 h à peine, dans la nuit suédoise. Il paraissait que nous avions déjà gagné une demi-heure sur l'hiver qui venait de se terminer ! Les pieds instantanément glacés, le nez dans mon écharpe, je n'ai même pas eu besoin d'autre excuse pour ignorer Storkyrken – la fameuse cathédrale de Stockholm – et j'ai entraîné Ella à mon bras vers les petites rues de Gamla Stan.

Depuis l'été dernier, je ne pouvais plus voir une église sans vomir. Quinze jours passés dans une autocaravane en compagnie de Jeff et toute sa clique (une femme, quatre enfants) à traverser l'Italie pendant qu'Ella conférait à Okinawa m'avaient définitivement vacciné contre toute forme de chapelle, duomo, cathédrale ou autre basilique dont la botte méditerranéenne était gavée. Plus jamais ça !

Nous avons quitté rapidement l'île de Stadsholmen pour remonter sur Norrmalm, moins d'une heure avant la fermeture de ses grands magasins. On pouvait établir le niveau de vie d'un pays sur le prix d'une bouteille de coca-cola et son mode de consommation sur le contenu des rayons. Nous avons donc franchi les portes des temples capitalistes scandinaves.

Ella et moi avons tout de suite été frappés par cette sorte d'évidence culturelle dans laquelle les Suédois baignaient : les têtes de gondoles n'étaient pas remplies de promotions ou de produits à la mode, mais plutôt d'articles attirant le consommateur sur des aspects pratiques, écologiques ou instructifs. Pendant qu'Ella détaillait les étiquettes de soins du corps, j'ai découvert des livres dont je n'avais jamais entendu parler, pourtant traduits et systématiquement enregistrés sur CD audio pour les non-voyants.

En sortant, nous sommes tombés sur le guichet des Exhibitions & Spectacles qui était là, clairement visible, facilement accessible, concentrant une foule modeste, mais sans cesse renouvelée. Il présentait en aparté les dates des prochaines "nuits de la culture" : espaces de création et d'expression totalement gratuits se succédant dans les agglomérations suédoises les plus importantes. La culture faisait partie de la vie, ici.

Nous sommes remontés à l'Hôtel Central prendre une douche bien chaude puis, les doigts de pied encore engourdis, faire l'amour subrepticement, par terre, entre les deux lits jumeaux que mon anglais déprécié nous avait réservés.

Je n'ai rien dit pendant deux jours, j'ai laissé le programme d'Ella s'exécuter, trouvant mon compte finalement dans ces traitements appliqués au corps : prendre soin ainsi de soi était la meilleure manière de renforcer ses défenses naturelles, rendre le corps à la fois plus résistant et plus malléable au changement, aidant l'esprit à s'adapter.

Car c'était bien de cela qu'il s'agissait : changer pour qu'elle et moi puissions nous retrouver.

Durant ces deux journées, l'hiver n'a plus eu de prise sur moi : après les séances de sauna renforcées, je pouvais sortir en T-shirt plusieurs heures dans la neige sans ressentir le moindre frisson !

Le matin du troisième jour, j'étais en pleine forme. Dès 6 h j'ai secoué Ella pour la réveiller et la presser de m'accompagner à Djurgården : j'avais envie de m'amuser ! Ella m'a fait avaler un petit compromis dilatoire en même temps que deux roulés à la cannelle en guise de petit-déjeuner et nous ne sommes arrivés aux pieds de la grande roue qu'à 8 h 30, devant la grille annuellement fermée de Gröna Lund entre octobre et mai. Ella s'est foutue de moi, des nuages de vapeur s'échappaient de ses lèvres rosies.

— D'accord, je suis nul comme organisateur !

— Mais non, mon chéri : j'admirerai toujours ton enthousiasme... Et je ne me lasserai jamais de ta mine déconfite !

— En attendant, tous mes projets tombent à l'eau.

— Relativise : seulement ceux liés à ce parc d'attractions. C'est ça, ton problème : tu te focalises trop sur une seule solution, te concentrant uniquement sur la réussite d'un objectif, comme si ta vie en dépendait...

— J'ai tout gâché.

— Viky, tu peux rater certaines choses, je t'aime toujours. Pense simplement qu'il existe des solutions de rechange.

— Parce que tu connais d'autres endroits où s'amuser, à part les saunas et les tables de massages ?

— Arrête, Viky ! Je suis en train de te parler de t'adapter, sans pour autant accepter à 100 % la solution de l'autre. C'est dingue, ça ! Soit tu t'écrases complètement, me laissant guider nos activités en te déclarant satisfait et en installant un sourire sur tes lèvres, soit tu rejettes tout en bloc, n'acceptant de vivre que ce que ton esprit a manigancé, défendant ton projet à tout prix ! S'adapter, c'est voir de quoi l'instant est fait pour rebondir sur de nouvelles opportunités, c'est le meilleur moyen de profiter. C'est aussi la seule manière de changer.

J'ai piétiné un petit instant la neige fondue. J'aurais été Ella, je n'en aurais pas rajouté. Mais elle, si :

— Tu te souviens, lorsque nous sommes partis en Australie, tu faisais tout ce qui te plaisait : de la muscu, de la plongée, des explorations en tout genre. Je t'admirais pour cela, tu avais une énergie de vie tellement communicative ! Tu aurais pu me demander de dompter les requins blancs avec toi ou de parcourir le désert à dos de chameau, je l'aurais fait sans hésiter une seconde. Puis, une fois rentrés, c'est le projet de ton père que tu as épousé avec sa librairie. C'était toujours toi, l'enthousiasme en moins. Et tu me laissais partir, de plus en plus loin, plus longtemps.

— Qu'est-ce que tu voulais que je fasse ? Je n'avais pas d'autre solution.

— La coquille de noix dans laquelle s'enferme ton cerveau n'était pas capable de produire d'autres options. Mais cela voulait-il dire qu'il n'en existait pas ?

— C'est trop facile, ça ! Évidemment, n'importe qu d'autre à ma place...

— Qu'est-ce que Viktor Ingham aurait fait à ta place, Viky ?

Interdit, j'ai regardé la femme que j'aimais. C'était toujours ses traits, ses mêmes expressions sur le visage, sa posture, sa taille, ses atours, mais je ne la reconnaissais pas. Mon esprit ne produisait plus rien, plus une pensée, plus un sentiment, plus un mot. Rien. Le vide.

— Je ne sais pas, Ella.

J'avais soudain une forte envie de pleurer : de douleur face à la perte même momentanée de ma personnalité ; de soulagement également pour en être arrivé là, aujourd'hui.

— Je suis désolé, Viky. Particulièrement de ne pas t'avoir parlé avant. Une partie de moi souffrait pour toi, mais n'osait rien dire. Je t'aime toujours, Viky, énormément, je veux que tu sois pleinement heureux, et moi heureuse avec toi.

— Alors qu'est-ce qu'on fait ?

— On s'adapte ?

— Apprends-moi.

— Très bien : nous sommes le 31 mars 1998, la neige s'est arrêtée de tomber et de la boue s'est formée autour des bâtiments. La ducasse est close, il est 9 h 15, une journée complète s'offre à nous : qu'est-ce qui pourrait te faire envie ?

— Manger !

— Un peu tôt... Quoi d'autre ? Allez, cite-moi tes options !

— Marcher, se perdre dans des rues inconnues, prendre des photos improbables, sauter dans l'avion pour Malmö, aller skier plus haut à Umeå, lire dans un Kafe, s'abrutir au cinéma, s'ouvrir l'esprit dans un musée...

— Stop ! Voici notre chance : le Moderna Museet sur l'île de Skeppsholmen ; c'est là, juste en face !

— Eh bien, c'est parti !

J'ai offert mon bras à ma belle, qui y a posé une main délicatement, a fait semblant de relever un pan de sa robe de l'autre et, légers, nous nous sommes dirigés vers le musée d'art moderne de Stockholm, dont le dernier aménagement venait d'ouvrir.

Un tiers du musée était consacré à l'architecture, la nouvelle section regroupait les objets d'art et de design des créateurs suédois, et l'aile principale se partageait entre des évènements tournants et des expositions permanentes d'artistes du monde entier. J'aimais me plonger dans l'univers créatif des autres, me fondre dans leurs moules de terre cuite, me baigner dans la couleur de leurs tableaux, m'incruster dans la pierre de leurs sculptures. Plus c'était abstrait, plus ça me plaisait. C'était simple et complexe à la fois.

Je me suis demandé comment je pourrais expliquer ça à un môme. Ça l'ennuierait ou ça stimulerait plutôt son imagination ? Est-ce qu'il faudrait que je traduise la vision de l'artiste ou l'impression communiquée suffirait ? Un enfant resterait-il fasciné devant un pendule de Calder comme sous un arbre aux feuilles agitées par le vent ? Trouverait-il que Fernand Léger peignait moins bien que lui-même ?

J'ai retrouvé Ella dans une salle blanche, seulement occupée par un gigantesque œil de plâtre motorisé qui suivait les mouvements des visiteurs du regard. Son créateur l'avait intitulé finement "Mona Lisa". J'ai enserré Ella par la taille, l'œil s'est immobilisé en même temps que nous, nous observant silencieusement.

— Tu crois qu'il y a une caméra, dedans ?

— Nous filmant et nous enregistrant ? Peut-être...

— Il nous faut surveiller nos paroles, alors.

— Et nos gestes : il ne faudrait pas que ta main remonte sur mes seins, par exemple. Ou pire, descende...

— L'œil nous juge, tu penses ?

— Oui, il ne faut adopter que des attitudes élevées, comme devant un dieu.

— Et prononcer des mots définitifs, emprunts de philosophie et de sagesse.

— Tout à fait le moment de reformuler notre projet commun, Viky !

— Ella, je voudrais un enfant de toi.

J'ai passé neuf mois de galère, à me lever la nuit pour confectionner des tartines de nutella que son "double-corps" réclamait impérativement ; à badigeonner son ventre et ses cuisses de crème hydratante hyperplastifiante ; à l'accompagner dans ses exercices d'affermissements des muscles fessiers et pelviens, le dos posé à plat contre le mur ; à masser ses lombaires pour la soulager de la charge grandissante et m'entendre dire que j'étais le pire masseur qu'elle ait rencontré ; supplice ultime, à pouvoir à peine lui sucer les seins tant ses mamelons étaient devenus douloureux. Je m'étais rapidement transformé en un gentil esclave à moitié eunuque !

J'ai repensé plusieurs fois à cette scène décisive dans le musée de Stockholm, au sourire comblé qu'affichait Ella et à son air vicieux lorsqu'elle m'avait demandé :

— Ici ? Maintenant ?

J'étais certain d'avoir vu l'œil cligner lorsque nous étions allés nous planquer dans le dos de son orbite.

Était-ce vraiment moi, de mon plein gré, qui m'étais décidé à donner la vie à ce moment-là ? Avec le recul, je me demandais si l'ensemble de cette journée n'avait pas été organisé par une femme dont l'horloge biologique avait fini par sonner, avec l'unique fonction de s'attacher les services d'un donneur de sperme dévoué.

Tous mes doutes se sont effacés à la première échographie, au son des battements du cœur de mon enfant. Ce n'était rien, un tempo régulier répété dans un écouteur, mais c'était tout à la fois. Je n'ai pas eu besoin d'attendre la deuxième échographie et la révélation de son sexe pour tomber amoureux de mon fils.

Ella a choisi la difficulté : accouchement à la maison en position accroupie, à l'indienne. J'ai acheté quatorze serpillières en prévision de la mare de sang à éponger. Tout s'est passé correctement, rapidement : la sage-femme venue nous aider savait toujours exactement où Ella en était, annonçant l'étape qui allait suivre et les gestes à effectuer. Il n'y a eu que deux draps de tachés, dont un par cette drôle d'enveloppe graisseuse enveloppant notre fils : Télémaque Ingham, né le 1er janvier 1999 à 0 h. Assurément le premier cadeau de l'année.

Tout comme moi, il avait le visage rond et des oreilles beaucoup trop grandes, mais ses cheveux noirs et sa peau mate le rapprochaient définitivement plus de sa mère. Il gardait les poings serrés et ouvrait la bouche comme s'il miaulait lorsqu'il avait faim. Son attitude décidée semblait déjà dire : « je veux. »

Je n'ai pas compris alors ce qui m'est arrivé entre les mains : officiellement, je ne tenais qu'une sorte de tube mou et chaud capable d'ingurgiter, de recracher et d'excréter. J'oubliais : de brailler, également.

Mais était-ce le fait de se voir soi, en minuscule ? D'avoir la responsabilité d'un petit être vivant ? De consacrer son temps et son attention qui provoquait un attachement ? Ou était-ce autre chose, de plus subtile, qui passait dans l'air et dans les yeux entre deux êtres humains ?

Je suis devenu accroc.

À deux ans, Télé a échappé à ma surveillance pour sortir tout seul, dans le jardin. Le temps que je me retourne, il était dans l'allée, claudiquant sur ses petites jambes comme sur une paire de mini-échasses planquées à l'intérieur de sa salopette. Je l'ai regardé s'arrêter net devant la plus belle rose du parterre, se pencher vers elle de tout son torse, les bras encore en arrière comme pour se rattraper, et humer le parfum de la fleur en fermant les yeux. Il s'est redressé avant de se pencher à nouveau pour recommencer, puis il s'est tourné vers moi comme s'il savait que je l'observais et il m'a souri, sans culpabilité, serein.

J'ai attendu la nuit pour descendre dans le jardin et respirer la rose à mon tour.

À quatre ans, Télémaque Ingham a décrété qu'il deviendrait cuisinier alors qu'il remplissait d'eau le bac à glaçons. Il faisait cela très précautionneusement, en tirant la langue de côté comme Ella le lui avait appris. Il est allé le porter jusqu'au congélateur sans en renverser une goutte, puis il a repris :

— Je ferai des gâteaux et puis des bonbons.

— Quels goûts ?

— À l'ananasse. Avec de la crème, du chocolat et puis des couleurs de toutes les couleurs ! Et puis je ferai une bouche avec des smarties comme pour mon anniversaire. On joue aux pistolets, papa ?

Ella et moi lui avons offert son premier livre de pâtisserie pour ses cinq ans, à moitié persuadés qu'il avait déjà oublié sa résolution d'avenir. Mais non, il a consulté les recettes avec beaucoup de sérieux, se référant aux images pour palier aux mots qu'il avait encore de la difficulté à lire ou qu'il ne connaissait pas. Sa décision s'est arrêtée sur le gâteau au yaourt, niveau de faisabilité 2.

— Télé, tu as déjà celui de ton anniversaire à finir avant d'en commencer un autre.

— Il faut que je m'entraîne !

Quel but secret poursuivait notre fils ? Nous ne le savions pas, mais l'échéance semblait tomber à court terme, nous lui avons donc fourni les ingrédients et toute sa classe a pu se régaler de ses trois premiers essais dans la même semaine.

Télé était pressé de vivre.

Six mois plus tard, l'année scolaire terminée, il a décidé de se mettre à la danse, faisant la joie de sa mère.

— Tu ne veux plus devenir cuisinier, alors ?

— Si, si. Mais j'ai besoin de savoir danser.

Mystère, encore une fois. Télémaque n'était pas capricieux, il était mû par le désir d'apprendre et nous nous sommes dit que nous avions toute la vie pour le découvrir.

Et assidûment, il a pris rendez-vous avec Ella deux fois par semaine durant l'été, en attendant de s'inscrire dans un vrai cours pour danser. Parallèlement, il améliorait sa lecture à travers les livres de pâtisserie piochés dans la librairie du grand-père et son écriture en recopiant les recettes dans son cahier personnel. Il était très organisé, méticuleux, lorsqu'il s'agissait de son art culinaire…

— Non ! J'ai marqué 150 grammes !

— C'est mieux de mettre un peu moins de sucre.

— Non, il faut 150 grammes sinon le gâteau ne va pas tenir !

... et acharné !

— Godefroy m'a dit que je pourrai jamais devenir cuisinier !

— Geoffroy ? Pourquoi a-t-il dit cela ? Tu es déjà cuisinier, fiston !

— Mais c'est le père à Godefroy, il a dit qu'il fallait connaître au moins cent recettes pour devenir cuisinier et Godefroy il a dit que je serai jamais un cuisinier comme son père, alors je lui ai pété la gueule !

— Mwouaih, en attendant, c'est toi qui as pris. Fais voir...

— Aïe !

Âgé d'à peine six ans, Télémaque venait de rejoindre la lignée bosselée des Ingham en se cassant le nez pour la première fois.

En plus de raccorder nos projets, Ella et moi avions réorganisé nos emplois du temps autour de Télé. Les jours d'école, je quittais la librairie pour 16 h 30, laissant le soin de fermer à mon père. Ce dernier étant cependant devenu trop faible pour tenir des semaines complètes, Ella avait libéré entièrement ses mercredis et ses samedis, reportant les trop-pleins de son agenda sur les dimanches, que je passais évidemment à la maison avec Télé.

En juin 2005, nous avons été conviés par un papier canson brun recouvert d'une écriture dorée familière à son premier gala de danse. Les appareils photo étaient obligatoires, précisait l'invitation.

J'appréhendais un peu de découvrir mon fils en ballerine, mais là encore le petit Télémaque Ingham mettait toute sa dévotion, son application dans ces mouvements rythmés. Il est monté trois fois sur scène pour exécuter des enchaînements différents, puis il a salué un milieu des autres avec le sérieux d'un jeune professionnel.

— Notre fils est en train de devenir un homme...

Ella a acquiescé en souriant puis elle a immortalisé la scène dans un flash.

Au mois d'août, Télé a gagné le concours de cuisine junior organisé par le syndicat d'initiative. Il a reçu une médaille en argent ainsi qu'une belle toque en coton qu'il a portée fièrement jusqu'à la rentrée. Là, il nous a annoncé son besoin impératif d'apprendre le japonais. Par quel chemin était-il passé de la cuisine à la danse pour aboutir au japonais ? Il n'a jamais su nous l'expliquer. Bien qu'impénétrables, les voix de Télé semblaient le pousser vers un dessein précis et volontaire.

Ella a pu trouver parmi ses relations une jeune fille arrivée du Japon pour passer son Baccalauréat près de chez nous. Noriko est donc venue chaque mercredi et samedi enseigner sa langue à notre enfant, lui servant en même temps de nourrice et permettant à Ella de reprendre librement ses tournées de conférences au sein du Groupement pour le Développement et le Respect des Pratiques de Naturopathie, ce qui l'enthousiasmait ! Télé était à présent si occupé que je pouvais à peine profiter de nos dimanches ensemble pour l'inviter à découvrir d'autres sujets. J'ai réussi à l'entraîner une fois jusqu'au musée d'art moderne pour vérifier mon ancienne théorie suédoise, mais ça ne l'a tout simplement pas intéressé. Télémaque réservait sa créativité à ses desserts. J'ai donc remballé mon idée de lui offrir des pastels pour son septième anniversaire et je l'ai remplacée par deux mangas en version originale.

— C'est drôle, Viky : ton propre père t'avait presque fait rentrer de force dans le moule de ses occupations bien réglées alors que toi, tu te mets au service de notre fils pour l'aider à se développer, t'adaptant à son organisation et à ses besoins !

Oui, mon fils importait plus que tout.

En février 2006, Télé a fait l'une des rares maladies qu'Ella ne pouvait – ou ne voulait – pas guérir : les oreillons, l'obligeant à sécher l'école deux semaines. J'en ai profité pour prendre des congés, laissant mon père se débrouiller entre son travail et sa santé. Nos journées ont été très occupées, entre les pancakes du matin, les sushis, tonkatsu et autres giuuniku du midi, et les séances de DVD en attendant le retour d'Ella. L'occasion m'était offerte de pouvoir parler avec mon fils de mon théâtre de jeunesse, d'Eugène McCormick avec ses projets temporels, du centre rouge de l'Australie et de ses énergies spéciales. Cette dernière histoire a tellement emballé l'imagination de Télé qu'il s'est mis à confectionner des soufflés au chocolat baptisés par ses soins "Uluru" ! Je ne sais pas qui de nous deux a le plus apprécié ces quinze jours passés ensemble.

En avril, il a piqué une crise pour recevoir un vélo, arguant avec colère du fait que son anniversaire et Noël tombant en même temps ou pratiquement, il n'avait jamais eu droit à deux séries de cadeaux distinctes. C'était vrai. Nous avons donc fini par céder et Télé est monté sur son vélo, se cassant la figure quelquefois avant de réussir à se rendre chez Noriko seul.
Le vélo faisait-il partie intégrante de ses grands projets ?

Le 24 mai 2006, un mercredi, Noriko a dû décommander son cours de japonais pour passer une épreuve anticipée du baccalauréat. Ella s'étant engagée sur une série de conférences au Luxembourg, j'ai pris ma journée pour la passer avec Télé.
Ce jour-là, cependant, un auteur reconnu s'est manifesté dans la région et j'ai dû sauter sur l'occasion pour organiser une séance de dédicaces à la librairie. J'ai suggéré que Télé aille s'amuser chez son copain Geoffrey en m'attendant, mais Ella m'a informé que son programme s'écourtait et qu'elle serait là pour prendre le relais.
Comme les hasards de la vie goupillaient bien les choses, me suis-je dit à ce moment-là !
Je suis allé bosser le cœur léger, n'imaginant pas quel cauchemar m'attendrait au retour. L'air était doux, j'ai apprécié le fait d'être en T-shirt sous ce ciel d'été.
À la librairie, j'ai même ri avec l'écrivain, insistant afin qu'il me dédie un ouvrage à titre posthume pour mon futur autel à sa mémoire. La mort était alors un sujet de plaisanterie.
Lorsque je suis rentré à la maison, aucune odeur de gâteau en train de cuire ne m'a accueilli. C'était inhabituel. Je me suis dirigé vers la cuisine pour y

découvrir à terre une mare de sang uniforme, dans laquelle trempaient ma femme et mon fils. En douze coups de couteau, la destinée de l'unique cuisinier japonais vélocipédiste venait d'être tranchée. Je n'avais rien pu prévoir et je n'avais plus de possibilités. J'ai simplement regretté la moindre de mes décisions prises jusque-là. Même celle d'avoir vécu.

***

Un homme marchait sur la route...

J'étais moi-même blotti dans un Taxispace, en route pour nulle part, tournant sans fin dans les rues dévastées de Stockholm. Je n'avais plus ni chaud ni froid, la lumière m'était devenue indifférente. Je n'y avais porté aucune attention.

Pourtant, au loin, le même homme à la crinière blanche et au manteau noir de cendres marchait encore sur la route. Il avait les doigts fins, je m'étais retourné pour contempler ses ongles longs, puis j'avais laissé filer.

Toujours plus loin, ou un tour plus tard, qu'en savais-je ? L'homme était derechef sur la route. Il semblait que je ne pouvais l'éviter.

Cet homme marchait sur ma route...

Alors je m'étais arrêté, j'avais finalement mis pied à terre pour aller le rencontrer. J'avais rattrapé la silhouette familière qui marchait devant moi puis j'avais posé ma main sur son épaule et je l'avais invité à se retourner, pour qu'il me montre son visage.

C'était Eugène McCormick.

CHAPITRE 2

2069

— Où suis-je ?

Je n'ai pas eu à réitérer ma question pour deux excellentes raisons : la première, Ella dormait doucement à côté de moi ; la seconde, je connaissais parfaitement cet endroit puisque c'était notre quadrippartement.

La décoration avait encore changé, les tapisseries étaient faites de bulles montantes, mais la forme de la pièce, l'espace ne pouvaient me tromper : j'étais chez nous.

Sans un bruit, je me suis glissé hors de la couette et je suis allé inspecter les autres pièces : la chambre de Télé, nue ; le bureau, vide ; la salle d'eau ; le salon rubriflore ; la cuisine. Rien. Nous étions seuls.

J'ai introduit une paille de café dans le micro puis je l'ai bue silencieusement.

Ça n'avait pas de sens : je me sentais plus vif, plus fort, plus jeune même alors que je devais être mort.

La date d'aujourd'hui était bien le 1er janvier, pourtant les souvenirs de la veille me semblaient remonter à la préhistoire, comme une empreinte évanide laissée par une autre vie.

À nouveau, je me suis dirigé vers la salle d'eau, cette fois pour y chercher un miroir : tête ronde, menton fendu, nez cassé, sourcils épais, cheveux blonds, grandes oreilles. Tout y était. J'ai souri, grimacé, plissé les yeux ; c'était bien moi.

J'avais d'autres points à vérifier. Je suis retourné dans la chambre pour m'habiller et me suis apprêté à partir. Je me faisais l'effet d'un galant incube quittant sa proie avant le lever du jour, mais, pour être honnête, je ne savais pas au juste ce que j'avais fait à Ella la nuit dernière. Je suis donc sorti.

— Bonne journée…

— Quoi ?

C'était venu comme un murmure de sous les draps, je n'étais même pas certain de l'avoir entendu. J'ai fait un pas en arrière.

— Tu as dit quelque chose ?

— Tu reviens, ce soir… ?

Qu'est-ce que je pouvais répondre à Ella ?

— Euh… oui, bien sûr.

Et j'ai laissé la porte se refermer derrière moi. Était-ce un rêve ?

J'ai marché jusqu'au bout du couloir, jusqu'à la sonnette d'Alain Jydiowiscz, où j'ai pu effectivement y lire son nom. Devais-je la tactiler pour lui annoncer la mort de sa tante ? Était-ce seulement encore d'actualité ? J'ai hésité un moment avant de m'abstenir.

Qu'est-ce qui était réel et qui ne l'était pas ?

Dehors, la ronde des Taxispaces et des Aérobus avait repris. J'en ai arrêté un, suis monté dedans et me suis laissé déposer devant la pépinière d'entreprises. Home sweet home, ai-je sifflé.

J'ai suivi le couloir jusqu'à mon buractif et j'ai trouvé devant neuf personnes qui y faisaient la queue.

J'ai freiné des quatre fers. Le Chinois nerveux était en bout de file, Ava Lucinda au milieu des autres : ils étaient tous en vie, tous les neuf. Dix, même, avec le mari de la grosse dame. Chacun à leur tour, ils m'ont laissé passer avec l'œil morne et désabusé des clients à la caisse d'un supermarché. Personne ne me reconnaissait. Je n'étais pas mort et ils ne l'étaient pas non plus. Je me suis senti tout fébrile, une fois parvenu devant mon uniburactif, j'ai senti le besoin de leur parler, de leur dire :

— Je suis Viktor Ingham, détective privé.

Les regards se sont rallumés et les postures redressées, sachant qu'ils allaient bientôt se délester de leurs marchandises dans mes mains et sortir leurs porteticlets.

J'ai laissé entrer le filiforme Alain Jydiowiscz et, comme si rien n'était encore arrivé, j'ai tout recommencé.

Même déclamée avec sa voix caverneuse, l'histoire de Jydiowiscz m'a ému. À travers elle, je percevais des jeux de lumières sous-marines, je revoyais Olga me parler d'elle sur la plage aux écumes, je ressentais encore l'émotion du moment, au coin du feu. Lorsqu'il m'a remis les lettres et les photos, je ne voulais plus le laisser partir. Et ça a été ainsi toute la matinée. Julian Serres a suivi avec sa mine d'adolescent éternel, je l'ai écouté le plus sérieusement du monde. Puis j'ai donné du « Slïïïm » bien accentué à Edward, mon frère architecte, je l'ai même complimenté sur sa tenue vestimentaire recherchée et son exceptionnelle vivacité d'esprit. J'ai ensuite courbé tendrement la tête en acquiesçant à chaque tapotement de Georges me parlant du petit comptable invisible. Avant l'arrivée d'Ava Lucinda, je n'ai pas oublié de me positionner bien au pied de mon bureau pour vérifier l'éventuelle présence d'une petite culotte… Ah, Ava ! Cette gonzesse me tuait ! Par contre, j'ai rapidement mis dehors François Milan et sa tête extralarge, estimant ne rien lui devoir. Finalement, Iyle Sarendipiti a fait rouler son fauteuil jusqu'à mon bureau en gémissant : j'ai compris alors que tout ce qu'il désirait était que sa souffrance soit reconnue, rien d'autre. Je l'ai rassuré du mieux que j'ai pu. Car chacun de mes clients avait une histoire qui me touchait. Je les ai écoutés vraiment, l'un après l'autre, comprenant désormais ce qu'ils avaient à me dire, quelque chose qui les concernait eux personnellement, qui n'avait plus rien à voir avec moi, avec ma vie privée. J'essayais de les retenir pourtant ; ils m'avaient tant apporté, ils faisaient partie de mon passé désormais.

Et comme moi, ils étaient morts à ce qu'ils étaient.

Il y a eu un petit changement, évidemment, dans ma suite d'entretiens : cette fois, je n'ai pas opposé mon refus lorsque ça a été le tour de la grosse dame.

Elle s'est étalée sur mon petit tabouret, son mari – que j'avais une fois de plus oublié – assis sur ses genoux, se fondant dans la masse.

—… alors je lui ai dit : Buster, mon chéri, ces jeunes ont une…

— Votre fils s'appelle Buster ?

— Mais non, Monsieur Ingham ! Il s'appelle Kevin, Kevin McKenna : c'est marqué là, en haut de son carnet de santé que je vous ai doublé ; Buster, c'est son père.

Une paluche graisseuse s'est pointée vers l'homme

enfoncé dans son giron qui souriait, apparemment content qu'on parle de lui à la troisième personne.

— Très bien, continuez.

— Donc je lui ai dit : Buster, ces jeunes ont une mauvaise influence sur notre garçon, il est temps de l'en séparer, c'est à nous de nous en occuper. Mais comme Buster n'écoute jamais ce que je lui dis, j'ai dû parler moi-même à Kevin le soir venu. Je lui ai annoncé notre décision qu'il quitte son groupe d'amis, que nous le regrettions, mais que c'était pour son bien. Que croyez-vous qu'il fit, Monsieur Ingham ?

— Il a fugué ?

La dame a eu un mouvement de recul, faisant sursauter le mari.

— Grand Dieu, non ! Nous l'avons tout de même mieux élevé que ça ! Mais il a appelé un "ami" que nous ne connaissions ni d'Ève ni d'Adam puis il nous a prévenus qu'il partait dormir chez lui, nous laissant une adresse tout de même, et une demi-heure plus tard ils se sont envolés sur l'une de leurs machines trafiquées pétaradantes... Bouh ! Que j'abhorre ces engins-là, si peu sûrs, de nos jours...

— Quel âge a-t-il, Kevin ?

— Seize ans, c'est marqué là, sur le rapport du psy, en double...

— Vous le soupçonnez d'hébéphrénie ?

La femme et le mari se sont regardés comme des marionnettes surprises, avant de clamer de concert :

— C'est une forme de sodomie ?

Je n'ai pas pu me retenir de rire.

— Mais non, Madame et Monsieur McKenna : l'hébéphrénie est un trouble schizoïde relativement fréquent chez les adolescents, lié à la puberté, voilà pourquoi je posais la question.

— Oh... En fait, le psy est un ami : nous lui demandons de rencontrer Kevin régulièrement afin d'évaluer si nous nous comportons en bons parents.

— Très bien. Kevin est donc parfaitement sain, vivant dans un foyer équilibré, cependant il n'est pas rentré, l'adresse était fausse et vous me demandez de le retrouver, c'est cela ?

L'homme a reçu une claque sur les cuisses.

— Buster ! Nous n'avons même pas pensé à vérifier

l'adresse de son ami ! Nous sommes des parents décidément trop confiants !

— Oui, ma douce...

— Vous avez raison, Monsieur Ingham : nous allons y remédier. Mais Kevin est bien rentré au matin, c'était seulement pour vous expliquer les circonstances de l'accident.

— Un accident ? Quel accident ?

— Le lendemain, au moment de traverser, Kevin a lâché ma main et s'est littéralement jeté sous un Aérotransbus.

— Vous demandez à votre enfant de vous... tenir la main ?

— Voyez comme c'est inutile ! L'Aérotransbus était déjà lancé vers Stockholm – ils conduisent comme des fous ! – il est arrivé par la gauche et Kevin ne l'a pas vu. Il clame même que je lui aurais dit d'y aller ! Vous imaginez, la mère indigne ?

— Et lui, comment va-t-il ?

— Bien. Une côte fêlée et un bon évanouissement, c'est tout. Mais nous pensons que ce ne serait pas arrivé avant que ces jeunes n'introduisent toutes sortes d'idées bouleversantes dans sa tête.

— Avant... C'était toujours mieux "avant"...

— Ah, vous êtes de notre avis ! Kevin est donc désormais confiné à sa chambre, en dehors de l'école et de la messe, bien entendu.

Quelque part, dans le flot de ces paroles, je m'étais noyé.

— Mais alors que puis-je faire pour vous ?

— Nous voudrions que vous surveilliez notre Kevin, Monsieur Ingham. Et peut-être que vous lui fassiez part de votre expérience d'adulte responsable, en une sorte de tuteur. Voyez-vous, il a perdu son parrain il y a déjà quelques années...

La femme se tordait les mains, j'ai cru qu'elle allait étouffer son Buster.

— Moi, en tant que nouveau parrain ? Mais vous ne me connaissez même pas !

— Nous connaissons votre réputation ! Vous nous avez été chaudement recommandé...

— Ma réputation ? Mais qui...

— Tttt ! Ttt ! Tt ! Nous resterons discrets...

J'hallucinais totalement.

— Mais enfin qui…

— Monsieur Ingham ?

Un nouveau type en combinaison bleue venait d'apparaître à ma porte, s'invitant sans frapper. Ça, c'était un changement.

— Attendez, je n'ai pas terminé avec ces Messieurs-Dames.

— Au nom de NumériCâble et de ses 1 800 000 employés, je suis heureux de vous remettre ce bel appareil flambant neuf ainsi qu'un crédit gratuit de cinc minutes de communication qui fera le bonheur de vos futurs correspondants ! Félicitations à vous !

Le gars m'a tendu la main, mais je n'ai pas eu le temps de la serrer qu'il disposait un Numéri sur mon bureau et configurait la ligne à mon identité.

— C'est fait ! Je vous souhaite d'excellentes communications, Monsieur Ingham ; bonne année ! Bonne année à vous aussi, Madame !

Le petit mari a esquissé un geste d'au revoir qui a été totalement ignoré.

Je possédais désormais un putain de Numéri, gagné au prix d'une vie ! Olga était morte pendant ma dernière communication, et l'appareil maintenant collé devant moi était bien la preuve que les trois derniers mois n'avaient pas eu lieu que dans mon esprit malade, mais aussi dans diverses entreprises à travers le monde, comme celle du calendrier ou de NumeriCâble par exemple… Or, si j'en jugeais par le défilé actuel dans mon uniburactif, quelqu'un avait retiré mes dix clients de leur fatalité temporelle pour les replacer ici sans le moindre souvenir, comme une plaie bien recousue. Et Ella ? Qu'avait-on fait d'elle ? De quoi pouvait-elle se souvenir, pour m'avoir de nouveau accueilli dans son lit ?

— Très bien, Madame, Monsieur McKenna : je prends votre affaire, soyez rassurés. Simplement, laissez-moi un petit peu de temps, je suis déjà très occupé…

— Oui, nous avons vu.

— Je vous rappellerai… à l'aide de ce magnifique Numéri !

La grosse dame s'est levée, faisant glisser son Buster à terre. Elle paraissait satisfaite – plus que la première fois –, mais pas entièrement. Au moment de me saluer, elle a esquissé :

— Peut-être pourriez-vous...

— Quoi ?

— Vous êtes croyant, Monsieur Ingham ?

— Ça dépend.

— Nous pourrions vous présenter Kevin après l'office, dimanche prochain ?

— Je vous tiens au courant, Madame McKenna !

Je n'ai pas su où mettre mes mains pour la pousser hors de mon buractif, je l'ai donc laissée s'en extirper. Et j'ai fait rentrer mon client suivant.

Après Iyle Sarendipiti, ça a évidemment été le tour du petit dernier : mon copain le Chinois, le nerveux. J'ai respiré un grand coup, je savais que je devais passer par cette rencontre et j'avais déjà décidé de l'accepter.

— Installez-vous, je vous en prie.

Il était à peine assis qu'il remuait déjà sur mon tabouret, en proie à un stress patent. Il n'était pas plus à l'aise ici que dans le couloir.

— Ça ne va pas ?

— Mon fils a été violemment assassiné et je veux le venger !

Une grosse boule m'est remontée en travers de la gorge, je ne pouvais plus ni avaler ni respirer. Mais c'est lui qui a craqué, fondant littéralement en larmes, laissant ainsi s'échapper le poids accumulé de son ressentiment.

— Je n'en peux plus, Monsieur Ingham ! Je ne dors plus, je ne mange presque plus ; un père ne devrait jamais avoir à enterrer son fils !

Je me suis repris. Il fallait avancer.

— Cela s'est passé il y a combien de temps, Monsieur... Monsieur ?

— Sei Chin. Mon enfant s'appelle... s'appelait Fang ; il est mort en mai dernier.

— Et depuis huit mois, vous ne dormez pas !?

Il a relevé vers moi des yeux gonflés. OK.

— Et la police ?

— Ils disent qu'ils ne peuvent rien faire tant que le couteau n'aura pas été retrouvé.

— Il s'agit d'un couteau ??

— Oui.

Je me suis appuyé contre le fond de mon siège. J'ai

cru pouvoir répondre moi-même à la suite de mes questions.

— Quel âge avait Fang ?

— Sept ans.

— Et quel jour est-il mort, exactement ?

— Le 24. Le 24 mai

— Il aimait la cu sine ?

— Non, la musique plutôt. Il était chanteur. Si vous pouviez entendre sa voix, Monsieur Ingham… Une pureté, une innocence… pourtant il nous en faisait voir, croyez-moi !

— Pas tellement obéissant, alors ?

— Oh non ! Même complètement désorganisé, si vous voulez savoir : il semait le bazar partout où il passait, incapable de se souvenir où il avait posé telle chose ou rangée telle autre. On aurait dit que l'instant d'avant n'importait absolument pas. Mais avec ma femme, nous avions appris à vivre dans ce désordre, et à l'aimer. Pour Fang, rien ne comptait plus que de chanter. Il arrivait à transformer ces moments-là en pure magie, et à nous faire oublier tout le reste. Il avait vraiment du talent !

— Les mômes sont incroyables ! Le mien faisait des gâteaux trois fo s par semaine ; l'odeur était si imprégnée jusque dans les murs que nous avions l'impression de vivre dans une maison en pain d'épices !

— Vous avez des enfants aussi ?

— Euh… oui.

Un lourd silence est retombé après ma réponse et notre petite flambée d'enthousiasme. Je ne savais plus comment enchaîner. Sei Chin l'a fait pour moi :

— Je sais que je ne devrais pas me plaindre, Monsieur Ingham : j'ai encore deux filles magnifiques et je les aime tendrement, seulement, sans vouloir faire de favoritisme, Fang était le premier, mon fils…

— Comment se fait-il que la police n'ait rien trouvé ?

— Oh, je n'ai pas dit qu'ils n'avaient aucune piste, simplement notre trippartement étant déjà un tel fouillis, ils en ont peut-être trop…

— Attendez ! Ce ne sont pas des amateurs, entre les forces de l'ordre et les compagnies d'assurances, ils sont capables de faire le tri et de déceler les corps étrangers ! Et puis tous les meurtres ne se ressemblent pas, il doit bien y avoir des analogies avec d'autres cas ? Enfin,

Monsieur Sei Chin, je ne peux pas faire le boulot à leur place !

— Je sais. Mais si je n'ai plus d'espoir, comment je fais ?

L'espoir...

— Vous m'avez annoncé en proème vouloir vous venger ?

Ses yeux se sont rallumés.

— Oui !

— Si je trouve l'assassin de votre fils, qu'allez-vous faire ?

— Je ne peux pas vous le dire, je ne veux pas vous impliquer, du moins pas plus que la légalité ne vous y autorise.

Chacun de mes clients avait une vision différente de ce que pouvait faire – ou pas – un détective, comme chacun apportait ses lunettes déformantes à sa vision de la vie et l'assumait avec ses propres responsabilités. Les intentions de Sei Chin étaient claires, même si je n'en connaissais pas les modalités. Sa morale lui appartenait et j'étais bien placé pour respecter son choix. Je n'étais pas certain, cependant, qu'il sache combien la vengeance n'allégerait point sa peine. Mais je n'allais sûrement pas le lui dire.

— Vous connaissez mes honoraires ?

— Oui.

— Je n'émets pas de carte de fidélité.

— Voici votre acompte, en tickets. Comment comptez-vous procéder ?

— Je passerai chez vous pour commencer, Monsieur Sei Chin. Je suppose que tout s'est... terminé... là-bas ?

Il a hoché mollement la tête, plusieurs fois.

— Allez dormir, à présent. Je prends votre relais.

C'est alors qu'un souvenir m'a frappé :

— Oh, dites-moi : vous n'aviez pas l'intention de partir en voyage, cette nuit ?

— Non, ma femme et mes filles m'attendent chez moi.

— Un conseil : restez-y !

— Merci, Monsieur Ingham.

— il ne faut jamais remercier les gens avant qu'ils n'aient accompli quelque chose pour vous.

— J'ai l'impression d'avoir été compris, c'est déjà beaucoup.

Psy. J'aurais dû faire psy.

Non, je n'aurais jamais tenu : une fois Sei Chin parti, la soif m'a rattrapé, me piquant sèchement la gorge. L'Aquarius... !

J'étais en vie, je pouvais aller m'en jeter un à l'Aquarius, non ? J'ai attrapé mon imperméable et je l'ai enfilé en descendant le couloir avec hâte.

Une minute ! N'étais-je pas revenu au moment où une bonne femme me poussait sans raison sous un Taxispace ? J'aurais été bien avisé de porter mes visionets avant que ça ne se produise, cette fois ! Je suis retourné à mon buractif, en ai rouvert la porte, ai fouillé mes tiroirs : rien. Seuls subsistaient mon LCO, quelques cigares et divers papiers. J'ai tâté mes poches : pas de visionets. Où les avais-je laissées, la dernière fois ? Ici, pourtant, le soir du grand chaos où François Milan avait été tué... François Milan que j'avais de nouveau salué à peine deux heures auparavant... De quoi pouvais-je être certain, désormais ?

Je n'étais pas rassuré. J'ai refermé derrière moi précautionneusement puis je me suis glissé dehors, dans la rue. Il n'y avait qu'un pauvre bélître sur le proche trottoir, reclus dans un coin au pied de la pépinière d'entreprises, s'approchant plus de la taupe creusant son tunnel que de moi. Pas de menaces de sa part. Au loin, j'ai aperçu le petit vieux qui était venu me relever ; il s'approchait tranquillement. Mais de bonne femme, point. J'ai soufflé. Sans visionets, il allait me falloir apprendre à vivre dangereusement.

Je me suis dirigé vers le Fusili, direction Grand-place.

Avoir des habitudes avait quelque chose de bon : cela me conférait une identité, un point de référence auquel me raccrocher. À défaut de savoir encore vraiment qui j'étais, je savais ce que je faisais.

— José, un ginço, s'il te plaît !

— Et un gin-goyave, un !

La routine allait dans le même sens, me suis-je dit. Et c'était ce qui me perturbait le plus, avec Ella et cette histoire de nuit dernière : je pouvais me représenter au moins trois scénarios plausibles sur ce qui s'était passé, mais je n'avais aucune idée précise d'où nous en étions arrivés à présent, elle et moi, dans cette réalité.

Mon gin-goyave s'est matérialisé devant moi, tout rose

et glacé dans son verre antique.

— José, dis-moi…

— Et un gin-goy…

— Non, non, non ! Essaie de te souvenir : quand suis-je venu ici, la dernière fois ?

— La dernière fois ? Mais hier soir, mon pote, avec ce joli brin de fille, ouh !

— Et nous sommes sortis ensemble ?

— Non, elle la première, en laissant claquer ses hauts talons : la grande classe ! Tu étais tellement perturbé que tu m'as laissé des tickets à la place de ta carte de fidélité, mais c'est OK, j'ai fait le transfert, ne t'inquiètes pas.

— Ah, merci.

— C'est normal ! Ça servirait à quoi d'être un habitué, sinon ?

— C'était justement la question que je me posais.

Hier… J'étais seulement rentré hier de ma dernière escapade en 2006, où mon père avait repris mes fautes à son compte, me libérant définitivement d'une culpabilité que je n'aurais jamais du porter. Hier, j'avais discuté papiers avec Ella pour son magasin de fleurs et j'avais couru derrière elle. Quelque chose avait changé dans mon histoire aussi puisque, cette fois, j'avais réussi à la rattraper pour finir dans son lit au lieu d'aller aux microputes… Hier, donc… Où étaient passés les trois derniers mois me séparant de mon propre souvenir ? Avaient-ils fini dans la même poubelle temporelle que les jours perdus à l'autre extrémité du trou de ver ? Ou avaient-ils été avalés par l'immense trou noir qu'était devenue ma vie ?

Mon corps, mes cellules avaient vieilli, mais ce que j'avais vécu n'était inscrit nulle part. À la place se trouvait une suite d'évènements que je m'apprêtais à revivre, ou peut-être à changer.

Je me suis tourné vers le premier cyberactif à ma portée et j'en ai fixé l'écran de deux yeux anxieux. Prier ne servait à rien. Me concentrer sur ce que je voulais voir – ou plutôt sur ce que je ne voulais surtout pas y voir – ne changerait rien. Ce qui était au-devant de moi n'était pas irrémédiablement écrit, mais ne dépendait plus de moi. Seule l'attente comptait.

Les nouvelles de -2 se sont amorcées. J'ai saisi mon

gingo et bu une rasade résolue.

Informations sur le monde, débats politiques, discours évangélistes, bla, bla…

En quoi le fait de n'avoir refusé aucun client, cette fois, allait pouvoir changer la face du monde ? J'avais agi positivement, soit, mais à part moi, qui cela impliquait-il ?

Actions écologistes, destructions successives, programmes d'interdictions, bla, bla…

Ce n'était pas la première fois que la vie m'offrait une seconde chance : avec mon père, avec Ella… Mais elle l'avait toujours reprise, me laissant seul avec mes désillusions.

Percées de la physique, découvertes dans le cosmos issues des implantations, bla, bla…

Nous y étions presque. J'ai lâché mon verre antique.

Nouvelles régionales, indices de vie, produits de consommation, bla, bla…

Allez !

Rubrique nécrologique :…

Rien.

Rien ! Pas de meurtres, pas d'accidents aujourd'hui ! Tout le monde avait survécu, moi compris ! Youpi ! J'ai reçu ce cadeau comme un signe, qu'avec cette nouvelle année tout allait enfin changer !

— José, un lait-fraise !

Humblement, j'ai porté un toast à la vie.

J'ai fait durer le plaisir autant que j'ai pu, penchant mon verre au-dessus de ma bouche ouverte pour y faire tomber la dernière goutte, léchant le pourtour imprégné du mélange sucré et cristallisé, jouant avec le cercle de condensation formé sur le zinc. Ainsi, je suis resté à l'Aquarius aussi longtemps que possible. Jusqu'à ce que je ne puisse plus tergiverser, que cette fois, indubitablement, ça y était, le moment était bien arrivé : je devais y aller.

Il me suffisait de sauter au bas de mon tabouret, hop, de mettre un pied devant l'autre, de prendre le Fusili et zou ! Je serais chez moi. Chez nous. Où Ella m'attendait…

Ella… J'avais tellement rêvé la retrouver. Plus mes échecs s'accumulaient au cours des deux dernières années et plus mon envie grandissait, se transformait en une sorte de phantasme, quittant bientôt la réalité pour recréer une Ella parfaite dans un lieu idyllique en compagnie de son prince charmant retrouvé. Être avec elle n'était plus du domaine du possible, je ne m'y étais donc pas préparé. Qu'avait-on encore en commun ? Qu'aurait-on à se dire ? Ne ferais-je pas mieux de fuir ?

J'ai fini par tendre ma carte de fidélité à José puis à quitter son bar. Ella n'était plus une éventualité, mon choix avait déjà été fait. Résolu, j'ai hélé un Taxispace – histoire de changer du Fusili prévu – qui m'a emporté à travers la ville comme une étoile filante, en route vers mon destin.

Pour me rassurer, je me suis laissé guider par l'essence positive de cette journée : tout ne pouvait qu'aller mieux, désormais ; une bonne aspiole veillait sur moi.

Allez, Ingham, tout ira bien.

C'est ce que j'étais en train de me dire lorsque j'ai aperçu la silhouette.

Un homme marchait sur la route...

— Stop ! Arrêtez-moi ici !

La portière s'est ouverte, je suis descendu. L'homme était à quelques pas devant. J'ai hésité, évidemment, à le rattraper, ne voulant pas briser trop vite un espoir tout neuf, mais je n'ai pas pu empêcher ma main d'avancer, d'aller se poser sur lui, de le toucher. Naturellement, l'homme s'est retourné et il m'a souri : c'était Eugène McCormick !

CHAPITRE 3

2069

You can not change your past.

Je me suis jeté dans ses bras. J'ai retrouvé l'odeur de poussière du cabanon mêlée à celle du Perchlorure de fer de ses expériences. C'était bien lui !

— Bon sang, Eugène : tu m'as tellement manqué !

Je l'ai serré encore contre moi, palpant cette enveloppe de chair et d'os.

— Ce fut un long voyage jusqu'ici, n'est-ce pas Viktor ?

— Tu plaisantes ? Ça fait quoi... quatre-vingt-trois ans qu'on ne s'est vus, à peine ?

— Allons, je n'ai pas tant vieilli : seulement vingt-trois d'après mes tablettes !

Eugène McCormick avait clairement les traits plus marqués. Comme chez beaucoup de vieux, le nez et les oreilles avaient continué à pousser, tandis que ses longs cheveux blancs s'étaient clairsemés. Quelques rides et plissements étaient arrivés avec l'âge au front, aux creux des joues, au menton. La sérénité avait remplacé la fougue d'antan dans ses yeux.

— Tu as changé, quand même. Qu'est-ce qui t'a retenu si longtemps ?

— Ce n'est pas moi qui ai mis du temps à venir, Viktor, mais toi à arriver.

— Ah, l'invitation a dû se perdre en route, alors, avalée elle aussi par un trou noir, probablement.

— Oh non, je ne crois pas : c'est plutôt celui qui l'avait lancée.

— Mais de qui parles-tu, Eugène ?

— D'un petit enfant dont les espérances ont été déçues.

J'ai empoigné McCormick à deux mains.

— TÉLÉMAQUE ? Tu as vu Télémaque ? Tu sais où il se trouve ?

— Non, Viktor, non. J'ai appris pour ton fils, je sais combien il comptait pour toi, mais tu ne peux pas changer ce qui est arrivé.

— Si ! Télémaque est vivant, il me l'a écrit ! Écoute, c'est incroyable que tu reviennes maintenant, car figure-toi que ta propre invention l'a sauvé : tes portillons de voyage instantané !

— C'est impossible, Viktor.

— Pas du tout ; on croirait entendre Ella ! Télémaque s'est créé un clone de lui-même, comme avec tes théières à becs, et il est en réalité ici, quelque part, autour de nous ! C'est formidable, non ?

McCormick m'a repoussé, doucement, mais fermement. En maintenant mes épaules à distance, il m'a regardé droit dans les yeux. Ce n'était plus un regard pédagogue, comme par le passé, mais celui de la douleur crue.

— Ecoute, Viktor : j'ai voulu te prévenir, avec ménagement, qu'après toutes ces années je n'étais pas mort ; c'est moi qui t'ai adressé ce message.

Un mur de béton armé m'a frappé de plein fouet, me coulant en lui, avec ses graviers, ses tiges métalliques : elles me sont rentrées dans les os, traversant mon crâne, transperçant ma chair, m'arrachant des hoquets bileux. Le savant me tenait, m'empêchant de tomber.

— Télémaque... n'est pas...

— Je suis désolé, Viktor. Désolé.

— MAIS POURQUOI ? SI MÊME LE TEMPS N'EST PLUS UN OBSTACLE POUR MOI, POURQUOI LE SERAIT-CE ENCORE POUR LUI ?

Mon cri s'adressait à l'univers, mes poings aussi. Il n'était pas question que je martèle le corps de celui qui avait été mon père spirituel, à présent si vieilli, et qui était bien innocent.

J'ai plissé les yeux, laissé mon abdomen se contracter, mais aucune larme n'est venue. Je ne savais toujours pas pleurer mon fils.

Eugène McCormick a soupiré doucement comme pour m'inciter à inspirer l'air de nouveau, puis il a baissé le regard.

— Je comprends ta peine mieux que tu ne l'imagines, mon petit Viktor. Si nous avons été séparés pendant plus de vingt ans, c'était justement pour me permettre de résoudre cet apore. Mais en vain. Je n'ai appris qu'une chose : tu ne peux changer ton passé.

— Où étais-tu, Eugène ?

Il a esquissé un geste vague, puis un sourire malicieux, avant d'éluder la question.

— Viktor : serais-tu, par le plus grand des hasards, frappé comme moi-même ici présent d'une légère tendance à la dipsomanie ? Une paille te siérait-elle ?

— Oui, mais je te préviens : je n'ai encore atteint que le niveau de simple alcoolique ; je ne sais pas si je pourrai te suivre !

— Il n'y a point de bar suffisamment éloigné que le buveur orbicole ne sache atteindre !

— Tu parles comme les gens d'aujourd'hui ; tu ne devais vraiment pas être bien loin durant tout ce temps…

— Viens !

Nous sommes tombés sur un bar au onzième étage d'une tour, dont le propriétaire devait être un admirateur de Dali : il avait couvert les murs d'immenses fresques, sur lesquelles étaient remodelés et disproportionnés les tableaux déjà gratinés du maître. Le serveur portait des moustaches à l'image de l'artiste, il a amené nos cocktails sur des talons hauts. Tout était dans le style.

— À nos retrouvailles !

— À la tienne, Eugène !

J'ai essayé de me détendre, d'effacer les dernières crispations, laissant la joie des retrouvailles faire surface tout doucement.

— Tu comptes rester un peu, ici ? Je suis certain qu'Ella serait heureuse de te voir et de te savoir en vie.

— Oui. Comment va-t-elle ?

— Je ne sais pas vraiment. C'est comme si elle avait surmonté la perte de Télémaque et qu'en même temps elle était revenue en arrière, à sa majorité, tu te souviens ? Lorsqu'elle voulait tout découvrir, tout expérimenter, et avec quel enthousiasme !

— Hmm, une sorte d'euphorie avant la crise, tu penses ?

— Dans son cas, ça a plutôt été l'inverse, alors je ne

peux rien prévoir. Elle compte monter une boutique de fleurs, en attendant ; c'est plutôt chouette, non ?

— Ella se réincarnerait en Gerberas si elle en avait l'opportunité.

— Des pétales orange avec un cœur rose ; elle serait si jolie !

— Et toi en gum tree, pour la protéger sans l'étouffer à l'ombre de tes feuilles éparses et la caresser de ton écorce douce comme de la peau ; c'est ce que tu m'avais dit en rentrant de Melbourne.

— Eugène, bon sang... C'est toujours vrai aujourd'hui, tu sais. Je suis encore fou de cette fille !

— Et elle aussi ?

— Je ne sais pas.

— Et elle aussi.

Tout en me couvant du regard, il a saisi sa paille avec assurance et en a sucé l'alcool d'une traite, marquant son point.

— Tu me rappelles mon père, des fois, à affirmer des trucs sans savoir...

— Ton père n'avait pas que de mauvais côtés. Mais s'agissant d'Ella, il se trouve que j'ai une bonne raison de le croire.

Mon cœur a jailli de la poitrine ! J'étais comme ça : un type que je n'avais pas vu depuis vingt ans m'annonçait une vérité que seule l'intimité aurait pu révéler et je bondissais quand même d'espoir, naïf.

— Quoi ? Laquelle ? Qu'est-ce que tu en sais ?

— C'est grâce à Ella si tu as obtenu tous ces clients.

J'ai eu un mouvement de recul. Ma mémoire pointait vers un souvenir qui n'avait pas forcément eu lieu.

— Ella m'avait annoncé au Numéri être « en partie » responsable... Je ne pouvais pas la croire : elle déteste mon métier, elle me l'a dit... et puis tous ces meurtres... ton message sur le mur... Qu'est-ce qui est vrai et qui ne l'est pas ? Eugène, qu'est-ce que tu fous là-dedans ?

— Attends, les choses peuvent te paraître un tantinet plus compliquées qu'elles ne le sont véritablement... OK, Ella a seulement incité l'un de tes clients à venir te consulter et disons que j'ai profité de l'occasion pour pousser les autres derrière...

— Bon, tu racontes ou pas ?

J'ai extirpé deux cigares de mon imper, m'en fourrant

un impatiemment dans la bouche et le mâchouillant presque avant de l'avoir allumé, tendant l'autre à McCormick, qui a pris tout son temps pour le flairer, le bougre !

— Oh, Eugène... !

Il a fini par accepter mon allumette et tirer une bouffée.

— Ella croisait souvent Alain Jydiowiscz dans son couloir et une fois, sa tante Olga est venue avec son chat, Bernard. Ella l'a pris dans ses bras naturellement. Ce n'était qu'un geste anodin, de la part d'Ella, mais à l'époque où nous vivons, n'importe qui aurait pu y voir un acte d'agression directe, une invite sexuelle, que sais-je encore... Olga, pour sa part, a été touchée par cet acte simple, empli de cœur et d'attention pour la vie. Elles ont sympathisé le temps d'un après-midi et Alain s'en est souvenu. Lorsqu'Olga et Bernard ont disparu, c'est devenu un peu le sujet qu'ils avaient en commun : Ella demandait des nouvelles et Alain lui répondait par la négative. Tu le sais, devenir Naturopathe n'était pas qu'une simple vocation destinée à braver son père, de la part d'Ella, mais faisait partie de son tempérament de sauveur. Soigner les autres est dans son caractère. Elle a donc cherché une solution au désespoir d'Alain et tu lui es naturellement apparu. Non pas qu'elle ait vraiment cru en tes capacités de détective, Viktor, je t'accorde cette moue dubitative, mais au moins pensait-elle redonner l'espoir à son voisin de palier. Lorsque ce dernier s'est décidé, j'ai suggéré à mes propres contacts d'en faire autant, recommandant à chacun indépendamment de venir le même jour, leur laissant croire que c'était celui où tu aurais le plus de disponibilité dans ton emploi du temps surchargé ; petit coup de pouce marketing. Et puis voilà !

— Voilà quoi ? Eugène, je peux te demander comment tu t'es retrouvé au milieu de cette scène, entre Ella et ce type ?

— J'étais là en tant qu'observateur... invisible.

— Oui, mais "comment" ?

— N'as-tu point senti toi-même, à plusieurs reprises, une présence dans ton dos ? Une impression de familiarité dans l'air ?

— C'était toi ? Au début, j'étais persuadé que c'était

mon père...

— Ne prends pas cet air déçu : oui, ce n'était QUE moi !

— Arrête, Eugène : ta présence me remplit de joie, ce n'est pas cela... Simplement, avec mes maux de ventre chroniques et ce message sur le mur, j'avais fini par croire que mon fils m'entourait en fait depuis le début. Laisse-moi deux secondes pour digérer la perte de mon dernier espoir...

McCormick a fait signe au serveur monté sur talons aiguilles de nous apporter deux doubles pailles. Il nous fallait bien ça.

— Pourquoi m'avoir collé neuf clients en même temps ? Alain Jydiowiscz m'aurait suffi, pour commencer.

— Tu viens de le dire toi-même : pour l'espoir, Viktor.

— Quoi, l'espoir ? Je ne suis pas curé ; je suis un bouquiniste reconverti en détective !

— Laisse-moi te raconter une histoire...

— OK, d'accord : il était une fois...

— Oui, il était une fois un petit garçon...

— Très gentil et très malléable que ses parents aimaient donc beaucoup !

McCormick m'a regardé, non pas agacé par mes petites interruptions moqueuses, mais au contraire avec une certaine compassion. Parfois, l'émotion passait dans des choses anodines, un mot, un geste, engendrant une connivence inattendue. Nous avons tous deux avalé une rasade.

— En fait, c'est l'histoire d'un garçon et d'un Sombrero.

J'ai de suite beaucoup moins rigolé.

— Le chapeau était noir, fait en papier à dessin épais. Nu, il ressemblait plutôt à un presse-citron géant, mais couvert de ses gommettes, il faisait l'effet d'un véritable ornement de fête !

— Des gommettes vertes et jaunes...

— Oui, et le cordon était tressé en fils de laine.

— Noir et orange.

— C'est assez idiot, mais le tout jeune garçon a sacrifié volontairement des heures de jeu avec le garage à petites automobiles de l'école pour peaufiner à la place la décoration du Sombrero : il en a couvert le bord de fines bandes obliques, s'agençant tout autour comme des dents de requins colorées, puis il a découpé des ronds et des carrés qu'il a collés éparpillés sur le cône. Pour son créateur, ce Sombrero était reconnaissable parmi les dizaines d'autres, i le reprenait à chaque répétition de la danse de fin d'année puis il le rendait à la maîtresse qui les empilait dans un placard de la classe. C'était son Sombrero.

» Le jour de la fête de l'école, le garçon s'est demandé si ses bottillons marron suivraient avec son chapeau, mais c'étaient ses chaussures préférées, il les a donc lacées, avec un double nœud pour être sûr de ne pas tomber sur scène, lors de la danse. Il est arrivé avec ses camarades de classe juste à temps près de l'estrade. La maîtresse s'énervait dans les coulisses, ça allait bientôt être leur tour et personne n'était habillé, il fallait se dépêcher. Le petit garçon a enfilé comme les autres son poncho cousu par leurs mères, puis il est allé se positionner derrière le rideau tiré. La maîtresse est passée, elle a distribué les couvre-chefs à la volée, le hasard s'est défilé. « Madame ! C'est pas mon Sombrero ; mon Sombrero c'est celui-là... » Il n'osait pas quitter sa place, il a désigné son camarade qui n'a pas non plus bougé et sur le visage duquel il a cru déceler un sourire moqueur. « Madame, c'est pas le mien ! » « Quoi, Viktor ? La danse va commencer ; un chapeau ou un autre, ça n'a pas d'importance : tu le récupéreras après. Allez ! Tenez-vous prêts et faites honneur à votre maîtresse ! »

» La danse achevée, les applaudissements ont retenti, les mamans se sont précipitées pour récupérer l'attirail de leurs gamins et dans la frénésie accompagnant le changement de classe sur scène, le Sombrero a disparu. Viktor est resté avec celui qui lui était inconnu.

Eugène McCormick a fait une courte pause ingestive. J'avais bloqué ma respiration tout le temps où je l'avais écouté ; j'ai donc soufflé et me suis enfoncé dans le siège cuivré à trois pieds de girafes. Ça faisait vraiment un drôle d'effet d'entendre sa propre histoire quarante ans après l'avoir vécue. Malgré l'alcool, j'avais à présent l'esprit parfaitement clair. J'attendais la suite.

— Vois-tu, Viktor, je ne suis pas non plus psychologue ; je suis physicien. Mais je te connais, je sais combien tu t'étais attaché à ce Sombrero. En te le retirant, on a séparé du même coup ton affection de son objet. Ensuite, on t'a empêché de mettre une cause juste sur ta souffrance : « un chapeau ou un autre, ça n'a pas d'importance. » Ton ressentiment devenait injustifié. On t'a retiré la raison de te plaindre. Ta colère immédiate n'a trouvé que la vengeance différée comme issue.

— Tu parles ! Ma première idée avait été de casser la gueule à ce type qui conservait mon chapeau, mais les grandes vacances passées, je n'avais jamais trouvé le prétexte ou l'occasion de le faire. Ensuite, j'avais pensé aller sonner chez sa mère pour réclamer mon bien, puis même à voler chez eux, mais je ne l'ai jamais fait…

— Non, tu as toujours différé, remettant à plus tard le moment d'exprimer tes sentiments. Je crois que c'est à partir de cet âge-là que tu t'es réfugié dans l'imaginaire, occupant ton esprit par une disquisition sans fin, élucubrant des scénarios bientôt renforcés par tes lectures incessantes.

— On dirait que je suis tombé sur la famille idéale pour cela…

— Ou peut-être ton père était-il libraire parce que lui-même n'arrivait pas à exprimer ses sentiments ?

— Tu as une théorie sur ma mère, aussi ?

— Ne parlons pas de ta mère pour l'instant, si tu veux bien…

McCormick s'est un peu renfrogné. Ses yeux se sont mis à tourner pour remettre de l'ordre dans ses idées.

— Suivons le fil de la logique Viktorienne, si tu le veux bien : afin de justifier ta recherche intellectuelle, il t'a fallu la rendre cohérente avec tes actes ; l'empêchement de ressentir s'est mué en un empêchement d'agir – une véritable cohibition globale – et le destin du petit Viktor s'est scellé : tu chercherais ta vie entière un exutoire à ta vengeance sans jamais en ressentir l'apaisement.

J'ai levé la main.

— Attends une seconde, Eugène : tu trouves que je n'ai rien fait, depuis quarante-cinq ans ? J'ai l'impression d'avoir été pas mal occupé, au contraire !

— Oui, tu es resté très occupé, Viktor, indéniablement : à toujours prévoir l'instant suivant, à contrôler que les choses se passent bien comme tu les avais imaginées, mais surtout à jeter tes propres initiatives au panier afin de ne pas te tromper et ainsi de t'assurer que tes espoirs ne soient plus jamais déçus. De la routine, des habitudes et du moutonnement.

— C'est faux ! Je me suis lancé énormément de défis personnels : le théâtre, l'Australie, être père, devenir détective... Enfin, tu débloques !

— Tu as abandonné le théâtre ; tu as attendu qu'Ella te propose l'Australie pour la suivre ; là-bas, tu as eu toutes les opportunités du monde qui s'offraient à toi, mais tu as préféré rentrer chez ton père pour être libraire ; tu as attendu qu'Ella soit prête à être mère ; et quoi d'autre ? Ah oui, détective... un métier dans lequel tu fais tout pour ne pas réussir depuis deux ans déjà.. Mais il n'y a pas encore échec pour autant, n'est-ce pas ? Tant qu'il n'y a pas d'échéance, tu ne peux pas dire avoir raté, il y a toujours de l'espoir que les choses changent.. Mais dis-moi, Viktor : quand comptais-tu te venger, au juste ? Tu avais prévu une date butoir ? À dix-huit ans ? À quarante-cinq peut-être ? Plus tard encore ?

— Arrête, Eugène...

— Je vais te le dire, moi : l'espoir du petit garçon s'est transformé en désespoir chez l'adulte faute de n'avoir jamais été comblé et aujourd'hui tu ne sais plus ce qui compte vraiment pour toi, ce qui te maintient en vie. Tu n'es pas capable de te battre pour une femme qui t'aime, même pas de pleurer un fils que tu as perdu : tu continues à encaisser, encore, et à te fixer des objectifs ; à prévoir, à contrôler, pour survivre, mais sans rien régler.

D'un mouvement de l'avant-bras, j'ai balayé les pailles, les cendriers, les cigares qui recouvraient la tablée.

— Qu'est-ce que tu aurais voulu que je fasse ??

— Même ce geste était calculé... Incapable de sentir cette colère que j'ai soulevée en toi...

Je me suis levé pour lui coller une baffe.

— Voilà qui est mieux ! Du spontané, Viktor ! Tu me demandes ce que tu aurais pu faire : être toi-même, réagir avec ta personnalité... Qu'en penses-tu ?

Un énorme vide m'a envahi, comme un blanc dans mon esprit à la place des images qui y tournaient en permanence. Plus de réponses, plus de suggestions. Mon cerveau avait fini par cramer.

— Je ne sais pas, Eugène... Comment ?

— N'as-tu pas trouvé tes dix clients très... inspirants ?

C'était donc là où il voulait en venir ! L'étincelle m'est revenue.

— Neuf clients ; le mari ne comptait pas !

— Sept affaires résolues... ou du moins, traitées ; deux en attente. À la lumière de ce que je viens de te dire, comment me les décrirais-tu, l'une après l'autre ?

Comme si mon inconscient avait déjà fait le travail, ma mémoire a réorganisé mes dossiers, les ordonnant selon leur importance croissante de mon point de vue.

— D'accord : ma première réaction, étant petit, aurait pu être de gueuler, tout simplement ! Réclamer mon Sombrero à cor et à cri, risquer de faire échouer la danse pour obtenir satisfaction.

— Oui, mais en contrepartie...

— J'aurais fini comme l'archimoderniste, jugeant et critiquant à tout va pour prévenir de me faire enculer par mégarde !

— Voilà, Viktor, nous y sommes. Déroule, à présent.

Mes pensées s'enchaînaient. J'avais toujours su.

— Ensuite, j'aurais pu observer les autres, voir comment eux auraient réagi dans une telle situation pour m'y conformer, tel le voyeur, mais qui au final ne sait plus que vivre à travers les autres. J'aurais pu aussi me gonfler l'ego par vengeance, surpasser mes tortionnaires jusqu'à en devenir un à leur place, en véritable dictateur ! C'est fou, tout de même !

— Continue à dérouler.

— J'aurais pu compenser par la perfection. C'est ce que j'ai en partie fait en voulant tout contrôler, m'assurant ainsi de ne plus jamais commettre d'erreurs et de ne plus subir de situations où j'aurais eu besoin de me venger après-coup. Mais à force de vouloir être parfait en toutes circonstances – ce qui est une forme de manipulation finalement – j'aurais fini collé à un fauteuil roulant avec une spondylarthrite sur le dos, ou alors j'en aurais fait mon métier : illusionniste, annihilant à la racine toute graine d'échec potentiel. « Il n'y a que ceux qui nous renvoient à nous-mêmes dont on veuille se débarrasser. »

— Oui, tu n'es pas passé loin d'être illusionniste, Viktor, à force de te plonger dans les bouquins...

— Ça dépend, j'aurais pu rêver également d'un

ailleurs, autrement, dégoutté par le monde actuel ; je me serais focalisé sur l'idée de fuir, d'oublier, de rejeter, comme Olga et Bernard.

— Les motivations de Bernard étaient sans doute plus basiques…

— Et finalement, j'aurais pu adopter l'attitude entièrement inverse : ne rien faire, ne rien dire, prendre acte de l'interdiction de s'exprimer, d'exister, de ressentir et tirer quand même le meilleur parti des opportunités de la vie, tel l'homme invisible.

Eugène McCormick a plissé les yeux de contentement : il était arrivé à ses fins, avec son petit jeu de piste. Chaque client représentait une solution de rechange au désespoir qui m'habitait depuis que j'étais petit.

À cette époque, l'épisode du Sombrero n'avait fait que me montrer concrètement ce que je vivais insidieusement chaque jour de mon enfance : ce que je voulais, ce qui importait pour moi n'était pas écouté. Au nom de mon éducation, et pour mon bien, je n'étais pas considéré.

Ne pouvant pas exprimer une telle douleur – on ne rejette pas celui qui veut votre bien ! – j'avais fait la seule chose que je puisse faire : me taire, m'écraser, me réfugier dans l'impuissance et prier pour que la souffrance cesse d'elle-même, qu'une solution miracle apparaisse et me délivre de la frustration que je ressentais. Car il n'était pas concevable, dans mon cerveau d'enfant, que la vie puisse faire si mal. Et je ne voulais pas mourir.

C'était devenu mon mode de fonctionnement réflexe : l'impuissance.

Soit j'évinçais toute occasion de frustration en restant en arrière, en annulant mes propres envies, en laissant les autres prendre les initiatives et en suivant benoîtement leurs désirs tout en répondant à leurs attentes ; soit je risquais de mettre mes espoirs en avant, m'assurant de les combler en perfectionnant mes plans, en contrôlant leur exécution, m'empêchant de jouir du spontané, et si jamais le moindre signe de frustration apparaissait, je stoppais tout.

Mon souvenir en Suède avec Ella face au parc d'attractions de Gröna Lund était typique : j'étais resté devant les grilles fermées à piétiner dans la neige. Ella avait alors essayé de me montrer qu'il existait des alternatives, que rester là à ressasser n'était pas la solution. Pourtant, après cette démonstration éloquente, j'avais oublié, j'étais reparti dans la sécurité de mon mode de raisonnement unique. J'avais eu une première chance de m'en sortir, que j'avais laissée filer. Et à force de subir ainsi sans réagir, j'avais tout perdu : mon fils, ma femme, ma vie. À force de vouloir me protéger, j'avais récolté le chaos.

Eugène McCormick m'en avait offert une seconde. Il était allé plus loin qu'Ella : constatant qu'une démonstration intellectuelle avait peu de chance de me changer en profondeur, il avait cette fois voulu inscrire dans mon cerveau trop conformé toute la palette des réactions que j'avais à ma disposition, me prouvant que face à la frustration j'avais au moins une dizaine d'alternatives pour en sortir.

J'avais reconstitué chacune de ces possibilités dans mes enquêtes ; elles étaient en fait des solutions pour être pleinement moi-même, libre.

Eugène McCormick était revenu me faire cadeau de ma vie.

— Oui, mais, Eugène, toutes ces personnes que tu m'as fait rencontrer sont-elles plus heureuses pour autant ?

— Ni plus heureuses ni moins vulnérables puisqu'elles finissent par mourir quand même, Viktor. Tu devais comprendre cela : quoiqu'il arrive, la finalité, nous la connaissons tous, c'est la mort. Tu vois bien aujourd'hui, avec ton regard d'adulte, qu'aucune de ces personnes n'a trouvé "la bonne" solution ; elles ont seulement appliqué "la leur". Il n'existe pas de réaction parfaite, mais la seule qui soit imparfaite est de ne pas être soi-même.

— C'était indispensable de faire disparaître également la grosse dame avec son petit mari, et le Chinois, en premier ?

— Oui, ça l'était. Je ne voulais pas que leur besoin d'être aidé te fasse changer d'avis, par sympathie ou remords de n'être pas allé « au bout ». Je voulais que cette décision vienne de toi, quand tu aurais tiré un trait sur ton ancienne vie et que toi-même serais prêt à renaitre. Et puis j'aimais bien cette idée de l'accident tragique, ça donnait un petit côté motivant pour la suite.

— Je pouvais les refuser à nouveau.

— Tu pouvais. Tes choix n'étaient pas déterminés, je t'offrais seulement l'expérience. Tu prenais, ou pas. Il n'y a pas de destin, Viktor, le fait de rater une occasion ne te fait pas rater ta vie pour autant.

— Et la femme fatale, que vient-elle faire là-dedans ? C'était l'entracte, juste pour le plaisir des sens ?

— Ah... Tu n'as pas encore compris ?

— Compris quoi ? Elle a fait un choix de vie et d'éducation plutôt... radical. Je n'ai jamais été confronté à un tel dilemme, moi !

— C'est amusant comme les circonstances les plus fondamentales peuvent passer pour les plus anodines, parfois... Tu verras, Viktor, sois encore un tout petit peu patient, la lumière viendra.

— Pour mes deux derniers clients aussi ?

— Ils ont leur ra son d'être, tout comme toi.

— Et si je ne désirais pas la connaître ? Si je disais "stop", simplement ?

— Tu iras au bout, Viktor ; c'est dans ta nature.

— Non, pas cette fois.

— Si. Par-dessus tout, l'idée de te confier ces neuf affaires était de t'ouvrir à ta manière de fonctionner : tant que tu es cccupé, tu vas au bout des choses, prévoyant qu'ensuite, enfin libéré, tu pourras mourir ou fuir. Et regarde : tu es toujours là, un siècle après cet évènement déterminant de 1969. Tu es un survivant, Viktor.

— Non, Eugène, désolé, mais je vais m'en aller. Je ne sais pas ce qu'Ella décidera, mais je ne peux pas me faire à cette vie, ici. Je lui en parlerai dès ce soir : je compte reprendre le trou de ver pour 2006 et recommencer à partir de là.

J'étais à présent fermement décidé. J'étais content des explications qu'il m'apportait, donnant un sens à ce que j'avais vécu, mais mon choix n'avait fait que s'affirmer depuis le début de ces enquêtes : je devais m'en aller et rattraper mon passé.

McCormick n'a levé qu'un sourcil, comme si mon refus n'importait pas plus qu'une poussière dans l'univers.

— Tu t'intéresses à l'uranographie ?

Il a pointé du doigt à travers la baie vitrée vers un diamant plus luminescent que les autres au cœur de la nuit étoilée.

— C'est la Tramontane. Le temps que la lumière parcourt cette distance pour arriver jusqu'à nous, l'étoile est déjà morte. Nous parlons d'elle au présent de l'indicatif et pourtant nous évoquons son passé. Ce que nous observons aujourd'hui a déjà eu lieu et quelles que soient nos bonnes intentions, notre volonté de le changer, nous y sommes impuissants. C'est beau et tragique à la fois. Tu ne peux pas changer ton passé, Viktor.

— Si. Venir ici était une erreur. J'ai encore le choix.

— Tu as déjà fait ton choix : c'est celui d'Ella. Et puis de toute manière…

Il a claqué des doigts pour qu'on lui apporte une nouvelle paille et il a attendu d'en boire la première gorgée pour terminer sa phrase :

—… de toute manière, j'ai détruit le trou de ver.

— QUOI ???

J'ai bondi sur mes pieds. Eugène avait l'air tout content de lui-même.

— J'ai détruit le trou de ver. Tu ne peux plus remonter en 2006, Viktor : tu es coincé ici.

Je me suis dégagé prestement de mon siège et j'ai foncé vers la sortie. Il m'avait rendu ma vie, mais largement amputée s'il avait réellement coupé mon dernier lien avec le passé. Sa voix m'a rattrapé à la porte :

— Ne fais pas de bêtises, Viktor : il y a quelqu'un de bien plus important qui t'attend chez toi.

— Mais arrête de gouverner ma vie, bon dieu ! Tu as déjà suffisamment foutu en l'air les trois derniers mois pour que je ne sache plus ni qui je suis ni ce que j'ai vécu !

— Ton souvenir est construit comme un rêve : certaines parties font référence à des évènements s'étant véritablement passés, d'autres sont fabriqués par l'inconscient. Oublie hier, fais simplement confiance à aujourd'hui.

— Mais Ella est bien réelle, n'est-ce pas ?

— Oui.

— Et nous sommes de nouveau ensemble ?

— Indéniablement.

— Comment est-ce possible, Eugène ? Comment peut-elle être encore amoureuse de moi après tout ce qui nous est arrivé ?

— Lorsqu'elle t'a adressé Alain Jydiowiscz, elle ne croyait pas que tes capacités de détective te permettraient de lui redonner un espoir, mais bien plutôt tes qualités humaines et narratives : Ella te trouve profondément bon, touchant, empathique et intéressant ; personne ne sait raconter des histoires comme toi. Même sans résultat, Alain aurait repris confiance. Même sans raison, Ella est amoureuse de toi.

J'ai poussé les portes et me suis lancé dans le noir.

CHAPITRE 4

2069

Je connaissais la route par cœur, je n'avais plus besoin d'ouvrir les yeux pour savoir où le Taxispace tournerait, ni quand il s'arrêterait.

J'étais coincé ici.

J'ai sorti ma carte de fidélité pour payer puis je l'ai remise à sa place, toujours au même endroit, dans la même doublure de mon imperméable. J'ai franchi ensuite les deux barrières d'identification avant de pouvoir pousser la porte du quadri et de me retrouver chez nous. Le battant s'est refermé derrière moi avec un clic très doux. Trop doux. Comme d'habitude.

J'étais coincé ici.

Sans plus de bruit que le matin, je me suis glissé jusqu'à la chambre. Ella y était profondément endormie. J'ai contemplé un moment son visage tranquille. Sa beauté m'a ému. Je me suis déshabillé, mais, malgré tout l'alcool ingéré, je ne me suis pas senti le courage de m'allonger à côté d'elle ; je n'y avais pas ma place.

Machinalement, j'ai quitté la chambre pour me retrouver dans celle de Télémaque, dans celle qui aurait dû lui revenir. Je croyais encore entendre ses pas résonner partout dans l'appartement avant qu'il ne s'exclame d'une voix aiguë :

— Moi je prends celle-là !

Ella et moi l'avions rejoint. Ce n'était qu'une simple pièce avec quatre murs ordinaires, une porte et des fenêtres, un sol et un plafond, mais nous avions commencé à la remplir de nos rêves.

— On pourrait lui installer un lit bureau, là, dans ce coin. Viky, qu'en penses-tu ?

— Oui, avec une lampe ajustable montée sur pied qu'il pourrait orienter pour lire ; c'est une bonne idée.

J'avais imaginé déjà ses carnets soigneusement

rangés dans les tiroirs et la place libre que ça lui aurait laissée pour danser. La fenêtre de sa chambre donnait sur la mer, qui aujourd'hui avait reculé de deux cents mètres pour y construire des tours les unes derrière les autres et boucher a vue entièrement.

Je suis allé dans le bureau.

— J'y verrais bien une petite table sur laquelle tu écrirais pendant l'été...

— Quoi ? Ella, qu'est-ce que tu veux que j'écrive ?

— Tes histoires. .

— Mais je n'ai pas d'histoires !

— Celles que tu racontes à Télémaque tous les soirs, avec des épisodes et des rebondissements. Je les écoute aussi, tu sais ? Tu as commencé lorsqu'il avait à peine deux ans ; ça en fait, des romans à écrire...

Il y avait eu une latence de trois mois entre la signature et la remise des clefs. Le temps de faire un peu de peinture et ces quelques aménagements, ce quatre pièces aurait été parfait pour les grandes vacances de Télé. Nous avions donc investi.

Au moment des grandes décisions, avant de prendre le trou de ver, Ella et moi nous étions demandés laquelle, de notre maison vouée à l'abandon ou de cette résidence secondaire gérée par la copropriété, avait le plus de chance de demeurer dans le futur. Nous avions donc revendu la maison, hantée de souvenirs glacés, aménagé le nouvel appartement avec des toiles et des enduits destinés à protéger l'endroit des dégradations du temps, et placé notre argent sur un compte rémunéré à taux fixe, sans limites d'engagement.

Nous n'avions jamais habité cet appartement tous les trois.

Je suis retourné dans la chambre destinée à Télé et, nu, je me suis allongé à la place qu'aurait dû occuper son lit.

J'étais désormais ici et maintenant. Pour toujours.

Je me suis recroquevillé sur moi-même.

Je me suis réveillé soigneusement enveloppé dans une couette. J'étais encore par terre et un rayon de soleil était venu me narguer à travers la fenêtre. Je me suis levé et suis allé remettre l'édredon dans l'autre chambre, sur le lit conjugal.

Ella n'y était plus, elle n'avait pas laissé de mot.

J'ai lissé les draps du plat de la main, faisant disparaître les sinuosités que son corps avait créées. La texture était douce, l'odeur qui s'en échappait m'était connue.

J'étais déçu par son absence, j'aurais tellement voulu lui dire pour McCormick, et pour son voisin de palier et tous mes clients qui étaient revenus bien vivants, et pour ces mois, ces années passées sans elle. Mais j'étais lâche. Si je ne l'avais pas réveillée la nuit dernière, c'était bien parce que j'avais peur, maintenant que mon petit bout de rêve se réalisait, de tout perdre.

Il était encore tôt. J'ai renfilé ma carapace de détective et j'ai fait ce que j'avais toujours su faire : continuer à avancer, pour voir ce qu'il y aurait après, une fois que ce serait fini. J'ai réenclenché directement sur l'affaire du môme McKenna en tactilant le Numéri pour me commander un Limotruck en livraison extemporanée.

Il m'a suffi de cinq minutes pour boire mon café et descendre : la bête était déjà là, en bas de chez moi. Avec ses trois séries de quatre roues motrices réparties sous un châssis de neuf mètres de long sur trois et demi de large, son marchepied posé à soixante centimètres du sol, sa carrosserie blanche pimpante, ses vitres teintées, le Limotruck était le seul véhicule "particulier" à être autorisé, disposant d'un couloir routier indépendant et prioritaire. Vu le prix de la location à la minute, celui qui avait négocié cet accord privilégié devait se frotter les mains, quand elles n'étaient pas occupées à compter les tickets, évidemment.

Le chauffeur – malheureusement obligatoire – me tenait la portière. J'ai pris possession des canapés en crocodile d'élevage et me suis installé confortablement avant de faire connaissance avec les rafraîchissements. Pas de gin-goyave, évidemment. J'ai dû me rabattre sur le jus de tomate. C'était mieux, d'ailleurs, pour le rôle de modèle que je m'apprêtais à tenir.

Après une course folle de vingt-cinq minutes à travers le dédale des proches banlieues, le Limo s'est immobilisé. Je n'en ai pas cru mes yeux. J'ai vérifié l'adresse avec le chauffeur qui me l'a confirmée d'un hochement de tête suivi d'un haussement d'épaules. Ce qui avait dû être à l'origine un pavillon très select partageait désormais un courtil mal entretenu avec ses deux plus proches voisins. L'entrée de la bicoque en elle-même était affublée d'une tonnelle garnie de décorations de Noël faute de végétation suffisante. Derrière elle, deux colonnes grecques prolongeaient l'allée jusqu'à un porche où pendaient plusieurs séries de pots vidés de leurs plantes pour y entasser à la place d'hétéroclites gadgets. Un nain de jardin semblait indiquer la porte, ou bien la terrasse de l'étage, manifestement rajoutée pour embrasser le sud. L'ensemble était bancal, débordant, sans le moindre goût. Une horreur. J'ai tiré la chevillette. La porte s'est ouverte.

— Bonjour, Monsieur McKenna !

Le servile mari a eu un sourire figé, avant de subitement porter la main à la bouche pour masquer sa complète anodontie et, sans avoir prononcé un mot, de me refermer violemment le battant au nez ! Le burlesque se poursuivait.

J'étais déjà saoulé. J'ai tourné les talons lorsqu'un môme à l'air aussi perdu que moi est apparu.

— Monsieur Ingham ? Ne partez pas : je suis Kevin McKenna…

C'était un adolescent à l'allure banale. Ses cheveux bruns étaient aussi rebelles au coiffage que les miens, ses yeux noirs et brillants m'observaient avec intelligence tandis que ses lèvres hésitaient à formuler les mots suivants. L'uniforme qu'il revêtait portait la marque d'une école cotée.

Sa mère est apparue juste derrière lui. Le simple fait d'avoir traversé son salon la faisait déjà haleter.

— Monsieur Ingham, comme c'est gentil à vous d'être passé ! Nous ne vous attendions pas avant dimanche…

— J'ai pensé emmener Kevin à l'école, ce matin, histoire de faire connaissance.

La grosse dame a eu un rire de gorge très gêné.

— Quelle riche idée ! Nous nous apprêtions à l'accompagner nous-mêmes, mais j'imagine qu'un peu d'imprévu ne nuit pas… Entrez, le temps que Kevin termine son petit-déjeuner.

— Non, je vais attendre ici.

Je n'avais absolument pas l'intention de mettre un pied là-dedans.

En fait, la mère tenait son fils par les épaules et le

promenait partout devant elle comme un déambulateur : vers la table pour finir son tube, au pied de l'escalier pour récupérer un pad, face aux patères pour enfiler son manteau. Elle a resserré elle-même le nœud de l'uniforme et lui a claqué une bise avant de me le remettre, en ajoutant :

— Ce soir, c'est nous qui irons le chercher, comme d'habitude.

Elle m'a adressé un sourire convenu, imité par son mari qui avait récupéré un jeu de dents.

Je ne serais pas resté une minute de plus. J'ai accompagné Kevin jusqu'à la portière du Limotruck, maintenue ouverte par notre chauffeur qui attendait, les mains pressées l'une contre l'autre dans une position syndactile, comme s'il priait pour que nous nous en allions vite de là. Je l'ai exaucé. Le véhicule s'est immédiatement rué vers son couloir prioritaire.

— Tu veux une paille ? Il y a plein de goûts différents là-dedans.

— Je vous remercie, je viens de boire.

Je ne savais pas par où commencer, avec lui. Lorsque j'étais adolescent, je pensais ne jamais oublier les tourments par lesquels je passais, qu'ils seraient inscrits au fer rouge, à tout jamais. Et aujourd'hui, j'avais quarante-cinq ans.

— Je m'appelle Viktor.

— Je sais.

— Si tu es d'accord, on peut se tutoyer ?

— Si vous voulez.

— C'est une école très réputée, où tu es inscrit. Ça marche, les études ?

Il m'a regardé sans plus rien répondre. J'avais l'air d'un con avec mes questions. Il m'a quand même demandé :

— Vous avez vraiment l'intention de m'emmener à l'école, là ?

— Ben, oui... Pourquoi ?

Je me suis rappelé la tête que faisait Télé quand j'arrêtais de répondre à ses incessants « Pourquoi ? Pourquoi ? Pourquoi ? » Je devais avoir la même, en cet instant.

Kevin a soupiré. Il y avait une bonne heure de trajet devant nous, ce n'était pas gagné.

— Qu'est-ce que vous pensez des cerfs-volants ?

L'interrogation était tombée à brûle-pourpoint. J'a répondu n'importe quoi :

— Quand ça vole, c'est bien. Mais c'est un peu dépassé aujourd'hui, non ?

— Une fois, avant qu'il ne meure, mon parrain m'a pris à part pour me dire qu'il voulait m'offrir un cadeau et qu'on allait le chercher, juste lui et moi. Je devais avoir huit ans. Il m'a demandé également ce que je pensais des cerfs-volants. Tout le monde me disait que c'était naze, mais moi je trouvais ça beau de les voir voler dans le ciel, alors j'ai pensé que si mon parrain partageait aussi mon opinion, je serais suffisamment fort pour affronter le regard des autres. Il m'a laissé choisir, j'ai pris celui en forme d'Aérospace et on l'a monté tous les deux. C'est idiot, hein ? Mais c'est le plus beau souvenir que j'ai. Alors quand ils m'ont dit que vous seriez mon nouveau parrain…

— Tu voulais qu'on aille faire du cerf-volant ?

Il a souri.

— Mais non ! J'avais pensé à un truc un peu original…

— Que je te vende sur un réseau pédophile comme esclave ?

Il s'est franchement marré.

— Je rêvais à du changement, peut-être pas à ce point !

— C'est grâce aux cerfs-volants que tu t'es intéressé ensuite aux petites machines pétaradantes dont me parlaient tes parents ?

— Oui, en partie. Vous bricolez aussi ?

— Désolé : j'y connais rien.

— Elle n'est pas à vous, cette caisse, alors ?

— Non, je l'ai louée. J'avais cru que ce serait dans le style de tes parents…

— Mes vieux sont des BP.

— Des bébés ?

— BP : Bourgeois-Prolos. Ils ont accumulé tout ce qu'ils ont pu de l'un sans réussir à se départir de l'autre.

— Comme ton prénom ?

— Qu'est-ce qu'il a, mon prénom ? Non, pour ça j'ai plutôt eu de la chance : je le tiens de mon Grand-père, l parait que c'était assez commun à son époque, mais aujourd'hui j'ai au moins ça d'original… Dites, c'est quoi votre métier exactement ?

— Je suis détective privé.

— Vous êtes une sorte de héros, c'est ça ?

— Quoi ? Mais qu'est-ce qu'on t'a raconté sur moi ?

— Ma mère dit que vous connaissez tout le monde, que vous êtes allé partout, que vous avez tout vécu.

Merci Eugène McCormick…

— Désolé, Kevin, mais c'est du baratin. Tes parents me payent pour éviter qu'il ne t'arrive trop d'embrouilles.

— Je m'en doutais. Ça n'existe pas, un type aussi parfait, il n'y a que mes parents pour le croire.

— Apparemment, ils aimeraient que tu ressembles à un petit garçon modèle…

— Pour l'instant, ce qui pourrait m'arriver de pire serait de leur ressembler… Mais ça ne serait toujours pas suffisant, à leurs yeux, j'imagine. Car je fais déjà tous les efforts du monde : je m'habille proprement, je ne rate jamais l'école, je vais à la messe chaque dimanche, je réponds « oui maman ; merci maman », je mange ce qu'on me donne, je nettoie derrière moi, je ne tombe même pas malade ! Qu'est-ce que je pourrais faire de plus ? Ils ne font jamais attention à moi, de toute manière, ni à ce que je pense. Ils ne s'intéressent qu'à l'avis des cyberactifs, aux magazines parentaux, aux jugements du psy, aux conseils de la voisine ! J'ai l'impression de rêver, des fois, tellement ils se contredisent tous, mais je me tais et je me fais quand même engueuler.

— Tu es un garçon super, Kevin ; même eux me l'ont dit. Mais ils ont beau avoir de l'or sous les yeux, ça ne les empêche pas de continuer à tamiser autour. Ils ont peur.

— De quoi ? Que je me transforme en monstre du jour au lendemain ?

— Ils ont juste peur de te perdre, je crois.

— Ah ouais ? Comme le jour de mon accident sous l'Aérotransbus, où je me suis ramassé une punition en plus de mes côtes fêlées ? Mais c'est l'intention qui compte…

— Je pense que ta mère s'est sentie un peu coupable…

— Eh bien, se faire du souci pour quelqu'un et lui dire qu'on l'aime, c'est quand même deux choses différentes !

— On est d'accord. Pourtant, tu ne pourras pas les

changer : ce que tu entreprends de positif aujourd'hu pour les rassurer ne contribue qu'à nourrir leur phobie d'une catastrophe encore pire le lendemain. La peur s'auto-entretient. Et te changer toi-même serait ur processus sans fin, totalement inutile, tu le vois bien. Ce que je pourrai leur dire n'aura pas plus d'effet. Il n'y a qu'une seule chose que tu puisses faire : laisser tomber Tu n'es là ni pour leur faire plaisir ni pour entretenir leur illusion d'éducation parfaite ; vis ta vie ! Concentre-to sur ce qui t'intéresse toi, et commence à le développer.

— Facile à dire ! Je n'ai que seize ans, moi, je dépends encore d'eux.

— Ne me dis pas que tu n'as pas de secrets pour tes parents adorés... ?

—...

— Allons, Kevin : lorsque tu n'as personne sur le dos. pas de matière imposée à travailler ni de tâche à accomplir, que tu es seul, tranquille, dans ta chambre... Qu'est-ce que tu fais ?

Il s'est mis à rougir. J'ai cru qu'on allait parler masturbat on.

— J'écris.

— A qui ?

— Personne en particulier. J'écris des nouvelles, des anecdotes, des miniromans.

— Pas de poèmes enflammés, alors ?

Il a ri.

— Aussi, mais ce n'est pas ce qui marche le mieux.

— Tu as essayé de faire lire ?

— Oui. Mais ça n'a rien de sérieux.

— Évidemment, ce n'est pas sérieux, d'écrire... Ça a plu ?

— Ouais ! J'ai une copine qui trouve que j'ai du style et même un prof m'encourage à poursuivre ! Enfin, lui pense que mes histoires titillent plutôt la curiosité malsaine du lecteur, mais il est allé jusqu'au bout, c'est l'essentiel, non ?

Le Limotruck était si haut perché et si imposant qu'il écrasait la ville plutôt que de la traverser. Je me trouvais à l'intérieur, en compagnie d'un écrivain du vingt-et-unième siècle qui n'avait l'air pour l'instant que d'un adolescent quelconque, et nous filions à vive allure vers son école. Ça avait un côté magique, comme de déballer un cadeau sachant pertinemment ce qu'il y avait dedans.

— J'aurais aimé que mon fils te ressemble, Kevin. Tu es vraiment quelqu'un de bien. Je suis heureux de t'avoir rencontré.

— Alors vous me prenez comme filleul ? J'avais justement une chouette idée pour une histoire de détectives...

Nous avons continué à discuter durant tout le trajet. Je lui ai parlé du bizarre métier que j'effectuais depuis deux ans, puis je suis remonté un peu en arrière, avec Ella et mon boulot à la librairie. Il m'a raconté comment lui écrivait, la nuit, lorsque tout dormait et que le monde lui appartenait.

À un moment, le Limotruck a ralenti et j'ai cru qu'on rencontrait une panne. Mais non : quelqu'un avait seulement changé le décor à notre insu, faisant déjà apparaître la fameuse école devant notre nez. Je n'avais eu le temps d'évoquer ni Télé, ni McCormick, ni rien d'autre de ma vie. Il fallait qu'on se revoie !

— Hé, Kevin : ça te dirait qu'on se fasse une sortie ? On pourrait aller se balader en forêt, un de ces jours ?

— Sûr ! Je pourrai inviter une copine ?

— Oui, et je te présenterai la mienne à cette occasion.

Une pluie fine s'est mise à tomber. Tous les élèves se sont pressés vers le haut de l'escalier et l'entrée du bâtiment, mais pas lui. Il est resté là, à me serrer la main – dans un rituel tordu – puis il a gravi les marches avec condignité. À mi-parcours, il s'est même retourné pour clamer d'une voix forte :

— À la prochaine, Parrain !

J'aimais bien ce môme. Il avait du panache. C'était ce genre de contact que j'avais apprécié en tant que libraire et qui me manquait à présent. Je trouvais cela stimulant de discuter avec ces gamins qui avaient une théorie sur tout, prêts à dénigrer les évidences les mieux établies pour embrasser les causes les plus futiles. Quinze ou seize ans, c'était suffisant pour paraître blasé, mais pas assez pour manquer d'énergie. Ils étaient tous les mêmes et pourtant chacun était si particulier.

Oui, mon enfant me manquait. Il aurait dû avoir le droit de vivre et moi celui de le voir grandir. C'était toutes ces années manquantes qui créaient un vide en moi, sans compter les années passées que je répétais en boucle dans mon esprit et qui s'interrompaient toujours dramatiquement au même endroit.

La nature avait horreur du vide. Mon corps cherchait à le combler en contractant mes abdominaux, en resserrant mes intestins les uns contre les autres pour réduire, amenuiser, annihiler ce creux, effacer cette absence, oublier ce manque.

Ce n'était rien : un enfant était mort.

Mais ce rien était bien là, vivant.

Et j'avais mal.

CHAPITRE 5

2069

— Quelle route, à présent ?

— N'importe...

— C'est vous qui l'empruntez, Monsieur, pas moi.

La première pensée qui m'est venue était pour un bar. Avec de l'alcool. Beaucoup d'alcools. Pour noyer l'enfant qui était en moi et qui me disait de continuer, d'aller à sa rencontre. Ce n'était ni une supplique ni un cri de sa part, juste une invitation douce. Comme du mercurochrome sur une blessure, ça ne piquait pas comme de l'alcool et ça apaisait quand même les souffrances.

J'ai donné l'adresse de Sei Chin. Le Limotruck est repassé à l'action, ébranlant le bitume.

Un dossier ! Il me restait un seul dossier à boucler, ensuite je pouvais m'arrêter et me reposer. Dormir sans prévoir de lendemain. Sans qu'il y ait de lendemains peut-être... Laisser venir.

La tour Voltaire ouvrait une parenthèse que la tour Rousseau venait fermer. Mon client habitait au sixième étage, avec une porte commune protégée par code et un sas d'identification, des gaz lacrymogènes étant pulsés en cas d'effraction ; une banlieue qui craignait.

J'avais toujours été immensément épaté par le fric investi dans les équipements destinés à se protéger des délinquants, et par l'énergie que déployaient ces derniers à les détruire. Le bien et le mal s'affrontaient dans une spirale inflationniste de sophistication et je n'étais pas certain que le mal ait commencé.

Sans le moindre encombre, j'ai passé les deux barrages neutralisés par mes nombreux prédécesseurs dans cet immeuble et je suis allé jusqu'à l'élévateur. Une impression fugace m'a alors soudainement traversé, comme un éclair de lucidité qui m'aurait frappé sans révéler à ma conscience la lumière qu'il venait m'apporter. Je me suis retourné, inspectant le sol et les murs carrelés, le plafond ciré. Tout était propre et vierge, le vandalisme ne touchait plus aux graffitis. Je ne savais pas ce que cette illumination avait pu être. Quelque chose m'avait touché.

Perturbé, je suis monté au sixième et n'ai relevé la tête qu'une demi-seconde après que Sei Chin m'ait ouvert.

— Monsieur Ingham... ?

— Oh, désolé ! J'étais en train de rêver. Je ne vous dérange pas ?

— Entrez, je suis seul.

Leur appartement était minuscule : de l'entrée, j'embrassais déjà les trois pièces principales et je n'ai eu qu'un pas à faire pour rejoindre mon client dans sa cuisine.

— Une paille ? Café ou thé ?

Ses cernes s'étaient estompés avec la nuit passée, mais il tremblait encore de nervosité et, chose curieuse, il n'arrivait pas à marcher droit en traversant la pièce. Je n'ai pas mis longtemps à comprendre pourquoi.

— Ça s'est passé ici ?

Sa main s'est ouverte dans un spasme, lâchant le sachet.

— Oui, là.

Il m'a désigné l'endroit qu'il n'osait plus fouler. Une table d'appoint, mes bottes et ses chaussettes l'entouraient, comme un espace abyssal sur le point de s'ouvrir. Le sol était propre, les joints secs. Nous contemplions le néant.

— Il va falloir me raconter, Monsieur Sei Chin...

— Je m'y étais préparé... C'est arrivé un jeudi, jour sans école pour les enfants. Mes deux filles – des jumelles, vous l'avais-je précisé ? Si craquantes ! – Bref, mes deux filles étaient chez une de leurs amies, je travaillais, ma femme n'était qu'aux trois quarts temps pour s'occuper de Fang et lui faire réviser son chant. Ils n'étaient que tous les deux, cet après-midi-là, dans l'appartement. J'aurais aimé dire que s'ils s'étaient absentés ou si j'étais rentré plus tôt, rien ne serait arrivé, mais je n'en suis pas persuadé. Tout s'est passé comme si le tueur attendait que ma femme et mon fils soient seuls à la maison pour frapper. D'après les policiers, il serait entré par la porte, tout simplement, ce qui n'est pas compliqué à envisager vu l'état de nos sécurités...

— Oui, j'ai pu tester.

— Ma femme m'a expliqué qu'elle préparait le dîner avec Fang agenouillé sur une chaise à ses côtés lorsqu'elle a entendu le premier bruit. Elle a demandé à Fang de s'arrêter de chanter, croyant encore à un voisin manifestant son agacement face à la voix de notre fils, mais le bruit s'est répété. Ma femme s'est alors essuyé les mains avant d'aller tactiler le Numéri de l'entrée pour surveiller les environs. Elle avait encore les doigts dans le torchon lorsque le monstre s'est jeté sur elle, la lame en avant. Elle n'a pas eu le temps de crier qu'elle recevait le premier coup ici, au milieu des côtes...

— Juste sous le sein gauche ?

— Oui, elle a eu de la chance qu'aucun organe sérieux ne soit touché, la lame n'a fait que glisser, mais le sang s'est mis à couler abondamment ; elle était pétrifiée. Le meurtrier l'a écartée d'une pichenette pour sauter sur Fang, qui s'était mis à hurler de la note la plus aiguë dont il ait été capable. Il a reçu en échange douze coups de couteau. Ma femme s'est effondrée avant d'entendre la voix de notre fils s'éteindre. Lorsque je suis rentré, j'ai trouvé mes deux filles qui attendaient devant l'appartement, la porte ayant été bloquée. J'ai fait appel à un voisin débrouillard et, ensemble, nous en sommes venus à bout. Dans mon élan, je suis tombé le nez dans la mare de sang, avec le visage de la terreur crispé devant moi, plaqué sur les traits habituellement si doux de mon enfant...

Une goutte est tombée au creux de l'abysse, suivie d'une autre. Je me suis tourné vers Sei Chin dont les yeux reflétaient l'horreur du souvenir, mais point de larmes. Ces larmes étaient les miennes. La respiration bloquée, le ventre serré, je ne sentais rien pourtant j'étais bien en train de pleurer à l'évocation de cette scène. Mes yeux seuls pleuraient.

— Je vois que mon histoire vous touche également...

— Non.

C'était faux. Mais mon cerveau sélectionnait les mots.

C'était comme de demander à un homme s'effondrant subitement dans la rue s'il faisait un infarctus. Personne ne voulait faire d'infarctus.

— Votre femme s'en est tirée comment ?

— Ils l'ont emmenée au caisson pour absterger la plaie et lui poser un placenta. Il ne lui en reste qu'une mince ligne rose sous le cœur. Depuis, elle s'est remise à plein temps et c'est moi qui ai arrêté de travailler.

J'ai soufflé. J'avais demandé à Sei Chin de me raconter son histoire, mais j'ai été soulagé lorsqu'il en a eu terminé. Tel un château de cartes, chaque détail manquait de me voir m'effondrer. Mais Fang n'était pas Télémaque. Il était un être à part, avec sa vie à lui.

— Montrez-moi sa chambre.

Les enfants partageaient la même pièce dans ce trippartement. Les trois lits étaient encore là, bien que celui de Fang ait été redressé et appuyé contre le mur. Ses jouets résidaient là également, mais avaient clairement été repoussés dans un coin, formant comme une sorte d'îlot désolé, sur lequel trônait une barcelonnette avec deux poupées allongées dedans. Les filles occupaient petit à petit la place que leurs parents n'étaient pas encore prêts à leur donner.

— Regardez, Monsieur Ingham : son karaoké !

— Je ne suis pas un grand adepte de ces jouets-là…

— Il s'enregistrait lui-même lors de ses sessions d'entraînement : je vais vous le montrer.

Un cube d'un mètre carré s'est matérialisé au-dessus de l'appareil enclenché par Sei Chin et un petit Chinois est apparu au centre. Une belle coupe au bol lui faisait tomber les cheveux jusque dans les yeux, qu'il avait fermés de toute manière pour se concentrer sur son chant. Ses bras, par contre, s'ouvraient aux modulations de la voix. Dès les premières secondes de la projection, j'ai été happé par la puissance du gamin. Fang me semblait petit pour son âge, mais une fantastique eurythmie s'était créée entre les mouvements de son corps et les oscillations de sa voix, une sorte de rapport parfait entre l'homme et son art. J'étais fasciné.

Les filles possédaient deux petites chaises pour jouer à la dînette, je me suis assis sur l'une et Sei Chin est resté debout à côté de son cher fils.

— Ça vous plaît ?

— C'est... transperçant. Je suis d'habitude assez imperméable à tout ce qui n'est pas blues rock du siècle dernier, mais là...

— Il avait un répertoire assez varié, tenez...

Fang a enchaîné sur une autre chanson, un autre contexte, une autre attitude. Même ici, dans une chambre d'enfant, dernier lieu au monde où j'aurais désiré me trouver, j'avais envie de retirer mes bottes, d'allonger les jambes et de fumer un gros cigare. J'étais bien, en présence holographique de ce môme. Quand quelqu'un est passionné par ce qu'il fait, ce n'est jamais lassant de l'écouter.

À un moment, Fang s'est immobilisé et l'image n'a plus bougé. Le silence s'est fait dans la chambre. Petit à petit, les murs, la décoration, les jouets sont apparus tels que dans mon souvenir et j'ai vu Télémaque courir vers moi, se jeter dans mes bras pour m'embrasser. Ses lèvres bougeaient, il parlait très vite, mais aucun son ne me parvenait. Mon cerveau flottait sur une tout autre musique. Alors Télé a ouvert son coffre à trésors, il en a extirpé sa toque ainsi qu'un rouleau à pâtisserie : un gadget empli d'étoiles et de grelots qui s'entrechoquaient en chantant lorsqu'on s'en servait. Il l'a agité devant moi, tout content, puis il m'a tiré avec lui jusque dans la cuisine où il reposait, baignant dans son sang, le visage livide et le corps mou.

— Ça ne va pas, Monsieur Ingham ?

— Si !!!

— Prenez mon mouchoir, si vous voulez...

Le cube s'était dissipé, emportant Fang et son chant avec. Sei Chin était rayonnant, comme si la vision de son fils exerçant son art lui redonnait le goût de vivre. Je me suis senti perdu, insondablement loin. Mon cerveau était embrouillé dans des sentiments contradictoires de joie, d'horreur et de fascination. Mon cœur battait à un rythme insoutenable. Et soudain, de grosses gouttes de sueur froide sont venues perler à mon front ; j'ai dû me précipiter aux toilettes pour vomir. Je n'avais rien à régurgiter, ma cage thoracique s'est soulevée sous des spasmes vides et je me suis raclé la gorge de bile brûlante. J'ai craché plusieurs fois pour m'ôter le goût. J'avais mal. Je tremblais. J'ai dû m'asseoir par terre au milieu des chiottes pour reprendre un peu contenance.

Après un moment, Sei Chin est venu me trouver avec une paille. Le parfum du jasmin m'écœurait, mais la chaleur du breuvage se communiquait à mes doigts, me réchauffait.

— Merci.

J'ai recouvré mes sens et, après dix minutes, suis allé rejoindre mon client dans son salon.

— Je n'arrive toujours pas à croire que la police n'ait rien trouvé...

— L'assassin s'était apparemment recouvert le visage d'une crème, comme un masque collant, vous voyez ? Cela a déformé suffisamment ses traits pour empêcher ma femme de pouvoir l'identifier et surtout, cela a prévenu toute chute involontaire de fragments d'ADN. Les peluches et autres bouts de fils récupérés provenaient de vêtements usinés en Chine ; mais tout est fabriqué en Chine, aujourd'hui, de toute manière !

— Et le couteau ?

— Le couteau est la pièce maîtresse, manquante naturellement.

— Je suis désolé de vous poser cette question, mais les traces laissées sur votre enfant ne permettent-elles pas d'identifier son modèle ?

— C'était une lame en céramique de 21,5 centimètres atteignant 5 centimètres de large à la garde. La police a pu identifier les moindres imperfections du tranchant sur les plaies de Fang et elle serait donc capable d'incriminer sans conteste le détenteur du couteau, mais elle n'a aucune piste pour le retrouver.

— Dans vos connaissances, votre entourage : aucun lien, pas de mobile ? Des personnes jalouses de Fang ?

— Ah ! Vous aussi commencez à croire que Fang était la cible, n'est-ce pas ?

— Ça me semble évident ; qui dirait le contraire ?

— La police : crime crapuleux gratuit, meurtrier en apprentissage... N'importe quoi !

— N'importe quoi. Je vais aller faire un tour chez eux. Et ce voisin régulièrement agacé par la voix de Fang, de quel côté vit-il ?

— La police est allée le trouver immédiatement pour l'interroger, évidemment. Ils ont dû enfoncer la porte : le vieux était mort depuis deux jours, dans la solitude de son unippartement, sans plus personne pour s'occuper

247

de lui. Un vieux qui réclamait juste un peu d'attention.

— Bien. Je vais aller faire mon travail.

J'ai tendu la main à Sei Chin, il l'a conservée un instant.

— Monsieur Ingham ? Je suis touché par votre... émotion.

J'ai redescendu les six étages comme un pantin. Même engoncé dans mon imperméable de détective, je me sentais vulnérable comme un enfant. Arrivé au-dehors, je me suis arrêté un instant pour enfin fumer ce fameux cigare, et c'est en l'allumant que la curieuse étincelle de tout à l'heure m'est revenue : j'ai regardé le ciel clair, pas vraiment bleu, mais adouci par la chaleur du soleil qui commençait à percer. Les tours ici ne s'étaient pas effondrées, rien n'avait été dévasté, comme si le chaos s'était calmé, avait régressé même, peut-être.

J'ai rejoint le Limotruck qui tournait, son chauffeur ayant pour instruction de ne jamais s'immobiliser dans une banlieue sensible.

— Vous me déposez chez les flics et après vous pourrez y aller.

— Vous comptez y passer la nuit ?

— On ne sait jamais comment les poulets peuvent recevoir les canards d'à côté...

J'ai laissé le monstrueux véhicule repartir avec une facture dans la portière, signée au nom des McKenna, et je me suis tourné vers le poste de police du quartier : un immeuble de béton armé gris élevé sur quatre étages avec une seule entrée au public. La porte était barrée d'une grille au maillage fort serré dans laquelle un rond avait été percé comme pour les distributeurs de boissons, limitant l'accès à deux boutons poussoirs et rien d'autre. En l'occurrence, ces boutons-ci offraient un choix d'intellectuel : "URGENCES" ou "AUTRE". J'ai appuyé sur les deux, tout en adressant un signe au Numéri de surveillance. La porte s'est ouverte et un escalier mécanique s'est mis en marche pour m'accueillir. J'avais l'impression d'être reçu dans l'antre de la machine. Mais non, une charmante demoiselle m'attendait à l'étage derrière un comptoir vitré.

— Je suis Viktor Ingham, détective privé. J'aimerais

consulter le fichier concernant Fang Sei Chin.

— Désolée, c'est confidentiel.

— Rencontrer l'agent intervenu sur l'affaire ?

— Je ne sais pas qui c'est.

— Vous renseigner ?

— Un instant, s'il vous plaît.

Un type avait écrit dans les années 90 un bouquin sur toutes les tentatives d'évitement employées par l'administration pour ne pas servir ses usagers. L'ouvrage se terminait par une série de notes et d'annexes exhaustives, précisant les conditions de l'enquête, les bureaux visités, les échelons rencontrés, renforçant ainsi la crédibilité de l'auteur, jusqu'à ce que celui-ci dévoile dans une émission de radio avoir tout inventé.

Comme quoi, pas tout...

— L'agent est indisponible pour l'instant, pouvez-vous repasser plus tard ?

— Quel est son nom ?

— Je ne suis pas en mesure de vous le communiquer.

— Mademoiselle, sans vouloir mettre en doute votre sincérité, pouvez-vous me répéter de quelle affaire je suis venu m'enquérir ?

— Sei Chin, Fang.

J'avais l'air d'un con.

— Y'a-t-il un policier avec lequel je pourrais discuter en face à face ?

— Oui, moi.

— Là, debout, dans un hall d'entrée ?

— Vous préféreriez qu'on s'allonge ?

Elle a dit ça avec un sourire en coin tout sauf féminin.

— Euh... Bon...

Ça avait un aspect ridicule de parler à quelqu'un derrière sa baie vitrée.

— Principalement, je voulais savoir si un des inspecteurs avait pensé à rapprocher cette affaire d'autres cas semblables ?

— Un instant, je consulte le rapport.

Grosse envie de fumer. Gros panneau l'interdisant. Grosse frustration.

— Oui, Monsieur Ingham : cela a été fait.

— Et ?

— Rien.

— Est-il remonté jusqu'en 2006 ?

La policière a eu un mouvement de surprise avant de rire apertement.

— 2006 ? Soixante-trois années en arrière ? Et pourquoi aurait-il fait cela ? Savez-vous combien de meurtres en tous genres sont commis chaque jour de par le monde, Monsieur Ingham ? Imaginez-vous le nombre d'occurrences à compulser pour remonter ne serait-ce que deux ans en arrière comme l'a fait notre agent ?

— Mais vous avez des machines pour faire cela !

— Nos "machines" fonctionnent par mots-clefs et ne sortent que ce que l'on a mis dedans.

— Et les récidivistes après sortie de prison, comment les incluez-vous dans vos recherches si vous ne remontez pas plus haut que deux années ?

— Il n'y a plus de récidivistes, Monsieur Ingham.

J'avais la sensation d'être le petit tailleur frappant aux portes des frères Ogres lorsque je me suis présenté devant celles de la prison d'État. Les murs étaient immenses, parfaitement lisses et recourbés vers l'intérieur pour empêcher toute escalade ou toute pénétration d'engin par l'extérieur. Ces genres de bâtiments paraissaient résister au temps et aux contrevenants, arrêtant l'un et l'autre à jamais.

Le directeur qui m'a accueilli était un homme assez petit, svelte, à l'allure sportive d'un coureur de semi-marathon ; un gars avec de l'endurance. Personnellement, j'avais toujours été meilleur dans les cent mètres. Enfin, quand j'avais dix ans. Chacun jouait dans sa catégorie.

— Monsieur le directeur, je suis venu vous trouver à propos de John Smith.

— "John Smith" ? John Smith, mon voisin en sciences à l'université ? John Smith, le bivouaqueur de l'extrême ? Le film, John Smith ? De quel John Smith parlez-vous exactement, Monsieur Viktor Ingham ?

— Celui qui a été enfermé chez vous à partir de 2006.

— Ça ne date pas d'hier ! Ni vous ni moi n'étions encore nés ! Ah, ah, ah !

— Ah, ah…

Il s'est penché derrière son bureau pour compulser les blogues d'archives de la prison.

— Ah oui ! Comme c'est amusant : nous avions déjà deux John Smith en même temps cette année-là, le vôtre a fermé le trio !

— Est-il encore vivant aujourd'hui ?

— John Smith ? Lequel ? Ah, ah, ah ! Non, ils sont tous morts.

— Pourriez-vous m'en décrire les circonstances ?

— Hmm, intéressé par les détails sordides, n'est-ce pas ? Hé, hé... Voici le compte-rendu laissé par mes prédécesseurs. Je vous préviens, la prose en est un peu "froide", ah, ah... Mais ne nous moquons pas des morts. Alors : « John Smith, arrêté le 24 mai 2006 sur le lieu des faits et incarcéré pour meurtre ». Ce doit être le clown dont vous parlez ! « Perpétuité. Lobotomisé à sa demande le 14 février 2019, mort des suites de l'opération le... 31 décembre 2022 ! » Eh bien, voilà une intervention chirurgicale assez décousue, ah, ah !

— Mais il est bien mort ?

Le directeur a fendu l'air d'un geste solennel.

— Définitivement !

Et je me retrouvais sans rien. Voilà.

Jusqu'au bout, j'aurais voulu voir une sorte de déterminisme à ma vie, pouvoir dire que je n'avais pas fait tout ce chemin pour rien, qu'il m'avait mené aussi droitement qu'un train sur ses rails jusqu'ici, que mon expérience s'était révélée utile un jour et que le fait d'être unique avait servi à quelque chose.

J'aurais pu résoudre l'énigme Fang Sei Chin, profitant de cette chape-chute que le malheur, le temps et le hasard réunis ne pouvaient conférer qu'à moi seul.

Je pensais que l'assassin de mon fils avait récidivé et que je serais le seul être humain à pouvoir le prouver.

Mais ma piste s'arrêtait là : John Smith n'avait pas commis deux fois le même meurtre à soixante-deux ans d'intervalle. Mon lien s'était cassé et, avec lui, le sentiment de progresser. Mon histoire était une suite d'échecs. Je n'étais personne, je n'avais pas d'aptitude particulière, je n'allais nulle part.

J'étais une pauvre merde.

D'ailleurs, je l'avais toujours su. McCormick s'était trompé : si je m'étais réfugié dans l'imaginaire, ce n'était pas pour m'empêcher de prendre des décisions qui auraient pu briser de nouveaux espoirs. Je savais que mes espoirs allaient être déçus tout au long de ma vie. Non, mon imagination me permettait en fait de m'y préparer, pour ne plus jamais être pris au dépourvu ni en manque d'une bonne réplique cinglante, protégeant ce qui m'appartenait.

Parce que je ne comptais pas. Pas vraiment. Pas pour moi-même.

C'était pourquoi j'avais été étonné, plus incrédule que flatté, lorsque Ella s'était intéressée à moi, puis McCormick, jusqu'à mon propre fils… Mes parents seuls avaient eu raison : je n'étais qu'un tas de glaise à façonner.

Maintenant, au moins, je n'avais plus à jouer de jeu, les choses étaient claires. Je me suis levé pour disparaître, définitivement.

— Ah, ah ! Attendez : votre John Smith était une sorte de héros des prisons, non ?

J'ai haussé un sourcil broussailleux.

— Ou de martyr, plutôt : il est à l'origine des deux grandes révolutions pénitentiaires de ce siècle ! « Loi du 13 février 2019 relative au droit pour tout condamné au recyclage librement consenti par ablation des lobes frontaux »… Et auparavant : « Loi du 4 novembre 2015 définissant les règles d'une union librement consentie et les limites d'une relation intime entre un prisonnier et son geôlier ». Lobotomie et sodomie : les deux mamelles de l'incarcération ! C'était quelqu'un, ce John Smith, tout de même !

— C'était un assassin ! Un tueur d'enfants !

Les mots étaient sortis, mais pas encore avec la force que j'attendais. J'en tremblais. Le directeur continuait à se gausser en parcourant les blogues.

—… et un sacré comique, également ! Oh, oh, oh, alors celle-là, c'est la meilleure ! Ah, ah ! Vous ne devinerez jamais pourquoi John Smith avait choisi la date du 14 février pour être lobotomisé ! Une idée ?

— La loi venait d'être promulguée ?

— Non, encore plus amusant : en cadeau de St Valentin pour sa chère et tendre geôlière ! Vous imaginez ?

J'ai tapé sur le bureau !

— Une geôlière ? John Smith s'est uni avec sa geôlière ? Qui était cette femme ?!?

— Ah, oui : les petits détails pervers... Mais je vous comprends, j'avoue moi-même être piqué... Alors, ploum, ploum, ploum : « Madeleine Nestlé, née le 16 janvier 1984 »... Pas toute jeune, quand même... « Employée comme gardienne de 2006 » – naissance de la romance ? – « à 2019, puis congés maternité et mise à la retraite anticipée ». Oh, là, là... Non, nous devrions cesser de rire, Monsieur Ingham : « le fruit de l'amour entre le prisonnier et sa geôlière s'est retrouvé incarcéré dès l'âge de cinq ans. En hôpital psychiatrique... »

J'ai serré la main devenue molle du directeur qui n'en revenait pas :

— Bon sang, ça fait froid dans le dos ! Pourquoi ce John Smith avait-il été baptisé ainsi ? Je n'ai même pas une date de naissance le concernant...

Cela avait pris tout le procès à se décider, je me le rappelais :

— Parce que personne ne savait ni d'où il venait ni qui il était.

Je mesurais parfaitement les conséquences de ce que j'étais en train de faire, en appelant Sei Chin : je bouclais mon dernier dossier, je terminais ma mission. Je m'étais préparé à ce moment-là, je m'imaginais sautant de joie, bondissant jusqu'au ciel pour me féliciter d'y être arrivé ; c'était une vraie réussite. Youpi...

J'avais toutes les raisons d'être heureux, mais je ne me souvenais plus desquelles.

Les éléments qui constituaient ma vie au début avaient été bouleversés : tout ce que j'avais cru m'appartenir, être perdu ou retrouvé s'était modifié ; ma vision même du monde s'était transformée.

J'avais changé.

Dehors, le soleil s'était couché. Je n'avais plus de notion ni d'heure ni d'espace, je ne savais plus vraiment depuis combien de temps j'avais entamé mes enquêtes. Simplement, la nuit était tombée et, à en juger par ma fatigue, j'avais dû mettre toute ma vie à y arriver.

J'ai rassemblé mes dernières énergies autour du Numéri.

— Bonsoir, Monsieur Sei Chin. J'ai réussi à identifier le meurtrier de Fang : il s'agit d'une femme, Ulla Nestlé, internée pour troubles mentaux, qui devrait avoir cinquante ans cette année. Je ne pense pas que vous aurez de la difficulté à la retrouver…

Sei Chin n'a pas exulté non plus. Il a arboré un mince sourire de soulagement.

— Vous voyez, Monsieur Ingham : j'avais raison de vous remercier par avance ; l'espoir est source de vie.

La manière dont il envisageait la sienne, à présent, ne regardait que lui. Je n'étais pas certain qu'il allait se venger ou la dénoncer, ni qu'aucune de ces deux solutions ne lui apporte la paix. J'avais pour ma part bien conscience de ce que c'était, connaître l'identité de son bourreau : j'avais assisté à son procès. Et pendant tout ce temps, le plus grand absent avait été la victime.

J'avais suivi les conseils des avocats, du juge, des pompes funèbres, du notaire. J'avais rayé la petite personne des listes de l'école, de l'état civil, des assurances, des complémentaires, des cours de danse même. J'avais tout fait pour l'effacer.

Et il était toujours là.

— Bonne chance, Monsieur Sei Chin.

J'ai coupé le Numéri d'un doigt tremblant.

Il était toujours là.

Aucun voyage imaginaire n'avait pu me l'enlever, ni aucun travail, aucun souvenir, aucun alcool, ou aucune femme. Mon fils était mort, c'était une réalité. Mais ce que je ressentais pour lui était bien vivant, tapi au fond de moi encore aujourd'hui. Moi seul m'étais interposé, face à cet enfant intérieur, pour ne plus le voir, ne plus le sentir, tant la douleur était terrible. Je n'avais pas voulu laisser le chagrin m'effleurer, de peur de me laisser envahir ; je n'avais pas voulu laisser mon amour pour lui continuer à m'habiter, de peur d'en mourir.

J'avais contenu mes larmes, contenu mes paroles, contenu mes pensées.

Et d'un coup, je me suis laissé submerger :

— TÉLÉMAQUE !!!!!

La vague m'a empli comme un orgasme. Mon cri a déchiré le calme et le silence de la nuit, emportant les poussières d'étoiles et les milliers d'atomes de l'univers en un tourbillon ; j'ai senti mon corps être arraché à sa gravité et les particules s'éclater, se disperser, hurlant chacune dans les profondeurs de l'infini.

— TÉLÉMAQUE !!

Des hoquets agitaient mon ventre tremblant et j'a senti mon visage se tordre, mes traits se plisser, pour laisser sortir les larmes. Là, par terre, dans la rue, je me suis mis à pleurer mon fils perdu.

— Télé...

J'ai pleuré longuement, sur tout ce qui avait été. J'a cru ne plus jamais m'arrêter de pleurer d'ailleurs, tellement j'étais bien dans ce nouvel état : plus léger, mais plus conscient à la fois.

Comme si la douleur m'apparaissait plus forte, plus présente, mais que, me permettant de sentir cette blessure désormais, je me sentais également plus vivant.

En pleurant ainsi, j'ai perçu au fond de moi le manque en même temps que la présence immortelle de l'enfant que j'aimais. Je n'avais plus à nier cet amour parce qu'il faisait trop mal, mais juste à le reconnaître. Et reconnaître, c'était déjà ne plus souffrir.

— Je t'aime, fiston.

Eugène McCormick a posé une main sur mon épaule.

— Viens !

CHAPITRE 6

2069

— Viens !

J'avais déboulé dans l'appartement d'Ella qui était en train de se dévêtir.

— Quoi ? Viky, si je t'ai fait rentrer dans ma vie, ce n'est pas pour sortir à chaque fois qu'il s'agirait de se retrouver...

— C'est important, tu verras !

— Mais où m'emmènes-tu ?

— Au cimetière.

Elle s'est arrachée à mon étreinte et a planté solidement les deux pieds dans la moquette du quadri.

— Ah non ! J'ai passé l'âge d'aller croquer des biscuits sur des pierres tombales à la pleine lune ! Quand nous étions ados, je veux bien, mais aujourd'hui, trouve autre chose pour raviver la flamme de nos amours passées, je t'en prie !

J'ai souri. C'était émouvant de voir cette fille, une jambe en dehors de son slip et le T-shirt de guingois, piétiner de la sorte.

— Arrête de ronchonner, Ella, et viens : ce n'est pas ce que tu crois.

— Je ne ronchonne pas ! Simplement...

Elle a laissé ses épaules se relâcher.

— Simplement, j'aimerais que tu fasses un peu attention... à moi.

— Je fais attention, Ella. Plus que jamais. Je te le promets.

Elle a terminé de se rhabiller, a noué un ruban dans ses cheveux bruns et nous sommes descendus dans la nuit.

Emprunter l'Aérotransbus à cette heure n'était pas une difficulté ; d'ailleurs, il était blindé. Des enfants perturbés dans leur sommeil gémissaient, de gros sacs

emplissaient couloirs et fourre-tout ; Ella et mo
n'occupions qu'un siège et demi afin de laisser une Mama
obèse respirer dans sa sueur. Malgré cela, nous nous
sommes laissé bercer tranquillement par les
mouvements souples du véhicule et j'ai senti le poids de
cette journée venir appuyer doucement sur mes tempes.

"Un" jour n'était pas censé être aussi long. Personne
ne réglait jamais les problèmes de toute une vie en "un"
jour. Au mieux corrigeait-on trois ou quatre
dysfonctionnements du quotidien entre les repas, les
toilettes, les échanges verbaux sans conséquences et le
sommeil.

Pour moi, cependant, ç'avait été le genre de jour qu'on
espère sans vraiment y croire, de ceux où tous les
problèmes accumulés petit à petit au fil des années
viennent se régler d'un seul coup, où la grande addition
se paye et où l'ardoise s'efface, laissant l'avenir en blanc,
comme la première page d'un nouveau roman qu'on ne
serait pas pressé d'écrire, mais plutôt de vivre et d'en
profiter.

Ella n'avait plus opposé la moindre résistance, se
laissant guider dans une confiance retrouvée, la tête
appuyée contre mon épaule naturellement matelassée.

Évidemment, je ne pouvais avoir la certitude d'agir
comme il le fallait. D'ailleurs, une petite déhortation
mentale continuait à me dire de faire demi-tour. Mais
j'avais envie d'aller là-bas et j'avais envie qu'Ella
m'accompagne.

L'envie !

De plus, nous y avions rendez-vous...

Un nuage aussi épais au loin qu'un bonhomme de
neige s'est mis à rosir par en dessous, puis un point
lumineux s'est étiré longuement à l'horizon : le jour se
levait. J'ai réveillé Ella qui a cligné des yeux plusieurs fois
comme une poupée. L'astre solaire nous adressait ses
chalins au travers des vitres de l'Aérotransbus et, en
descendant à notre destination, j'ai trouvé l'air d'hiver
très doux.

Ni Ella ni moi n'avions remis les pieds dans la ville de
notre enfance depuis notre passage dans le trou de ver :
si l'entrée de 2006 s'y trouvait bien, au fond de la
cabane McCormick, la sortie depuis 2066 se situait –

jusqu'à ce qu'Eugène la détruise – à un millier de kilomètres plus au sud, derrière une décharge perdue aux limites de la cité balnéaire où nous avions notre quadri et d'où nous étions arrivés ce matin.

Tout avait changé, ici. Si le tracé des rues correspondait probablement encore à celui d'un ancien plan, le paysage urbain, par contre, s'était entièrement modifié : plus haut, plus bas, plus gros, plus large, des bâtiments hypogés avaient poussé, telles des dents définitives venues remplacer les dents de lait. Au lieu d'arbres égayant anciennement la ville de ses espaces verts, des décorations aphylles avaient fleuri çà et là, donnant un rythme coloré différent à la vie urbaine. L'art, sous ses différentes formes – aussi critiquables soient-elles – avait trouvé sa place dans les rues et sur les murs de la ville. Le résultat était étonnement beau. Le changement avait du bon ! Ce n'était plus l'endroit tel que je l'avais connu, notre maison avait disparu sous un flot de nouvelles compositions, mais je ne regrettais pour rien au monde ce que j'y avais vécu. Les habitudes, les souvenirs, les comparaisons, les regrets appartenaient tous au passé. La réalité n'était pas si mal. Et avec la douce main d'une fille comme Ella dans la mienne, la réalité ne faisait pas si mal.

Même le cimetière avait changé de place. La grille de métal verte en marquant l'entrée était toujours là, mais l'allée menait désormais à l'arrière de deux gigantesques bâtiments aux noms aussi éloquents qu'une éructation ; on avait renvoyé tous les morts !

Une plaque commémorative ornait le coin de la grille :

— « A notre cimetière dévoué, ayant recueilli fidèlement les âmes de notre communauté depuis 1180. Les sépultures sont transférées au Numéro 1 de l'allée des Marronniers. »

— On croit rêver !

L'allée des Marronniers composait cette courte jonction entre l'hôpital et le terrain vague ayant abrité la cabane McCormick. Je ne doutais pas que cette dernière ait été démolie, le terrain vague comblé et l'emplacement réaffecté. L'hôpital, par contre, n'avait pas de raison d'avoir bougé.

Effectivement, le temps de descendre quelques rues, nous nous sommes retrouvés face au collège de nos premières amours puis, en continuant plus bas, nous avons fini par longer les enceintes de l'établissement de soins. Un pincement au cœur m'a étreint à ce moment-là. Ella m'a pressé la main un peu plus fort et je me suis forcé à ne pas regarder à travers les vitres où j'avais laissé vivant il y a quelques mois seulement un homme décédé depuis soixante-trois ans.

L'allée des Marronniers débutait par une petite bâtisse, à peine plus grande qu'un relais électrique, certainement pas de la taille d'un funérarium. C'était pourtant bien le numéro 1. L'entrée ressemblait aux sas des guichets bancaires automatiques, pouvant contenir jusqu'à dix personnes maximum, debout. Il était encore tôt, mais le lieu ne nécessitant pas de gardiennage, il restait ouvert continuellement. À l'intérieur, un écran élargi de cyberactif tournait en boucle sur l'image numérisée d'un employé des pompes funèbres au visage clérical : accueillant, mais emprunt de douleur compréhensive.

— Ce type me donne l'envie de gerber...

— Je crois que c'est l'effet recherché.

— « Renseignez votre identité. »

— Laquelle ? La nôtre ou celle de Télé ?

— Essaye la nôtre, voir si nous sommes déjà morts.

— « Ella et Viktor Ingham. Ceci est votre première visite, souhaitez-vous consulter les modalités ? »

— Non.

— Si !

— « Depuis 2025, la loi relative à l'incinération obligatoire pour toute personne décédée s'est élargie afin d'inclure dans notre magnifique centre de recueillement© les données relatives à vos ancêtres chers. Vous pouvez désormais en consulter la liste depuis n'importe quel centre de recueillement© agréé... »

— C'était bien la peine de faire le voyage...

— « ... Note : aucune dépouille n'est physiquement conservée dans ce centre, toute tentative de profanation serait donc inutile. Statistiquement, 68 % des personnes interrogées déclarent se recueillir sur la plaque commémorative de l'être aimé et non sur les cendres elles-mêmes (Etude CISMA N°20070221), d'où l'implémentation de ce système automatisé. La loi informatique et liberté vous réserve cependant un droit d'accès et de rectification à toute donnée vous concernant. Nous vous adressons nos plus sincères excuses face à la présence éventuelle de liens entre des personnes étrangères à votre filiation, dont seule la technologie cooptative GoogleLife© saurait être tenue pour responsable. Que votre visite soit la plus douce possible. »

— Viky, je vais vraiment gerber…

— Je sais. Mais il nous faut aller jusqu'au bout.

J'ai fait défiler la liste de nos "relatifs" officiellement décédés : elle était impressionnante ! Ni Ella ni moi n'étions dedans, pas plus que McCormick, alors que cette ordure de John Smith y figurait ! J'ai laissé mon poing s'exploser contre l'écran.

— « Votre choix n'est pas reconnu, veuillez recommencer. »

J'ai tapé dessus à nouveau, et encore.

— « Votre choix n'est pas reconnu, veuillez recommencer. »

Ella m'a doucement pris le poing pour le ramener en arrière et elle a approché le doigt de l'écran.

Un arbre généalogique restreint est apparu avec le nom de nos proches. Celui de mon père y était inscrit, effectivement mort en 2006, peu après ma visite, comme toutes les fois précédentes. Je n'aurais pas dû être surpris, McCormick avait raison lorsqu'il disait qu'on ne pouvait changer son passé. Mon dernier voyage n'avait pas eu plus de conséquences.

À côté de lui reposaient ma mère, et sur la même ligne les deux parents d'Ella. Juste en dessous, Télémaque. J'ai tactilé à mon tour. Un encadré A5 en imitation bronze est apparu. Ella a crispé ses doigts sur mon bras et n'a pas su retenir un cri.

— « Télémaque Ingham. Né le 1er janvier 1999, décédé le 24 mai 2006. "À ton destin inachevé". »

J'ai fixé les trois courtes phrases sans parvenir d'abord à en saisir tout le sens. Une plaque commémorative : voilà ce qu'il restait officiellement de l'être que j'aimais. Statistiques à la con. J'ai serré Ella contre moi et j'ai parcouru ces lignes à nouveau, plusieurs fois. J'espérais que mon regard parvienne à déceler ce que les mots cachaient, comme si la vie de mon fils pouvait y être contenue en filigrane. Comme si son histoire pouvait me consoler de son absence…

— Ella, je suis désolé...

— Viky...

Elle m'a regardé droit dans les yeux et, d'un geste tremblant, elle est venue essuyer mes larmes.

—... Tu pleures, Viky.

— Je ne t'ai pas soutenue comme je l'aurais dû. J'avais cru que l'un de nous au moins devait résister, être fort et avancer, si nous voulions nous en sortir ensemble et continuer à nous aimer.

— Notre amour n'était pas en cause, Viky. C'était de notre enfant dont il s'agissait. J'aurais voulu donner ma vie pour lui, et j'aurais voulu sentir que tu étais prêt à la même chose.

— Mais je n'avais plus rien à donner : avec Télémaque, tout m'avait été enlevé, je ne savais plus qui j'étais. Et un désespoir si profond, si dévastateur m'habitait que je n'ai plus pensé qu'à une chose t'éloigner de cette douleur, te protéger. Si toi aussi tu sombrais, nous n'aurions plus eu personne pour nous sauver.

— Me protéger ? C'est l'inverse que tu as provoqué je me suis sentie étouffée, incomprise, je n'avais personne pour m'écouter, personne avec qui partager. Comment voulais-tu que j'aie encore confiance dans ce tas de muscles qui me répétait sans la moindre émotion que ça irait ? Non, ça n'allait pas, je venais de perdre mon fils et j'étais en train de perdre mon mari ; j'ai cru mourir de chagrin ! Tu peux comprendre cela ?

— Il m'aura fallu deux ans pour le comprendre, Ella. Deux ans pour lâcher un passé qui me torturait et renouer avec les sentiments que j'avais voulu ignorer...

— Et moi deux ans pour te retrouver, pour voir l'homme sous ta carapace, avec tes faiblesses, ton désespoir, pour sentir ta douceur également, comprendre ta force protectrice, ta formidable envie de vivre malgré tout. Tu étais là pour moi et tu m'aimais toujours ; même quand je voulais m'en moquer, je me trouvais flattée. Je t'aime, Viky. Je sais combien ces années ont été difficiles pour tous les deux : nous avons changé, toi et moi, mais c'est pour le mieux ; jamais nous n'aurions pu continuer comme avant, en ignorant ce qui était arrivé.

Nos regards enlacés se sont tournés vers l'écran et la

plaque qui l'occupait toujours. Télémaque n'était pas cette plaque ; il était le trésor qu'Ella et moi portions au fond de notre cœur. J'ai reniflé un bon coup puis j'ai coupé l'image.

— J'avais besoin de venir jusqu'ici pour bien m'en rendre compte...

— Tu as eu raison de m'emmener aussi : il y a des jours où je ne pense plus tout le temps à lui, et je me demandais si je n'étais pas en train de l'oublier ou de me blinder ; mais non, il est bien présent en moi et je ne l'oublierai jamais, notre petit Télémaque...

Je l'ai serrée encore plus fort. Cette fille représentait tellement pour moi. C'était réel, j'avais son corps souple dans mes bras, elle n'était plus le fantôme que j'avais vainement tenté de garder vivant dans mon esprit, continuant à lui parler pour la sentir à mes côtés, elle était bien là de nouveau. Et en même temps, elle ne m'appartenait pas. J'ai éprouvé cette légèreté, cette liberté de l'attachement comme une sensation nouvelle, douce, délicate. Un sentiment dont il me faudrait prendre soin. Maintenant, il était temps de vivre ma vie, et non plus celle de l'enfant frustré que j'avais été.

— Petit-déjeuner ?

— Oui, c'est toujours mieux d'avoir le ventre plein avant de vomir !

— Je peux vous inviter ?

— EUGÈNE !!

Ella a couru se jeter dans ses bras, elle l'a embrassé puis elle s'est lovée contre lui, comme pour écouter son cœur battre.

— Eugène, bon sang, c'est bien toi ? Tu es vivant ? Mais où étais-tu passé ?

— Viktor m'a déjà posé la question ; je vais vous raconter, maintenant que nous sommes de nouveau réunis tous les trois.

— Et Bongo ?

Ella nous a servi le thé à l'aide de la théière au long bec. Les tasses avaient changé, le plateau aussi, mais l'instant avait cependant un goût d'antan pas désagréable. Eugène McCormick avait réussi à conserver l'emplacement de sa cabane au milieu des constructions qui avaient poussé tout autour. Il l'avait remplacée par un immense loft en fibre de carbone, ultraléger, qui flottait en suspension électromagnétique. L'intérieur était beaucoup plus propre, presque aseptisé, et beaucoup plus vaste que par le passé : de là où j'étais, allongé confortablement dans une flaneuse, je n'en voyais pas le bout. Le loft idéal, tel que j'en rêvais adolescent.

— Tu te rends compte que même les petites souris avaient déserté ta cabane depuis qu'il n'y avait plus de chat pour jouer avec elles ?

— Ella, si tu te concentrais sur ce que tu versais au lieu de parler ça t'éviterait de m'ébouillanter les pieds !!

— Oups ! Désolé, Viky... Sérieusement, Bongo est-i encore vivant quelque part lui aussi ?

— Non, bien que mes connaissances aient beaucoup évolué, je n'ai pas pu le sauver. Mais cela n'empêche pas qu'il ait eu une existence assez exceptionnelle pour un chat ! Après son premier passage dans le trou de ver, vous vous souvenez ? je lui avais promis de ne plus jamais l'abandonner et de prendre soin de lui particulièrement. J'ai tenu parole, je l'ai emmené lorsqu'il nous a fallu partir...

— Oui, et du coup, c'est nous que tu as abandonné, en plein milieu de notre mariage, qui n'a jamais eu lieu, du coup ! Sympa, Eugène !

— Je ne suis pas parti à cause de votre mariage...

McCormick a joint ses mains ridées à sa bouche et j'ai vu ses yeux se mettre à tourner dans tous les sens pour réorganiser ses idées et nous les exposer clairement.

—... Voyez-vous, les enfants, lorsque Bongo est revenu de son premier voyage, il portait autour du cou un collier que je ne connaissais pas. Je l'ai détaché et j'y ai trouvé cette inscription curieuse : « Nous ne pouvons coexister tous les deux ». J'ai d'abord cru à un message de votre part, émanant du futur, me prévenant de l'échec de votre couple. Je dois dire que ça n'avait pas grand sens. Si vous aviez eu besoin de mon aide afin de mettre un terme à votre histoire d'amour avant qu'elle ne vous déchire, vous l'auriez formulé autrement. Il m'a fallu quelque temps pour comprendre... En fait, je me l'étais adressé à moi-même, en forme de supplique pour ne pas tenter de brûler les étapes de ma vie en partant visiter l'Eugène McCormick que je devais devenir. Alors je me suis résigné, je ne me suis pas approché du trou de ver et me suis remis au travail avec ardeur, en solo : j'avais l'énigme du voyage instantané à résoudre.

— Ah oui, tes fameux portillons...

— Exactement. J'ai tenu bon pendant plus de quatre ans, j'ai travaillé d'arrache-pied. Même lorsque vous êtes partis en Australie et que la tentation était grande, dans ma solitude relative, de zapper quelques années, je suis resté, respectant la promesse implicite que je m'étais faite. Pour un résultat bien médiocre, je dois dire. Alors quand vous êtes rentrés et que les choses se sont accélérées, il n'y avait plus de temps à perdre : j'ai empoigné Bongo et, ensemble, nous avons fait le trajet qu'il avait déjà emprunté.

— Et que nous avons suivi des années après !

— Pas exactement...

J'en étais à mon cinquième tube. On aurait dit que je n'avais rien mangé depuis longtemps. Mais ces tubes étaient succulents ; j'y retrouvais même le goût du nappage sucré constituant l'apogée de mes croissants d'enfance. McCormick en a pris un dont il a trempé le contenu dans son thé, à la française, avant de poursuivre.

— Votre trou de ver a été conçu spécialement à votre attention, les enfants. J'ai appris beaucoup et très rapidement à mon contact.

— « À mon contact » ? Du genre : tu te regardais dans un miroir en te caressant et tu te félicitais d'être toi ?

— En quelque sorte, oui : j'avais rejoint mon double futur, pour le meilleur et pour le pire.

— Tu as pu serrer la main à toi-même ?? Eugène, c'est complètement... antithétique ! Impossible !

— En théorie, non, Viktor. Et dans la pratique, donc, non plus. Je l'ai vérifié ! Le temps n'a pas de réalité linéaire : ce n'est pas parce qu'on t'a scellé une montre autour du poignet ou qu'on a divisé le monde en 24 fuseaux horaires que ce qui existe aujourd'hui ici n'existe pas autrement, en parallèle, ailleurs.

J'ai secoué la tête.

— C'est fou... c'est fou... c'est... je ne comprends rien !

Ella, par contre, était en train de comprendre, les yeux rivés au plafond.

— Tu veux dire qu'un Télémaque vivant évolue quelque part ailleurs, dans un "autre" univers ?

— Peut-être, je ne sais pas, bien que je ne le crois pas, pas pour l'instant... La réalité n'existe que pour ses protagonistes.

Eugène a vu nos têtes déçues.

— Dites, les enfants : j'essaie déjà péniblement de maîtriser le temps, vous ne voulez pas en plus que j'aie déjà inventé les lunettes pour voir dans les espaces parallèles !?

— Ton "moi futur" n'y est pas encore parvenu non plus ? Il s'appelle comme toi, au fait ?

— Mais oui ! Puisque C'EST moi !

Je me suis demandé auquel nous étions en train de parler...

— Et je ne sais pas où il en est arrivé, non. Nous avons dû nous séparer. Mon "moi futur" est peut-être mort, à l'heure actuelle.

Ella n'a pu se retenir de pouffer de rire.

— Vous vous êtes séparés ? Hi, hi ! C'est trop mignon, mon petit Eugènouchou !

— C'est pourtant la vérité. As-tu déjà imaginé vivre avec ton double parfait ?

Ella et moi nous sommes regardés.

— Je ne vous parle pas d'un autre être humain, auquel il faut s'habituer après l'avoir découvert, lui passer ses petites manies bien que désagréables et lui imposer les nôtres lorsque ça en est assez, pour finir par se connaître tellement bien que des réflexes communs apparaissent. Non, ce n'est même pas d'un jumeau dont il est question. Je vous parle d'un clone entier, physiquement et intellectuellement. Pouvez-vous vous le figurer ?

J'ai frissonné.

— Exactement, Viktor ! Au début, tout s'est très bien passé, le fait de se trouver était exaltant, nous nous sommes mis au travail de concert et le résultat a fait rapidement plus que doubler ! Nous réalisions des économies d'échelles cérébrales impressionnantes, un peu comme si un chirurgien n'avait point à demander après son scalpel pour le recevoir déjà en main ; c'était fantastique ! Seul, jamais je n'aurais pu abattre un tel travail, mais là, je profitais à la fois de l'expérience de mon double, des connaissances du futur, et des technologies les plus avancées. Les théories de Hinds, Sukenik, Einstein, Samwell, Inglebert, et cetera étaient depuis longtemps digérées, réinterprétées, concrétisées : imaginez que j'ai trouvé mon trou de ver déjà produit en petite série et mes portillons instantanés, sur lesquels je butais toujours, en test clinique ! La percée du voyage vers le passé était imminente, mon double et moi-même avions déjà plusieurs concurrents sur le sujet, mais notre avantage « physique » nous assurait d'une bonne longueur d'avance. Nous avons donc travaillé avec cette motivation. Au bout de quelques semaines, nous n'avons plus eu besoin de nous parler, même pour décider du repas du soir, tellement nous connaissions les goûts et les envies de l'autre. Contrepartie malheureuse, il n'a pas fallu plus de trois mois pour que je commence à m'ennuyer, et moins d'un an pour nous engueuler ; cela devenait tellement agaçant de connaître l'autre trop parfaitement ! Et alors une vérité terrible a surgi : nous étions jaloux... Nous avions beau être identiques, au sens le plus strict du terme, nous n'étions tout de même pas comme deux cerveaux branchés sur le même corps, si bien que nous ne ressentions pas l'expérience vécue par l'autre. Comprenez-vous ?

Nous avons tous les deux secoué la tête.

— Ce que l'un a, l'autre ne peut l'avoir et ne l'aura jamais.

— Mais de quoi tu parles, concrètement, Eugène ?

Je nageais en plein gaz. Ella a pris ma main dans la sienne.

— Eugène nous parle d'amour, Viky. N'est-ce pas ?

McCormick a hoché la tête en baissant des yeux fatigués et douloureux. Il a attrapé sa tasse et a noyé dedans ses larmes naissantes. Ella s'est levée pour se rapprocher de lui.

— C'est par amour que tu as entrepris tout cela, n'est-ce pas, Eugène ? Le voyage dans le temps, les trous de ver, la remontée dans le passé... Tu as quelqu'un à y retrouver, quelqu'un à qui tu as consacré ta vie et dont tu ne nous as même jamais parlé...

Ella a baissé le ton de sa voix, ramenant l'espace à nos trois corps, créant une bulle d'intimité, remplaçant nos paroles par un échange d'énergie, de chaleur. Sa question est venue comme une évidence :

— Eugène... De qui s'agit-il ?

McCormick a hésité. Il a reporté son regard sur Ella,

puis sur moi, avec insistance. Il a toussé une fois, pour s'éclaircir la gorge, et il a avalé sa salive avant de murmurer :

— Maria G...

J'ai souri :

— C'est marrant, c'était le nom de ma...

J'ai rendu son regard à McCormick. Incrédule, je me suis tourné vers Ella, aussi stupéfaite que moi, et alors j'ai compris :

— C'était ma mère.

CHAPITRE 7

2069

— Ma mère !? Eugène, comment as-tu pu tomber amoureux de ma mère ?

— Arrête, Viky, ne prends pas cette mine dégoutée, tu vas être insultant : ta mère était une femme comme les autres.

— Non ! Ma mère n'était pas... Enfin... Elle était... C'est ma mère, quoi !

McCormick a écarté les bras en signe d'impuissance. J'étais tout retourné.

— M'enfin, Eugène, ouvre les yeux ! Tiens, regarde Ella en comparaison : elle est belle, séduisante, curieuse, passionnée, passionnante, avec une personnalité bien trempée et des goûts affirmés, pleine de vie et d'envies ; une vraie fille, quoi !

— Maria était tout cela pour moi.

Il était si calme, si sûr de lui. Je me suis écrasé les poings contre mon front.

— Ce n'est pas possible ! D'abord, ce n'est pas "Maria" ; c'était ma "Maman" ! Tu es resté éloigné trop longtemps pour la voir telle qu'elle était, tous les jours : pleine de contradictions, de principes intenables, jamais ça n'allait, mais il fallait que tout aille bien !

— Mais non, Viktor...

— Mais si ! Rien de ce que je disais ou faisais ne convenait jamais ! En théorie, elle m'aimait, mais en pratique, elle essayait juste de me contraindre à adopter son point de vue !

— Tous les parents font cela, Viky ; même nous, avec Télé.

— Regarde la différence : Télé nous faisait part de toutes ses envies, même de ses lubies les plus extravagantes, il n'était pas gêné par notre présence. Moi, je devais me surveiller, je ne pouvais jamais savoir si être moi-même serait accepté ou réprimandé : aucune certitude, aucune fondation solide. Tu te souviens de mon anniversaire, comme elle t'avait accueilli avec des pics à glace, alors que je lui présentais celle que j'aimais ?

— C'est la vie, Viktor… Tout le monde cherche à se forger par rapport à son éducation.

— Parce que tout le monde rêve de faire de la musculation ? De devenir assez fort pour se protéger ?

— Viky…

— Soit j'étais particulièrement sensible, soit il me manquait en contrepartie des bisous, des caresses, pour me rassurer sur le fait d'être aimé.

Mes deux interlocuteurs restaient cois : que pouvait-on répondre à un enfant qui s'exprimait à fleur de peau ? Alors j'en ai profité, j'ai enfoncé le clou :

— Tu vois, Eugène, ta Maria n'était pas la femme parfaite dont tu avais rêvé : ma mère était seulement la moitié du couple qu'elle formait avec mon père.

McCormick s'est mordu la lèvre à mes dernières paroles et je l'ai senti se rétracter. J'étais allé un petit peu trop loin. Ella me faisait des yeux noirs. J'ai dû me radoucir.

— Je suis désolé, mais…

— Je comprends ta surprise, Viktor. Pourtant, voilà la vérité : je suis amoureux de ta mère.

Les mots qu'il choisissait me faisaient encore grincer. Ella a pris le relais :

— Et elle t'aimait en retour ?

Il a hoché la tête.

— Nous avons du mal à nous l'imaginer, Eugène : tu ne nous en avais jamais parlé. Quand cela s'est-il passé ?

— J'avais trente ans. J'étais alors un brillant chercheur à l'université, déjà tributaire de nombreuses bourses encourageant mes travaux sur "l'asynchronicité" et je pensais tout connaître. Je donnais quelques cours, aussi, afin d'étaler mon savoir sur mes étudiants. Ils me le rendaient bien et le succès auprès de mes étudiantes n'était plus à démontrer : j'étais le roi du monde. De mon monde, en tout cas. Maria a tout bouleversé. Alors que j'étais l'être plein de mystère et de frontières inatteignables, c'est elle qui a piqué ma curiosité en m'opposant une timidité et une résistance farouches. Des femmes avaient quitté leur mari pour des histoires sans lendemains avec moi ; Maria n'a même pas voulu lâcher son petit ami de l'époque. Moi qui avais toujours gardé le contrôle dans chacune de mes relations, je me suis fait larguer du jour au lendemain, après trois années de rendez-vous passionnés. J'étais comme tous les hommes finalement, et seule Maria fixait les règles.

— Ah, oui ! Ça ressemble déjà plus à ma mère : la spécialiste de l'éviration !

— Tais-toi, Viky !

— Tu te trompes, Viktor : ta mère était la plus douce, la plus intéressante, la plus aimable des femmes que j'ai rencontrées.

— Elle t'a quand même jeté sans le moindre sentiment !

— C'est effectivement quelque chose que je n'ai pas compris sur l'instant, car, de mon point de vue, nous étions faits l'un pour l'autre : nous avions tant en commun, ce que nous partagions était si fort ! Elle critiquait sans cesse la droiture quasi monacale de son copain officiel alors qu'avec moi, au moins, elle s'amusait, elle prenait du plaisir !

Imaginer Eugène en tombeur et ma mère en midinette, c'était comme imaginer ma grand-mère en danseuse nue avec ses plis, ses paupières tombantes et ses mollets gonflés. Eurk...

— Et l'officiel, c'était mon père ?

— C'était... ton père, oui. Qu'elle a finalement choisi à mon détriment, sans la moindre explication. J'avais beau réfléchir à nos dernières rencontres, je n'avais pas l'impression d'avoir dit quoi que ce soit ayant pu l'importuner. J'avais probablement fait une erreur, puisqu'elle était partie, mais je ne savais pas laquelle...

— Ça, Eugène, c'est l'histoire de ma vie auprès de mes parents... Mais j'avais toujours cru en la responsabilité unique de mon père, pas vraiment en celle de ma mère... Et j'ai passé vingt ans à essayer de me rattraper.

— J'ai dépensé plus du double à vouloir me racheter. J'étais persuadé que si j'arrivais à déterminer la phrase incriminée, le mot manquant peut-être ou l'instant fatidique, et à revenir dessus, je pourrais inverser le déclic et changer le cours de nos destins.

Ella a posé une main compatissante sur celle d'Eugène.

— Tu as songé que sa décision a pu ne pas dépendre de toi ?

— Comment le fait de quitter quelqu'un peut-il être indépendant de la personne ?

— Il y a des tas de raisons...

Je me suis escuiché, laissant Ella s'emmêler ; elle seule savait pourquoi on quittait celui qu'on aimait.

—... tu n'as pas essayé de lui demander, simplement ?

— Elle a rompu tout contact, m'empêchant de la voir et même de l'approcher. Je n'avais qu'une solution : revenir en arrière et la séduire encore plus violemment, ne pas lui laisser le choix et l'emmener. Si un écueil se produisait, revenir en arrière et l'anticiper.

— C'est une lutte sans fin...

McCormick a tenu bon.

— Une seule chose comptait : la récupérer. J'ai poussé mes travaux dans ce sens unique, délaissant petit à petit l'intérêt que je portais à mes étudiants ainsi qu'à mes cours qui, rapidement, n'ont plus captivé grand monde. Je les ai jetés dans le même carton que mes recherches subventionnées du moment et j'ai obtenu du doyen de la faculté un droit d'utilisation des équipements, basé sur mes précédentes percées dans le domaine temporel. On m'a vu bientôt errer seul, la nuit, dans les couloirs de l'université, et c'est à partir de là que ma réputation de savant fou s'est propagée. Tout cela à cause d'une femme. Que j'aimais. Que j'aime... Lorsque ta mère, Viktor, est morte de son cancer...

— Oulà ! Oulà ! Réinterprétation : c'est au moment où tu t'es avancé avec nos alliances qu'elle s'est effondrée !

— Je sais... je sais... J'ai vu tous mes espoirs s'écrouler avec elle. J'ai cru devenir fou pour de vrai. Je suis revenu ici complètement paniqué, j'ai empoigné Bongo et j'ai franchi le trou de ver avec lui.

Le silence a suivi.

Voilà quelle avait donc été l'histoire particulière d'Eugène McCormick. Il est vrai que ni Ella ni moi ne nous étions jamais posé la question de sa solitude : nous l'avions découvert ainsi, c'était un état de fait. Tellement de sujets avaient été abordés dans sa cabane et jamais celui-là.

Le secret d'un siècle venait d'être découvert et aucun commentaire n'aurait pu soulager sa peine encore vive. Ella et moi nous taisions donc. Les larmes d'Eugène coulaient doucement dans l'immensité du vide de sa nouvelle résidence. J'avais devant moi un homme qui avait consacré sa vie à se racheter et qui avait échoué. Malgré mes critiques, je respectais son chagrin. J'avais durement souffert également du départ de ma mère, je m'en souvenais, même si pour moi, le temps avait atténué la blessure. Sur Eugène McCormick, malheureusement, le temps n'avait pas de prise : il pouvait s'y promener à sa guise, sauter d'étape en étape…

Tilt !

J'ai regardé Ella : une sorte d'illumination venait de me frapper en remettant bout à bout les données, et j'ai lu dans ses yeux qu'elle en était arrivée à la même conclusion. Elle s'est tournée vers Eugène avec un petit sourire malicieux sur les lèvres :

— Dis-moi, Eugène : au moment de ton départ, nous en étions restés à des trous de ver ne permettant que d'avancer dans le temps et à des portillons capables uniquement de recopier les objets… Mais tu as bien dit avoir conçu notre trou de ver spécialement pour nous ? Lorsque toi, tu as pris Bongo sous le bras, tu n'es pas arrivé en 2066, n'est-ce pas ?

— Oh non, bien plus tard.

McCormick s'est posé un embauchoir sur le nez pour se moucher dedans.

— Bien plus tard… Et ton autre toi était toujours vivant ? Eugène, tu n'as pas découvert l'immortalité, quand même ?

Ella avait plus l'air d'un détective que moi, éliminant les hypothèses improbables pour arriver à la seule possibilité logique… J'étais tout excité ! McCormick s'est pris à sourire également.

— Non, je vous l'ai dit : mon double est probablement mort et Bongo l'est, assurément.

— Par contre, tu as pu revenir jusqu'en 66 pour nous ouvrir une porte et nous amener ici aujourd'hui ?

— Oui.

— Ce n'est pas le hasard ou quelque faille spatio-temporelle qui nous a fait atterrir à cette époque et toi nous rejoindre ?

— Tout a été savamment calculé par mes soins !

Nous avons explosé de joie et crié d'une seule voix :

— TU SAIS REMONTER DANS LE TEMPS, EUGÈNE ? TU AS RÉUSSI !?

Le génie ne s'est pas drapé dans un voile de condescendance, il s'est contenté de répondre humblement, simplement :

— Oui.

J'ai bondi de mon assise.

— Mes clients ! C'est ainsi que tu as pu intercepter l'initiative d'Ella et ajouter huit autres affaires à celle qu'elle m'adressait ?

— Quoi ? Alain vous a dit qu'il venait de ma part ?

— Non, Ella. Je crois qu'Eugène ici présent a joué une partie de cache-cache avec nous, afin de réorienter un tantinet notre existence...

— Je suis désolé, les enfants, mais je ne pouvais supporter de vous voir séparés alors que vous étiez promis l'un à l'autre depuis si longtemps.

— Mais alors... Et Maria ? Tu es effectivement retourné la voir, depuis, pour la séduire ?

Les choses se corsaient. Nous n'en étions plus à débattre d'éventuels voyages temporels, mais d'une véritable intervention, dont les conséquences pouvaient dirimer mon existence même ! Et comme si ma vie n'importait pas tant que ça finalement, McCormick a minaudé :

— Oui et non... J'ai retrouvé Maria – bien vivante – mais un autre problème s'est présenté... Un problème dont j'évoquais la substance tout à l'heure...

Il s'est frotté les mains l'une contre l'autre pour se redonner de l'énergie.

— Les trous de ver, mes enfants...

— Oh non, Eugène ! Souviens-toi : on l'a déjà eue, cette leçon !

— Laisse-moi actualiser tes données, Viktor contrairement à mes observations initiales, le voyage dans le temps n'est pas un transport instantané ; c'est un clonage instantané.

Instinctivement, je me suis tâté le torse et le visage.

— Comme pour mes portillons avec ma carafe maintes fois dupliquée, un trou de ver effectue un clonage d'un côté et une destruction de l'être initial de l'autre. Vous restez vous-mêmes, un exemplaire unique, pourtant cela implique à la fois que vous mourriez et que vous renaissiez. Le phénomène est indolore, comme vous avez pu le constater.

— Sauf cette impression d'être "empoussiéré"...

— Une disparition de parasites et autres peaux mortes qui créent une sensation de manque, très fugace.

— OK. Le problème ?

— Il a été énoncé par Lavoisier : « Rien ne se perd, rien ne se crée » ; analyser un être biologique et le recopier à l'identique est une chose, le modifier une toute autre. Imaginez, cela reviendrait à enfoncer les touches d'un piano au hasard sans savoir précisément sur quelles cordes les marteaux iront frapper ! Cloner, c'est facile. Enfin, relativement... Changer, c'est infaisable aujourd'hui sans lancer un protocole d'étude par tâtonnement à la Frankenstein. Et si je ne peux changer d'aspect, vu mon âge et mon état, je n'ai pas la moindre chance de séduire à nouveau la jeune Maria, je ne peux donc pas changer mon passé.

— Je ne suis pas certaine de comprendre... Si tu peux revenir en arrière, pourquoi ne pas tout simplement prévenir le jeune McCormick de ce qui va t'arriver ?

Il s'est emporté d'un coup.

— Et le laisser profiter de ce que j'aurais accompli pour elle ? Jamais ! Tu ne peux changer ton passé, Ella, car ce que tu y modifies n'affecte en rien ton propre avenir, seulement celui des protagonistes du moment. Si je ne peux rajeunir pour avoir ma Maria, personne d'autre ne l'aura, et sûrement pas ce jeune abruti que j'étais !

Spontanément, sans avoir rien prévu ni contrôler, je me suis entendu prononcer ces mots :

— Et son bonheur à elle ? Peut-être ma mère aurait-elle été plus heureuse avec toi ?

Je venais de confirmer ce qu'il avait toujours profondément cru. Ella m'a regardé avec compassion, sachant les sentiments que j'éprouvais pour lui. J'ai confirmé :

— En tout cas, si j'avais eu le choix, c'est toi que j'aurais pris comme père, Eugène !

McCormick a secoué la tête, lentement, plusieurs fois,

comme j'imaginais jésus l'avoir fait devant simon-pierre lui promettant de ne jamais le renier. Il n'a eu qu'à ouvrir la bouche pour sortir un nom et m'anéantir :

— Ava Lucinda.

Je me suis retrouvé tout pantelant, comme heurté par un missile. Évidemment, Ava Lucinda... Chaque élément du puzzle trouvait sa place à un moment : six missions m'avaient permis de me reconnecter à l'enfant que j'avais été, d'affronter mon impuissance passée, de régler mon désir de vengeance et d'assumer ma vie d'adulte ; deux m'avaient rappelé à mon fils, à mes émotions et à la réalité ; une me ramenait à mon père... Mon véritable père.

Ella nous a dévisagés tous les deux.

— Vous me faites quoi, comme numéro ? Qui est cette "Ava Lucinda" ?

Je n'avais plus de salive, ma langue avait dû fondre à force de détrition, j'ai fini par articuler uniquement avec les dents :

— Ava Lucinda m'avait contacté pour que je l'aide à se décider entre son mari, homme prévisible, mais stable, et son amant, plus amusant, mais égocentrique. J'ai choisi le mari.

— Et ?

— Elle était enceinte. De son amant.

McCormick s'est levé. Il est allé chercher un petit paquet qu'il m'a tendu.

— Je n'ai pas été entièrement honnête avec vous, les enfants, tout à l'heure... Il existe une exception permettant de changer son passé : lorsqu'il s'agit de faire respecter ce qui était écrit.

Ella est venue s'asseoir avec moi. J'ai déchiré l'emballage sulfurisé, découvrant une boîte. À l'intérieur se trouvaient un journal intime et une photographie. Ella a pointé l'image du doigt.

— Ce sont mes parents... à côté des tiens !

Le cliché montrait deux couples souriants, heureux, installés autour d'une nappe de pique-nique un jour de printemps ensoleilé. Les vestes trop courtes et les petits pantalons serrés ne laissaient aucun doute quant à l'époque. Une date inscrite au dos la confirmait : *1963*.

J'ai ensuite ouvert le journal : c'était l'écriture de mon père. Il ne comportait qu'une seule entrée, sur une seule année : 2006.

— « Mon Grand Viktor,

» Tu as raison : ma volonté d'ignorer la réalité est passée, et demain je serai mort, je le sais.

» Je n'ai pas été le père idéal, celui dont tu aurais rêvé. Il y a une bonne raison à cela. J'ai toujours cru que si tu apprenais la vérité, tu me jugerais, me renierais… Alors j'ai fait ce que tout homme aurait fait à ma place : je me suis protégé. En mettant une barrière, je pensais éviter la souffrance et le rejet. C'était une complète illusion. Au final, tout ce que j'aurais évité aura été de découvrir ce lien particulier qui unit un père à son fils, et de connaître un homme que j'admire et que j'aime ; toi, Viktor.

» La vérité aurait fait moins mal.

» Cette vérité s'est présentée à moi en 1966, il y a exactement quarante ans. Un client fidèle est passé à la librairie pour m'apprendre, au cours de la conversation, qu'une de nos connaissances communes venait de mettre au monde son premier enfant, une fille.

» Les parents étaient ce couple d'amis avec lequel nous avions passé nos vacances et la plupart de nos week-ends jusqu'à ce que, peu avant ta naissance, Viktor, nos épouses se brouillent pour une obscure raison – les femmes ! – et que nous cessions tout échange. Nous nous entendions pourtant particulièrement bien et je dois te dire que lui a probablement été le seul ami que j'aie jamais eu.

» Tu les reconnaîtras très certainement sur la photo.

» In petto, j'ai décidé de saisir l'occasion de cette naissance – moment d'exaltation naturel – pour renouer le contact dans un esprit familial. J'en ai parlé à ta mère, qui a refusé tout net de nous accompagner. Le soir même, une fois la boutique close, nous sommes donc partis seuls, toi et moi, direction la maternité.

» Arrivés devant la chambre, j'ai vérifié ta tenue, t'ai demandé de sourire et j'ai fait de même avant de frapper.

» — Bonsoir, voilà les Ingham !

» La jeune mère s'est soulevée de ses oreillers, a vérifié que personne ne nous suivait puis s'est affalée à nouveau. Je ne pouvais dire si elle était soulagée ou agacée que Maria ne soit pas là.

» — Tiens ! Ingham père et fils, on dirait ? Quelle surprise !

» Lui était apparemment heureux de nous voir. J'ai sorti ma petite phrase toute prête :

» — J'ai pensé vous présenter Viktor en même temps que de découvrir votre petite puce ; comment l'avez-vous appelée ?

» Elle se nommait Ella.

» J'ai félicité le papa et je me suis tourné vers sa femme afin de la complimenter également ; une introduction banale, mais polie. Je me suis cependant heurté à un visage entièrement fermé, sans émotion.

» Lui semblait ne rien avoir remarqué. Il a tendu la main vers toi pour t'approcher du berceau.

» — Viens, Viktor. Tu vas faire la connaissance d'Ella. Fais attention de ne pas la réveiller : les moments d'accalmie nous sont précieux !

» J'ai ri avec lui pour créer une connivence. Nous l'avons rejoint et je t'ai soulevé afin que tu puisses découvrir le visage d'Ella.

» Tu avais l'air émerveillé. Tu as demandé :

» — Il a quel âge ?

» — Elle. C'est une fille : elle a deux jours.

» — Moi j'ai deux ans !

Tu as ouvert deux doigts, comme ta mère et moi te l'avions appris, cela m'a fait sourire, puis tu les as descendus vers Ella, t'approchant presque jusqu'à la toucher.

» — Fais attention, Viktor !

» — Elle est jolie…

» — Oui, et si tu voyais ses yeux : on dirait ceux de sa mère !

» Alors, comme pour répondre à la demande, Ella les a ouverts petitement, exhibant deux yeux marron et brillants, nous observant calmement en retour.

» — Quand je serai grand, je me marierai avec elle !

» — Certainement pas !!

» C'était sorti comme un poignard dans notre dos. La mère d'Ella s'était dressée, droite comme une équerre sur son lit, et les mêmes yeux marron version adulte nous servaient le plus évident mépris. Je ne comprenais pas. Ce genre de réplique, venant d'un enfant, prêtait plutôt à l'attendrissement, d'habitude.

» — Viens, Ingham. Il faut que je te parle. Viktor peut rester ici auprès d'Ella.

» Il m'a saisi par l'épaule et m'a guidé dans le couloir. Les cris d'Ella se sont mis à retentir, rapidement étouffés par la porte qu'il a fermée derrière moi.

» — Bon sang, ta femme est à cran ! Elle n'a pas l'air enchantée...

» — Si, elle l'est. Nous le sommes tous les deux. Seulement, ta présence ici ravive des souvenirs et d'anciennes rancunes : elle n'a jamais accepté ce que Maria t'a fait.

» — Ce que Maria m'a fait ??

» — Tu sais, à propos de Viktor. Moi-même, je reste étonné que tu n'aies pas réagi.

» — Mais de quoi parles-tu ???

» Je n'en avais aucune idée. Pourtant, une partie au fond de moi tremblait.

» — Tu n'es pas au courant ? Viktor n'est pas ton fils, c'est Maria qui l'a dit à ma femme.

» Une enclume de deux cents kilos m'est tombée du ciel, a fondu sous mon crâne et s'est répandue des épaules aux pieds, me scellant à terre.

» — Pourquoi me racontes-tu ça ? Bien sûr qu'il est mon fils, de qui d'autre voudrais-tu qu'il soit ?

» Il a baissé le regard, secoué la tête, puis il est rentré dans la chambre pour te renvoyer à moi une seconde après.

» — Adieu, Ingham. Je n'ai rien contre toi, mais nous ne voudrions pas que notre fille...

» C'était pathétique. Je me retrouvais là, dans le couloir, toi qui reprenais ma main et la porte qui nous était refermée au nez.

» — Qu'est-ce qu'il y a, papa ?

» Humiliant...

» Je n'en ai jamais discuté avec ta mère. Jamais osé, peut-être. Mais au fond, je savais. J'ai cru que tout l'équilibre que j'avais construit s'écroulait, le jour où tu m'as annoncé que tu ne m'aurais pas choisi comme père. Moi, je t'ai choisi, Viktor. Consciemment.

» La surprise a été grande, pour tes dix-huit ans, de découvrir que tu réalisais ton rêve avec Ella. Il faut croire que c'était écrit. Intérieurement, je jubilais de tenir enfin ma vengeance face à mon humiliation passée, même si devant les parents d'Ella je me devais de garder le triomphe discret, par respect pour ta mère. Il n'y aura donc jamais eu de réconciliation, mais je suis heureux pour toi ; Ella est une femme formidable.

» Je profite de ces pages et de ce temps avec toi pour t'exprimer mon chagrin à propos de Télémaque... Je me sentais véritablement Grand-père avec lui et le temps continuait de couler à travers lui. Je le regrette tellement. J'espère avoir la chance de le retrouver dans ces prochains jours.

» Pour terminer et répondre à la question que tu te poses certainement, je ne connais pas l'identité de ton père biologique. Ta mère n'en a gardé aucune trace. Mais je suis certain que tes capacités nouvelles de détective te permettront de résoudre cette énigme si tu le souhaites...

» Ce cahier te sera remis après ma mort, je souhaite qu'il ne heurte point ta sensibilité, mais touche plutôt le sentiment qui nous lie et apaise tes blessures.

Avec toute mon affection. Et mon amour,
Papa. »

Ella a soufflé. J'ai feuilleté le reste du journal, qui était vierge. Je me suis pourtant focalisé sur ces pages blanches, l'une après l'autre. Elles contenaient une histoire, qui n'avait pas encore été écrite, mais que j'avais bien vécue : celle de ma vie.
Je me suis tourné vers Ella ; ma promise. Je n'avais plus le moindre souvenir de cette scène enfantine, mais son évocation était touchante. Ella me regardait, les yeux tout pétillants. Je lui ai tendu la main, qu'elle a saisie et serrée. Son sourire voulait me dire : « oui ».
Avec cette force de nouveau unie à mes côtés, j'ai osé me tourner vers celui que j'avais tant espéré, et qui l'était véritablement : mon père. L'émotion du moment m'asséchait le fond de la gorge et je ne pouvais que déglutir sans parler. Sentant mon désarroi, Eugène est venu à mon secours :

— Je suis allé à l'hôpital, peu après sa mort, pour récupérer ses affaires et te les donner. Je voulais que tu saches – et c'était son but également – que ta dernière visite auprès de lui avait effectivement changé votre histoire. Tu n'as pas agi en vain, Viktor.

Je l'ai dévisagé : une face ronde, des oreilles trop grandes, des sourcils épais, un menton fendu ; Eugène McCormick avait toutes les caractéristiques que je n'avais voulu attribuer qu'aux Ingham. Toutes, sauf le nez cassé, rite de passage du mâle, chez nous.

Ma mère avait probablement des goûts bien arrêtés en matière d'hommes.

J'ai fait une première tentative pour délier ma langue emplâtrée :

— Finalement, lorsque je me sentais suivi ces derniers mois, c'était bien par mon père : mon vrai père !

McCormick a souri à ces mots. Je ne savais pas trop comment agir, je me sentais maladroit face à lui. Ella a brisé la glace :

— Allez ! Embrassez-vous, quoi !

Les filles avaient toujours des idées complètement idiotes ! Mais pas dénuées de sensibilité… Je suis allé embrasser mon père.

— Que vas-tu faire à présent, Eugène ?

— Poursuivre…

— Jusqu'à ce que Maria te choisisse, toi ?

— Oui. Je tiens à mes rêves ; je ne veux pas les perdre !

— Et si le monde s'écroule sous le chaos, ou que des barrières infranchissables s'élèvent ?

— Je continuerai. L'espoir me permet de rester debout et vivre encore.

— Tu sais, Eugène, faire le deuil de ses espoirs déçus, ça ne veut pas dire qu'ils ne se réaliseront jamais, seulement de les laisser partir, de ne plus s'y accrocher.

McCormick m'a posé une main sur l'épaule.

— Je suis heureux que tu aies découvert cette vérité, Viktor, mon fils. Mais je vais quand même tout tenter, jusqu'à ma mort. Peut-être, de ton nouveau point de vue, est-ce un combat inutile ? À mes yeux, j'ai pourtant déjà gagné énormément : je n'ai pas gâché ma vie puisque j'ai servi aux deux enfants que j'aime le plus au monde, er vous ramenant à vous-mêmes pour que vous accomplissiez votre destinée.

Nous avons traversé l'immense loft dans son entière longueur, voyant le bric-à-brac s'amonceler progressivement, jusqu'à arriver aux portillons dans le fond.

McCormick a eu un sursaut de dernière minute.

— Ah, oui, j'allais oublier ! Attendez...

Il a couru dans l'autre sens pour revenir ensuite avec un boîtier enrobé de velours.

— Qu'est-ce que c'est ? Un cadeau ?

— Ouvrez, vous verrez.

Ella a soulevé le couvercle précautionneusement, laissant apparaître une magnifique armille incrustée de précieuses opales.

— Passe là à ton poignet !

Le bracelet étincelait des mille couleurs de la pierre.

— C'est superbe, Eugène ! Merci !

— C'est surtout un très bon moyen de rester en contact : une fois ces portes franchies, vous vous retrouverez dans votre quadrippartement. Pressez ce petit bouton, dissimulé ici, et vous reviendrez auprès de moi, instantanément ! Magique ! Et une dernière chose...

McCormick a levé un doigt comme s'il allait poser une question.

—... Le futur, Viktor, n'est pas déterminé : souviens-toi que tu peux changer ton avenir. À tout instant. Allez, filez à présent !

Il nous a ouvert l'une de ses portes préprogrammées. Un nuage de vapeur extrêmement dense s'en est échappé ; on se serait cru chez un étuviste. Mais la sensation n'était ni humide ni brûlante ; un sauna de fraîcheur, en quelque sorte. Nous avons embrassé Eugène et traversé la nuée.

— Télémaque McCormick ? Ça ne sonne pas très bien...

Nous avons fait l'amour. Très doucement. Avec l'immense fatigue qui nous harassait, seuls nos corps trouvaient encore le chemin de l'autre, nos lèvres, nos mains caressaient la peau à l'aveugle, nos sexes s'interpénétraient au ralenti. Mon cerveau s'était débranché, je n'avais plus accès à aucun souvenir, aucun rêve qui m'aurait dit combien ça avait été meilleur ou moins bon qu'autrefois. J'étais dans ses bras et j'étais bien, à ma place, simplement.

— Il aurait fallu l'appeler autrement...

— Ou n'utiliser que son diminutif : Télé McCormick !

— Télémaqu'Cormick, voilà !

— Si tu veux, Viky... Dodo...

Ella s'est enfoncé le nez sous la couette. Je l'ai cherchée à tâtons, jusqu'à trouver une fesse et poser ma main dessus. Oui, dormir, là.

— TÉLÉMAQUE !!!

Je me suis réveillé en sursaut, couvert de sueur, au beau milieu de la nuit, avec une idée hallucinante, se présentant pourtant comme une telle évidence.

CHAPITRE 8

2069 - 2006

— Non, Viktor ! Revenir en arrière ne changera rien à la réalité d'aujourd'hui ! Peut-être qu'un jour quelqu'un trouvera le moyen d'empêcher la Seconde Guerre mondiale, ce n'est pas pour autant qu'elle disparaîtra de nos livres d'école ou de la mémoire des combattants ; elle s'intégrera seulement dans une histoire et un univers parallèle. Sauver Télémaque ne le fera pas réapparaître d'un coup en 2069. Ella m'avait déjà posé la question, mais c'est impossible, je suis désolé.

Désolé, McCormick l'était vraisemblablement, tournant en rond dans son loft comme pour y dénicher la solution dans un coin. J'avais quitté Ella encore endormie pour rejoindre seul ici mon génie et père. Ce dernier avait pas mal de sommeil en retard également et mon intrusion soudaine, si proche de notre récente visite, devait le perturber un tantinet. Mais il était manifestement plus agacé par les limites du voyage dans le temps que par mon projet en lui-même.

Eugène, au moins, avait pu profiter de deux bonnes heures de repos supplémentaires, pendant lesquelles je m'étais rendu à mon uniburactif pour y récupérer un instrument indispensable à mon équipée. À ce stade, il n'y avait plus vraiment de décisions à prendre ; la question était seulement de savoir jusqu'où j'étais prêt à aller.

— Et si j'y restais ?

Il s'est immobilisé d'un coup, comme s'il avait heurté un mur de glace.

— Mon expérience ne t'a pas suffi ? Comment comptez-vous faire : partager le jeune Télémaque ? Une semaine avec les véritables Viktor et Ella de 2006, une semaine avec les autres, version 2069 ? Quel genre de vie serait-ce, pour lui ? Et pour vous ?

Quand on se baigne, le plus dur, c'est de se mouiller jusqu'aux couilles. Après, il suffit de se laisser glisser dans l'eau.

— Je voulais dire : et si j'y restais, seul ?

Là, Eugène McCormick m'a dévisagé comme si j'étais fou. Il a dû se repasser mentalement l'intégralité de ma vie pour essayer d'y trouver une raison valable à un tel acte, mais en vain. Il a eu un frisson.

— Viktor Ingham n'est pas mort, en 2006... Et vous ne pouvez coexister tous les deux, tu le sais, n'est-ce pas ?

— Je le sais.

Il a fait une courte pause avant de reprendre sa respiration.

— Tu serais donc prêt à abandonner Ella ici, après tout ce que vous avez traversé ensemble ?

Je n'avais pas encore envisagé cet aspect-là. Je me suis trouvé bien impuissant à répondre aussi directement. Eugène a repris sa déambulation frénétique.

— Tu ferais bien d'être sûr de toi, Viktor, car une fois les frontières du temps traversées et le premier pas dans une nouvelle histoire posé, il n'y a plus de retour en arrière. Le temps et la réalité se font et se défont au fur et à mesure : ton passé, ton présent, ton futur seront différents. Et il n'existe aucune passerelle entre deux univers parallèles. Ella, celle que tu auras connue, sera perdue à jamais.

La fille que j'avais séduite lorsque j'avais quatorze ans, que j'avais aimée, à qui j'avais fait l'amour pour la première fois, que j'avais presque épousée, même ! La femme avec qui j'avais eu un enfant et que j'avais manquée de perdre avec lui ; celle avec qui j'avais franchi la fontaine de lumière, celle que j'avais patiemment attendue durant deux ans, l'assurant de mon amour et de ma présence indéfectibles, qui enfin m'aimait aujourd'hui et m'attendait pour vivre avec elle. Étais-je prêt à abandonner tout cela ? À la perdre de nouveau, définitivement peut-être ? Car après tout, quoi qu'en dise Eugène, je ne pouvais avoir aucune certitude. L'avenir seul me dirait si Ella et Viktor Ingham ne seraient plus amenés à se rencontrer. Une destinée n'était pas sans choix.

— Je veux tenter ma chance. La vie de Télé, si elle

peut être sauvée, compte plus que tout.

Il a ouvert les mains, résolument.

— Ainsi soit-il.

J'avais confiance. McCormick est allé brancher quelques câbles au fond d'un aquamanile empli de liquide gazeux puis il a commencé à manipuler ses consoles.

— Eugène...

— Oui ?

— Évoquer seulement la situation d'Ella est une manière d'éviter de me parler de toi, n'est-ce pas ?

Il est resté concentré sur son travail, muet, mais ses mains se sont mises à trembler.

— Je sais qu'on vient à peine de se retrouver... papa. Et que les probabilités de se revoir sont faibles. Alors oublie tout ce que j'ai pu te dire auparavant, je te souhaite d'accomplir tes rêves et de vivre heureux avec maman.

— Oh, Viktor...

Il est venu me prendre dans ses bras et il m'a serré très fort. Mon premier père n'avait jamais osé un tel contact. C'était si bon, de se sentir si proche !

—... Merci, fiston !

On s'est encore regardés une minute, je lui ai fait mon sourire mi-heureux, mi-résigné, il me l'a rendu, fataliste. Puis il est allé ouvrir l'un de ses immenses frigos-portillons. Je me suis retourné une dernière fois, et j'ai franchi le nuage de lumière.

— Bonne chance, fiston.

Le 24 mai 2006 était un mercredi. Dans notre maison, ni les portes ni les fenêtres n'étaient jamais fermées. Ella croyait en la logique de l'Univers, que si une porte était close, quelqu'un chercherait à la défoncer. Nous voulions, au contraire, nous ouvrir aux plus belles rencontres.

J'ai poussé le battant. Je ne connaissais pas la précision des machines de McCormick, je ne pouvais pas savoir exactement à quoi m'attendre. À l'intérieur, tout était calme.

L'entrée était encombrée par un vélo, un modèle de course junior bleu ciel : celui de Télémaque. Le cadre nu m'a fait penser à un squelette, le fantôme d'une ancienne vie. J'étais pourtant bien de retour chez moi, en ce jour fatal. Je suis passé au salon.

Les fauteuils et les canapés étaient tous faits pour s'affaler. Pas un ne suivait avec l'autre, mais il fallait reconnaître le choix d'Ella pour leur confort. Des rangements également pullulaient, sous forme d'étagères, de commodes, des blocs-tiroirs, de boîtes fourre-tout et pourtant, tous semblaient avoir été vidés à terre ou sur les tables et tablettes environnantes tant le chaos régnait ; c'était notre fouillis organisé, dans lequel nous aimions vivre, Ella, Télémaque et moi. Les meubles n'étaient là que pour la décoration. Seule la cuisine restait fonctionnelle habituellement. Je m'en suis rapproché.

Des voix étouffées me parvenaient, dans un cliquetis de verre et de métal. Télémaque, assisté d'Ella, préparait un gâteau ce jour-là. Je me suis retourné pour voir si John Smith n'était pas déjà sur mes talons. Non, personne. Quelle heure pouvait-il être ? Je suis resté à l'affût : je ne me voyais pas débarquer la bouche en cœur dans la cuisine avec les traits vieillis de trois années, une coupe de cheveux probablement différente et un imperméable avant-gardiste, alors que j'étais censé être parti pour mes dédicaces à la librairie quelques heures auparavant seulement, un simple T-shirt sur le dos. J'ai patienté. J'avais fortement envie de fumer. Mes cigares étaient au fond de la poche, sous un certain objet. Il valait mieux n'y rien toucher. Je me suis repassé mentalement cet après-midi-là, tel qu'il avait été maintes fois décrit durant le procès, comment John Smith n'avait même pas eu besoin de fracturer pour entrer, comment il avait tracé son chemin à travers les pièces rapidement, pour ne s'attarder finalement que dans la cuisine avant de frapper... La cuisine ! Il était déjà dans la cuisine, là, juste derrière le mur sur lequel j'étais appuyé ! Je m'en suis détaché immédiatement, le dos glacé par le dégoût, et je me suis jeté à terre. Furtivement, je me suis mis à ramper jusqu'à l'ouverture, avant de risquer un œil à l'intérieur : la semelle d'une basket était à trois centimètres de mon nez ! John Smith s'était dissimulé entre le frigo et le plan de travail et il patientait, invisible pour ceux qui œuvraient à leur recette de l'autre côté, sauf s'ils avaient soudain eu besoin d'en faire le tour pour récupérer un ingrédient. Une proximité hasardeuse : le genre de situation qui devait faire bander l'assassin ! De mon côté, il m'aurait suffi d'allonger le bras pour lui serrer la cheville. Au lieu de cela, j'ai préféré d'abord glisser la main dans cette certaine poche... et Smith a choisi ce moment-là pour bondir ! J'ai entendu Ella hurler – un cri mortel – alors que j'avais la main empêtrée ; je l'a retirée vivement, j'ai sauté sur mes pieds et me suis engouffré dans la cuisine à la suite du meurtrier. La lame sortait du cœur d'Ella, j'ai vu le sang fuser. J'ai enjambé le plan de travail. Télémaque a hurlé de concert, car le boucher venait de lever le bras au-dessus de lui, je leur suis tombé dessus, les écrasant tous les deux de mon poids. Mes deux mains ont entouré en priorité le couteau afin de protéger mon fils. Le tueur, ainsi libéré de son arme, en a profité pour m'enfoncer le coude dans les côtes, plusieurs fois. J'ai résisté, serrant les dents. Mes mains saignaient. J'ai soudainement eu peur que nous ayons étouffé Télé. J'ai roulé sur le côté, John Smith m'a écrasé à son tour. Je pouvais voir Ella, debout, pétrifiée, et l'auréole qui grandissait. J'ai attrapé la tête du tueur par l'arrière des cheveux et je l'ai claquée contre la mienne. Mon nez a explosé, pour la deuxième fois de ma vie. J'étais sonné. Lui aussi. Il s'est cependant secoué plus vite que moi et il m'a balancé un nouveau coup de coude avant de se retourner. Je faisais à présent face à l'animal. Ses yeux étaient injectés de sang. Je l'ai empoigné à la gorge, mais mes bras musclés étaient plus courts que les siens, longs et fins. Il a eu un rire étranglé, il a simplement tendu les mains, accrochant mon cou sans hâte, presque avec délicatesse, et il a serré fermement. Puis il a remonté les genoux et il est venu les presser contre mon bas-ventre, se cabrant pour mieux me les enfoncer. Je m'étouffais dans ma bile et mon sang. À l'inverse, on aurait dit que lui n'avait pas besoin de respirer, alors que je serrais toujours aussi fortement. Ma tête s'est mise à tourner, je me suis demandé si ma vue n'était pas déjà en train de se brouiller lorsque ses yeux se sont immobilisés. J'étais peut-être mort. La peine s'est atténuée soudainement et j'ai senti une douce torpeur m'envahir, mais je continuais à voir. Les yeux de John Smith ne bougeaient plus. D'un coup, tout son corps a basculé, comme un cheval de bois poussé sur le côté. Ella était derrière lui : elle avait ramassé le couteau et était venue le lui planter au milieu du dos, en plein dans la moelle épinière. J'ai cherché Télé autour de moi, et il était là, respirant par spasmes, mais indemne. Il était vivant ! Télémaque était vivant ! J'ai détaché les doigts étrangers encore enfoncés dans ma gorge et je me suis traîné vers mon fils ; je l'ai pris dans mes bras, je l'ai serré contre moi et j'ai laissé l'émotion m'envahir, les larmes d'un bonheur retrouvé couler. Ella s'est laissée tomber à genoux, je l'ai récupérée à son tour pour l'amener à moi, à nous, au milieu de nous. Nous étions tous les trois vivants.

J'étais plié à terre.

— Télémaque : attrape le Numéri et demande le caisson !

— Le quoi ?

— Le... le téléphone... Appelle une ambulance, pour ta mère, vite !

Il a aussitôt saisi le combiné mural et formé un numéro d'urgence. Ella palpait son entaille.

— Tu n'as rien de grave, chérie, mais tu vas t'évanouir à cause du sang perdu et ils vont devoir te poser un... des agrafes. Télémaque, tu accompagnes ta mère à l'hôpital. Ça va aller.

— Et toi ?

— Je dois rester ici, m'occuper de... de *lui*. Je dois le faire disparaître.

— Mais, et la police ?

— Pas de police, pas d'enquêtes, plus de lois. Je veux détruire ce fumier moi-même. Vous attendez l'ambulance devant la maison, tu t'es planté un couteau en cuisinant, Télémaque sera là pour l'attester, n'est-ce pas, fiston ?

— Oui, P'pa.

— Aucun organe n'est touché, Ella, ça va aller. Je vous rejoins dès que j'ai terminé.

— Tu ne tiens même pas debout...

— Fais ce que je te dis, je t'en prie. Il en va de notre avenir.

À ce moment-là, j'ai dû vraiment être persuasif, car toutes les remarques sur le bon sens ou la légalité sont tombées. Ella m'a regardé. J'ai cru qu'elle ne me reconnaissait pas. Elle s'est jetée dans mes bras.

— Merci, Viky. Merci d'être revenu à temps.

— Je sais...

Les sirènes ont retenti au loin.

—... allez-y, à présent.

J'ai poussé Ella et Télémaque à sortir, en me redressant à moitié pour leur montrer que j'avais presque déjà récupéré. Télé m'a fait un petit signe de la main. Je l'aimais, ce gosse. Puis je me suis laissé lourdement retomber sur le carrelage souillé.

John Smith était mort, il était recroquevillé à côté de moi. Ses traits étaient crispés, ses yeux encore ouverts, qui me regardaient. Je m'étais vengé. De tout le mal qu'il m'avait fait. Ce type-là n'avait ni casier, ni passé, ni aucune identité. Personne n'irait encore le pleurer. Il allait me servir de bouc émissaire pour recueillir toutes mes souffrances, mes frustrations, mes illusions, mes espoirs, que j'allais physiquement enterrer avec lui.

J'ai laissé quelques minutes supplémentaires s'écouler. Je ne me souvenais plus de combien de temps je disposais avant c'être rentré de la librairie, mais le minutage était sans doute serré. J'ai concentré mon énergie et fait tous les efforts du monde pour me relever. Je n'avais rien, vraiment, quelques côtes fêlées au plus, même si j'avais l'impression que mes organes internes avaient été broyés. Mes couilles pendaient toujours intactes, c'était l'essentiel.

Mon bel imperméable, pour le coup, était déchiré. Les dernières couches protectrices n'avaient pas résisté. La poche en était éventrée. J'ai pris un cigare que je me suis enfourné en bouche, me réservant de l'allumer pour plus tard, une fois que ceci serait terminé, et j'ai empoigné mon fameux LCO que j'y avais dissimulé. Je savais qu'il allait m'être fort utile ! J'en ai dévissé la lentille convergente puis j'ai appuyé sur la détente, tirant sans même prendre la peine de viser : là, sur le sol de la cuisine, j'ai cramé John Smith au laser. Le spectre était large, je me suis rapproché pour l'allumer de la tête aux pieds, avec ses baskets. Les vêtements et les poils ont pris tout de suite, suivis par la peau. J'ai eu un peu de mal pour le reste, mais j'ai vidé ma batterie sur lui.

Franchement, les crématoriums mentaient lorsqu'ils ne nous remettaient qu'une poignée de cendres : j'avais devant moi trois bonnes pelletées fumantes.

J'ai raclé le tout et mis dans un sac. J'ai ouvert la porte du jardin et suis allé directement vers nos rosiers. Là, entre les différents pieds, j'ai écarté la terre sur une large étendue et j'ai réparti les restes. Mes quarante-cinq années de restes. Que j'avais laissées dans un coin en attendant que ça sorte ou que ça meure. C'était là, à présent, au milieu des cendres, rendues à la terre. J'ai rebouché et j'ai lissé avec les mains. Une petite sépulture plate et bien tassée. Y poussera que pourra.

Ensuite, j'ai fourré mon LCO ainsi que mon imperméable usés dans le sac maculé de poussière grise, je l'ai fermé minutieusement et je l'ai jeté dans une grande poubelle.

Content de moi, j'ai craqué une allumette et aspiré une bouffée bien méritée. La plus grosse partie était terminée, Télémaque était sauvé. J'avais encore du mal à réaliser, tellement c'était resté en rêve ou en phantasme durant ces dernières années. Maintenant, c'était la réalité et je sentais que je n'aurais aucune difficulté à m'y habituer, à cette réalité-là !

La seconde phase me paraissait cependant, bien que moins cruciale, beaucoup plus compliquée intellectuellement : qu'allais-je faire de moi ?

Je me suis déplacé jusqu'au salon pour me caler dans un fauteuil crapaud – le préféré d'Ella – où j'ai fumé tranquillement tout en réfléchissant.

Nous ne pouvions coexister tous les deux. C'était établi. Pourtant, j'allais bientôt rentrer de la librairie, satisfait de ma journée de dédicaces, et j'allais me trouver dans le salon, avec Ella et Télé disparus : qu'allais-je pouvoir me dire pour expliquer tout cela ?

La vie, elle, se moquait des problèmes existentiels : mon destin a choisi ce moment-là pour pousser la porte de chez lui.

Et sans transition, sans la moindre solution, je me suis retrouvé face à moi-même, totalement déconcerté.

J'ai vu ce gars, un cigare au bec, assis dans mon fauteuil, la jambe pendante par-dessus l'accoudoir, et j'ai pensé que quelque chose clochait. Ses traits me rappelaient vaguement quelqu'un, qui avait disparu depuis près de vingt années...

— Eugène, c'est toi ?

Il y a eu un moment de flottement, je n'ai pas compris

tout de suite le sens de sa question. Évidemment, lui ne savait rien... Je n'ai pas répondu, j'ai seulement secoué la tête. Les mots n'étaient pas la priorité, finalement. Il s'agissait plutôt de reconnaître qui j'avais devant moi : un homme, avec sa propre histoire et ses raisons d'être là.

Je n'ai pas crié, je ne me suis pas dit que j'étais fou, bien que j'aie fini par deviner mes traits derrière les siens. Un visage plus marqué, sans doute, avec quelques cheveux argentés parmi les dorés, mais la même corpulence, la même attitude faussement détendue. Une sorte d'empathie m'a saisi au ventre : c'était touchant de voir qui j'étais devenu.

J'ai souri. Je pouvais lire dans son regard l'espoir qui venait de naître au moment où il m'avait reconnu : que je sois venu lui apporter toutes les solutions. Comme si résoudre les énigmes de son passé pouvait l'aider à mieux vivre le présent, lui conférant tous les atouts pour affronter son futur. Pauvre Ingham ! Je n'avais pas la moindre solution pour toi, j'étais seulement venu sauver mon fils.

Pauvre Ingham, il me défiait avec son sourire, ce sourire que je connaissais si bien, pour implorer de la sympathie, non pas pour plaire, mais bien pour recevoir. Il n'était pas venu me demander, il venait me prendre quelque chose.

Le silence n'empêchait pas de communiquer. Et à travers nos regards, notre attitude, nos pensées, une certitude s'est imposée des deux côtés : l'issue de cette rencontre allait être fatale.

— J'ai le sentiment que ta présence ici n'est pas une bonne nouvelle ?

— Non, pas terrible.

— C'est assez inespéré, pourtant. Beaucoup de monde rêverait rencontrer son reflet. Mais j'imagine que lorsque ça arrive, c'est déjà trop tard...

— Pas cette fois : Télémaque vient d'échapper à la mort. Je suis arrivé juste à temps pour buter le timbré et m'occuper de faire disparaître son corps, ne t'inquiète pas. Télé a été choqué sur le coup, mais il semble avoir récupéré rapidement, et il est indemne. Ella, par contre, a pris un vilain coup de lame sous le sein gauche. Télé l'a accompagnée aux urgences, elle va s'en tirer avec une jolie cicatrice, très séduisante, tu verras. Enfin, peut-être...

Ingham est resté interdit un instant. Il devait me prendre pour un fou et hésiter à me remercier. Mais il devait savoir, par sa propre expérience, que je n'étais pas fou.

J'ai hésité : j'aurais dû être fou de joie et le remercier immédiatement. Pourtant quelque chose me retenait, cette idée qu'il allait me voler.

— C'était ça, la mauvaise nouvelle ?

— Non, la voici : je ne sais pas qui de nous deux ils attendent, à l'hôpital.

C'était assez futé, comme idée, j'ai trouvé : j'avais récupéré mon enfant, je pouvais bien récupérer ma femme aussi ! Après tout, celle que j'attendais depuis deux ans, dont je rêvais, que j'avais fait vivre dans mon esprit faute de continuité tangible à notre amour, n'était pas cette Ella restée en 2069 ; c'était celle d'aujourd'hui.

Télé ! Ella !! Il était venu prendre ma vie !!!

J'ai jeté mon reste de cigare, je me suis levé et j'ai lancé mon poing dans ma figure. C'était la première fois que je frappais de sang-froid. J'ai reçu l'attaque comme une petite claque, sans plus d'intensité.

— Ce n'est pas facile, de mourir.

— Non...

— J'imagine qu'on ne s'offre pas de dernier verre ?

J'ai porté un crochet dans le foie, que j'ai su bloquer. J'ai enchaîné avec plusieurs directs, tous esquivés.

— Faire face à soi-même est la dernière étape.

J'ai encore frappé : mon visage, mes côtes – douloureuses – et mon ventre, à répétition, jusqu'à ce qu'un premier coup passe et que la douleur du choc m'atteigne enfin. J'ai senti mon épaule partir puis se remboîter immédiatement. J'ai un peu reculé.

— T'es un perdant, Ingham : tu avais dit un jour vouloir te venger, que ceux qui t'avaient fait du mal paieraient, que le monde entendrait parler de toi ; et tu es là, à te battre contre toi-même !

— Je ne voulais pas vraiment me venger ; je voulais changer mon passé. Je croyais que lui seul était responsable de ce qui m'arrivait, qu'il me fallait le réparer avant de devenir heureux. Une bonne manière de s'éviter. Et puis tu vois, je suis là, devant toi : j'ai finalement décidé d'affronter mes problèmes !

— Parce que c'est moi, le problème ?

— Mais oui, mon pauvre Ingham : regarde comme tu passes à côté de ta vie, à vendre des livres comme ton père au lieu de les écrire ! Le perdant, c'est toi !

Je suis remonté à l'assaut avec un direct. J'ai encaissé. Je savais que j'étais fort, mais je ne savais pas à quel point ! J'ai répliqué par un violent uppercut au menton, me décrochant les cervicales. J'étais sonné, mais pas assez pour ne plus pouvoir me distinguer. J'ai lancé mon bras valide en avant, le plus fort possible, et je me suis explosé les côtes. J'en ai eu le souffle coupé. La rage qui commençait à m'animer me faisait sortir des larmes. Je n'ai pas attendu ce récupérer pour donner de nouveaux coups, chacun avec plus de précision et de puissance toute mon énergie était focalisée à me détruire. J'en pleurais et je frappais.

J'aurais voulu m'arrêter, me dire que ce combat était inutile : je n'étais pas là pour me faire du mal, mais au contraire pour me découvrir et m'accepter. J'aurais dû me prendre dans les bras, m'excuser pour les blessures que je m'étais infligées, me remercier pour le mal que je m'étais donné à rester en vie jusqu'ici, et pleurer de soulagement sur moi-même. J'aurais voulu, j'aurais dû... Mais l'ego était encore là, me disant que j'avais ma vie à défendre, et c'était lui qu'il me fallait détruire, ultimement.

— Arrête...

— Continue !

Je me suis relancé dans la lutte de plus belle, enchaînant crochets, uppercuts, swings, directs ; toute la panoplie. J'accrochais ma tête, mes épaules, mes bras, cherchant une prise, un os à briser. Mes chairs hurlaient, mon sang coulait. J'attaquais finalement même des genoux et des pieds. Mais je ne gagnais pas davantage. J'étais à l'évidence de force égale, je n'arrivais jamais à prendre le dessus. Plus je frappais et plus je m'en rendais compte : le combat ne pouvait s'achever que sur nos deux morts ; c'était inéluctable.

Sauf si l'un de nous possédait une arme supplémentaire.

Et moi, je savais où trouver un couteau...

Je n'ai franchi les portes des urgences que tard dans la nuit.

— Viky ! Dans quel état tu es... !

J'avais juste pris le temps de me doucher et de changer de vêtements. Ce n'était manifestement pas suffisant. Et mes côtes me faisaient encore méchamment grimacer.

— Ella, ça va ? Tu n'as rien de trop grave ? Et toi, Télé ?

— J'ai tenu la main de Maman tout du long !

— C'est bien, fiston, je suis fier de toi !

Ella avait un bandage qui lui couvrait la poitrine et on lui avait prêté une chemise pour remplacer son haut tâché.

— Je m'en sors avec cinq points de suture et une bonne syncope, comme tu l'avais prédit.

— Je t'ai dit ça, moi ? Bon sang, quel bouleversement !

J'ai serré Ella et Télémaque contre moi, mes amours.

— Et... le corps de...

— Je m'en suis occupé, chérie. Tout est terminé.

— Quand même, Viky : j'ai tué un homme !

— Je sais. Moi aussi, Ella. Aucun de nous ne s'en sort vraiment indemne...

Ella s'est mise à pleurer. Les larmes coulaient sur son visage et des hoquets la traversaient. Les très rares pleurs d'Ella.

— C'est horrible... Cette haine, son regard assassin... j'ai eu si peur, Viky, j'en étais paralysée... Puis quand j'ai vu ce couteau..., ce n'était pas moi, je n'aurais jamais fait cela... Mais je l'ai fait... Je ne voyais plus qu'une chose : cette lame que j'allais planter au milieu de ce dos... Et je l'ai fait...

— Ça ira, ma chérie, mon amour. Nous nous en sortirons. Tous les trois.

J'ai attendu que les spasmes se calment pour essuyer ses larmes. Ella était toute tremblante. Télémaque, lui, gardait son calme olympien. Il comprenait ce qui venait de se passer, même s'il n'en connaissait pas la véritable gravité, mais il semblait l'accepter. Il a posé sa main dans les cheveux de sa mère, pour les caresser.

— Ça ira, Maman.

Mon petit bout d'homme.

— C'était un vrai tueur, Papa ? Comme dans tes histoires ?

— Oui, Télé ; je suis désolé. Tu as eu très peur ?

— Non, je savais que t'allais nous sauver.

— Moi j'ai eu peur, fiston. J'ai eu la plus grande peur de ma vie : je n'aurais jamais supporté de vous perdre, tous les deux.

— D'accord, j'ai peut-être eu une petite peur, moi aussi, P'pa.

Je lui ai ébouriffé les cheveux. C'était si bon de le sentir vivant ! Ella aussi se remettait peu à peu.

— C'était terrible... Qu'allons-nous faire à présent ?

— Vivre avec.

— Je ne pourrais jamais retourner dans cette maison...

— On va déménager, loin d'ici.

— Mais ça peut se reproduire n'importe où ; des malades, il y en a partout !

— Oui, Ella. Mais il faut avoir confiance.

— J'ai confiance : en toi, Viky. Je sais que tu seras toujours là pour moi et Télémaque.

La vérité, c'était que je ne pouvais avoir aucune certitude concernant notre avenir. Je pouvais encore le rêver calme et tranquille, espérer être suffisamment fort un jour pour résister à tout et affronter l'impossible. Oui, je pouvais encore imaginer ma vie plutôt qu'accepter la réalité. Mais j'avais eu la chance de me rencontrer et de me regarder tel que j'étais : j'avais des peurs, certes, j'avais des faiblesses. Certaines étaient aimables, d'ailleurs. Mais si je voulais faire appel à mon courage, à ma force, je n'avais qu'à regarder en moi. Là, je savais y trouver mes ressources, mon talent. Après plus de quarante années passées sur un chemin sinueux, je pouvais désormais être moi-même : il me suffisait d'avoir confiance, et d'avancer.

Épilogue

2007

— Tu veux boire quelque chose, avant de manger ?

— Oui : un gin-goyave, s'il te plaît !

Les bouteilles étaient clairement posées sur la couverture écossaise, arborant des étiquettes de mangue, d'ananas et d'eau.

— Et une petite pipe, avec ceci, pour satisfaire Monsieur ?

— C'est ce que j'aime, chez toi : tu sais anticiper mes désirs !

— Espèce de vieux pervers !

Ella m'a sauté dessus, faisant voler mon chapeau de feutre qui me protégeait si bien du soleil. C'était une belle journée, au parc du Héron. Les arbres en cette saison élargissaient la palette de leurs couleurs, s'étendant désormais du vert éclatant au brun foncé, couvrant ainsi progressivement Montréal d'une nappe fauve. J'ai soulevé son T-shirt pour en libérer ses seins, et j'ai léchouillé la petite bande de chair rose qui marquait désormais sa peau chocolatée, juste sous le cœur.

— Si Télé arrive, tu lui expliqueras comment le fait d'avoir mon sein dans la bouche juste avant le déjeuner ?

— Quo il chera grand il coprodra.

— On parle de moi ?

— Salut fiston ! Ça mord ?

Le T-shirt est redescendu vite fait.

— Bof, on dirait que les poissons n'aiment pas beaucoup mes morceaux d'Okonomiyaki...

— Trop exotique, pour les petits Canadiens... On essaiera avec des pancakes, la prochaine fois !

Cette dernière année me semblait avoir duré un siècle, comme un long rêve bordé de cauchemars. Pourtant

Télémaque avait fini par avoir huit ans et la vie avait repris son cours normal.

Enfin, presque normal : Télé avait laissé tomber la danse, au grand cam de sa mère, et au profit du Kung-Fu. « Plus utile », avait-il décrété compendieusement.

Télémaque apprenait, il découvrait la vie : il procédait par touches, par essais et erreurs, dans ce long processus de la connaissance de soi. Voir grandir mon fils était touchant.

— Allez, à table !

— À terre, tu devrais plutôt dire, M'man !

Ella s'était allongée à côté de moi pour se reposer. Télémaque avait emporté les restes de poisson cru imbibés de sauce soja pour tenter d'appâter... J'ai remis mon beau chapeau sur la tête et je me suis calé contre un arbre avec mon bouquin. C'était le seul livre que j'aie emporté de notre maison. Pour être exact, je l'avais même retiré des rayons de la librairie paternelle. La couverture en était vert pâle, elle représentait des cavaliers Tartares aux sabres courbes chargeant par centaines sur la plaine. C'était un livre épais, qui avait résisté au temps et même à une tentative avortée d'incendie volontaire... Je ne l'avais jamais terminé, finalement ; il était resté perché sur ses hauteurs, dans son étagère, à m'attendre. Mon premier livre. Je l'ai rouvert là où j'avais abandonné mon courrier du Tsar et j'en ai poursuivi la lecture.

Les livres servaient à cela : à s'accomplir, à se venger, à se rebeller. Ils étaient emplis de vie, d'épreuves, d'apprentissages et de souffrances aussi.

Celui-ci était un bon livre. Un de ceux dont j'aimerais être l'auteur un jour. Savoir écrire était une bénédiction.

L'écriture de ce livre s'est terminée le vendredi 2
février 2007 à 15 h 45, heure locale (Bora Bora)

Découvrez les autres écrits de l'auteur à
http://raphaeldanjou.com